受读者喜爱的美文 3

刘振鹏 主编

辽海出版社

图书在版编目(CIP)数据

最受读者喜爱的美文/刘振鹏主编—沈阳:辽海出版社,2010.4
ISBN 978-7-5451-0828-6

Ⅰ.①最… Ⅱ.①刘… Ⅲ.①散文—作品集—中国 Ⅳ.①I26

中国版本图书馆 CIP 数据核字(2010)第 065771 号

责任编辑:段扬华
责任校对:顾　季
封面设计:唐文广

出版者:辽海出版社
地　　址:沈阳市和平区十一纬路 25 号
邮政编码:110003
电　　话:024—23284469
E-mail:dyh550912@163.com
印刷者:北京一鑫印务有限责任公司印刷
发行者:辽海出版社

幅面尺寸:155mm×220mm
印　　张:36
字　　数:210 千字

出版时间:2012 年 9 月第 3 版
印刷时间:2012 年 9 月第 1 次印刷
定　　价:88.80 元(全 3 册)

前　言

美文是文学中的一枝奇葩，是在纸上跳跃的心灵文字。阅读古今中外的经典美文，不仅能够开阔眼界，增长知识，更能够在精神上获得启迪和昭示。作家以自身的生活经历和对人生的感悟创作了无数优秀的美文经典，在人类灿烂的文明史上描绘了一幅幅耀眼夺目的篇章，是人类永恒的印迹。一个不爱读书的民族，是可怕的民族；一个不爱读书的民族，是没有希望的民族。我们要坚信，阅读是知识的源泉。一个人的精神发育史实质上就是一个人的阅读史，而一个民族的精神境界，在很大程度上取决于全民族的阅读水平。阅读是最直接有效的学习途径，人类80%的知识都是通过阅读获得的。青少年的阅读开始得越早，阅读时思维过程越复杂，阅读对智力的发展就越有效。所以，不要犹豫了，现在开始，就迈开这一生的阅读之路吧！许多人为了领悟人生哲理费尽心机，殊不知一滴水里蕴藏着浩瀚的大海，一则短小的文章中孕育着博大的智慧。本书收录的数百篇读者喜爱的美文，其内容涉及人生的方方面面，它们有的睿智凝练，让心灵为之震撼；有的灵气十足，宛如一线罅隙中奔涌而出的清泉，悄然渗入心田。本书既是文学爱好者的必备读物，也是忙碌现代人的一片憩息心灵的家园。

目 录

翻　山

赵德斌

小时候住在山上，站在屋前的石崖上望远方，永远是一眼看不尽的山。劳累了一天的爷爷常常坐在石凳上，吧嗒地抽着旱烟锅，意味深长地指着远山说："孩子，将来一定要走出那一道道山。"后来我终于走出了家乡的山，来到平原，然而短暂的快乐之后我感到深深的疲倦。人生原来远不止那连绵的山峦，而我不过是山脚的一只小蚂蚁，只爬过几道坡而已。

十几年的真善美的熏陶，让我只看到身边的小山，于是就意气风发看不惯一切人生的瑕疵，等到面临人生真正的山峦时，我只能没有方向，豪气尽失。生活的艰难和人性的阴暗使我一次次联想起家乡望不尽的山。我曾经梦想着有一天要改变所有的丑恶和黑暗，但是走近了，方才认识到这座山有多么的高，人竟然是这般的渺小。才翻过一座岭双得直面另一座高山险峰。家乡的山可以走过，如今横亘在眼前的这一座座巍巍险峰却让我如何来翻越？

我迷惘，时常逃避人生的磨难，徘徊于山水草木之间，独自踟躇、叹息。逃避是为了忘却伤痛，可是灵魂的彷徨何曾因为刻意的忘却而改变。西农大这幽静的田园默然，五台山上卵石铺就的曲径承载了我多少沉甸甸的压抑与无奈。

刚刚建成的景区引人入胜，然而一旦面对生活和人性时会很快显现其生命的脆弱无力。绿地上露出条条斑秃，似少女褴褛的裙，将青春出卖。一对对少男少女或躺或坐在草地上，吃着零食，嗑

着瓜子,走后毫不留情地留给后来者几只包装袋和紧紧贴在草皮上的纸张。偶尔走过几个乞丐,向每一个人哀求价值一角钱的怜悯。鲜艳的垃圾在泛着五光十色的池水中随波涌动年轻的恋人相拥着走过,随手抛落一只飞舞的袋子,落在水面如一叶飘摇的船儿。山间的石洞虽然诱人,但我再不敢进去,因为……你瞧,那个小伙子急急忙忙走了进去,随后传来一串珠落玉盘的声响。我向往大自然的美好风光,向往人性的真诚善良,可是社会的大书告诉我,美丽的文字间难免夹杂灰暗的注脚。在面对私利时,人性往往暴露出种种缺点,为了自己的便利可以把麻烦扔给别人,为了个人的声誉不惜诽谤竞争者,甚至为了争得一份财产兄弟反目。没有了利益的冲突,心灵就变成海洋中的孤岛。人其实最可怜,分明处于重重山峦之中饱受生活的折磨,还执着于砌起心灵的围城。固守一己的利益,固守一颗腐朽的灵魂,在这巍巍昆仑前,精神的文明显得多么渺小。

我深深地感到自己的悲哀,面对生活的沉重,面对灵魂的负罪,我竭力要改变,然而任生命在无奈中消逝,却始终无能为力,终究欣赏不了翻山越岭后一望无际的平坦。

要回去了,这时蹦着跳着唱着过来一对小女孩,手拉着手儿,每人拎着一只竹竿,到了水边欢快地嬉戏起来。我不以为意地继续踱着自己的步子。走近了却意外地发现她们正捞着垃圾。

“姐姐,我们偷跑出来,妈妈知道会骂的。”

“怎么,你反悔啦?”

“没有。”

“没事儿,我们又没有乱跑。妈妈没发现过,对不对?”

“对。”

各种五颜六色的包装袋浮在水面,随着荡起的涟漪跳动,一旦被两姐妹用竹竿挑起,沥干了水皱巴巴挂在半空,仿佛淘气的孩子被打了屁股后低头啜泣。两姐妹不停地忙碌着,一只只袋子被放在岸边,好像一队俘虏。

我心中透过一线光辉,又倏忽远逝了,方才那一只抛落池中的袋子在我脑海飘摇。我同情两个小女孩,这么大一池水漂浮了多少垃圾,凭你们

两双稚嫩的小手如何捞起这一池的碧绿?

“小朋友,回家去吧。这么多垃圾什么时候能捞完。”我一番好意地说。

姐妹俩回头看着我,露出两张甜蜜的笑脸,似春天里迎风绽放的花儿。“叔叔,我们捞多少算多少。”妹妹坚决地说。

“叔叔,就算今天捞不完,就明天再来,明天捞不完后天再来……”姐姐不定带着几分执拗。

我一时想起要挪走太行山和王屋山的愚公,那千百年前的誓言仍然铿锵在耳。然而那两座山不会增加,可池中的垃圾却一天比一天拥挤。“好孩子,你们今天捞了,明天还会有人扔啊!”

两姐妹看着我迟疑了,我知道这是醒悟前短暂的迷茫。“好孩子,回去吧。”

妹妹先说了话:“老师教我们做事情要有始有终。”

姐姐道:“我们捞一些总会少一些,如果没有人来捞那水池中不是会被扔满吗?”

我还想劝她们几句,可是张了几次口始终说不出一句话来。

是啊,尽管垃圾也许永远捞不完,但坚持就不至于让垃圾漂满。我似乎悟到了什么,又一时间说不清楚,我只是想到横亘在我面前的高山,不停地翻越,也许永远到不了平原,但总归有希望,一旦停下脚就真的变得一无所有了。

“叔叔,我们一起捞好吗?”两姐妹充满期待的目光紧盯着我。

我问自己你还要逃避吗。不,我不能迟疑。“好孩子,来,我们一起捞。捞不完我们明天再来……”

明净的水面倒映着斜阳的暖黄色,随风荡起圈圈涟漪,如同两姐妹甜蜜的笑靥。我决心用尽一生来翻山,无怨无悔。

父亲手里的竹鞭

李光辉

一想到父亲，我就想起父亲手里的竹鞭。父亲手里的竹鞭让我对父亲有一段刻骨铭心的恨与爱。

我是在父亲的竹鞭底下成长的。在我的记忆里，父亲的脾气非常暴躁。这也不怪父亲，家里的情况本来就不怎么好，加上四个子女的学杂费更是让父亲喘不过气来。父亲虽没上过学，但他对我们的学习管得很严。一旦我们四兄妹里谁的成绩考差了，不用说，一顿顿竹鞭逃不了的了。

上小学头几年，我是个极其顽皮的孩子，常在上课的时间跟几个要好的同伴一起，或到离学校较远的山里捉知了，或在秋收后的田里灌老鼠、挖泥鳅，每个季节都有新的花样玩。我的成绩也不好，平时的测验或期末考试总是不及格的时候居多，我也常常成了他手里的竹鞭重点照顾的对象。我曾研究过他鞭打我的样子，竟发觉跟他打家里的牛一样的用力。父亲是在真的打我，发现这个秘密之后，我对父亲的恨便在心里落下了根，并且发誓：一定要考到镇里的初中以解这口恶气。有了这一决心，原本连考初中都无望的我，六年级的时候，成绩竟一下跃到了班上前五名，升初中时我以全班第三名的好成绩考取了镇上的初中！

我是在父亲的眼皮底下昂着骄傲的头走进镇上的初中的，初一初二时我的成绩一直很好，这期间也是我对父亲进行“冷战”的时期，平日里我对他不冷不热，从来就不主动和他交谈，可能我的这种态度极大地伤了他的心，他对我也不加理会，整个初中三年，父亲的竹鞭就从没打过我一下！初三刚开学不久，由于班主任对我产生了一些误解，对我百般冷嘲热讽，使得我在同学面前抬不起头来，从那以后不思进取，成绩一落千丈。后来，我只考上了普高，普高的升学率非常低，在我们那里考上普高就意味着没有书读了。16岁的我已做好了打算：和堂哥一样初中毕业就回家

务农,娶妻生子,当一个地道的农民。那个暑假里,我都在山上帮母亲伺弄家里的果园。父亲在那个炙热的夏天,到城里帮人家"砌砖"去了。

9月开学的第一天,我正要挑一担猪屎到果园里去,父亲刚好回来,他递给我400块钱,并狠狠地说:"立刻到镇上报名,给老子念本书出来。"我对这个庄稼汉的决定非常诧异,但我还是接过了他的钱,去镇上报了名。接过钱的时候,我对父亲的感恩之情油然而生。可能是出于想回报父亲的目的吧,高中一年级我的成绩一直在整个年级里领先,老师对我的将来非常看好。然而,到了高二的时候,我的心思却花在了追我们班的"班花"上,谈上了谈爱,成绩马上下来了。我认为有了她,便有了一切,老师的劝告只当耳边风。这消息传到父亲耳里的当天,听妈说,几十年了从没见父亲生过那么大的气。第二天父亲捎了根竹鞭赶到学校,不由分说地把我从教室里揪出来,当着老师同学的面,像对付不听话的牛一样对付我,那次父亲打得狠,半个月后我才好起来。我虽恨着父亲,但从那以后却能一门心思地学习。

但我终究还是没能考上大学。落榜后,我一声不响地在家待了一个月,就和一好友到广东打工去了。父亲十分反对我出去,他要我去补习一年。我当初没听他的。在广东打工劳累的日子里,我却常想起父亲来,想起他手里的那根竹鞭。尽管我恨父亲,但我明白,父亲为了供我上学付出了很多,其中的艰辛是外人所难理解的。为了攒足一年的学费,每天晚饭后,当别人都围着晒坪海阔天空的聊时,父亲还要在昏黄的白织灯下编篓子换钱;焦灼烈日下,当村里人都躲在树底纳凉的时候,有痔疮的父亲却在城里一块块地垒着石头和砖瓦,赚取着微薄的收入;寒冬腊月里,当别人都围在火塘边闲聊的时候,父亲却得去几十里的山里担炭回来,再挑到几十里远的镇上卖,得挑夫的两个辛苦钱。父亲曾对我们说过,我们是他种下的棵棵竹,他不希望我们只有被用来编篓子的命。父亲打过几次电话叫我回去,我没打。我不忍心再让这个我又恨又爱的男人为我劳累了。然而,我在广东待了不到三个月,父亲就和堂哥一起到广东找到了我,见到疲惫不堪的父亲那刻,我再也控制不住自己的情感,两行热泪悄悄地流了下来。这泪水化解了我对父亲所有的恨:平日里,父亲连花钱买包最便

宜的纸烟都舍不得，为了他最不争气的儿子，对这五六百元的车费竟能如此慷慨！

父亲把我从广东拉了回去，也把我的命运从流浪的边缘拉了回来。在剩下不到六个月就高考的时间里，我玩命地学，皇天不负有心人，我终于拿到了通往大学的“入场券”。在收到大学录取通知书的那天，父亲比我还高兴，摆了几桌，呼朋唤友庆祝了一番。在我读大学的几年里，父亲过的日子比以前更苦了，而这个父亲却从来没有吭过一声！

去年春节，我们在外工作的四人一起回老家看父亲。回到家，看着为了我们兄妹四个操了一辈子心的满头白发的父亲，心里一阵难过，我这才想起父亲已年近60了。小时候，当父亲手里的竹鞭挥向我们的时候，我们曾记恨过父亲，然而，当我们长大懂事后，却被父亲这种盼子成龙、盼女成凤的爱而深深的感动着。在当时老家那种不重视学习的环境下，如果不是父亲，不是父亲手里的竹鞭，或许一辈子面朝土地，背朝天的人生将伴随着我们兄妹四个。今天，我们都有了一份较为体面的工作，再回首想想父亲手里的竹鞭，真的是心存感激！我们知道，没有文化的父亲是和母亲一样的爱着我们的，只是这个脾气有点暴躁的庄稼汉爱子女的方式有点特殊而已。父亲手里的竹鞭挥向我们的那刻，他肯定也是心疼我们的！父亲啊，您手里的竹鞭让我们获益一生，您那份浓厚的父爱也让我们感动一辈子！

舞蝶青痕的悲凉情殇

李秀红

2003年末，这座南方小城，突然流行起在眉边纹一只蝶。她就是这起流行事件的中心。开始是她的同事效仿起她，接着是同事的朋友，朋友的朋友。

在她的左眉侧边，有一只色彩斑斓的蝴蝶，在长发的若隐若现里，翩

翩起舞。

是有一天,她不经意地撩开长发,坐在身旁的一个同事立刻尖叫了起来,追着问她是在哪里纹的。同事看着她,那是满目的羡慕与渴望。

部里爱打扮的小女人们一下子都拥了过来,将她团团围住。她举目看住她们,如花般的女子,有着如花般的笑颜与洁白无瑕的面容。有的直发流光泻彩,有的卷发拢情聚光。还有的干净利索的短发,却有着异样的闭月羞花。

她微笑着告诉她们这是她自己做的。一个个夜晚里,她面对镜子仔仔细细地描,就算疲劳至极也继续着。背后的 CD 机,反复放着一首叫《从前》的歌。

她们按着她教的方法画起来。几乎在一夜间,整座城市忽然地就有那么多只五颜六色的蝴蝶,飞舞在长发间,秋波侧。只引春光无限与千双注目万双回眸。

然后有一天,电视台里有个做流行时尚版块的 VJ 来找她,约她做一期节目,关于她独创的这只蝴蝶彩妆。后来,在某个夜晚时分,那一座城市里的人,从电视里看到了她和她的彩蝶妆。

她对着一个模特的眉侧开始画,一笔一笔,仔细地勾缓缓地描。慢慢的,一只彩蝶凄艳的出现在模特的目旁。她画的是那样艰辛,那样慢,仿佛有一个故事的长度,有一个故事的情节,还有一个故事的人物。而她的眼,似还残留着一个男人的轮廓。

她口中的一切成为真实。从春初到冬末,相爱到分开。她,还有他,是那么的相爱缠绵,恨不能一夜白头。VJ 问,那,后来为什么又分开了呢?

她示意摄影师拍一个特写,而后与那只青色蝴蝶紧紧相依的是一块青色胎记。

一切原因,尽在不言中了——他带她去见他的父母,也是料到父母会在意的,所以特意用长发遮住。然而谁料,因为一个不经意的撩开长发,被一旁他的母亲看个正着。

后来的结局可想而知。他的母亲有高血压,而他又是孝大于天的人,一段感情,纵然天造地设,父亲母亲的坚决反对下,不得不向亲情低头。她不怪他,只怪自己为何天生会有这样的青色胎记,虽在眉侧,却犹如眼下的泪痣,生来便要你夜夜以泪洗面——其实,她在告诉她的同事时,省下了一些凄词:一个又一个寂寞伤心到无眠的夜,她一个人站在镜前对着那块青色胎记,泪流满面。开始一笔一笔地画,用了多少个夜不知道,熬了多少个夜记不清楚。她只是知道,这只彩蝶,如同愈合伤口的纱布,遮住回忆的线索。

而她身后的CD里一直唱着:从前,有过一段爱恋。

后来,这样的彩蝶妆,又几乎一夜间在这座城市里消失。一道为了愈合伤口的纹身,如同爱情劫难后男人嘴里的烟手中的酒,如同女人眼中的泪心中的痛。纵是再好看,太伤人。

还有谁会想要?

只有她,依然画着,在长发被风吹起或偶尔撩开长发的若隐若现里,那一只青色的蝴蝶,寂寞地在丝丝缕缕缝隙里,翩翩起舞。

有人怜惜她,说,要不你去做个手术吧。她只是笑了一笑,却从没想过去做。相随久了,在她眼里,自己的命运似于它的命运,注定凄美一生无法改变。于是,也便渐渐惺惺相惜起来。在一个又一个孤寂的日子里,她只要它,与自己相濡以沫。而这一只青色的蝴蝶,仿佛知道她寂寞的痛,于是,在一个个如水冰凉的夜,舞在她的眉侧,犹如一双安抚记忆的手,安抚着她那一段的悲凉情殇,直到泪水流尽却仍如影随形相随到老。

亲爱的娘

谢 普

整座医院都为四月之夜的冷清和宁静所覆盖。

真该感谢那位水炉工，他特意没有给水炉房上锁。我得以在此享受水炉的温暖。我百般无聊赖地蹭在水炉旁，在地板上不停地因为瞌困而点头。大概十二点了，我伸了个懒腰，去病房里看母亲。我该问她是不是要上厕所了。

我来到母亲的病房——10 号房。正要叫母亲，一看床上却没有人。我有点怀疑自己走错了病房，回身又看了门上的号码，是 10 号，没错。同时看了邻床上的几位病号，还是那几位，也是确切的。我想母亲大概去上厕所了吧，心里就深深地自责起来：母亲患了白内障，一只眼睛已经做了手术，用纱布护着，另一只也看不见。

我急忙去厕所。在女厕所门外，我轻声地叫了句“妈——”，但是没人应。我又放大音量叫了一句“妈——”，仍然没人应。怎么了？我没多想就一头进了女厕所，里面却没有人。

我的心揪紧了。真是奇怪了，母亲不见了。

我再次回到病房，床上依然空空无人。其他的病人都沉沉地睡着，我没有理由叫醒他们。

她肯定是下楼找我去了。她肯定是找睡觉的我。她盲着双眼下楼去，后果真让人不堪设想——都快七十岁的人了！

我“噔噔噔”地下楼，脚步声在走廊里在声地回响。我一口气跑下四楼。但是仍然没有见到母亲的身影。真的急死我了！

下面的门关着，但是可以打开。按理母亲是找不到出口的。可我还是拉开了门，到外面去寻找。

“妈——”我轻轻地叫了一声，没人回应。

"妈——"我加大音量叫了一声,仍然没有人回应。我急出了许多冷汗。借着路灯,我看了花圃和园林。但是里面都没有人。

母亲真的不见了!

我返回楼房,"噔噔噔"地往上爬,这时腿有些发软了。再次来到病房时,我真希望能看到母亲。但是床上只有洁白的被褥,及和我们的几件衣服。

我又把男女厕所都仔仔细细地检查了一遍。也看了水炉房。甚至上了五和六楼。但是都没人!

我打算找值班医生,请他报警。这怎么好开口!总不至于有人偷走我的母亲吧!

我在长廊里徘徊着。从病房走到值班室,又从值班室走回病房……有几次,我的手已经举起来要敲值班室的门了,但又放下去了。

有一扇门打开了。一个少妇要去上厕所。她回来时跟我打了招呼。我们认识的,她是来照料她的母亲的。

我着急地对她说:"我的母亲不见了!"

她先是愣了一下。然后突然想起了什么似的,匆匆地回到她们的病房。她朝房里看了看,然后向我招了招手,"在那儿呢!"

我不相信。但我还是进了她们的病房。她指了指墙角的一张床给我看,"就在那张床上。"

我轻轻地走过去。所有的人都在熟睡着。在墙角的病床上,我一眼就看见了我的母亲——那个再熟悉不过的人了。母亲安详地侧身躺在靠墙的床边,一瓣红桔还在枕头边。而这张床的病人——一位六十岁左右的老妇人,却侧向床外,她只睡了床位的三分之一。

我心里刹时一颤!

这老妇人日里串过我们的病房,和我的母亲聊过的。她看我一眼,说:"床这样窄,儿子和妈怎么睡哟!"

我多么想把她老人家的身子摆平,但我又怕吵醒了她。

我愣愣地站在床边,看着这一幅圣洁的睡眠图。

那个少妇悄声对我说:"回去休息吧!"

我对她点了点头，回到10号房。

大概是深夜两点了。我精疲力尽地躺在床上身子无比放松和舒服。

“亲爱的床啊！”

我心里说。这是我的一个习惯。每当我过度劳累，躺下休息时，我就感叹地说这句话。

不过，今天说过这句话之后，我又紧接着补充了一句：“亲爱的娘啊！”

老兵走好

苗桂芳

一个人站在深秋天空下的校园里，世界是那么的安静，一阵轻轻的风吹过，枯黄的树叶不断的往下落，连同地上的树叶一起，任风将它们吹到哪里。看着这些，我心里不禁冷下来，秋天的树叶是多么的悲哀啊！我想他们也知道会有这一天，但毕竟在树上待了那么久，对于树的感情哪里说放就能放呢？

“一树生百年，一载一新叶”，这些树叶是无法与大自然对抗的，况且经历了这么多的风风雨雨，它们也该歇一歇了。

十一月，又是老兵复员的月份，二十五日，是老兵和我告别的时候。

“小汤啊，你一定要好好干，既然来部队了，就要像个男子汉，挺起胸膛来，以后你也变成一个老兵了。记住，无论下着多么大的雪，大地总是敞开它的胸怀默默的承受着，然后再把它消融”。

“我知道的，请你放心，我一定好好的干”，说完我便止不住地流眼泪。他拍了一下我的肩膀，转身朝大客走去，留在我眼中的是一个背着背包的背影，依然昂首挺胸。

记得坐了两天的火车，被东北寒冷的天气冻得还没反应过来，紧接着一辆军绿色的大卡车颠颠簸簸地把我们带进一座深山里，那就是新兵训

练场所在地。冻得不行的我们车刚停稳就便迫不及待的跳下,然后按点名的顺序列成几队。开始分班了,只见一个身材魁梧的老兵向我们走过来,提起我们的行李,让我们跟着他走。他就是磊,我们新兵的班长。真的,第一眼见到这些心中崇拜已久的军人的时候,我太感动了:他们身上的军装虽然整洁,但都已发黄,有的老兵衣服的袖口和裤口都破了,马上又要过年了,而他们却要陪着我们,不由自主地一股敬意涌上心头。我被分到了五班,同班的还有华,俊,芝,强,军,和云。现在俊,芝和我都幸运考上了军校,而华只差 4.5 分未被录取,强和军以及云和华都留在了连队。到班的时候,我们被温暖的室内暖气融化了,还看到班长准备好的洗脸热水。回过神来以后,班长就领着我们去吃饭,饭间又是给我们加菜,又是给我们加饭的,饭后还帮我们刷了碗。真的,当兵前的疑虑都在此刻烟消云散,真有种在家的感觉,同时更增添了我对军人的热爱和对军营生活的憧憬。

但新兵连毕竟是新兵连,休息了四天以后,我们便开始了密集的训练。因为刚来军营,班长又态度温和,以致很多以前的坏习惯还没改,像是在队中笑,在训练时发出怪声。开始班长总是提醒几下,然而还是没有改过来。终于在一次训练的时候,我又无故的笑了起来,班长走到我的面前,冲我踢了一脚,我突然感到一肚子的委屈,差点泪水都流了出来,但还是忍住了。后来越来越多的规矩让我受不了。终于有一次,在吃饭的时候,我不禁对班长说了声:“班长,你太没人情味了。”班长原本很高兴的脸一下子变得严肃了起来,然后向我看了一眼。这时全班的同志都放下筷子,坐得直直的。我也像意识到什么似的,放下筷子,坐得直直的,突然觉得身上像着了火一样的难受,心里想着班长会怎样的打我。“快吃饭,你们都愣着干什么?”突然,现场紧张的气氛被班长温柔的语气缓和了,我心中的石头也落地了。我知道,这是班长怕我们吃不好饭而耽误了训练,所以才没有顾及自己的面子。此时我太内疚了,真恨自己为什么这么的幼稚,这么的冲动。吃完饭回到班里,班长又把我们叫到一块,大家都以为是班长要打我了,而我也做好了思想准备,而且是心甘情愿的。然而我们都想错了,班长并没有打我,而是说了一句话:“希望你能早一点适应,以后你会明白的。”

这些只是小事,然而小事却能让我们看到一个老兵纯洁的灵魂,我甚至在信中跟爸妈说以前他们都不该把老兵说成那个样子。在新兵连期间,我们同样没少挨班长的拳脚,但他的一举一动让我们想到的是部队领导常说的一句话:“带兵不管严,不是真爱兵”。

而下面这件小事却让我们更加的感动。

那时快三月了,但东北的天气仍然是寒冷至极的。那次我们班全体到水库去洗衣服,是班长带的队。正洗间,突然发现云的脸盆漂到远处去了,里边还装着刚洗好的衣服,大家都在焦急的想着办法,只是没有可利用的工具,不知该如何是好,只得看着盆越漂越远。

“干脆下去捞”,说着云就想脱衣服。

“干什么!”原来是俊把班长叫过来了,“要是出事了怎么办?”

“可是……”

“可是什么!”班长怒吼道。

于是班长向周围看了一看,确实没有什么可利用的工具,而且水库也挺大的。

“算了吧,班长,不要了。”云劝道。

“你说不要就不要了,训练时可以不穿衣服吗?”

“我下去捞!”说着班长脱掉衣服,跳进了水里。此时我的手还感觉到刺骨的寒冷。班长迅速的把脸盆捞了回来,虽然他的身体很棒,但他全身还是起豆大的疙瘩,脸冻得铁青。我们所有的人都没吭声,但心却想到一处:班长,我们永远都跟着你。

在整个新兵二连,我们班的素质是最好的,只因为有位好班长。

下连以后,我们班分散了,只有我和华被分到了同一个连队,正是班长所在的那个连队。虽然他不再是我们的班长,而是一个老兵,但我们还是叫他班长,他也还是当我们是自己的兵,直到他复员。

十一月二十五日——老兵复员的日子到了。我深深的感受到了“铁打的营盘流水的兵”的含义,也完全明白部队生活的真谛,然而分离就在眼前,我怎么能不悲伤呢?为连队奉献了三年的老兵又怎么能不悲伤呢?

现在,磊复员已近一年了,和他一块入伍的老兵也复员近一年了。不过我仍想跟他们说声:“老兵,辛苦了。”磊只是他们那一代老兵的一个代表,而他们那一代老兵又是千千万万的复员老兵的代表。在他们曾服役过的地方宝贵的品格被留了下来,真诚的情火热的魂熠熠生辉。正是无数的老兵的牺牲奉献才铸成了中国的钢铁长城。

这个月的二十五日,和我同班的华,云,强和军他们也要退伍了,还有许许多多的战友们,虽然我不能去送你们,但我在心里却在为你们祝福:一路顺风,老兵。特别是只差4.5分而未考上军校的华,希望你能记住:天生我才必有用,明天一定会更加美好。

突然我又想到自己曾写过的一首诗:带着稚气的笑脸,离开亲人的怀抱,踏进火热的军营,迎接烈火的煅烧。流下太多的是汗水,带走的只是一个背包。

而你却说无怨无悔,“军人”将陪我一生。

九朵郁金香

梅　朵

生活有时阴差阳错,你错过了一时,就可能错过了一生。

有个男孩,在学校的新生联谊会上认识了一个女孩。女孩笑容灿烂,聪明活泼,男孩对她几乎是一见钟情,却没有表露。因为男孩刚经过高中阶段循规蹈矩式的教育,对男女感情谨慎得令人难以置信,他想:“再等等吧,等一切成熟些,再向她说。”

一年多后的一个夜晚,男孩终于鼓足勇气约女孩出来,向她表露了心中的爱意。没想到,平时口齿伶俐的女孩结结巴巴地说:“我……我想我不能接受……你的好意,一个星期以前……我已经……接受了另一个……男孩……我真的……不知道你……会喜欢我……”女孩说完就跑掉了,没有让男孩看到她湿润的眼睛。

后来，大家看到他和“校花”时常在一起，大家都以为他看中了“校花”的美貌，谁也没有注意，“校花”有着和女孩一样的灿烂的笑容，非常相似，所以谁都没有发现男孩的苦心。但是没过多久，男孩与“校花”的爱情就以分手结束。

大学生活非常快就结束了。毕业后，女孩披上了嫁衣变成了别人的新娘，而男孩再没有恋爱过。因为他清楚，只有这个女孩才是他唯一的至爱。

男孩从朋友那里打听到女孩的生日和地址，每到女孩生日时，他就会叫人送去九朵郁金香（他不知道女孩最喜欢什么花，他自己最喜欢郁金香）。男孩知道女孩已为人妇，所以卡上从未留有他的姓名和号码，他不想因为自己的感情而影响女孩的生活。几年时间转眼就过去了，男孩依然是单身，依然记得每年都送花给女孩。就在女孩生日的前几天，男孩参加了一个同学聚会，他听说女孩在这几年里经历了两次离婚，如今也是独身，心里又是心疼又高兴：他为女孩遭遇了感情的挫折而心疼，又为自己再次有了机会而高兴……

终于再次等到了女孩的生日！男孩当然兴奋得难以言状！他决心这次一定要亲自把花送去，再向她表白。为此，他几乎逛遍了所有的花店，最后挑选了他以为最美的花朵郁金香。

当小姐把花包扎好的那一刻，男孩在卡片里写下几个字：你知道我在爱你吗?！男孩英俊的脸上洒满了笑意与希冀，径直向街心走去……

就在那时，一辆逆行的货车撞倒了他……

女孩在收到郁金香的同时收到了男孩的死讯。女孩明白了一切，她把自己锁在房间里哭了一宿。她回忆起多年前的那个夜晚，男孩对她的表白，她一直不知道，十年来，男孩是如此执著而痴迷地爱着她！想到这里，她就哭得更伤心，止不住的泪水将郁金香浸染得无限凄美。女孩明

白,她失去了今生难遇难求的至爱。

然而,长眠的男孩一定也不知道,女孩最喜欢的,恰恰是郁金香啊……

最美最痛的麻花辫

王新龙

那时,他还只是个挑担卖豆腐的少年。如果家境富裕,他当然不会这样,他可以去复读,因为今年高考,他仅仅以5分之差落榜。命运就是命运,他父亲唯一的手艺就是磨豆腐,人又老了,卖豆腐的重担只能落在他稚嫩的肩头。

少年每天早晚都会卖一次豆腐,每次挑担都要经过一条小巷。它叫枣儿巷,在青砖垒砌的围栏里伫立着一棵很大的枣树,它为小巷增添了幽静和寂寞空寂。临树的阁楼上有扇泛黄的雕花木窗,每逢少年悠长的叫卖声响起,那窗便打开,露出一张楚楚动人的女孩的脸。女孩总要买少年的豆腐,还说他的叫卖声韵味十足,像从柳永萧孔里冒出来的江南小调。女孩问少年知不知道柳永是谁,少年说当然知道,而且还会背他的"杨柳岸晓风残月"呢!女孩吃了一惊,于是意味深长地看了少年一眼,转身走上楼去。少年看见女孩有一头瀑布般的长发。他想,要是女孩把长发梳成麻花辫,肯定会更好看。

一天,女孩又来买豆腐,却没带零钱。少年说没关系,只要你……他羞红着脸不好意思往下说。女孩反复追问只要你什么,少年鼓起勇气说只要你每天都把长发梳成麻花辫,你买的豆腐都不收钱。女孩"格格"地笑了起来,说你这人真有趣!少年却怅然道,在我的记忆中母亲就留着一条美丽的麻花辫,但在我刚刚齐她辫梢的时候,母亲便被可恶的癌症夺去了生命。多少年来,一想起母亲我便会想起麻花辫,便会想起母亲带我去捉蝴蝶时麻花辫在风中飘舞的样子……女孩便不再笑了,少年以为她生气了,于是挑着担子走开了。没走多远,女孩追了上来,送给他一大捧香糯香糯的枣儿。时值秋天,少年悲凉了多年的心境却蓦地有了一份温暖。

少年跟女孩的关系日益亲密,彼此有了更深的了解。少年知道了女孩高中毕业后代替父职,在县城的一家面粉厂上班。女孩劝说少年去复读,并硬塞给他一叠钱做学费,少年推辞不掉,只得含泪收下。并且女孩从此留起了麻花辫,这让少年很感动,它带给少年很多甜蜜的梦想和温馨的回忆。

少年在卖豆腐的间隙,便拿出书本复习功课,终于在第二年的夏天,考上了省城的重点大学。刚刚得知消息,少年便等不及地往枣儿巷跑,因为帮父亲修石磨,他已经几天没有去过那里了。少年要和女孩一起分享成功的喜悦。他还想告诉她,正是她的那条美丽的麻花辫,使他心中时常洋溢着一股温暖的感觉和热烈的希望!

上了阁楼,却不见了女孩。一个说是她弟弟的男孩对少年说,姐姐走了。几天前姐姐去机房里操作,麻花瓣被卷进了面粉机中,因为抢救不及时,姐姐终因流血过多而死亡。少年的脸霎时变得惨白,像木头人似的怔在那儿,一动也不动。

男孩还说,姐姐其实是大学刚刚毕业的大学生,在工厂里当实习技师。姐姐有个非常要好的少年朋友,是走街穿巷卖豆腐的。为了不让少年远离她的鼓励和帮助,只因为她的高贵,姐姐只说自己是高中毕业,是一个普普通通的工人。因为工作需要,姐姐其实好几次都想剪一头精神的短发,但一想到少年的哀愁,她还是留起了麻花辫。正是那条美丽而又该死的麻花辫使姐姐无缘享受到青春的甜蜜和欢乐……

少年听着,已是泪流满面。他想,是自己害了那位善良美丽的女孩啊!如果不是因为他曾表露出的忧伤,女孩此刻会鲜活而俏皮地站在他面前娇美地笑。可他的过错又的的确确是无意的呀!人生总是存在着很多哀伤与无奈,悲伤时,有一些美丽,美丽时,有一份悲伤。这正如女孩的那条麻花辫,从此成了少年最美最痛的心事!

长发飘飘的受伤女孩儿

谢 普

阿童不是那种外表漂亮的女孩儿,五官非常平常,但她有两样令好多女孩儿妒忌的东西——高挑的身材和一头乌黑的长发。

当时,在我们那所中专校园里,身材好的女孩儿不少,然而拥有一头又黑又柔又亮又厚的长发的只有阿童一个人,她的头发没有经过任何美发手段的修饰加工,浑然天成。她即使是随便打理长发,也依然很美。我时常惋惜地说阿童那头长发不去做广告太屈了,"飘柔"中的头发也不过如此嘛。

也正是因为那头美丽的长发,阿童认识了丁原并附入情网。

阿童凭借着好身材进学校舞蹈队。其实阿童根本不会跳舞,因为她是在一个偏僻的小镇上长大的。但领队老师说那么好的身材不跳舞太可惜,不会跳可以学嘛,便收下了她。舞蹈队里可算是美女如云,被男同胞们真心实意地称为"靓女队",以此美誉可知她们在异性眼里的地位。可阿童在"靓女队"训练几天后担忧地说:"我感到自己像只丑小鸭,她们的条件和基本功都比我好。"

"既然是舞蹈队,相貌能衡量什么?"我只能安慰她,"只要肯下功夫,你会变成白天鹅的。"

阿童略带苦涩地笑了笑——她是个不自信的女孩儿,近乎柔弱。

一天夜里阿童回来之后在床上翻来覆去睡不着,好像很不安。后来又钻进我的被子里,悄悄地问我认不认识丁原。

"丁原?男士还是女士!"我装糊涂,其实心中早已料到几分。

"哎呀你不认识?歌唱得棒极了!你真的不认识?"阿童既兴奋又失望地捶了我一下。

我当然会认识丁原。他比我们高一个年级,是学生会的文艺部长。

正如阿童所说,他的歌唱得非常棒,在市卡拉 OK 大赛中也拿过奖,在学校的各种晚会上更是常常独领风骚。算是学校里叱咤风云的人物。

阿童几乎是迫不及待地告诉我:晚上彩排她坐在一边休息时,丁原突然失声惊叫:"哇,我只在广告中看到过这么动人的头发!"众演员停下来莫名其妙地望着他,丁原愣了片刻之后向大家摆摆手说:"看我干什么?继续演吧。"那个时候阿童抬起头来正看到丁原的目光从她脸上移开。舞台上彩灯交相辉映,阿童又刚洗过头,她又在信自己的头发应该是光彩夺目的。后来丁原在台上唱了几首歌,阿童看着他潇洒自如的样子,不禁地心跳快起来。更精彩而美妙的是,彩排因停电而中止,阿童走在回宿舍的路上,嘈杂的黑暗中突然传来丁原的声音:"嗨,那时我说的是你,知道么?你的头发真的美极了。"

"……,他的眼睛亮亮的。"阿童继续向我诉说着。虽然是夜晚,但我可以想象的到阿童说话时的神态:兴奋、陶醉、娇羞。没有比情窦初开更美妙的感觉了吧?

两天之后丁原约阿童看电影。"你说我去不去?"阿童拿不定主意。我摸着她美丽的头发,鼓励道:"为什么不去?"

阿童去了,样子很让人放心。此后便有一段甜蜜的过程,那些天阿童格外美丽。

他们恋上以后,在舞台上也就交相辉映,相得益彰了。国庆晚会上,丁原深情款款地唱起《东方之珠》,阿童带着三个姐妹为他伴舞,效果竟好得出奇。我发现阿童的舞已有很大的进步了。

没过多少时间,学校开展了"十佳学生"的竞选活动。条件非常苛刻,奖品十分可观。"在校期间不曾谈恋爱"竟然成为竞选条件之一。这一条大概是老校长添上去的,他一向非常厌恶学生谈恋爱。根据规定,候选人由年级组慎重推荐,学校经过全面审核后,全校师生参加投票。

这件事在毕业班学生当中引起一阵不安和恐慌。没想到潇洒聪明的丁原也被名利诱惑得失去了方寸。按说他当选的可能性是极大的:他的歌声让不少人喜欢他,他的成绩、能力、表现以及与人交往都不错。经过衡量,丁原变得利欲熏心了。他找到阿童对她说:"这件事十分重要,对任

何人都不要承认我们之间……以后我们还可以是朋友。”阿童不假思索地答应了。为他作出这点牺牲算什么，阿童天真地想。

丁原充分发挥出他的交际才能，使年级主任上报的名单里有了他的名字。一引起紧张不安的竞争对手在此时搬出阿童的事情借以攻击他。于是丁原大义凛然地去找总裁判校长大人，一番慷慨陈词，居然让校长相信了他的清白。

竞选演讲会上的丁原依然洒脱，那时他已稳操胜券，掩饰不住脸上得意之色。他先精辟地分析了个人成绩与“十佳”之间的关系，而后低缓地说：“某些同学反映我谈过恋爱。那么，真有其事吗？不用作太多的解释，我只想说，如果“十佳”的桂冠戴在我头上，我决不会感到一丝的羞愧！我只有同学这情，而对那引起不太自重的自作多情，但我敢以名誉担保：本人至今仍然不晓“爱情为何物……”

台下好多人向阿童投来异样的目光，令阿童脸色发白。

丁原当选“十佳”之后，众人对“自作多情”一事放大夸张，一时间沸沸扬扬成了热闹话题。年级主任拐弯抹角地和阿童“谈心”，不小心地溜出“自作多情”一词……

刚刚有一点自信，憧憬着成为“白天鹅”的阿童几乎崩溃了。只有我明白阿童伤得有多深——她伤得连恨的感觉都找不出来，只会畏惧和躲避。她坚决地退出了舞蹈队，甚至连电影院都不愿意进了。有一次偶然遇到春风得意的丁原，又无处可避，我发现阿童如秋风中的叶子，微微打起了哆嗦。

可怜的阿童啊！

后来，毕业前的那几天，丁原又疯了似的找阿童。

在教学楼、宿舍、餐厅、图书馆以及每条路上，阿童总是在丁原的等、追、堵、截下逃之夭夭。我牵阿童的手，凉得厉害，还颤抖着，她的脸灰白灰白的。

又遇见丁原时我对他高声嚷道："够了！你想在离开之前把她吓死吗？"

"不，我只想跟她说几句话，只说几句话！请你劝她来见我一面，好吗？"丁原几乎是哀求着对我说，眼神楚楚可怜，以前潇洒的派头早已消失得无踪。

毕竟，阿童对他付出过真挚的感情，见他最后一面又有什么关系呢？于是我婉言劝说阿童去见丁原。

谁料阿童愀然色变："连你也看不起我！"

我默不作声了。只是暗暗为阿童感到悲哀痛惜不已。

丁原居然在小河边垂柳下等了整整一夜。从宿舍的窗子可以看到他一动不动地站在那里。我心生怜悯，故意叫阿童去开窗户。阿童发现了他，只微微愣了几秒钟，不为所动。可是夜里她又几次爬起来去窗前的桌子边倒水喝。我才知道她彻夜未眠。

次日丁原永远地离开了学校。我原以为他会留下一封长书或者什么别致的信物给阿童，然而什么也没有……

女人一生中有三个时候最美

李光辉

你就站在我眼前，一身白纱……

你对我说："女人一生中有三个时候最美：

一是为心爱的人哭泣时最美；

一是为自己理想努力时最美；

一是穿着新娘礼服最美。"

我们以前就住在冈山眷村里，
在童年的印象里，你在所有的女玩伴里最不像女孩子，
因为你连和男孩子打架都会赢。

你家就住我家隔壁，你很“恰”，
晚上我常会听到你骂你弟弟和妹妹的声音，
你弟妹的作业、试卷、家庭联络簿都是你签上名的，
因为你妈妈在你上小学时就染病过世了，
而为了维持你们一家四口的生活你爸爸要兼三份工作。

你每天都到我家叫我起床，
帮我把便当带好，然后带着弟妹一起去学校。

晚上我妈不在时，你就会煮好我的饭，然后叫我过去吃。
记得有一次，隔壁巷子的大头把我推到水沟里，
那时我又瘦弱，个子又小，根本攀不着沟沿，是你把我拉上来的，
那时你的确比我高大。
当晚大头到我家来找我，
我才知道你居然带人去狂扁他一顿，还要他来跟我道歉。

虽然你比我早一天出生，但我却觉得你比我大好几岁，像个姐姐。

我们上同一所小学，你就坐在我隔壁；
上同一所中学，你还是坐在我隔壁；
连高中会考时你也坐在我隔壁；
我对你的依赖就这样随着义务教育前进。

之后，你考上高雄女中，我考上高雄中学，我们变得不同校了，

我才发现自己必须勇敢，在那些没有你在身边的日子，
随着课业越来越重，我们能见面的时间越来越少，
虽然就住隔壁，但我很少见到你，
因为你爸爸失去了最重要的那份工作，
你就必须在学校放学后去打工赚自己的学费与生活费，
所以在你星期六晚上打完工回来时我都会到你家帮你复习功课，
但每次都是我比你先睡着，
我问你为什么不觉得累？
你对我笑一笑，然后告诉我说："累不得！因为我不能输你！"
你输我？从小到大都这么独立自主的你，还会输我吗？

后来你考上清华，而我上了政治，
从新竹到台北算是有一段距离的，
而你还是每个星期日到台北找我，
我问你为什么，
你还是淡淡一笑，然后回答我说："我只是不想一个人无聊……"

大二时，我交了一个女朋友，
而在同一年，你爸爸得中风了，
家里的负担一下子掉到你肩上！

你休学了，交给弟妹一人一张邮局提款卡，
就一个人到高雄去工作了。
在你前往高雄的前一天，
你打电话给我，让我替你照顾你弟妹，
冈山眷村就再也没出现你的身影，也没了你的消息。

大四那一年，我和她分手了，
原因是因为她爱上了学校的篮球队队长，

我开始找你，从你妹妹那里得到你在高雄的电话，
但我没有一次找得到你，
即使是深夜，你的电话还是没有人接。

毕业后我没考上研究生，于是我当兵去了，
在当兵这两年期间，我还是继续找你，
你妹妹告诉我你离开了高雄到台北去发展，
而且也交了男朋友，我很替你高兴，
事情都有了不错的结果，即使我没帮上什么大忙，
你弟妹都顺利地考上大学，
而且都和你一样独立，而你也有了男朋友。

退伍之后，我在台北找到了一份工作，
也见到了你，那是个下着午后雷阵雨的坏天气，
我们约在诚品书店的敦南分店。
你变了，变得成熟而清秀动人，
大波浪卷的发型让你看来更加有女人味。
已经不是从前恰北北的小女生了……

在聊天当中我问及你跟你男朋友的事，你只是淡淡一笑，那年，我们25岁……

之后我们就常见面，就和以前一样，
不一样的是我已经是个不需要再依赖你的男人了，
但相见的时间并不长，
因为公司将派我去洛杉矶分公司，
我们又必须分开。

“我的回忆是你写的，你就得负责擦掉，如果要坚决离开我们的回忆的话……”

1997 年的圣诞节，你这样告诉我……

我第一次听到你说：“你知道吗？你一直都在我心里，而他只是你的影子……”

1998 年 1 月 2 日

我终于还是坐在了去洛杉机的飞机上，那句话什么都没有留下。

在美国的日子很寂寞，我这才发现只要是没有你的地方就感到很孤单。

我常写信给你，你也都是以 E－mail 回我的信。

很庆幸的是我们没有因为这么远的距离而断了联系。

在 1998 年 12 月 24 日

因为你，我回到了台湾，你就站在我面前，穿着一身白纱。

我就站在他身后，是你和他的伴郎。

“能嫁给你的影子，我已经很心满意足了……”

你在婚礼前一晚告诉我这句话，到现在还痛得可以……

你为了我的一句话等了这么多年，真的很勇敢。

是的，你告诉过我！

女人一生中最美的三个时候，我至少看到了其中一个……

“是我太过倔强了……连哭都吝啬让你看见……”

来不及了！确确实实一切都来不及了！

当我亲眼看着他把戒指套入你的左手无名指，

我才发现你脸上滚烫的泪，你真的一点都不吝啬，

你大方得让我恨透了自己，

为什么如此简单的一句话，

我却终究说不出来？

从小你就走在我前面，就连现在你都赢我……

“我爱你……”

在礼车驶离会场前,你回头望着我,这么跟我说……

对的时间,遇见对的人,是一生幸福;

对的时间,遇见错的人,是一场悲哀。

错的时间,遇见错的人,是一段荒唐;

错的时间,遇见对的人,是一世无奈。

而所谓男女之间的纯友谊,是一种在持续的时间里错过或是一方永远的单恋!

你的肩上有蜻蜓吗

BC

在一个非常宁静而美丽的小城,有一对非常恩爱的恋人,他们每天都去海边看日出,晚上去海边送夕阳,每个见过他们的人没有不向他们投来羡慕目光的。

可是有一天,在一场车祸中女孩不幸受了重伤,她静静地躺在医院的病床上,好几天都没有醒过来。白天,男孩守在床前不停地呼唤正沉睡的恋人;晚上,他就跑到小城的教堂里向上帝祷告,他已经哭干了眼泪。

一个月过去了,女孩正昏睡着,完全不知道男孩多么憔悴不堪,却苦苦撑着。终于在一天,上帝被这个痴情的男孩感动了。于是他决定给这个执着的男孩一个机会。上帝问他:“你愿意用自己的生命作为交换吗?”男孩不假思索地回答:“我愿意!”上帝说:“那好吧,我可以让你的恋人醒过来,但你要答应化作三年的蜻蜓,你愿意吗?”男孩听了,还是毅然决然地回答道:“我愿意!”

天亮了,男孩已经变成了一只蜻蜓,他告别了上帝便匆匆地飞到了医

院。女孩真的醒了，而且她还在跟身旁的一位医生交谈着什么，可惜他听不到。

几天后，女孩便康复出院了，可是她并不快乐。她到处打听着男孩的下落，但没有人知道男孩去了哪里。女孩不停地寻找着，然而早已化身成蜻蜓的男孩无时无刻不围绕在她身边，只是他不能呼喊，不能拥抱，他只能默默地承受着她的视而不见。夏天过去了，秋风开始吹落树叶，他只能离开女孩身边。于是他最后一次落在女孩的肩上。他想用自己的翅膀轻抚她的脸，用细小的嘴来亲吻她的额头，然而他弱小的身体还是不足以被她发现。

转眼间春天来了，蜻蜓迫不及待地飞回来找自己的恋人。然而，她那熟悉的身影旁站着一个高大而英俊的男人，那一刹那，蜻蜓几乎从半空中坠落下来。人们讲起车祸后女孩病得多么的严重，描述着那名男医生有多么善良、可爱，还描述着他们的爱情有多么意料之中，当然也描述了女孩已经快乐如从前。

蜻蜓伤心极了，在接下来的几天中，他常常会看到那个男人带着自己的恋人在海边看日出，晚上又在海边看日落，而他自己除了能偶尔停落在她的肩上以外，什么也不能做。

这一年的夏天特别长，蜻蜓每天痛苦地低飞着，他早已没有勇气接近自己昔日的恋人。她和那男人之间的喃喃细语，他和她快乐的笑声，都令他痛苦不堪。

第三年的夏天，蜻蜓已不再经常去看望自己的恋人了。她和男医生幸福地生活着，根本没有空闲去注意到蜻蜓，更别提缅怀以前。

上帝约定的三年期限马上就要到了。就在最后一天，蜻蜓昔日的恋人和那个男医生举行了婚礼。

蜻蜓悄悄地飞进教堂，落

在上帝的肩膀上,他听见下面的恋人对上帝发誓说:我愿意！他看着那个男医生把戒指戴到昔日恋人的手上,然后看着他们亲热地亲吻着。蜻蜓流下了伤心的泪水。

上帝叹息着:“你后悔了吗?”蜻蜓抹干了眼泪:“没有!”上帝又带着一丝愉悦说:“那么,明天你就可以变回你自己了。”蜻蜓摇了摇头:“就让我做一辈子蜻蜓吧!”

有些注定会失去的是缘分,有些永远不会有好结果的也是缘分。爱一个人不一定要拥有,但拥有一个人就一定要去好好爱他。你的肩上有蜻蜓飞落吗?

窗棂上那束雏菊花

李光辉

在那年冬天,我认识了他……

南方的冬季没有雪,只有卷着树叶儿萧瑟的寒风。风中,我在街上慢慢地走,忽然在拥挤的人潮中发现有一个他,他是那么与众不同！高挺的鼻梁,深邃的眼睛,紧闭的嘴,脸部的轮廓如同大理石雕像棱角分明。头发长得半遮着眼睛,在风中显得有点凌乱。身着单薄的黑色长风衣,骑着一辆青灰色的旧山地车。我情不自禁地望着他。他看了我一眼,多么冷的眼神！令我整个人都被冻住了似的。等我清醒过来时,他已走远了。

从那以后,我就一直忘不了那双深邃的眼睛和那辆旧山地车。

凑巧的是,几天后,他那辆青灰色旧山地车又出现在我的窗下。我的心莫名地狂跳起来,后来才知道他就住在离我窗子不远的那座小房子里,是才搬来的。

于是那个冬天,窄窄的小窗口总有我喜欢的风景。每天傍晚,我都站在窗前,隔着窗纱等待那个高大而熟悉的身影。夕阳下,他骑着山地车过来了,于是我开始屏住呼吸,生怕惊动了他。等他把车停放在我窗下离去后，我才不舍地望着他远去的背影，小小的心也随之而去，飞得好远好远，那种感觉像在做梦。

冷清的冬夜我不再寂寞，因为有他的吉他与我为伴。那是怎样美妙的琴声呵！多么地如泣如诉，美丽而孤独。我总是用心去聆听，常常听得泪流满面，伴着他的琴声沉醉在无尽的黑夜里。如果有哪一夜听不到他的吉他声，我就会担心，他是不是病了？我知道我对他的确有一种感情，纯真而执着。他和我身边的男孩子不同，像一个谜，让我禁不住要去猜，去研究。虽然我不知道他的名字，虽然他没对我说过一句话，但只要每天看见他，听到他的吉他声，我就已很满足了。

匆匆地，寒冷而迷人的冬在他那宽阔的背影中溜过，春天来了！

望着窗外的葱茏春色，我忽然有一种冲动。于是，我采来一大捧雏菊花，用丝带把它们小心地扎起来，轻轻地扎，把我的心也扎进去，细细地打个蝴蝶结，把我的情也系起来。

揣着一颗跳动不已的心，我把雏菊花放在他那辆青灰色的山地车上，忽然，听见他的脚步声从屋里出来了，我一惊，菊花掉在地上，便顾不得捡飞也似的逃回家。站在窗前，我一遍遍地骂自己没用。这时，他已来到车前，弯腰捡起雏菊花。我的心像只兔子，我的脸在发烫。我们的目光相遇了，我糊里糊涂地喊了句："我的！"话音刚落，我后悔了，愣愣地望着他。他走了过来，捧着那束雏菊花："很美——"他淡淡地看着我，"但摘得太早了，若晚些，会开得更艳。"说完，他把那束雏菊系在我的窗棂上，默然离去。

后来，我不再悄悄地等他回来。系在窗棂上的那束雏菊花我一直都没有取下，等它们自己慢慢风干。他说得对，花摘得太早了，若晚些会开得更艳。风月依然，只是我不再做梦……直到有一天，他要走了，他家来来回回搬了几天东西。

我叫住他，在一个残阳如血红的傍晚，他有些吃惊，问："有事吗？"我不出声，满腹的话语不知从何说起，只能目光如水地望着他。他的眼睛像深沉的黑海，那么深，那么遥远，我的水永远也汇不进他的海里。

他也默默地看着我，许久，他说："你的雏菊花为什么还挂着，都枯了。”我平静地笑:“因为这花里锁着个故事。”“什么故事?”“你不会明白的……”我有些无奈。

“我要走了。”他说了句。

“……一路顺风。”我蕴酿了好久才说这句话,终于松了口气。

“谢谢。”他露出了一个微笑,我明白这是给我的。

“谢谢。”我在心里回答他,无力地转过身,发现眼睛已经湿润了,模糊的世界中,只有那束枯黄的雏菊花在窗棂上晃动着,晃动着……

小雏菊

李华伟

小雏菊,一直是圣洁的代表不是么……

我从小就在所谓资优班长大,不但资优,还是舞蹈班,班上三十位女同学全是经由智力、舞蹈能力考核,从三百多位候选人中脱颖而出。

国小六年,就那样和其他二十九位女同学一起长大,在我的生活圈里,除了爸爸和老师,我没有多少机会接触到男性。在我的国小生涯,男生算是外来者。

国中,我放弃了上舞蹈班,我上了普通的男女混班。那种感觉,就像婴儿第一次接触世界。

第一次听到脏话都是在电视上。

第一次看见有人说,是在国中的班里。

我只是睁大眼睛,一副难以置信的样子。后来班上的同学爱叫我“小雏菊”,因为我什么都不懂。不懂帮派,不懂规矩,不懂男女……我就像一朵刚开的花儿,还不懂黑白,只觉得世界很稀奇。

小雏菊,代表着天真无邪……

小雏菊的名字一直跟着我,直到国二下学期那天……

下了雨的街,昏暗潮湿。

冬天七点多就已经天暗下来了，经过雨淋的一切是多么的邪恶和黑暗。

在街灯照不到的小巷里，五六个人围成一个圈，把一个人圈住，像匹困兽，他没有挣扎，只是沉默不语。每个人的手上握着棒球棒，为首的人吐了一口槟榔，“干！你他妈的在啊，活得不耐烦，跑到我大仁来抢地盘？”槟榔汁红红腻腻地粘在困兽的鞋上，令他眉头一皱。

“你他妈的耍酷？别以为妞多，怎么？槟榔汁嫌脏？”话一说完，又吐一口，这一次不偏不倚吐到了他的脸上。

他用一种极慢的速度抹去了红色的液体，双眼爆发出杀机，猛然一拳挥向吐槟榔的人，只听见骨头断掉的声音掺杂着惨叫声，他的嘴里流出红色的液体，只是这次不是槟榔，是血。

“老大！”

“老大！”跟随的小喽罗看见大哥倒下来，纷纷抽出家伙大吼：“干！砍死他！”

他被棒球砸着，尽管他的拳头硬，但总硬不过棒球，一拳解决了一个人，却闪躲不了其他四只。

这一仗，他是输定了。

我很讨厌补习，但是国中生却大多要补习。

今天，还是一样补习，从补习班回来的路上，我却看到了并不是每一天都会发生的事。

是群殴！

天！这种只听同学谈论过的事情，我还没有亲眼目睹过。我悄悄地往巷子里头看，除了“乒乒乓乓”的殴打声，我还可以听见粗俗的叫骂声。

很快的，我分辨出被打的其实只有一个，其他根本就是在打人。

我拿着童军课的哨子，因为冒出的不满情绪和不知哪来的勇气，大声叫了出来：“警察来了！”然后，我用尽全力吹着哨子。

他是我三个月前救过的人！那个被打得鼻子眼睛皱在一起的丑八怪！

怎么……怎么今天看起来有点帅?!

"小雏菊！我欠你一条命。"说完，他抓下脖子上的项链，然后用残废的手霸道地挂上了我的脖子。

我还来不及反应，更来不及说些什么，高年级的教官就风风火火地冲进了教室："李华成！我警告你，再到国中部，我就让你高一再被当。"

"教官，我是在报恩，您不是教我知恩图报？"他嘲讽地一笑，看了我一眼，就像皇帝一样被一群人拥着走出了教室。

等他消失在走廊里，班上的人才全都像发了疯一样围着我，"小雏菊！你救了老大！"

"小雏菊！你和大哥是怎么认识的？"

"小雏菊！看不出来喔！"

左一句小雏菊，右一句小雏菊。头被他们弄得晕头转向，视线除了脖子上的银链什么也看不见。

我并没有忘记李华成，可他也没有再找过我。

班上的人，依然用一种尊敬的眼光看我。

甚至开始有人叫我"雏菊姊"。

又过了三个月，国中二年级似乎快要结束了。

暑假来临那天，我正要走出校门，突然被一群人包围。我不禁一怔，什么时候我也变成被围殴的对象？

只见带头的人说："小雏菊，老大要见你。"制服上明明绣着我的名字，这群瞎子只会雏菊雏菊的叫。

"你老大是谁？"

"成哥！五福的带头！"他骄傲地说着。

"没兴趣。"我一时忘记了成哥是谁。或许，我早就应该把他忘记。

"小雏菊。"幽幽的声音传来，围住我的人很快地让开一条路，看到来者是谁时，我不禁睁大眼睛："是你！"

"是我！"他脸上带有嘲谑的笑容："我载你回去。"

我真应该说不的。

可是我并没有，我上了他的后座，让他载我回家。

人是回家了，心呢？

心，被他载往与家反方向的另一个方向去了……

我从小雏菊、变成雏菊姊，再后来晋升为“嫂子”、“大嫂”。

我很怀疑地看着那些高二、高三的学生，怎么会对着我这瘦小的小萝卜头嫂子来嫂子去。特别是这些人不是叼着烟，就是满嘴脏话。

后来，我终于迟钝地了解到，我的“男人”是谁。

李华成。

我不懂，只知道他暑假过后，每天都会骑着那台拆了消音器，装上了音响，多加了根喷气管的机车来载我上下课，怎么我突然会变成他的马子。

也许这不是什么坏事，不过我却必须得瞒着父母进行。我能了解，在他们心中，李华成是个不良少年。他国中被当，却出人意料地考上高中。

高一被当一次，却神奇地升上高二。

算一算，他今年十八，却还在高二的阶段。

我呢？那年，不过才十四。不过是个国二女生。

在父母眼中，他是个带坏小孩而且欺骗少女的大坏蛋。

在师长眼中，他是个令人头疼的留级学生，三天大过、两天小过。只因他有办法糊弄过去，所以到今年高二都还没被开除。

在兄弟眼中，他是大哥，是铁铮铮的汉子，他是势力的代表。

在女生眼中，他是白马王子。

而在我眼中呢？他不过是个偶尔会说脏话的调皮大孩子和大哥哥。

我讨厌烟味，在我面前他不会抽烟；我讨厌脏话，他会尽量少讲；我讨厌逃课，他再怎么痛苦都会不辞辛苦地带我上课，然后“睡”死在他班上。

我喜欢的，他会去做，我不喜欢的，他尽量不做——除了这一样。

他为什么也不叫我名字，也是小雏菊、小雏菊的叫。

除了这点，他没什么让我可以挑剔。

“小……雏……菊……”听到这种恶心得要死的叫法，我知道后头的人一定是李华成的最佳帮手——欧景易。

只有他，不会嫂子来嫂子去，可是却能用让人鸡皮疙瘩掉一地的方法叫那三个字。欧景易染了一头金发，也不管教官一天到晚要他剃头，他一脸笑嘻嘻，一点也不察觉自己再有一个小过就会被踢出学校的危险。

“欧学长，请你不要那样叫我。”我放下扫把，面无表情地跟他说。

“小雏菊菊菊菊……我带话来嘛……”

“欧学长，有话快说，说完请滚。”

“唉唷……人家是替老大捎话来嘛……成哥要你下课在北侧门等他。”

我能感觉班上同学又竖起耳朵，“收到，请滚！”对他使了个白眼，我转身进教室。

还可以听见他喃喃道：“老大什么女人不要，偏要这营养不良的辣椒小女生。”

下了课，我走到北校门，李华成从墙上跳下来，嬉皮笑脸地摸着我的短发，把我拉进怀里。

“干吗？”

“陪我去吃饭。”他带着那嘲谑的笑，勾着我的短发。

“妈妈会骂。”我摇摇头，像平常一样拒绝。

“今天是我生日。”

“爸爸会骂。”我想到的第一问题是他今年几岁了。

“我去跟他们说。”说完，他真的拉着我要上机车。

“你疯了！”我拉住他的衣角，不同意地摇摇头。至少我知道，父母一定会闹革命的，如果见到李华成的话。

“陪我去吃饭。”有时候，他的脾气倔强得像头牛。

“我回去问问看。”说完，我跨上他的机车，他满意地发动车子，离开学校。

我说了谎，十四年来我第一次说谎。

我告诉爸妈，要和朋友去逛街。

和谁？

和班上的女同学。

早点回来。

好。

我不明白为什么我要骗人,我并不觉得和李华成出去是几大的罪恶,可是潜意识里就是不敢说实话。换下制服,我穿好了便服,出了门。

李华成在路口等我,但他很少接近我家附近。

他说自己不是这区的人,不想给我惹麻烦。

上了他的车,我听见后头一辆辆的机车追上来,回头一看,是欧景易他们,十几台机车,跟在我屁股后面。

他们比李华成停得更远,至少隔了两条街。

后来,我才知道,原来,我和他们是不同世界的人……

我没到过寿山,不过现在看起来,高雄确实很美。

我可以看到很多灯,很多大厦。

风大得我觉得自己要被吹散了似的,但因为是第一次和朋友出游,觉得很快乐。

李华成没说话,走到我身边,把外套披到我身上:“要回去了吗?”他说话中有酒味,我想李华成也喝了几口欧景易他们带来的啤酒。

我摇摇头说:“再多看一下。”

他笑了,眼中带着温柔:“好,等一下。”我总感觉他抱着我的时候,不像大哥哥。至少,和我表哥抱我的感觉不太一样。我说不上来哪里不一样。

“唷……大嫂,大哥生日,你送什么啊?”远远地,小虎打着酒嗝大声地问着。

“献吻、献吻!”然后痞子林开始帮腔。

“献身、献身!”欧景易不知死活地煽风点火。

“他们很吵!”我把头贴近李华成的胸口,闷闷地说着。

“来!”他牵着我,翻过栏杆,抱着我滑下一个小山坡,站在一块平地上。

“小雏菊,坐下。”他一屁股坐下,拍拍身边的空位。

“叫我的名字。”我嘟着嘴，却也顺从地坐到他身边。

“小雏菊。”他带着戏谑的口气，沉沉地叫了一声。

“叫我名字！为什么都不叫我名字？”

“小雏菊，我要你当小雏菊，永远地那么纯洁可爱……”他低低地说着，不知道是对我，还是对自己。

“算了！”说来说去还是因为这个。

“生气？”他直起身子，挨近我身边。

“没有！”没有生气才怪。

“今天我生日，你不准生气。”大手摸上我的脸，他蛮横又带着笑意地说着。

“还有，你还没送我生日礼物。”

“我可以在身上扎个蝴蝶结，把自己送给你。”这句话，真的没有别的意思！只是单纯的玩笑！不过，李华成绝不是这样想。

“是吗？”

没有蝴蝶结，所以我只好摇摇头。想一想，他过生日我不送他礼物真的是不好。我身上也没有能当礼物的东西，考虑的半天，我才说“闭眼睛”，他乖乖地闭上眼睛。

我一弯身，轻轻地在他脸颊上吻了一下。就像亲我爸一样，纯属撒娇。我想，至少比起我爸，他对我的态度也不会差到哪里去，还是值得一吻的。

李华成猛然睁开眼睛，我还来不及反应，他反手一抓，将我抓进怀里，我还来不及抗议他弄脏我的衣服。他低下头，贴上我的唇。

我只知道我什么都想不起来。全身像触电，随着他滴滴点点地戏弄着我的嘴。开口想喊，他的舌尖溜进了我的口，缠耍着我的舌，久久不放。甜甜、嫩嫩，感觉不错，我不想离开，却又因为没有氧气而双颊通红。

直到我快要窒息，他才放开我，用他那双无底黑洞似的双眸看着我，手指拂过我的唇，低低地说：“小雏菊，你是我的，懂不懂？”

不懂。

我还没来得及说出口，他又贴上我的唇，再一次，我无力抵抗，只任由

自己和他的双唇吻着，戏着，喘息着。

我终于知道，李华成与我爸、我表哥不一样。

因为，他们不会像他这样吻我。

国三的联考压力很大，但我没有什么心思读书。

欧景易则是一天到晚抢着我的考卷，然后大肆地嘲笑一番，直到李华成出现，他才很努力地去止住笑。

我发现我功课一直从全班前三名掉到十名。这次月考，我掉到第十五名。我并不介意，反正，第几名都一样，高中上得去就可以。

紧张的是我的老师，一天到晚喊着要去做我的家庭访问。

另一个居然是自身难保的李华成为我紧张，很好笑。

“怎么又考这样？”他抓起我的考卷，十分不满地说着。

“不然你教我！”

“你知道我不会。”他把考卷塞还给我，无所谓地说着。

“那就不要念我，我被我爸念得烦死了！”

“我不是你爸！”

“我知道。”又来了，他又无礼这里是学校公共花圃，光天化日之下吻住我，直到训导主任怒气冲冲地从三楼丢了板擦下来：“李—华—成，你给我滚回高中部！”他轻松地闪过板擦，一手护住我，一手朝楼上比了个中指。

“我回去了，好好读书。”他放开我，手插着口袋正准备回他的教室。

“你呢？”我扬了扬眉，反问他。

“我不念了，这学期完，我休学。”

直到他背影消失，我才回过神。

为什么不念了？

他不念高中，爸妈怎么可能会喜欢他？

他不念高中怎么上大学？怎么找工作？

突然间，李华成离我的距离感觉又无了一点……

放学的时候，两三台机车闯进了校园，听到的却是十分让我惊讶的叫骂声：“叫小雏菊那贱人给我出来。”叫嚣的是三信的女高中生，烫着短

发，一脸的浓妆。

我的教室离门很近，坐在教室里就可以听到那叫骂声。我站起身子，身边的花车轮拉住正要出去问她有何贵干的我，对我摇了摇头。他是李华成下面的一个混混儿，平常对我不错。

“嫂子，别出去。”他一手拦住我，一手伸进书包抄家伙，还顺便跟小胖打了个眼神。

“为什么?”这里是学校。难不成她能把我吃了？况且，我也没得罪她。

“等成哥来。”

“不要。”我甩开他的手，迈着大步走出去。

“你是小雏菊?”两三个女的把我围住，一脸的凶神恶煞。

“你这贱人!”说完，她狠狠地就给了我一巴掌。

我痛得眯起眼睛，不懂她为什么打我。我根本就没见过她。正想询问，打我的女生又说:“你她妈的犯贱，连我沉雅蓉的男人也敢抢?!”说完，她一手抓起我的短发，大力一抻，把我摔到地上。

沉雅蓉？我很确定我没听过这名字。我也不知道，我什么时候抢了她的男人。

我一转身爬起身来，我不喜欢别人对我动手动脚:“你干吗?”

“干吗？刮花你这张贱脸!”她手一伸，五只长长的指甲往我脸上刮来，我急忙一闪身，但还是慢了一步。左脸颊一热，血滴在了地上。

我看着地上的血，不禁火在，于是反手一拳，只听她跌坐在地，惨叫一声。我愣愣地看着她脸上钢板儿大的伤口，不知所措。

仔细看我的手，才发现，李华成送给我的戒指居然在滴血。

天！怎么会变成这样!

才一眨眼的工夫，一个女的扶起沉雅蓉，其他三个一个抓住我的手，一个又火辣地给了我一巴掌。

这一掌，打得更重，我一个踉跄差点跌倒。

只听到远远有人大喊:“小雏菊!”我转头一看，李华成迈着大步冲了过来，欧景易、王中凯和一堆平常混在李华成旁边的人紧随其后，只是现

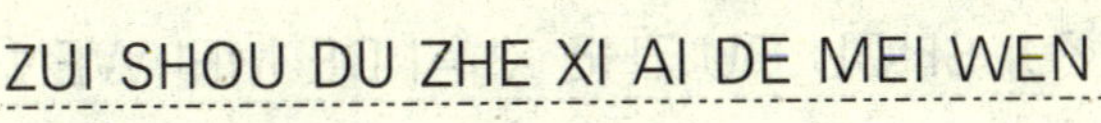

在他们的脸上没了笑容,罩上了一层寒冰。

李华成扶住了我踉跄的身子,抚摸着我的脸问:“有没有怎样?”其他的人,却把那几个女的围了起来。

“没有,你去看看沉雅蓉,她伤得很重,我不小心打伤她了。”想到她脸上落下的伤,我不禁掉下眼泪。我真的不是故意弄伤她的,是她自己先动手……

“你这傻瓜!”他抱住我,吻掉我脸上的泪和血,回头冰冷地对欧景易说:“手,我要她的手。”

这句话我不是很懂,可是我大概可以了解里面的意思,我急忙抓住李华成:“你要她的手干吗?”

“你别管。”他撕下一节衣服,替我抹去脸上的血。

我挣扎着,“不要,李华成,不要你伤害她,让她回去好不好,拜托!”

欧景易他们可能是听到我的话,全都惊讶地看着我,李华成看了我一眼,才回头过去:“沉雅蓉,你给我记住,小雏菊是我的人,伤了她,下次我要你命。”

“听到没?滚!”欧景易立刻让开一条路,让沉雅蓉她们一群人半瘸半拐地离开。

看着李华成没表情的脸,我发现,他变得不像我以前认识的李华成了……

“女儿,过来。”我一迈进门,老爸就坐在沙发上叫着我。

“干吗?”低着头,遮去脸上的红肿,心里暗叫不好。

“学校打电话来,说你跟人打架!”

“我没有!”

“你最近是不是和一个混混走得很近?”

“他不是混混!”我被他嘲讽的口气惹火。大声地吼回去。

“我告诉你,别以为国三我就不管你。从今天开始,你不许出门,上下学我载你。你离那混混远一点!不准见面知不知道?”一脸严肃的老爸站起来说。

“你没有权利管我!”我大声地回嘴。

"你……你这混账!"啪一声,他打了我一巴掌。

我呆在那里,今天我被打得还不够嘛?为什么连爸也打我?!我掉下眼泪,对着他还有从厨房走出来的妈大声吼道:"我讨厌你们!讨厌讨厌讨厌!"说完,我冲上楼,把自己锁在房间里,痛哭失声。

李华成,李华成,我真的好想你!

你在哪儿?李华成!

那一晚,我终于了解李华成是谁。

他是我爱上的男人,不能爱,却爱上了。

我被禁足了。

除了学校,我哪儿也不能去。

李华成好像也知道我家的事,他托欧景易有空来看我,自己却没有来找我。

我也不能去找他,因为爸妈拜托老师,下课不让我去任何地方。

这样过了三个礼拜,我只觉得我身上的每一个细胞都如同死了一样,灵魂像被抽去一般。剩下的只是我的躯壳。

我的哭闹没有让父母丝毫动心,反而把我看得更严。

后来,我干脆把自己反锁在家里面。我不去上学,也不想出门。整天闷在暗黑的房间里,只是流眼泪。眼泪流干了,就只剩呼息,我发现,我已经快死了。

快要被思念折磨死了。

就这样,睡醒哭,哭醒睡。不知过了多久,多久。

那天晚上,我突然坐起身来。走到桌前,看了看日历。

我笑了,一个多月来我居然笑了,因为我发现今天是我的生日。

我十五岁的生日。

我突然很想见李华成,再也无法控制自己。在凌晨一点的时候,我逃出了家门。

我真笨,一个月来就只知道哭,完全没有想到要逃。

招了辆出租车,我去了一家李华成曾经和我去过的刺青店。

踏出了刺青店已经凌晨两点多了,我毫无头绪地走着。

我想见他,可是不知道他在哪里。

我不知道他家在哪儿,我发现我什么都不知道。

两台呼啸而过的机车在我身边停稳,车上的人走下来:“妹妹……要不要去玩?”

我抬起头来,对他们说,“今晚飙车的地点在哪?”

他一愣,又露出坏坏地笑容:“中正路啊,刚开始没多久,要不要去?我载你!”

“好!”我二话不说地跨上他的车,我知道李华成一定在那里。

其实人不错,载我的伦哥他边骑车边问:“你要去找谁?没人的话,就让我载。”我知道他们飙车的时候喜欢载个女生在后头炫耀。

“今晚很多人吗?”

“很多啊!火龙车队和青虎车队今晚连起来飙,一两百台有吧!你找的人是哪队的?”

我不知道李华成是在哪一队,没听他说过。所以只好摇摇头。

很快就到了中正路,伦哥看了一眼手表,“应该再有五分钟车队就会到了,你路边站点,免得被碾死!”他点了根烟说着:“你脸色怎么那么不好?不会挂了吧?”

我没听他的话,盯着前方看,不久车声和车灯渐渐出现。才一眨眼的工夫,几十台车子就呼啸而过。

那么多车,我去哪找他?

一咬牙,我冲到马路中间,想看清楚每台车子。

伦哥大叫一声想把我拉住,已经来不及。

我听见叫骂声,刹车声,还有撞车的声音。

我只是张大眼睛想看李华成在哪里,可是我却看不清,除了车灯我看不到什么。

突然一台车子急速刹车停在我前面,车身一斜,压着地面笔直地向我

冲过来，在离我一公尺的地方勉强停住。只见那人滚了两圈后站了起来，狠狠地摔掉了手上的安全帽，气冲冲地向我走过来“干！你找死？他妈的挡在那儿——小雏菊？”

等我闭起眼睛准备接收他那愤然的一拳，他突然叫出我的名字。

我睁眼一看，竟然是欧景易，他摔得鼻青脸肿，整只手都在流血，我颤抖地说：“对…对不起……”脚一软，我便跌坐了下去。

欧景易连忙冲过来扶住我，一边大叫喊：“call 成哥，叫他掉头，快快快！说嫂子在这！”

他这一吼，旁边几台仍在打转的机车都停下来，后面来势汹汹的机车群也都停了下来，把中正路当成停车场。一下子，几百辆机车停的停，转圈的转圈，“他……他们怎么都停了？”

欧景易扶着我坐在柏油路上，“废话，一半车队是老大的，大家不停下来看看大嫂，不然要干吗？”

“他在……在哪？”我头昏目眩地问着我的体力早被眼泪榨干了。

“老大的车子早就飙到前面不知到哪里了，喂！小雏菊，你别死啊！你要是死了，老大会把我们全砍了陪葬的！”他非常紧张地说着。

我闭上眼睛，只觉得很累。想到李华成就要来了，才又勉强睁开眼睛。

安静的路上，突然又传出喧闹的车声，接下来一群人嘈杂声：“成哥来了！”

李华成终于来了！

我看着那台像失控的机车撞了过来，在机车还没有全部停下来的时候，车上的人跳了下来，李华成一手丢了安全帽，只见他苍白着脸，向我冲过来。

他的脸苍白，是不是病了？

我松开欧景易的手，也朝他跑了过去，只见他喊着：“小雏菊！”

我用尽全身的力量冲了过去，和他扑了个满怀。他又急又气地说：“你到这来干吗？”

我努力地挤了一个笑容：“我……好想你！”这几个字用完了我全身

的力气，话说完，我全身一软，眼前一黑，就这样倒在李华成的怀里。

我总算回到了他的怀抱。

那天，我在李华成的怀抱里睡着。

醒来的时候，隐约可以看到李结成在一片黑暗的房间里坐在窗口，朝外面吐着烟。

我拉开棉被，他也回过了头，弹掉手上的烟，他走过来一把抱起我问："好点没?"

我把头埋在他的胸膛听他的心跳，只有他的心跳可以使我安静，了解自己的存在。

"你瘦了。"他仰起我的头，看着我轻轻地说着。

"都是为了你。"

虽然只是一句话，却包含了我所有的爱，李华成抱紧双臂，抿着嘴沉默不语。过了好久，他才叹气：

"你这样跑出来，你爸妈会担心的。"

"不会！他们根本不管我的死活。"

"别任性，睡吧，明天我带你回去。"说完他放下我，想替我盖被子。

"不要！我再也不要回去了。"我抓着他的衣服，哭喊着："我讨厌他们，讨厌死了！"

"傻瓜，你要是和我一样没了爸妈，就不会觉得他们讨厌了。"我以前从来不知道他是孤儿。

"不管！他们不让我见你，我讨厌他们！"

黑暗中，我觉得可以听见他的叹息声，只听他自言自语地说着："他们是为你好，我不是好人，跟着我会受苦的。"

"在我心里，你最好。"我抱住他，送上了双唇，生涩地吻着他。

他双手收紧，也低头热烈地响应着我，黑暗中，没有半点声想，就只有我和他的心跳声，喘息声。

过了许久，他才勉强把我推开，"睡吧。"说完，他起身离开了床畔。

"你为什么不要我了?"我拉住他，开始无理取闹地落下眼泪。

"不是不要，是不能。"他厕过头，想不看到我的眼泪，望着窗外无奈

地说着，我一言不发，他则是头也不回地慢慢想走出房间。

我望着他的背影，突然觉得，我不能让他走，他是我的男人！

我伸手把胸前的扣子一颗一颗地解开，把整件上衣退下，叫住他："李华成，你转头！"

他停下来，一转身，猛然倒抽一口气，勉强地问："你干吗？"

我下了床，往他的方向走去，边走边扯下我内衣的肩带，"我干嘛，你很清楚。"

他好像看到了怪物，整脸死白，往门边退，用手指着我结巴地说，"你……你的胸口……"

我的胸口，刺上了一朵艳黄的菊花，那是我到刺青店一针一针地让刺青仔帮我刺上的，还记得边刺他边发牢骚："成哥一定会砍死我。"

"我刺的，今天刚刺的。"说完，我扑向他的怀里，他颤抖地抱着我。"你这笨蛋，学人刺什么青……"

"你背上也有，我听欧景易说的，让我看……好不好？"说完，我伸手霸道地把他的上衣脱了下来，瞪着他胸口一条一条的疤看，像蜘蛛被打扁一样地横挂在他胸前。那是被开山刀砍出来的。

他推开我，喘气地问："你知道你在干什么吗？去把衣服穿起来！"他边说边大口地喘气，就像遭受到什么极刑一样的痛苦。

我知道他为什么喘气，我是小雏菊，但是国中三年，男女之间的事，我不是完全不懂。至少，我看得出来他喘气的原因。

我看出来了那是，一种野性的欲望。

"我不要，我要你，你是我的男人，欧景易他们都那样说，为什么你不肯要我？"我再次扑上他，紧紧地抱住他，而他的手则是不停地抖着。

"我一定会砍死他们。"他愤愤地说着，看着我低吼了一声，紧接着粗暴地吻住我。手则解开了我内衣的扣子。

他脱掉了我的牛仔裤，把我抱上床，吻着我的脸，由脸一路往下滑，他怜惜地吻着我胸口的菊花。

"疼？"

我颤抖地回应着他，不让自己呻吟出来地回答："不疼了。"

他覆上我，把我困在双手之间，贴着我的脸大口地喘气，在我耳边说："小雏菊，你是我的，懂不懂？"

我想，我真的懂了。

我抱着他，指甲牢牢地抓住他的背，随着他在我身上找到慰藉。

李华成，那一晚，真正地进入了我的生命。

真正地成为了我生命中的第一个男人。

"你死到哪里去了？"一回家，父亲的咆哮声就在客厅响起。

我走上楼，快速地整理了东西，一言不发，背着唯一的包包，走下楼。

"你……你这不孝女，有种出去就不要回来！"他愤怒的抓起我，摇着我，仿佛想要把我摇碎般。

"我是不会再回来的。"我冷冷地看着他。

"你走，你有种走，我会去告那个男的诱拐未成年少女，我看你能走到哪里去？"

母亲，把父亲抓紧我肩头的手掰开，而父亲则像头疯了的野兽，想把我撕碎一样。

"你去告，我保证，回来的不会是我，会是一具尸体。"我掰开他的手，头也不回地往家门走去。

再见了，家。我回头深深地向门一鞠躬。在告别十五年的家之后，我要去追寻我要的幸福。

我看着坐在机车上抽着烟的李华成，不禁嘴角向上扬。

看！我的幸福，就在那，就是他！

"我爱上让我奋不顾身的一个人，我以为这就是我所追求的世界……"小雏菊轻声哼着。"听过这首歌吗？"小雏菊问我。

"听过啊，孙燕姿的《天黑黑》，很好听啊！"我眨着眼睛笑着说。

"那一年，我就是那种心情、这样离家出走……"小雏菊灭掉手上的烟，眼睛没有焦距地往前看。

"后来呢？"我双手敲着键盘，问着。

"后来……"她睁开那看不出一丝感情的眼睛，思绪飘回了她十五岁

那年……她和李华成私奔的那年，她找寻幸福的那年……

我勉勉强强地把国中念完，当然就没有升学了。

李华成非常不高兴，硬要逼我重考联考。

每次他一把那事拿出来说，我就嘿嘿地一笑，自己把衣服脱掉。

他只好吞回到了口边的话。

日子很快乐！真的，他很宠溺我，我要的他都能给我。我要的其实并不多，只要他陪着我。

我从小雏菊渐渐变成了老大的女人。

现在，看到我的人都叫我雏菊姊；我从来不扁人，因为没那个必要，我变成大姐头。我手下有一批人，其实我也不知道他们为什么跟着我。那群女生，年纪有的比我大，有的比我小，脾气却个个都比我辣。

她们是欧景易那群混混的女人。

李华成很不喜欢那些人紧紧地跟着我，说会把我教坏。

我笑他，把我带坏的人就是他。

李华成保护我非常紧，若非有事，不会把我丢下。他总是跟随我左右，连让我一个人在家都不肯。

后来，听欧景易那群人说，才知道，原来他是怕我被李华成的对头给绑了。

李华成以前没有弱点，现在有了。

这是道上面传的话。

他的弱点是那朵脆弱的雏菊。

我只听过一次那句话。欧景易他们就被李华成骂得狗血淋头。

我问他什么意思，他只是不回答……

跟着李华成这一年多里，我并没有受到多少影响，我还是那朵雏菊。我变得只是男女方面的欲望。

有了第一次，他对我不会再像以前那样，碰也不碰。

他现在几乎是只要想就做。

有时候回到家里，他连衣服都来不及脱，就会在客厅里强要我。

我并不反对,我仍然觉得很新鲜……

日子就是这样过的,我总以为幸福来了……

后来才知道,那只是黑暗的开始。

他侧着身子看着我,看我的眼神还是一样的温柔,从来没有变过,似乎能把我融化……

长了茧的手,抚摸着我的背,像哄着出生婴儿一样的柔,一样的轻。

“明天陪我去五厘寮。”他低低地说着。

“去那儿做什么?”我闭着眼睛,已经不想说话了。他是有体力,我可没那么多精力。

“见龙哥。”

“谁?”他从未跟我说过道上的事,也不准欧景易他们在我跟前说悄悄话。

“我大哥。”

“你不就是大哥?”那群跟班不是都大哥大哥的叫?

他低笑了一声,轻轻揉揉我头发,“那是欧景易他们叫着玩的,我是大哥带大的。”

想睡的我意识模糊,不知他在说什么。挪了挪身子,在他的胸膛找到了温暖的来源,我呼了一口气,让自己被睡意占据,不想再抗拒。

“洛心,你说,爱情值多少?”小雏菊看着桌面问。

“爱情?”我盯着计算机屏幕,改着错字,笑着说:“当然值很多啊,我立志要当言情小说家耶!爱情对我来说,是最重要的!”

“是吗?”小雏菊的声音总是那么远,那么不带感情。她抬头淡淡地看了我一眼,“我在你这年纪,爱情是命……”

“现在呢?”我打完键盘,看着她问着。

“现在?……”小雏菊眼神很空洞,仿佛我的问题是那么困难,那么难以回答……

我现在才知道什么是黑暗,李华成的世界就是黑暗……

酒店里的灯光非常黑，到处都是烟酒味。沙发上一个穿黑西装的男人，身边全部站满人，男人。只有我和那西装男人旁边的人是女人。

我不安地靠向李华成，除了他我不认识别人的。

欧景易他们全部都在门口外，没有进来。我不懂为什么……

“叫龙哥。”李华成第一次没有握住我的手。由我像只无头苍蝇不知该往何处飞……

“龙哥。”我低着头叫。

“华成，你们坐！”男人发话了。

李华成坐下，牵着我坐到他身边。我只觉得十几对眼睛都看着我，仿佛我是异类般。

“不是自己人？”龙哥开口道。

“不是。”

我能感觉到龙哥上上下下打量了我一阵子：“这么嫩，你不怕在床上把她折断？”话说完，他旁边的男人们大笑，让我不知所措。

我知道李华成身子僵了一下，我正想抬头看他，龙哥身边的那个女人开口了：“龙哥，你别欺负小妹妹。妹妹，你几岁？”她的声音在我耳边响起，我不知道要说什么，感觉到李华成轻轻摇了摇我的手，我才讷讷地开口：“十六。”

“华成，你诱拐你学妹啊？”龙哥又开口说。

“喜欢上，没办法。”他终于用一咱淡淡地语气开口了。

“不要惹多余的麻烦就好。”龙哥口气仍然很淡。

“不会。”

“小妹，你叫我兰姐就好，你叫什么名字？”兰姐又问。

“小雏菊。”我没有回答，是李华成回答的。

“你这孩子，脾气倔强得跟牛一样，我是问你女朋友

不是问你，干嘛一副我会把她吃了一样?”兰姐笑了。

“华成，你二十了吧?”龙哥说着，“我想把五厘寮交给你扛。”

“小雏菊，来，他们男人说话，我们去别的地方。”兰姐站起来，伸出手牵起我。

我只是缩到一边，望着李华成，他眼中闪过一点不忍，开口轻轻说：“你跟兰姐去，我和龙哥有事，等会找你。”

我定在原地，还是不习惯接近他以外这些可以把我看穿的陌生人，龙哥眼里露出不悦，李华成又推推我，耐心地说：“我等会儿就过去。”

我没办法，只好咬咬下唇，满心委屈地跟着兰姐走往另一间包厢。

我听到龙哥不高兴的语气说了句话，在门关上的一瞬间：“那么弱，会拖累你……”

我还没有听到李华成的回答，厢门就在我听到回答以前关上了。

我会拖累他什么?

我不懂……那时我真的不懂……

“你和华成怎么认识的啊?”兰姐拉着我到另一间包厢，里面三四个女孩一看见兰姐就连忙问好。

“我……我曾经救过他。”那次他被打得七晕八素，差点死在巷子里的时候。

“喔……难怪那小子会喜欢你。”兰姐望了我一眼，“你真的很可爱耶!”说完，她笑着捏了捏我的脸。

我对她们这群人没有好感，所以稍不高兴地把头撇向一边。

“你很怕生对不对?”兰姐也无所谓地笑了一笑，“我以前你这年纪，也是很讨厌老女人那样捏我。”

“我不是那个意思。”其实兰姐看起来不老，我觉得她最多三十。

“没关系，你不用怕，以后有事就找我，李华成如果欺负你，也来找我!知不知道? 那小子脸长得好看，要看好了，别让他跟别人跑了。”

“李华成不会的。”他是我的幸福，我也是他的幸福，他没有必要跑。

兰姐又笑了，笑得意味深长，“年轻真好。”

我看兰姐，她看起来很和蔼，至少和龙哥和其他男人不一样，不会用

那种异样的眼神看我,“为什么,你们不喜欢我?”我鼓起勇气问。

“不是不喜欢……”兰姐叹了一口气说,“只是你太纯,太容易受人欺负。”

“李华成会保护我的……”为什么他们都说我弱?弱又如何?有李华成不是吗?

“问题就出在这,他花太多时间保护你了……”兰姐皱了皱眉,“他现在是带头,一天到晚护着个女人,会出问题的……”

我不懂那句话什么意思。什么带头?李华成不是一年前就休学了吗?学校已经不是他在带了啊?

他这一年,偶尔会到一些酒店、卡拉 OK 店走走,也很少再飙车了,他到底是带什么头?

兰姐看我不解,又笑了,“没关系,我喜欢你就行了。你就跟着我,我慢慢教你。”

兰姐的笑让我不安起来。

我需要学什么?

李华成现在又是在做什么?

忽然间,我觉得已经踏进漩涡是那么深……那么黑……那么的无法回头……

李华成在做什么,我现在终于明白了。

他现在是五厘寮的扛霸子,手下一百多号人,帮着龙哥管理他名下的 KTV、卡拉 OK,和一些酒店……

我突然知道为什么他那么担心我,从他身上一直冒出来的新伤,我知道,他的生活三天两头就是动刀动枪。

有时候,我会哭着替他裹伤,他还是会扬起那副嘲谑的笑容拉住我的手,小雏菊小雏菊的叫,似乎他身上被砍出来的伤是假的。

“还痛吗?”我轻轻地问,帮他重新上了纱布。发现,这几个月,我学了一样功夫,变得很会包扎伤口,欧景易那群人偶尔也会假装可怜地要我替他们裹伤。

他轻轻地摇了摇头,把我从地上拉起来,用左手搂着我的腰,“你好香

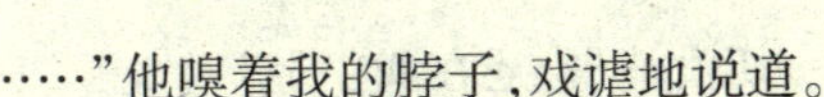

……”他嗅着我的脖子，戏谑地说道。

“你伤还没好，规矩一点。”我把他拉开，板起脸说着。

“吻我。”他把我拉到他面前，看着我，眼神变得很深邃，很认真。

“你无聊。”我撇过头，没好气地说着。

“小雏菊，吻我。”他又拉过我，双手抱住我霸道地说着。

“为什么？”为什么他今天有点反常……

“只有你，才让我知道我还活着……”他拨开我额前的头发，轻轻地说着。

我又何尝不是有一种想流泪的感觉？只有你，只有你李华成才让我觉得我还活着，你是我世界的中心。我送上我的唇，认真地吻他。让他知道，我多么爱他，多需要他。

他用他冰冷的双唇，温柔地响应着我。等到我平息了心情，我离开他的吻，看着他的眼睛，说：“他们，不是很喜欢我……”

“没关系，我喜欢你，就够了。”他舔了我一下，语气很温暖，让人感动。

“我是不是……你的负担？”我想起兰姐的话，心里有点难过，我只是照着我的感觉去爱他……单纯想爱他罢了。

“乱说，你不是。”他看我红了眼眶，大手一揽，把我拥入了怀中。

“兰姐，龙哥，连欧景易他们都说我太弱，会变成你的包袱……”跟了兰姐三个多月，我慢慢知道她所谓“拖累”是什么意思了……

他们怕李华成会感情用事：怕李华成会放不下我而不敢往前冲；也怕哪天有人会用我去威胁李华成……

“对，你是我的包袱，唯一的包袱，”他压紧我不让我抬头，“你让我知道，我不只扛霸子，因为我还得扛你……”他的语气淡得好像在说别人一样，但是我知道，那是他用心说出来的话……

“华成，以后你做事，多想想我好不好？我不想年纪轻轻就守寡……”我闷着声音，又忧虑又不满地说着。

他笑了，“傻瓜！”

只有抱着他，感觉他的温度才能让我确定他的真实感，这份幸福还活

着。听着他的心跳声,我才能知道这一切没消失,还在我手上。

“成哥,北场有人闹事,范东那边的人。”听完小王的话,他倏然站起,脸上的表情多了股怒气:“上次不是警告过了?”我拉住他的手,他低头望了我一眼,手上的拳头放松了一点。

“景易,你陪着小雏菊,彦明你带几个人跟我去。”

“我不要留在这,我会怕!”我坚决地说,再次抓住他的手不放松。

“小雏菊,不是去看戏啊,你还是在这儿,别去打扰大哥。”欧景易反手拉住我,口气不佳地说。

“欧景易,我才不是温室的花,你们不要都把我当雏菊。”我受不了他们用一种同情的眼光看我,李华成仍坚持原来的话,看了我一眼:“景易,留下来陪她,彦明,走。”他低头吻了我的额头,离开了包厢。

包厢里只剩下我和欧景易,我咬着下唇,弯曲着脚抱起头。欧景易则是锁上了门,不出声地坐在我身边。

“小雏菊,老大是爱你,才不让你露脸。”过了十多分钟,他才说话。

“为什么我不能露脸? 小娟、辣椒她们都能?”我抬头,看着他,眼中充满不满……

“老大在做什么你又不是不知道,辣椒她们会砍人,你能吗?”他点着烟,“老大位子越扛越大,得罪的、眼红的人越来越多,别说别人了,连自己人都要防了。”接着他吐了一个烟圈,淡淡地说着,没有了平常的嬉皮笑脸,“道上已经有话在传,传老大有个女人弱得像朵花,手指头一捏就碎。你说,你要是露了脸,被人抓了。老大会怎样?”

他会怎样我不知道……欧景易很少有时间跟我独处,也很少跟我说这些话。因为李华成总是不准。我听了,心里面很烦闷,不知道该怎么办……

看了看手上的表,李华成已经出去将近半小时了,我开始担心,我好想看他,“欧景易,我想去找李华成。”

他不满地嘘了一声,“我刚刚跟你说的话,你真的听不懂啊?”

我淡淡看了他一眼,“懂,就是懂我才要出去。你们都说我弱,我是应该学学?”

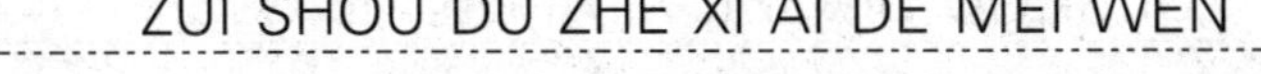

“永远把我关在笼子里当金丝雀，是不会有用的。我这包袱只会越来越重，”我叹了一口气，“我跟了他，就要学你们的生活，不是吗？”

欧景易怔了一下，摇摇头，“我让你出去，老大会砍死我。”

我握紧手上的玻璃杯，“你不让我出去，我叫强暴，看你信不信？”

“你……”他下巴几乎要掉下来。

“你想华成信我还是信你？”我撇了撇他，冷冷地说着。“算了，去就去。应该也解决了，不过你可要跟在我身边，别走太远。”他叹了口气，站起身子，不情愿地抽出沙发后面的开山刀。

“我已经不是三岁了。”脱掉了李华成的外套，我迈步往厢门走去，欧景易则是跟在我身后。

在往北走的每一步都可以听到自己的心跳声，酒店不大，从三楼到二楼北区，几分钟而已，我却觉得一步比一步难走，一步更比一步艰辛。走到北区的门前，我听到里面传来的哀嚎声。

欧景易皱眉，用一只手压住门，“小雏菊，还是回去好了，里面还很乱。”

我坚决地摇了摇头，打掉他的手，打开了门。

门一开，我见到了一幕久久不能忘记的画面：门一开，大厅里面二十几个人都回头看我，而我，看到了一个我不认识的李华成，他满脸戾气手握铁链，脚踩在一个跪倒在地上的人脸上，他也回头用惊讶和怒气的双眼看我。

猛然，欧景易伸手推了我一把：“小雏菊，小心！”迎面而来的是一只碎了的玻璃瓶，往我脑门砸来……血从我额前慢慢地流下，一股痛楚，从脑门直穿我的心口。

“小雏菊，抓了她！”一个看起来不会大李华成几岁的人，叫了一声，几个人冲了过来，没等我反应，欧景易伸手一抓，把我抓到身后，开山刀一挥，血立刻在我眼前散开……

“护嫂子！”彦明他们冲了过来，与围住我、欧景易的人打了起来。

场面很混乱，我不知道谁是敌是友，突然间，欧景易低哼了一声，我看到他左臂血涓涓地流下。“欧景易！”我不顾我的伤口，按住他的手，但他

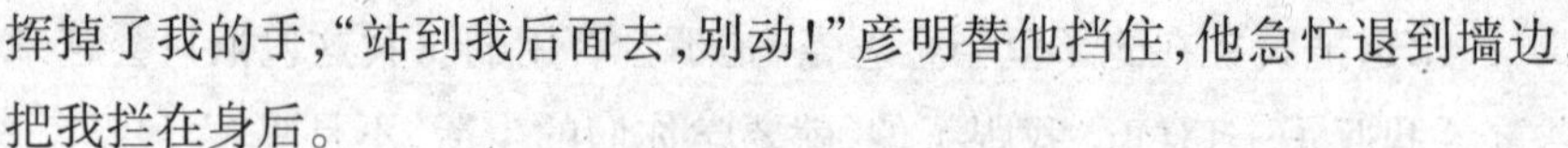

挥掉了我的手,“站到我后面去,别动!”彦明替他挡住,他急忙退到墙边,把我拦在身后。

忽然听见又是一声哀嚎,我看到李华成一手抓着椅子,狠狠地往刚刚开口叫抓我的人砸了下去,又拉起铁链,卷上他的脖子,用力一勒,那人马上青了脸。

“范东,叫他们停手!”他一脸杀机,冷冷地说。

“住……住、住手。”范东挣扎着,双脚踢着地面,喘着粗气说着。

两班人马上停了手,范东的手下握着家伙,眼睛冒火看着我们。

“谁砸的她?”李华成看见我额头的伤口,满脸怒气地问,手上的力道也没有松。

“谁、谁、砸的?”范东挣扎着,口齿不清地问。

一个小弟,讷讷地走出来,默认。

李华成松掉手上的链子,把范东踢给海虎,抄起身边的椅子,一脸阴霾地向他走去。我看着他举起手上的铁椅,往他身上砸下去,又一脚踢上他的脸,把来不及躲闪的他狠狠地踢下楼梯。

他转头,拉起范东的衣领:“你滚,下次让我看到你,我绝不管你以前是龙哥的干儿子……”他一推,范东就踉踉跄跄地跌了出去。范东的手下赶忙把他拉起,范东摸了摸脖子,突然冷笑:“李华成,你不要狂,你女人露面了,我看你还能保她多久。”

在他手下的搀扶下,范东离场了。

现场一片凌乱,桌子、椅子全翻了。血,则触目惊心地散满全场。

没有人说话。我扯开自己的外套,把欧景易手上长长的伤口包了起来,他则像回了魂一样,慢慢地走到李华成前面,忍着痛开了口:“大哥,是我不……”

“是我要欧景易带我来的,你不要怪他。”我站在原

地，开了口。我知道，平时生起气来不说话的李华成现在一定很愤怒。

李华成默默地看了欧景易一眼，要他坐下，然后走到我跟前，双眼冒着火……"啪"一声，他狠狠给了我一巴掌。

"大哥！"欧景易又惊又惭愧地站了起来，其他的兄弟也都惊讶地看着李华成，却不敢开口求情。

"你知不知道你在做什么？"他大吼，我睁着眼睛，不知道该说什么，脑里一片空白，只觉得心好痛。"你知不知道，欧景易可能会因为那一刀躺在医院？你为什么不听话？为什么？为什么？为、什、么？"他愤怒地咆哮着，连续问了四次为什么，最后那句根本是吼的。

"大哥！嫂子身上有伤！！"海虎一个健步拦在我身前，拉住李华成紧捏住我肩膀的手，劝着。

李华成眼中闪过歉意，放了我，我全身一软，头上、脸上、心上的痛，让我不支倒地，我跪坐在地上，眼泪掉了下来。

李华成低喊一声，连忙伸手拉住我，我甩开他的手："对、对、不起……"然后我踉跄着站起身子，咬着唇，冲出了门口。彦明想拦住我，被我闪开了，我狂奔，奔下楼梯，奔出酒店门口……

"小雏菊，要不要玩一把？"兰姐叼着烟，手摸着麻将，对我说。

"我不会。"而且也不想，倒了杯水给兰姐后，我站在旁边。

"你喔！还要跟华成闹多久？他三天两头来我家，快烦死我了。"趁着牌友还没有来，兰姐拉着我问。

"我没有闹，只是不想拖累他。"我到兰姐家来已经快一个月了，那天我带着伤，跌跌撞撞地冲出酒店门口，几乎被出租车撞上，幸好兰姐碰巧路过，把我带了回去。我就住了下来，我怕，我怕再看到李华成那张愤怒的脸，怕他又出手打我……

"怕拖累他不要躲他，你要变坚强一点，就像我一样。"兰姐挑了挑柳眉，说着。

"我学不会，第一次想学，就给欧景易带来了麻烦。"那条触目惊心的血痕，我还没忘。

"是华成太心急了，没关系，你就跟着我，会懂得。"她看了看表，"怪

了，怎么三个都还没来？”

“兰姐，欧景易跟我说，华成不仅要防外人，连自己人也要防，什么意思？”

“就说你纯！华成才二十，就坐到今天这个位子，当然有人不服他了。像范东那扶不起的阿斗就是一个例子，要不是看在他是龙哥的干儿子，我都想给他几巴掌。”她喝了一口水，“你一定要变得更坚强，不能靠李华成或是欧景易那些人护你，谁知道，哪天一个造反，把你绑去了也说不定。”

“欧景易不会。”

“景易那小子是不会，别人呢？……”突然，兰姐不说话，我正想开口问她怎么了，她比了比嘴唇要我不说话，然后站起来轻轻地走到门口。

看着她的样子，我也赶忙闭上嘴，仔细看着门口，没有看到人，却听到声音，男人的声音、很多男人的声音……

“糟了！”兰姐低叫一声，拉着我进厕所，把放在储物室的两把水果刀拿出来。

“做什么？”我拿过水果刀，颤抖地问。

“我忘了这里是宋贵的地盘，该死！”她扣上外套扣子，“小雏菊，没砍过人吧？”我摇了摇头，看着兰姐，她突然无奈地一笑：“我以前也没有，跟了龙哥就学会了……因为我不想做包袱。”

包袱？兰姐以前也是包袱？我看着她纤嫩的手，和带着几丝皱纹的眼角……她的脸突然有一点沧桑……

“走，记住，见人就砍！你想活，就得狠！”她拉着我，我颤抖地摇了摇头，定在原地，不敢动。兰姐又开口：“你不走，你知道会有什么后果吗？”

我仍是摇头。

“你是李华成的女人，而我是龙哥的女人，被抓到，最好的结局是被轮奸，最坏……会要了华成和龙哥的命。”她口气好淡……淡得好像根本不算什么。

会要了李华成的命？

我不要，我不想做包袱……

“为了李华成，拼命吧。”说完，她打开门冲了出去，果然门外已经有

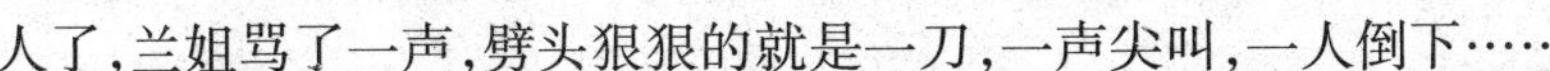

人了，兰姐骂了一声，劈头狠狠的就是一刀，一声尖叫，一人倒下……

我们拼命地往门口跑，突然冲出一个人来，抓住我的衣领，我开口叫，只听到兰姐喊了一声："为了李华成！"她也被一个人拎住。

为了李华成、为了李华成！

我闭着眼睛，回头举起手上的刀。

刀落……血，沾满了我的手……

抓住我的人，叫了一声，放开手。他大概想不到，小雏菊……也沾血。

我冲到兰姐身边，用力推开她，抓住兰姐的人拿着打破的酒瓶砸了过来，我只觉得背上一阵刺痛，差点昏过去。

兰姐扯开了那个人，拉起我不要命地跑。我的意识早就模糊了，支持我奔跑的是那句在我耳边环绕的"为了李华成……"

"为、了、李、华、成……"

兰姐逃开了。

而我却没有……

我昏了过去，发生什么事，我就不知道了……

我记得，醒来的时候，我身上的衣服是欧景易的……欧景易的衣服下，我是赤裸的。

他抱着我，眼睛含着泪……一声又一声地跟我说着对不起。

我只觉得下腹剧痛，背一阵阵也抽痛着。

"小雏菊，对不起，我来迟了……"他哭了，欧景易跪倒在我身边，抱着头大哭。他身上也伤痕累累。

"欧景易，李华成呢？"我勉强坐起来，拉拢身上的衣服，无力地说。

"成哥他们找你去了……"他们分成三批人，整个高雄的找。

"欧景易，带、带我回去，不要……不要跟成哥说……"站了起来，一步一步地走向门外，门外站的是欧景易他们。他们全都一脸愤怒、又不敢说话……

"我还是不是你们嫂子？"我看了他们一眼，淡淡的说着。

他们全都点头，一下又一下，坚决而肯定……

"好，今天的事，不能让任何人知道。"我不想再……拖累李华成

了……

“嫂子……”他们开口,“我们不会说的”。

“答应我……”他们带着泪,点点头。

谁说黑暗里没有光芒？这些人的义气就是光芒……

“欧景易,带我回去吧,我好累了……”话说完,我身子就倒了下去,再一次意识模糊。

“雏菊姐,外面有人砸场子,”辣椒走到我前面,一脸忧虑地说,“成哥不在……”

“不用找了,叫小四那边的人过来,我去看看。”我站起身子,甩了甩卷烫的长发,拉了拉上衣的细肩带,拉直了黑色的皮裤,带着小辣椒往楼下走……

耳上的银环、十二个耳洞在清脆地响着……

脚上的细跟凉鞋,踏着楼梯,传出一阵阵清脆的脚步声……

那一年我十八岁,是李华成的女人……他的女人。

不再是包袱……不再是用手一折即断了的柔弱雏菊……

“等一等!”敲到这,我挥了挥手,要小雏菊停下来。

“嗯……”她又抽了一口烟,淡淡地响应。“你学会抽烟,也是那个时候的事吗?”我看着烟灰缸里躺着十几只烟蒂,小雏菊的烟量非常大,抽得也很快。

她摇了摇头:“不是……他从不让我抽。”她看了一眼烟,眼神里流露出伤心。

“他自己不是也抽么,怎么不让你抽?”储存,打开新的档案。

“男人都这样,他们做的事,却不一定会让你做……”猛然,她吸了一口烟,然后吐出了个烟圈,“他们抽烟,不会让你抽,”她再度吸烟,“他们能出轨,却不让你出轨……”她的话,很远,让人感觉不出它的存在……

“出轨?”我停下了手上的动作,有点讶异地看着小雏菊,他们俩总是那么近,那么需要对方,依赖着对方的气息而活……怎么会出轨……？我看着她,想从她无神的双眼里找出答案,但是……除了空洞,我看不到其他……

我从浴室走出来，李华成坐在床上吐着烟，看着我。

“今天回来的这么早？”我脱掉围巾，背对着他，找起我的衣服。

他走到我身边，手摸上了我的背，我转头对上了他明亮的眼睛，“别摸，丑死了。”那一条一条的疤，我也忘了到底是什么时候留下来的。回头，套上他挂在椅子上的衬衫。

他双手把我一抱，把头埋在我颈间，淡淡地说：“还疼吗？”

有一刹那，我眼泪几乎要掉下来，不过，我还是缓缓地回头，笑着看他，“还不都是为了你。”

他眼神黯然，看着我。摸着我的卷发，又问：“还是不懂，为什么烫头发？”

我没有回答，我自己也是不懂，为什么烫了头发。

“别问了，我还是你的雏菊，喏……这玩意儿永远洗不掉的。”我拉开衬衫，借着灯光，能看到我左胸上那朵艳黄的雏菊……我十四岁那年刺上去的菊儿。

他看着那朵菊花，眼中闪过一丝痛苦，吻上了我。

那一吻，很淡，和以往都不相同……

那一吻，有点变质……像一个没有爱的吻，只有欲望的吻……

我们变得时常吵架，他也不再像以前那样，寸步不离地跟着我。

我自嘲，那是因为我长大了，再不用他保护了……

今天，也跟以往一样，他摔了杯子，拿起外套，走出家门。

我没有说什么，只是静静地看着他的背影。不是第一次了，也不会是最后一次，关了灯……。再一次躺在这张只有我的床上。我知道他今天晚上不会回来了……

我不想知道他去哪，也不敢知道。

流言，早已到处传，我并不是没有听过，我只是不想求证，我只是很累罢了……

只想好好地睡一觉。

闭上眼那一瞬间,脑中回想起了四年前,我也是在这张床上把自己给了他。

记得那年,我在巷子里发现他,已被打得跟猪头一样;记得那年他带着嘲谑的笑,把脖子上的项链送给了我;记得那年,我在飙车场找到他;也记得那一年,我离了家和他私奔,寻找我的幸福……寻找我要的幸福……

没有温度的房间,月光洒在我身上,晶莹剔透的泪从我眼角流下。

只有你……让我有存在的感觉……

我闭着眼睛,脑中浮起他说过的话。

是吗?

我问,却没有回答。

“雏菊姐……外面两个疯丫头吵着要见你,赶都赶不走……”辣椒探了探头,半掩着门,轻轻地问我。

“谁?”我懒懒地眨了眨眼睫毛,淡淡地问着。

“她们……她们说是,说是……”小辣椒不敢说。

“说什么?”我睁开眼睛,无所谓地问。

“她们说是……其中一个……女生说是成哥的……的……女朋友……”小辣椒用很小的声音,颤抖着说。

我睁开眼睛,看了看她。嘴角抹上一丝残酷的笑容。

好啊,我这正牌夫人没去兴师问罪,她倒自己找上门了?

难不成,她要来控诉我第三者插足?

我笑了,冷冷地笑。

站了起来,我转身,看着镜子里的人。一头红卷的头发,银色的小可爱,红色的皮裤,上翘的眼睫毛,鲜红的双唇。

“让她们进来。”我倒想看看是什么,能迷住李华成……

我的心扑通地跳……在门开那一刹那,我转过身,脑海里已经出现最残酷,最不堪入耳的话……

带着笑,我转过身去……

在看见进门的人时,我的笑……狠狠的、冷冷的僵在我脸上……

那一瞬间,我看到了自己……

那是五年前的自己……

进来的两位女孩，不用问，我就能知道哪一位是主角……

她留着短短的头发，不施脂粉，带着天然的清纯，清秀……

瘦小的身子，睁着大大的眼睛，无所畏惧地看着我……

我紧紧地握住了拳头，在心里狂喊，那不是我吗？那、不、是、我吗？

那不是五年前那朵柔弱，清纯而不受污染的小雏菊？

我努力压制胸口剧烈的起伏，扯了一个笑："你叫什么名字？"

"莫莉。"女孩开口道，声调柔柔的。

"找我？"我恢复了平静，看着她。

"成哥这一年都来找我，只要你和他吵架，那天晚上他就在我家。"她笑了。

我也笑了。不一样，她和我不一样，也许是时代变了。以前的我，没有这么咄咄逼人，这么嚣张……

"你怎么知道他和我吵架？"我淡淡地问着。

"因为他脸色都不好。"

一旁的小辣椒开口了："你好不要脸，你以为你是谁？你不过是成哥的玩具，拿你当发泄的玩具！"辣椒很冲，我知道，她是想替我出头。

看着莫莉的脸变了色，我挥了挥手，要辣椒打住："你爱他？"

"非常爱。"她扬着下巴，骄傲地说。

"我也很爱，而且绝对比你爱得多。"我淡淡地说着，心里的痛，却无法形容，"就是因为爱，我才对你的事默默不问，你当我真聋了？这还需要你来提醒我？"

她却不说话，闷哼一声。

"我没有阻挡过你们，你来找我做什么？为什么来找我？"看着莫莉倔强的脸，我似乎明白了，"还是……你对大嫂这个位子有兴趣？"

她不说话。我明白了，不说话，代表默认了……

"你觉得大哥的女人名声很响？很亮？很威风？"我一字一字带着痛问着。我把上衣扯掉，平淡地说："你看我，胸前三刀，是替李华成挡的，"接着指指左手的疤，"那是被烟蒂烫的。"我拨开刘海，"这个，是被玻璃瓶

给砸出来的。”她瞪大眼睛，难以置信地看着我身上数不清的疤，也许，她以为，我该像皇后般的雍容，华贵。

“怎么样惊讶吧？”穿上衣服，我坐了下来，“痛的不是这些疤，是这里，”我指了指心，“你知道我跟李华成跟了几年吗？五年，不多不少，五年！这五年，我被追杀过，我堕胎过至少三次，还有……”我叹了一口气，“我还被强暴过……”

静，没有人说话，连辣椒都瞪大眼睛看着我。

“你如果觉得这个位子很吸引人，我让给你吧，我真的累了……累了。”我闭上眼睛，挥了挥手，不想再说话，“你走吧，李华成回来，我会叫他去找你的……”

她似乎还想说什么，却被小辣椒催赶下走出厢房。门关上了，我的泪，也落下来……滑过脸庞，滑落下巴，顺着胸口慢慢地滑下，像把利刃狠狠地割开我的心。

我呆坐在厢房里，看着空空荡荡的房间。这里和家里有什么不同？

门开了，一个修长的身影走了进来，我睁眼看着，是欧景易……

“我听辣椒说了。”他手上的烟蒂露出星红的火光……“还好吧？”他走到我身边，问着。

“欧景易，今晚去哪里飙车？”我问了一个不相关的问题。

“做什么？”他捻熄烟，讶异。

“带我去，我想吹风。”

“小雏菊，我今年已经二十四了，不飙机车了。”

“我才十九，认识你们那年，你们也才十九。你带不带我去？不然我自己去……”

我站起身，准备走出房间。

“你真是……算了，我call人。”

今晚，飙车的人很多。

其中一大半，是要来看欧

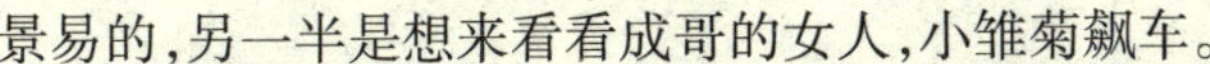

景易的，另一半是想来看看成哥的女人，小雏菊飙车。

我跨坐在机车上，带着安全帽，欧景易则不满地抓住车头，在逆风中喊着："我载你！成哥人在台中，我不能让你出事。"

我撇开他的手，夹紧油门，刹车一放，机车像脱缰的野马，飞奔出去……

风刺骨地在我身边飞哮而过。我不觉得身上痛，因为心更痛。

当年，我是在这条路上扑进李华成的怀抱……

当年，他是那样仓皇地抛下机车……那样叫着我的名字。

泪像断线的珍珠，在夜里，洒满空气，以及我的脸……

视线模糊了，我只觉得心好冷，好冷……我拉住脖子上的项链，项链勒得我喘不过气，往事一幕幕，我只想解脱……想解脱。

迎面而来的车子发出巨大的喇叭声，刺眼的车灯让我睁不开跟，我却什么都听不到，看不到，脑海里，浮现李华成当年戏谑的笑和那句"小雏菊，你是我的，懂不懂？"

我懂……可是你呢？李华成，你为什么不要我了……为什么？

手一放，车身飞了出去，我也像散了的菊花瓣。

泪、血都洒在中正路上……

我竟然没有死……

睁开眼，白色的床单和淡淡的药水味。

坐在我身边，一脸憔悴。真的，不是李华成，是欧景易……

他说，我昏迷了三天，他已经打电话给李华成，要他赶快回来。

回来？可心……还在吗？

"小雏菊，大哥在楼下！"欧景易走进来，望着我。

"不想见，告诉他我睡了……"我闭上眼，不想见到那张让我朝思暮想，却又让我隐隐作痛的脸。

欧景易轻轻地退了出去，然后我听到李华成喘气的声音，"人呢？小雏菊呢？"欧景易一手拦住他，脸上带着不屑，"睡了，你不用进去了。"

李华成不顾欧景易的阻拦，一迈步想要打开门，欧景易猛然一拳，狠狠地打上他的下巴，"你这混帐！你怎么能那样对小雏菊？"话音刚落又

是一拳。

李华成没有还手。

他蹙着眉，抹掉嘴角的血迹，“让我进去看看她。”

“你不配！你根本不配做一个男人！”欧景易大吼着。

我听到李华成又闷哼一声，心里一紧，坐起身子，虚弱地喊：“欧景易，不要打了……不要再打他了。”疼，一定很疼。

门开了，李华成带着焦虑走近我身边，我睁眼看到他红肿的嘴角……

心里，苦、酸、爱、恨全混在一起，五味杂全，不知道，哪一种胜过哪一种。

爱情，真的如此难、如此苦吗？

为什么，让我们俩伤痕累累……

一个礼拜后，我出了院。

李华成开着车，回了我们的“家”。

我坐在沙发上，头上还缠着绷带，冷眼看他替我倒了一杯热水。

“我见过那女孩……”问题，总归是要解决的……

李华成身子僵了一下，回头，他的眼里满是愧疚和痛楚。

“你爱她吗？如果爱，把她带回来吧……总是清清白白的女孩子。”我闭上眼，不想看他的双眼，怕一看，眼泪又会掉下来……

他沉默了一会儿：“为什么这么淡？你不气？”他走到我跟前，由上往下看着我。

我还能怎样……一哭二闹三上吊？“我不想当你的包袱，你喜欢的，就去吧。”

“为什么？为什么你变得这么无所谓？”他丢了手上的玻璃杯，跪了下来，怒吼着。为什么？为什么？

问得好！我到底是为什么啊？再也忍不住心里的悲愤，我站了起来，拉着头发，尖声地嘶叫着：“为什么？我是为了什么？我是为了什么把自己搞成这副模样？我为什么染起头发，我为什么耳朵上穿了十几个洞？我又为什么把自己打扮成这副德性？”

我泪流满面，痛苦地喊着：“我是为了你啊！李华成，你懂不懂？为、了、你！你！因为我爱你……我爱你，不想成为你的负担啊……不想让你一个人扛……不想拖累你……”身子软了下去，我跪坐在地上，哭着，想把这几年的泪、惧怕、不满全部还给他。

李华成跪在我跟前，一脸空洞，过了好久，他突然大喊一声，重重的一拳捶上墙壁：“我一点都不爱她，我只是想你啊……小雏菊，我看到她，想到当年的你……”

猛然间，我看到他流下眼泪，“我……好想……好想当年的你啊……”他颓废地抱住头，痛苦地流下眼泪……

“是我害了你……而我却……不敢面对……只好逃，越逃越窝囊……”他捶着地面，像头发狂的野兽，不停地喊叫着。

我看着李华成的无助……第一次知道他也有哭的时候……

我……又何尝……不想念……当初那……朵洁白美丽的……雏菊？

我反手抱住他，他的泪滴湿了我的衣角，我的泪落在他胸前……

我知道，我们一起流过血，我们的血交缠着，是分不开的。现在才知道，原来除了血，我们的泪……也是在一起的……都是那么无奈地交织在一起。

人在江湖，身不由己不是么。

我想……他和我，今晚，都体会到了这句用血刻出来的话，无奈，人已在江湖，身已不由己……

“小雏菊，走！走！欧景易，带她走！”李华成回手一刀，为我挡下来那致命的一击。

他把我，推到欧景易的怀里，喊着。

“不要，李华成，你不能丢下我……”我拼命挣扎着，欧景易扛起我，带着血，奔出门外。“欧景易，放我下来！华成在里面，里面啊！”我发狂地踢着，喊着，但也只能眼睁睁地看着人群、刀影把李华成包围起来。

“李、华、成！”我撕心裂肺般吼着，李华成深深地看了我一眼，身子倒下，血狂喷了出来。

“大哥！”欧景易，愤怒地喊着，却也只能带着我，逃、拼命地逃……

“易哥！”门外，海虎带着一群人冲了进来，扶着欧景易踉跄的身体。

“大……哥在里面！去……快去。”他跌倒，却还是死死地用身子护住我。

“兄弟们，上啊！”海虎抽出刀，红着眼冲在最前面，我推开欧景易的身子，拉住小胖……

“你护着他！”抢过小胖手上的开山刀，我也奔向里面。

李华成！你不能死……

听到没有？不、准、死……你是我的命。

记得吗？是我的命……

我劈开挡路的人，在血海中寻找着李华成的影子……

眼泪无声无息地滴落，一身是血的李华成卧倒在血泊中……

我扑了上去，抱起他，大吼：“你不准死，不、准！听到没有？你答应要扛我一辈子的，你亲口答应我的……”我背起他，海虎冲过来护住我们，“嫂子，快带大哥走！”

我背起满身是伤的李华成，咬着牙，一步一步走出这人间地狱。“李华成，听见没？……你不能死……”我的声音不住地抖了起来，眼泪疯狂地掉下来。

“小……小、雏菊……对、对不起……我一直……很爱你……很爱……很爱……你……”他气弱游丝地开口。听得我肝肠寸断。

“李华成……你还欠我一条命！记得吗？六年前，你自己说欠我一条命……你的命是我的，你不准死！不准、不准、不准！”我伤心欲绝地大吼，希望能喊回他的神智……吼回他的生命。

一不小心，我跌倒在地上，我痛苦地抱住李华成，他慢慢睁开眼睛，脸上露出一个淡淡的笑容，“这条命……我下辈子……还你……”他的手划过我的脸庞，那么淡……那么轻。

我疯狂地吻着他，但感觉不到一点温度，没有温度……

下辈子，谁要下辈子……

李华成……你这辈子还没陪我走完啊……

你怎么能就这样走了……

落花般的雨滴，飘落……

菊花的花瓣儿……随风轻轻地舞着，我静静地站着，让雨，碎花，淋湿了我全身。

一件大衣披上我，我抬起垂下的眼睫毛，空洞地看着身边的人。

“小雏菊，雨越来越大了，走吧。”欧景易撑着伞，为我挡着雨，怜惜地说着。

“我想……再陪他一会儿……”我看着墓碑，眼泪早已哭干，早已落尽。

“小雏菊，你这样，大哥会不安心的。”欧景易突然抱住我，我没有反应地让他拥入怀中……“在大哥面前，我问心无愧……小雏菊，大哥已经走了……你该为将来的日子好好打算。”

我抬头，看见欧景易的眼里带着一丝温柔，刹那间，我恍惚地以为，那是李华成的双眼……

“小雏菊，跟着我吧……我替大哥照顾你。”他把我抱得紧紧的，坚决地说着：“难道你不知道吗，为什么我从来不叫你嫂子？因为……我一直很喜欢你，一直很喜欢……我不想承认你就是我大嫂……”

我推开他，摇了摇头：“谢谢你，但我不能。”

“可是……你有身孕，一个人怎么照顾小孩？”他不再抱我，只是把伞靠近我，让伞能挡掉雨滴。

“欧景易……你知道为什么我踏进这混水吗？”我摸了摸小腹，淡淡地说：“因为李华成……因为他，我才离家出走、休学，让自己堕落……现在，他人走了……我……对这一切，也没什么好留恋的了……”

我吸了一口气：“六年了，我真的很累了。景易……我想回家了……”

“回家？可是……你……”

"景易,认识你很好,你们中和每一个,我不后悔认识你们。但是现在,我真的想回家了,真的很想回去了……"累了,真的……很累了……"以后,就不要再见面了吧……"

"答应我好吗?孩子,我会自己照顾的……"

欧景易眼中闪过痛苦的眼神,他握起我的手:"我不去找你,其他人呢?你走不掉的……走不掉的……你要有人保护,就像大哥以前那样护着你……"他狂摇着头,急急地说着。

"我会离开台湾……以后可能会回来吧……"

"小……雏……"他只能欲言又止。

"欧景易,如果你爱我,就成全我吧……"我抬起头,恳求他。

"我……我……我答应你,不再去找你……"他咬着嘴唇,痛苦地说着。

对不起,欧景易,请原谅我的自私……只是少了李华成,我真的再也不会对这一切留恋……他不在了,谁能陪我走下去?……谁……?

"我送你回去吧……"

"不用了,当初我自己怎么走出来,我就怎么回去……"我悠悠地望了望远方,摘下一朵菊花,放在欧景易手里:"谢谢你六年的照顾……我不会忘记的……"

我转过身说:"欧景易……你自己小心……不要……变得和李华成一样……有机会就抽身吧!"我一步一步地离开他,决定要离开这六年的恩恩怨怨,离开这六年的爱恨情仇……离开这六年的风风雨雨。

欧景易捏紧那朵菊花,目送着我的身影离开,眼含着泪,喃喃地说:"抽身?……有机会吗……有机会吗?"

人在江湖,身不由己不是么。

我抽身了,走出这江湖了。只是……那是用我的血、泪和我爱的人的命换来的……

这值得吗?

谁能告诉我……

风吹起,菊花片片飞……飘落在树梢,地上,坟上……

会落在谁的心头，化成谁的泪……

当初是这样独自背包离开家的。

我背上了同样的背包，关掉了李华成家里的电灯。

关上门，把钥匙留在信箱……

再见了，我的家……我来寻找幸福的家……

我知道，我不会孤独……在我身体里，有另一个生命陪着我……

陪我走过春夏秋冬。

打开久别六年的家门时，我看到父亲白了的头发一脸惊愕……和母亲满脸的忧愁……

“爸、妈，我回来了！”我把背包放下，跪了下来。

“回来就好……回来就好……”父亲老泪纵横，当年的愤怒早已化成悲痛。

我抱住他们，流下了眼泪……

幸福……

我曾找过……

我以为……那一年，那样，就是幸福……

泪流不尽、散不开……

菊花的泪，在春去冬来中，徘徊……流连……

我呼了一口气，把最后的档案储存，望着小雏菊的脸，突然想哭……“写完了，你要不要看一看？”我将笔记本推到她前面……

她摇了摇头说，“不用了。”

我知道，为什么她的声音总是那样没有生命，那么没有感情，因为……她的命、情早就随着李华成而去。

我搔了搔头：“我有点后悔把你的故事写出来。”她的故事，我……根本就写不出里面千愁万爱的千分之一……

“为什么？”她抬起头，淡淡地望着我。

“因为，我写不出那种感觉，那种凄美、哀伤的感觉……”

"没关系,有感觉的人,看了自然会懂的。"她点起另一根烟,看着窗外。

"你什么时候回台湾?"我问着。

"后天……"她吐了烟,"李华成的两年忌日……"她双眼闪过了一丝情感,很淡,淡得让人察觉不出来,忽然她又问:"谁唱那首歌?"

"哪首歌?"

"我爱上让我奋不顾身的一个人……"她轻轻哼着。

"孙燕姿,曲名是《天黑黑》。"我拿起笔,把名字写给她。

"嗯,"她淡淡地接过纸,站起身,"我该走了……"

我想不出任何挽留她的理由,只能呆呆地看着她穿起外套,我抓住她的手,"宝宝是男是女?"

她突然一笑,"男的,眼睛很像华成。"她笑了,真的笑了……手,习惯性地摸了摸挂在胸口的银链,李华成还是她唯一开心的原因。

我不知道该说什么,跟她说恭喜?还是……

"谢谢你帮我写故事,这给你……"她从皮夹里抽出一张纸,放在我手上,淡淡地一笑,"往事如风,不是么?"一柳倩影消失在coffeeshop门口。

我呆呆地看着她的背影消失在人行道那端,就像她出现的样子,没有声响,没有情绪,让人察觉不出她的存在……她今年,算算,也不过才二十二……生命好像却已枯竭……

我忘了……忘了问她是否后悔,如果人生再来一次,她是否会这样做?

想开口喊,她的身影却早已消失在人行道那端。

叹了口气,我低头看着手上的东西。

那是一张已泛黄的相片……

三个人。

我想……里面穿着制服的短发清秀小女孩就是小雏菊吧。她当年的清秀,是无法用言语形容的……

在她右方,把她搂紧的瘦长人影,应该是李华成了。他的脸上挂着戏谑的笑容,那么淡……那么迷人。

至于在左方,一头金发,嬉皮笑脸的,应该是欧景易了……

景物依旧,只是人不再……

我真不敢想象小雏菊这两年抱着这张相片,鳞伤遍体地尝着那“景物依旧、人不再”的痛楚,……真的不敢想象,也想象不出来……

那种苦,只有亲身经历过,才懂。

才懂那各种的酸苦、那种令人喘不过气的悲痛。

想起依然挂在小雏菊脖子上的银项链……

我想,我猜测,她从不曾后悔……

我想,她能忘……

但是不想忘……

菊花的泪……散落、随风飘零……

落在谁心头,化成谁的泪……

写完小雏菊,我跑进房里狠狠地哭了一次。

也许,我写得不是很感人,但感觉却是每一个字都那么真实……

这个故事,很多人问我是真是假……

我想说,假的不够吸引人;真的,却又太伤人……

我想在很多地方,这种故事天天在上演,换了不同人,却换不了剧本……

于此把《小雏菊》献给她和他,也送给有感觉的各位。

谢谢你们的支持,不然这个故事,真的很难写下去……

谢谢。

又是落红时

幽谷草

又是一个秋天，连天的白云如无边的丝带，紧裹着漫天飞舞的秋叶。无际的山脉如新娘脸上的红晕，染红了一个秋天。山上的那棵枫树，是否依然还挂着上一年的红叶，这如火的落叶是否还怀有那一年秋天的余温？

不经意的，一片规则的枫叶轻轻划过我的眉梢，那飘舞的红色，又把她的容貌清晰地带到了我的面前。

那年，我读大二。家庭经济条件不是太好的我，成为宿舍中唯一坚守单身阵地的“异类”。我也明白，“金钱”与“滥情”在某种意义上是相等的。唯一的区别是人民币用“元”来衡量而女朋友用“个”来计数。如果可以忽略单位的不同，我难免会用“爱情”来当做“社会价值”的尺度。换句话说，腰包越鼓，女朋友就会越多，爱情就会因此贬值。因此，对于每个月仅奢望能吃上一顿红烧肉的我，对“爱情”是不敢有任何非分之想的。顶多也只是在电脑上面玩玩“心跳”，体验一下虚拟的浪漫。也正是为了实现我每个月都能吃上一顿红烧肉的宿愿，我兼职做了一份家教。

我带的学生是一个快上高三的女孩子。她给我的第一印象，除了纤弱还是纤弱，有林黛玉那种杨柳扶风。她瘦削的脸庞弧线能让我联想到一条开口向上的二次抛物线。她乳白的肤色，如同雨洗过后浮着淡云的天空。因瘦削而使得五官略显突出，但却紧凑和谐，看了让人十分舒服。大大的眼睛总爱呆呆地望着窗外，更有点林妹妹的楚楚动人。虽然有时讲课不免耳鬓厮磨，但我发誓，我对她从未有过任何邪念，即使是在我给她讲一道超级无敌 SUPER 巨麻烦的空间几何题时，她偶尔飘舞的长发扫过我的面颊，发丝的清香夹着女性独有的体香一起诱惑我的鼻子时，我也只是稍微有一瞬的心跳加速，绝对没有任何一个忠诚的器官背叛我清醒的脑细胞做出任何一点越轨之事。在我的心中，我一直都当自己是一个合格的老师，不仅为人师表，而且还呕心沥血教书育人。

她的名字叫叶红飞，每次我到她的家，她都像一只顽皮的蝴蝶一般轻飘飘地把我迎进门（可能是因为她那太过单薄的身体，所以总给我一种飘的感觉），然后就用她那轻柔的嗓音问这问那，缠着要我告诉她我在学校碰到的每一件事。连她那高兴起来而忘己的笑声，都是轻轻柔柔的，飘入耳中，有种耳膜被按摩的快感。

每次她笑够了，我才开始给她上课。她很聪明，再加上她白皙的肌肤，我总会用"冰雪聪明"来形容她。有次她听了，用她水晶般的眼睛看着我，然后"呵呵"一笑，说道："你也很聪明呀，唯一美中不足的是'煤炭聪明'。"我听后，几欲吐血，然后猝然倒地。

除了听课，很少有她安静的时候。上课时她从来都很认真，认真得让我不敢有丝毫的马虎。只是我这个老师不怎么合格。有时与其说是给她教课，不如说是切磋。对她的悟性我是佩服到了极点。就像我只教她质量守恒，而她却教会了我宇宙的不变性；我教她炸药的主要成分，而她竟然教会了我原子弹的制造原理。

由此看来，我不仅每月吃不到红烧肉，还要每个月再倒吐出一块。幸亏她妈妈通情达理，她也没有吃红烧肉的爱好，因此她总会潇洒地挥挥手，大大咧咧地说道："全当救济灾民。"然后又看着我痴痴地笑，全不管我是满头雾水，一脸迷茫。

一转眼两个月就过去了，秋天来了。落叶似仙女的裙摆，纷纷扬扬地装饰着这一片天地。此时的我，正沉浸在虚拟的"恋爱"中，与藤琦诗织的关系正如不可遏止的火山喷发，节节升温。从未体验过浪漫的我，居然在"心跳"中爱得死去活来，不可自拔。

这一天，我又来到了她的家中，令我意外的是，她只是傻傻地望着窗外的落叶发呆。难道蝴蝶也懂落叶无情吗？她听课的情绪很不好，甚至让我怀疑她是否在听课。我也是无心恋讲，只想着赶快收工，去会我心爱的诗织。亏我还自诩为一代名师，居然如此心不在焉，至今想起，汗颜不止，追悔莫及。

终于到了结束的时刻，我匆匆忙忙地收起书本，突然她说道："老师，可以陪我聊一会儿吗?”

她的纯净的眼神让我无法拒绝。虽然还有虚拟的浪漫在等我,但她的语气却冲垮了我最后一点坚定。我又放下已收拾好的书本,收回将要迈出的脚步。

“老师,枫叶好看吗?”

她再次望着飞舞的落叶,被微风轻轻吹起的刘海和发角胜似蝴蝶的翅膀在风中轻轻扇动。

说起枫叶,就不得不提北京的。可惜都地处偏僻。没有好体力的人是没有眼福的。幸好学校领导体贴民情,明白当今学生的思念胜过滔滔江水的连绵不绝,加上为了响应国家植树造林的号召,几年前大兴土木,种树N棵,不仅为学校捧回了个“绿化标兵”的光荣称号,更成就了学校情侣的一桩桩好事。学校的人气升得比熊熊股市还高。

“当然,我们学校就有很多。怎么,你没见过吗?”

我小心翼翼地回答,生怕自己的不小心打破了蝴蝶的专注。

“嗯,我是在南方长大,今年初才来到北京。早听说北京的枫叶非常漂亮,可惜我只在电视里看过。”她扭过了脸看着我。

“哇,那你亏大了,现在的枫叶都是火红火红的,采落叶的人比落叶还多!”

“为什么要采落叶呢?”

“送人。亲戚朋友都可以送,有的还做定情信物,就靠它们私订终身了。”

“呵呵,很浪漫哦。”

“几片叶子就叫做浪漫?那砍几棵树岂不是要天长地久了?再挖一棵树根就更加浪漫得一塌糊涂了。难怪中国的绿化这么难搞,原来都用来当媒婆了。”

“呵呵呵呵,太偏颇了吧!叶子和树根怎么能一样呢?如同金戒指是用来结婚的,而金子是用来衡量财产的。谁都不会在结婚的时候送一斤金子吧。”

“那就好了,有人若送我,让我嫁了我都同意。”

“你啊？就怕没人要哦！”

她向我努了努嘴，两片红晕不知何时飞上了她的双颊。

又是一阵清风拂过，发香淡淡的，醉醉的，“可惜了，有时间我带你到我们学校去，好让你一饱眼福。”

“好哇好哇，我正要去采枫叶送人。”

“哦？谁这么有福气啊？”

“我，我，我送我妈总可以吧。”

她那如水晶般的眼睛盯着我，就像要把我看穿似的。

我的心里猛然一颤，这眼光是如此熟悉，正是藤琦诗织那种柔情似水而略带羞涩的大眼睛。而我的心也真应了“心跳”似的乱跳。

“这个时候的枫叶是一年中最美丽的了，红红的如朝霞般温暖。特别是清晨，还能闻到树叶的清香。”

“那肯定很美丽了。”

“是啊！特别漂亮，整个校园都被染红了。特别是校园中间最大的那棵，落叶特别厚，别说是采，就是用车皮去装也装不完。现在踩在上面都能‘沙沙’作响。”

“是真的吗？”

她的睫毛直扑闪。就像她不是用她的耳朵而是用她的睫毛。她的双脚也起劲地配合着睫毛的眨而轮换踏着地板。

“可惜这里只有‘咚咚’的声音了。”

我俩都笑了。

“我以后一定要考你们大学！”

她摆出一副认真的模样，就好像考大学是她生命的全部，容不得一点妥协。

“好啊，那你以后就是我的学妹。有什么事我一定罩你。”

其实我连自己每个月的红烧肉都保不住，怎么罩她呢？显然她也看穿了我的“豪言壮语”，“扑哧”笑了。

“老师，我好想去你们学校看枫叶哦，可以吗？我要拣好多好多。”

“当然可以了，什么时候去就说一声，我一定会舍命陪淑女。”

“那就后天吧，就星期天。”

“好，就后天，我来接你。”

星期天的天气像是专门配合我的心情，秋高气爽，只有阵阵微风不时吹卷着不小心跌落的枫叶。一片红色就这样在天与地之间划过一条美丽的轨迹，缓缓地舞向大地。我们走在被枫叶染红的校园小路上，听她轻轻数着凋落的一片片火红。就这样，我们来到了这棵最大的枫树下，枫叶零零散散地在枝头摇曳着，满地堆积的红叶在我们脚下延伸……

我们坐在枫树下的石凳上，“老师，你知道我为什么要叫红飞吗？”

我想了起她的名字，叶红飞，红飞难道与这漫天的红叶有什么关系？

“因为我就是在这个红叶纷飞的季节出生的。”还没等我开口就自己给出了答案。

我笑了，原来还有这等规矩，“那下雪天生的岂不是叫‘白落’，刮沙尘暴时候生的不要叫做‘黑刮’了？”

我嘿嘿地笑了，她也笑起来了。

“这是我第一次看见真正的枫叶。”

她喃喃地说着。

“啊，这么说我帮你实现了你毕生的宿愿了？”

“嘿嘿……”她模仿着我憨笑的样子，“也算吧。”

沉默，还是沉默……只有风的声音……

“老师，你知道枫叶是怎么落的吗？”

她忽然问我。

“这谁不知道，秋天到了，叶子不落还要攒着过年啊？”

“不对不对，枫叶是听到声音才掉落的。”

她认真地说着，仿佛她就是那枫叶的使者。

“哦？我怎么没听说过？”

“不信？你看好了。”

她虔诚地举起了双手，在胸前两手轻轻合拍。

“啪”清脆的掌声伴着风声环绕着这棵粗壮的枫树。

几片枫叶轻轻地打着旋，刷过我的眉，从我们眼前晃晃悠悠地飘落下来。

“你看你看，我说的对吧。”

她高兴地跳了起来，就像一只久违了枫叶的蝴蝶。

“Really！我也来试试。”

“啪”“啪”“啪”

几片枫叶如听话的孩子，乘着这软软的微风，荡漾着，荡漾着……

我举起了相机，在满天的红色里，在绚烂的朝霞中，在这飘荡着枫叶的氛围中，我留下了她的影子。

又是一天，我再次来到了她的家中，来给她上完这最后一堂课。我把她的照片带来了。照片中的她穿着淡红色的连衣裙，如瀑布般的长发安静地披在她的肩后，粉红色的小挎包，贴合地贯穿于她诱人的玲珑上身曲线。枫叶，在她的周围如蝴蝶般的翩翩起舞，伴着她的红，犹如红色天堂。

可是，只有她的妈妈，给了我两倍的工酬。蝴蝶呢？红飞呢？

我懒洋洋地回到了宿舍，无意中摸到了口袋里的存折，突然感到一阵莫大的空虚和无助！

“我已经不是她的老师了。”我不断地告诫自己，“我不再和她有关系了。”我不断地麻痹自己。

我打开了电脑，想利用诗织转移这份思念。我一心一意地寻求着虚拟的幸福，幻想柏拉图式的爱情盖过这无边的空虚。

游戏终于要到尽头了：在毕业的一天，我收到了一封信，“校园中的榕树下见”。我——“心跳中的男主角”——甚至还来不及细想，就冲到了那茂盛的榕树下。传说在毕业的一天，如果有女孩子在榕树下向男孩子表示爱恋，两个人就会永远在一起，永不分开。“缓缓地，从榕树背后，走出了那个熟悉的身影。是她，藤琦诗织，穿着一件明亮的红色上衣，天真

无邪的眼神就像经过了山泉的清洗。她向我表露了她心中的爱意。望着她清澈的眼睛,一种从未有过的快意侵袭我的全身。平生第一次,我体会到这份爱的感觉。虽然是虚拟的,但也感动得使我潸然泪下,心潮澎湃。"这个美丽的传说,将永远永远流传下去……"游戏结束了,藤琦诗织消失了,只剩下了我美好的回忆。我敲了敲自己的头,原来,游戏毕竟是游戏,现实终归是现实。我不再是游戏中的男主角,我又变回了一个孤独的穷小伙儿。

游戏已经结束,但现实仍在继续。虚拟的浪漫固然美丽而让人陶醉,但我更渴望现实的爱情。

诗织,榕树,校园,枫树,红飞!!!

红飞,我现实中的诗织。此时的诗织,红飞;红飞,诗织,两个人的影像渐渐合在了一起。原来,我一直在玩现实中的"心跳",而女主角,就是红飞。我的思考已跟不上我双腿的速度,我箭一般地就来到了红飞的家。

叶妈妈耐不住我的乞求,终于告诉了我事情的真相:原来红飞在一年前就查出了癌症,生命时刻都有危险。红飞也早已经知道了这些。可是红飞毅然坚持在家里自学。因为她想要实现自己的目标,考上理想的大学。此外,红飞还有个心愿,就是可以看到真正的枫叶……

很谢谢你帮她完成了这个心愿,我相信她会考上大学的……

叶妈妈早已是泣不成声,而我的眼泪,也像将要决堤的潮水,波涛汹涌。眼前早已是模糊一片。"现在红飞在外地治疗,如果有机会,我相信你们还会相见的,她让我告诉你,谢谢你带她去看枫叶,谢谢你为她所做的一切。"风呜呜地吹着,我整个人已经呆了,任我的发,我的心痛在这风吼中战栗……

又是一年的秋天,我独自一人来到校园的枫树下,天还是那么蓝,云还是那么淡,枫叶还是那么红,风也还是那么轻柔。我静静地坐在枫树下,任凭我的思绪穿越时空,追寻红飞的影子。"枫叶是听声音而落的……""不信你看……"我茫然地望着依然如火的枫叶。

我轻轻地举起了手,双手虔诚地在胸前合拍。"啪",风声轻轻地,柔柔地……"啪""啪""啪",思念浓浓地,厚厚地……

枫叶呢？怎么没有红叶落下？

水！怎么会有水？我收拾好了自己凌乱的思绪，才发现：原来落下的，不只是枫叶，还有我的泪水……

后记：很多年没有再见过红飞了，她的家也早已搬离了这座城市。在每年熟悉的秋季里，总会有一个男生来到棵枫树下，听红叶的声音……而枫叶寻声而落的这个美妙的传说，也将永远永远流地传下去……

永远的蝴蝶

陈启佑

其实雨下得并不大，但对我来说却是一生一世中最大的一场雨。

那时候刚好下着雨，柏油路面湿湿冷冷的，还闪烁着青、黄、红颜色的灯火。我们躲在骑楼下面，看绿色的邮筒孤独地站在街的对面。我白色风衣的口袋里有一封要邮给在南部的母亲的信。

樱子说她去帮我寄信。我默默地点头，把信交给她。

“谁叫我们只带了一把小伞呢。”她微笑着说，一面撑起伞，准备过马路去帮我寄信。从她伞骨滑下来的小雨点溅在我的眼镜玻璃上。

随着一阵刺耳的煞车声，我的樱子就那样轻轻地飞了起来，缓缓地。飘落在湿冷的街面，如同一只夜晚的蝴蝶。虽然是春天，但像已是深秋了。

为什么这样？她只是过马路去帮我邮信。这样简单的动作，却要叫我终身难忘了。我缓缓睁开眼，茫然地站在骑楼下，眼里裹着滚烫的泪水。车子都停了下来，人潮涌向马路中央。没有人知道那躺在街面的，就是我的樱子。这时她只离我五公尺，却是那么遥远。更大的雨点溅在我的眼镜上，溅到我的生命里来了。

为什么呢？只带了一把雨伞？为什么？

然而我又看到樱子穿着白色的风衣，撑着伞，静静地过马路。她是要帮我寄信的,一封我写给在南部的母亲的信。其实雨下得并不是很大,却是一生一世中最大的一场雨。而那封信是这么写的,年轻的樱子知不知道呢?

妈:我打算下个月和樱子结婚。

曾经有一种生命叫蝴蝶

蝴蝶飞呀飞

01

像所有在网上认识的情人一样,我们也是从胡侃瞎聊、打情骂俏开始,然后渐渐陷入网恋的深渊。他在重庆,我在长春,隔了十万八千里远。却隔不住我们之间的思念。我触网是为了好玩,他触网是为了打发无聊的时光,不知道是怎么回事,他突然就问我:“听006.5说你很可爱,呵呵”,我也不甘示弱,马上接到“哈哈,那还用说”,然后就天南海北的瞎聊。认识他时,我还刚开始迷上“聊天”。还不懂得要掩饰自己,所以没多久他就套出了我的一切信息。刚开始时,我们比着说可以让对方恶心的话,我是说那些别人听了鸡皮疙瘩掉一地的肉麻的话,以及黄色的笑话,比着看谁知道的多。他总是“呵呵”,弄得我现在一聊天也总“呵呵”没完。这是后话,曾经有一阵我指天发誓“绝不再出现在聊天室了”,但仅仅坚持了五天。我上网的时间十分有规律:每周五从学校回来的晚上,周六一天,周日的下午,然后周日的晚上滚回学校。

02

那时我们整天整天的聊,也就是整天整天的打情骂俏,还要学着像地下党似的躲着我老爸的巡查,所以我们之间常出现:

“你是不是又去‘WC’了?”“不是,是我老爸啦。”

03

我们在网上聊，电话聊，最后长途电话费猛涨，加上我们那时还都处于经济拮据时期，不得不克制住自己的相思之苦。现在想想也许正是因为我们每周都有一个固定碰头的周期的缘故吧，没有每天都去聊，所以才能维持了三个月吧，要不然可能两周就结束了。

04

毫无预兆地，我接到了他的一封 E－mail，刚看了第一句，我就哭得一塌糊涂，一直到看完它。他说得让我非常伤心，也许我们本来就不该在网上来寻找那一份刻骨铭心。可直到现在，我还是在等他。

“这世界是不公平的，我受不了我爱的人不在我身边。我想了好久了，我们认识了这么久，爱上你是我的不幸。我早就应该戒掉你了，我戒得很辛苦，我是个坏孩子，不值得你为我哭。你是我生命中的钻石，只能看着，可它却不属于我。我喜欢躺在树下，看着绿绿的叶子，我想伸出我的手，可它离我好远好远，好远好远……”那天晚上，我在聊天室疯狂地找他，我不知道他在不在，也许他换了 ID，也许他没来，我不知道，我只是疯狂地敲击着键盘，对着不知道存不存在的他说话，告诉他我哭了，我想他，非常想……朋友问我怎么了，我只是默默地敲着键盘，对着空气发话。一直到了很晚，我的手指不知道还有没有感觉，眼睛也一直流眼泪，不知道是因为看屏幕看的还是想他想的。不知道自己是怎么把自己挪到床上去的，迷迷糊糊地睡过去，半夜醒来，盯着窗外，想起他第一次给我打电话，居然把号码记错了，疯狂地打了无数次，居然没有一个是对的。记得五一节的前天晚上，他到外面给我打电话，我们整整聊了一个多小时，说了什么我都忘了，只是那种感觉还在，那是我们唯一一次没因为电话卡没钱而突然挂电话的。他在火车站等着接他老爸，很吵。而我在学校的小床上，怕吵到同学们而不得不悄悄地讲话，所以他常常听不到我说的话，而我却听得到他身边呼啸而过的大卡车的声音，他整整站了近两个小时，我却一直躺在床上。

05

直到现在,我也没搞清楚我们喜欢对方的什么。我喜欢用“喜欢”这个词,而不是“爱”,不知道是为什么,到现在我也弄不清楚。

06

他喜欢石康,也看卡夫卡,喜欢那种《甜言蜜语》的爱情,听梁汉文的歌。所以我也试着去看,去听,并且也喜欢上了。

07

这是我们第一次分手,可我还是坚持每个周末,去聊天室等他。终于在他给我的那封信第二周,我就把他从一个陌生的ID中找了出来。也不知道是为什么,当时的感觉就是这个人肯定是他。我说我们会擦肩而过,如果不是我找到了你的话。从那以后,他总是换ID,我就总是发挥自己的小聪明来找他,而且每次都找得很准。这样,我们又继续交往了一个月。

08

“爱变成一只蝴蝶,蝴蝶它不再飞,它来过这世界”,他很喜欢这首歌。“蝴蝶来过”成了我的新的ID,从此“麦田”和“cindyrui”在那个聊天室不见了,直到现在我还是喜欢在心里喊他麦田的名字,一遍又一遍……

09

我们之间的分手进行了无数次,可没有一次成功过的。可我想这次是一定了,他已经整整两周没有消息了,整整两周,我都不知道我是怎么过来的。从他第一次说分开,我们已经很努力,可我们办不到,一到了那个时刻,就忍不住又去了,然后开始我们的对话。刚认识他的时候,我经常开他的玩笑,要他在寂寞难耐的时候去找女人,他说不让我再挑逗他了,要不然他的欲火可是一杯冰可乐都浇不熄的,然后他又逗我说要跟我

一夜情。他很奇怪我怎么知道那么多黄色的小笑话，我叫他去“锵锵三人行”去看。

“宝贝，知道为什么兔子比松鼠多吗？”他突然没头没脑地问了我一句。

“嗯????????”我打出一串问号。

“呵呵，因为谁喜欢在树上做爱呀。”“呵呵……”我也打出一长串笑声作为回答。

10

他也有烦恼，为了学习而烦恼，为了生活的究竟而烦恼。晚上不睡觉，看书听歌，无所事事，到处闲逛，就像石康的大学生活一样。我很悲哀，看了《晃晃悠悠》，我发现我们的大学生活居然还和十年前的大学生活一样，而且居然还不如从前。我是一个别人眼中的好孩子，上的是名牌大学，拿奖学金，还是学生干部，头衔一大堆，每个见过我的人都认为我谈过不下十次恋爱，可是实际上直到现在我还没有一个真正的男朋友。我刚上网那会儿，整天找着有关网恋的文章看，结果却发现所有的结局都是悲剧，到现在为止只见过一篇网恋成功的文章，当时我和麦田正处在如胶似漆的时候，心里正想着用我们俩的事实来证明，结果没多久他就发来了第一封要离开我的 E－mail。

11

之后我们就聊我的过去，讲我“坎坷”的过去。说坎坷是因为我的生命进程走到现在，我还不明白我究竟是怎样走过来的。

我贪玩得要命，从小到大的朋友没有一个是正常人眼中的乖孩子，虽然妈妈常说“跟凤凰走永远都是俊鸟”，可那些所谓的好学生从来都不被我列入可以交往的朋友的范围。小时候为了早点出去和小朋友玩，就不写作业，第二天谎称自己的作业忘在家里了，这个谎话是怎么学会的已经不记得了，但是我记得那是小学二年级，从那时起我的爸爸就经常被老师叫去训话，然后我就成了别人眼中名副其实的“坏饼”，这是我的老师说

的原话,“你们两个谁都不是块好饼”,所以我就是“坏饼”,那个老师也许不记得这句话,可是那个八岁的我一直到现在还记得,而且还会一直记到永远,直到我死。

后来上了初中,周围的朋友仍然是那些世人眼中所谓的问题少年,把不听父母的话当做是有个性。再后来一个同姓的英语老师对我父母说我应该好好学习然后考大学,那个老师是一个刚毕业的大男孩,长得很漂亮。后来初中毕业后老爸花钱把我送到了一所市重点高中,度过了一段我的自我摧残的花样年华,每天被妈妈从被窝里揪出来,草草吃饭,抱上书包,拽着饭盒,疯狂地跑下楼赶巴士,到学校开始“学习”,回到家又没完没了的做,然后在半夜睡去,等着第二天又一个孪生的日子开始。不知道是哪一天我哪根筋不对劲,突然意识到我是该考大学的,虽然不清楚为什么非得考大学,只是为了考大学而考大学,可那时离高考只有一个月了。疯狂地学习了一阵之后,我就上考场了,结果那年差 2 分上本科线。

然后,我都不知道是怎么咬着牙说了一句“我去复读”。虽然现在想起来那时很苦,可是却生活得很充实,每天的生活目标很明确——考大学。比起现在每天无所事事的瞎逛要幸福多了。

我讲这些只是想声明我并不比麦田好到哪儿去,可他就是死命的认定了他配不上我。也许男人总要是应该比女人强的,这又是一条该死的社会逻辑。

12

我学的是新闻,所以我一直不认为分隔两地会对我造成影响,因为我会当记者嘛,可以到处走,这也是当初我要学新闻的最主要的原因。所以我从来不认为我们之间会没有将来。

13

刚拿到他电话时,我记在了一张便条上,回到学校之后把它放在了床边。周日的晚上想给他打电话,却找不到那张纸了。那时熄灯了,我开始打着手电一顿狂翻,几乎把我的东西翻了个底朝天,连床板都翻开了,那张该死的纸就是不见了,然后我只好不情愿地去睡。第二天白天又找,还是没找到。到了晚上熄灯了,我怎么也睡不着,就又起来翻。每天晚上都这样折腾,一直到周四的晚上,我仍没找到那张纸。周五一回家,见到他,就跟他要电话,他死活不肯告诉我。

“真没见过你这样的女孩子。”“是不是因为我主动给你打电话啊?????????”“呵呵,我不想你这样为了我乱花钱。”“可要是我会想你怎么办呀?”“不许想!”“怎么可能!!!!!!!!!!”我打出一大串叹号,我喜欢用一长串的符号来加强我的语气,而他则喜欢用两个句号来结束一句话。

14

离我的生日还有十天那天晚上,不知道为什么我突然很想给他打电话。他不让我给他打电话,他不让我为了他花钱,可是我真的好想好想他。在这之前的那一次聊天,因为线路很慢,而且我老爸又总是过来转悠,我们之间说的话很少。

“喂,是我。”我知道一定是他。

“嗯……嗨。是我。”“我想你了所以打电话。”“天哪,你,哎……”我们还说了什么,我忘记了,可我总感觉怪怪的,说了十几分钟就挂断了。我正纳闷呢,怎么这么快就没钱了,他的电话就打过来了,我们就又开始聊。

“宝贝,快12点了,乖乖睡觉,好吗?”“那好吧。”我想他的电话卡也该快用完了,我非常讨厌说着说着突然被断掉,“拜拜吧,做个好梦,梦里有我。”我看了一眼表,12:03,实在是睡不着,拿起电话一查,天哪,居然还有十几元钱,我打了过去,“是我。”“好吧,那再聊一会儿,只许一会儿,我不许你晚睡了。”“嗯。”

15

周五,老习惯:开机,拨号,去早已熟悉的老地方。他不在,只有一封信。

“世界是不公平的,我现在深深地体会到。也许如果我可以与你在一起,我们会幸福和欢乐,也可能会是‘暗无天日’。呵呵。可我宁愿是前一种——也认为是前一种。但这只不过是想象罢了。所有的都是想象,但不能成为现实,所以我说不公平。天下没有不散的宴席,与其长痛不如短痛吧。而我可能每次见了你,我就会痛,那不是我所想的,可我却那样了。我们已经认识了很久了,是很长的时间了,但与彼此的生命一比可以说是很短,而你的音‘容’笑‘貌’烙印在我的心里记忆里生命里,因为我知道我曾经深深喜欢过一个女孩。现在我不管做什么,都会想到你,这是我从来没有过的。想到你对我说的,想到你的声音,想到如果我有一天要去见你——其实我并不想与你一夜情,虽然我很需要。呵呵,你不是那种能与我一夜情的女孩,我只会去看你,看你的笑,你的眼,你的唇,你的发。我还会想到你说要有很多的钱,然后去环游世界。我会是秋天里从大树上飘落的秋叶,融进黄土里,我更不希望你会很喜欢我,可以喜欢我一点,可以想我一点,但不要为我流泪,不要为我不能入梦,不要为了不现实的我迷失自己。虽然我知道你会说你不会,可我仍会担心,虽然你说你想我想的怎么怎么样。我宁愿不相信,所以我就选择不相信。

我想我是会离开的,也许会在突然的一个时间里见到你,我想我必须离开了,我不知对自己说了多少次‘离开’,但都没办法到,我就像戒烟一样的想戒你,戒得很难,戒得很痛苦,戒得很辛苦,可我还是会戒,因为我绝对在乎你,所以我会戒。现在是我该离开的时候了,我很庆幸在我离开的时候还听到了你的声音,本来我想打电话给你的,后来我打消这个念头,我怕我又打败了自己,终于我没有,终于我做了我也不知道是对是错的事情,也不想知道结果。我要你答应我去聊天,上网,不要再想我的声音。我的 Email 不会变,在将来,你可以写点什么,写点你的事情,关于以后你的世界里出现的男人,你的心情,可能你是再也不想对我说点什么的了,可能你会说我只知道逃避,可能你会恨我。但这一切对我来说,只会沉默。

就让我喜欢的《甜言蜜语》和《支离破碎》来告诉你我的世界。写这些,写得很累,反反复复的写了一个下午,写得并不很好。如果你会看了流泪,(希望不要)那也是我让你流最后一次泪了吧！以后我不会了。我不知道可不可以这样来结束,那就让我这样来结束吧。有太阳的下午,5点51分。”

我终于还是哭了,而且我又找他,有一个ID叫romantic的,他告诉我他是麦田的朋友,告诉我不要伤心,不要难过。没说几句,我就猜到他是麦田了,可我没敢说,我怕我一说,他又该走掉了。他劝了我好久,一直到我答应他不会再哭了。可是才一下线,看了一遍他的信,我就不可遏止地又哭了起来,幸好爸妈不在家,我就狠狠地、痛痛快快地哭了一场。

16

既然你已经决定离开,我也不强求,那样只会徒增你的烦恼。

我今天找你找得很辛苦,是心里苦。

心里空落落的,不知道该做些什么好。

我已经习惯一去就找你的名字,你不在我不知道我除了自言自语还能做什么。

我不知道你在不在,但我相信你在。

我招呼每一个像你名字的人,可都是失望的结局。

也许你已经决定彻底地戒掉我,所以把自己深深地藏起。

剩我一个人苦苦地寻找,找一个根本不存在的ID。

我知道我不该这样,可我要你知道我的心意。无论何时,你是我要等的人。

没有人会来到我心底为你留的空间,因为我一直在等你。

也许上天眷顾我,让我遇到另一个你。

让我不再会为你流泪,为你心碎。

可是我真的不知道有谁能代替你?

我等你，在每天里。

等待你再次出现在我的生命里。

我不想再让你难过，所以只好自己品尝过去的美好回忆。

谢谢你曾经给过我的那些点点滴滴。

我相信你会再次出现，我真的相信。

不要离开我太久，我会受不了。

从没有时间能抚平的创伤，只能随着时间越来越长的思念。

17

又过了一星期，到了我的生日，romantic 又出现了。

“有什么要我转告麦田的吗？”“请你转告他，我想他，我喜欢他。”聊了半天，我想他已经知道我猜出他了，我们彼此是如此熟悉对方，说不出十句话就能感觉出来。

“好的，还有什么要对麦田说的吗？”“再告诉他一次，我会想念他。”“要走了吗，romantic？”砍刀问道。

“是的，该走了。”“砍刀，你认不认识 romantic 吗？”我问道。

“是呀。”“他以前还用过什么名字吗？”“有城市猎人、颓废的羊，还有麦田。”我笑出来了。

18

6 月的天气让人烦躁不安，心里也是乱乱的。我们的故事也走到了结局，可远距离让我们不得不面对现实。网上的聊天已经无法传达我们之间的情意。网络聊天的缺陷暴露无余，对于那些老套子我也厌倦了。我们该说的话也说完了，再也没什么可说的了，我突然感觉我该结束了。

19

已经两个星期了，一点消息都没有，我知道他真的决定要离开我了，也许他会在某一天出现在我的面前，也许我的生命中再也不会出现这么一个人。

20

不想再想你，不想再爱你，让时间悄悄的飞逝，抹去我们俩的回忆。对于你的名字，从今不会再提起，不再让悲伤把我的心占据。让它随风去，让它无痕迹，所有快乐和悲伤，所有过去通通都抛去。心中想的念的盼的望的，不会再是你，不愿再承受，要把你忘记，我会擦去我不小心流下的泪水，还会装作一切都不在意，将你和我的爱情全部敲碎，要将它通通赶出我受伤的心灵。让它随风去，让它无痕迹，所有快乐与悲伤，所有过去，通通都抛去。

心中想的念的盼的望的，不会再是你，不愿再承受痛苦，要把你忘记。我想到一个忘记温柔的你的方式，我不要再想你，不要再爱你，不会再提起你，我的生命中没有过你。

21

“天气很好，有风，没太阳，我都怀疑这还是不是夏天了，我想在我考4级之前应该都是那样的天气了吧，我喜欢没有太阳的天，看着乌云在天空中翻滚，不做任何事——这也是为什么我一事无成的原因了吧。早上醒得很早，寝室里的灯是从不关的，我睡在上铺，就看这2支日光灯，一支是坏的，一支也是好老好老的了，划满了岁月的痕迹。我就开始幻想，我也喜欢幻想，可我不会很努力地去做。然后起床，用上了点年龄的牙刷洗牙齿——昨天吸了很多烟的牙齿。把过去的都洗了后，我就去上课。上课很无聊，很少认真听，设计课也是聊天的黄金时间。很快的到了吃饭的时候，我就去食堂了，看见很多的女生，环肥燕瘦。就一个人或和哥们吃自己的饭，最后是空洞地走回寝室，走之前还不忘对那些勾引男生的女人投去鄙视的眼光。要考4级了，我的英文一塌糊涂，不得不读英文，我就一边看一边想其他的事，背了这么多年的英文，一本单词还没全看完——可悲的我。我总是没毅力做完我应该做的事情，我是男人，我不应该那样。

我一直在对自己说你会后悔的，我也一直在对我说你要挺住。我很

少在中午睡觉，可这几天我睡了，不知不觉地睡了，我以为是我老了，睡了之后我还是无精打采——石康的《支离破碎》很多男生喜欢，可我还没看见过女生喜欢的。我就又开始听歌，听那些让我忘却的歌，我又想起你，想了也没用，晚上也很快的来了。又是一个像无人世界的晚上。看书也是白看的。该睡了，所以我睡了，梦里见了许多的人和东西——有你。晚安！”这是他给我的最后一点讯息。

22

我不知道我们接下来的路，我无法把握现在与将来，我只能做的一件事，就是不停地想你——虽然我以前想过忘记你。

23

我都不知道自己在说什么，因为我现在已经无法控制自己的情绪。可我还相信一件事：那就是他曾在我的生命中出现过，我曾拥有他。所有正准备网恋、正在网恋或是经历过网恋的人们，我祝你们好运。

黑夜里的灯

李秀红

一个人在黑夜里行走，最希望看到的是什么？我想，莫过于灯光了。

那时我在离家三十多里的地方求学，每星期只能回家一趟。运气好的话可以搭车回家，运气不好的话就只好走路了。

那个周五的下午，学校要开会。等到会开完了，都将近五点钟了。这时已经没有公共汽车了。只能步行回家了，而且要快点走，否则回到家的话都不知道是几点钟了。

我和同学一商量，决定抄近路赶回家。

冬天的下午五点,暮色已经开始降临了。当穿过一片松林的时候,我才知道我们的决定是错误。这松林里有好多的坟头,有点像乱葬岗。这时恰好有一股风吹过,松涛卷起发出一阵可怕的呜呜声。我们哇的一声大叫起来,飞也似的逃出了那片林子。

总算出了林子,听见了狗叫声,我们怦怦乱跳的心才稍稍安定下来。我们又开始说笑。

天色愈来愈暗。等走到了五福的时候,我同学他的家已经到了。剩下的路,我一个人只好在这漫漫的黑夜中独行,我的心中不禁毛骨悚然。

到了五福场,场上人家的灯光让我有些迈不开脚步。我多么希望我的家就在这场上。可是,我不得不继续赶路,我不得不再走上二十里路赶回到我的家。

我走在白花花的公路上,我的心情也慢慢地明快起来。因为来往的汽车的灯光给我壮了点胆。我站在路边向汽车招手,希望他们能停下来载我一程。可是没有一辆车理我。我就不停地唱着歌,一步一步地朝着家的方向走。

到贾嗣镇的时候已经快七点了。我想到我大伯家借宿一晚,可是我太想家了,所以还是决定回家。当贾嗣镇的灯火离我越来越远的时候,我心里后悔得要死。没办法,继续赶路吧。这也正好练练我的胆量。我这样想着,心里也轻快许多。

听说芭茅坟这地方很邪。可我一点都不觉得。灯光就在不远处,这里有什么好怕的。

不知不觉的到了五根树,过了这里离我家就很近了。五根树在我家到贾嗣镇的中间。看着人家家里的灯光,我羡慕甚至闻到了饭菜的香气。肚子也不争气地咕咕叫了起来。

五根树边上有一片青木冈(木和冈连在一起是一个字,读

"冈"音)林。听说这里很邪,经常有鬼怪出现。但是这是我的必经之路。我不由得倒抽一口凉气,汗毛也跟着倒竖起来。但我还是得不得不从这里走过去,除非我可以飞过去。

从五根树到胡家店子的路,好长一段都没有人家,又有连绵的林子,真是让人发怵。夜行的动物突然嗖的一下从面前跑过,又不断地有夜鸟发出森森的怪叫声。这一段路,虽然把我吓得要命但幸好没有遇到鬼。

到了胡家店子的时候,有些干活晚归的人跟我打招呼。因为已经到了我们大队的地界了。我心里就更加轻松了,暗笑刚才是自己吓自己——这年月哪里有鬼怪呢?

过了胡家店子,我发现前面有两个人。我快步赶上去,心中期待能和他们同路。但他们拐到另一条路上去了,原来我们并不同路。

前面好像有什么在飘?我停下来一看,妈呀!是花圈,是新花圈!那里还有一座新的坟茔。我的妈呀!我怎么办呢?要知道我最怕的就是哪里埋了死人。走回头路回贾嗣镇去我大伯家?那也太远了。跟那两个人同一条路到我姨妈家?谁知道他们走到哪里又不同路了呢?我脚底下的路有好多条,可我都不敢走,因为很黑了,到处都看不见 。

我吓得挪不开步,冷汗不停地流。我感觉我快要支持不住了。我看见了那坟头上有一点红色的东西在一闪一闪,大概是给死人点的蜡烛吧。我想逃,但两条腿也没有了一点力气。只有任那束红光离我越来越近。

我想大叫,但我感到有谁在攫住我的脖子,力量越来越大。我快要窒息了。

红光越来越近。我一下子晕了过去。

好像有人在叫我。我睁眼一看,看见了灯火。是我的母亲!刚才我看见的红点就是母亲手里的灯火。难怪那红光会越来越近。

母亲说,平时每周五下午五六点钟我就会回到家里。但不知今天怎么了,都已经快九点了还没有回来。她知道我怕坟茔,就来接我。临时又找不到手电筒,所以就拿了盏油灯来了,反而更吓着我了。

当我和母亲从那座新坟前走过的时候,此时我的心里很平静,没有一丝的害怕。全因母亲在我身旁。

从那以后，我再也不惧怕走夜路了。因为我不再相信这世界有鬼，更因为，我心里一直都有一盏母亲给我勇气点燃的灯。

小菜叶儿

王新龙

在老家的时候帮父母收了几日秋，昨天跟父母说好今天就要回城里了。早上我刚刚从梦中醒来，窗外的天还没有大亮，就听到隔壁屋里说话。由于父亲年事已高耳朵有点背，听见母亲用很大的声音说了好几遍，要父亲到地里采一挎篓鲜嫩的小菜叶子，让孩子回城的时候带回去吃个新鲜。

听见母亲的话，我很奇怪。因为我并没有说要拿小菜叶子的事，何况现在小菜正在长根的时候，采了叶子就会影响到根部的发育，还会直接影响到明年菜籽的产量。于是我便思索起这事儿的缘由了。倏地，我想起来了：白天在地里刨花生的时候，由于地间种了小菜，今年雨水又大，小菜长得很旺盛，有的地方都遮住了花生。所以，刨花生时就难免刨掉些个小菜。记得小时候曾喝过放了小菜叶子的米汤，干完活儿后，就把刨掉的小菜捡了回来。回家后母亲在滚米汤时，我专门洗了几把小菜叶子放在汤锅里。没想到，这一放却格外地为米汤增添了绿色，喝的时候更有了浓浓的清香在口。顿时，我便连连称赞："这小菜叶滚汤挺好，滚出的汤又甜又香，鲜绿的叶片很入人胃口。"

我只是随口这么一提，没想到，母亲却记在了心里。从一大早说给父亲的话里，就明明白白地证明了。母亲还说：采就采自家地里的，别采坏了人家的小菜。咱孩子想吃，这比啥都要紧。你就赶紧到地里采一些来，好让孩子带去城里。不管碍事不碍事，反正是给咱孩子，你就甭管别的了。

我听到父母说要给我采小菜叶子的话的时候，连忙起床，给父母说这

样不好，会影响到小菜的生长。父亲把这事说的很是轻巧：没啥事，还有一冬天长，吃几把菜叶子，还不简单。随后父亲又说到：别担心，到了地里我专捡稠密的地方采，全当是间苗的。我知道小菜是不间苗的，父亲的话只是想安我的心。待我还想要说别的时候，父亲便一直说不碍大事的，你在外面呆的时间长了不知道。说着说着，父亲就背了挎篓，打开了街门去采小菜。只见外面雾气很大，我就又阻止父亲，说：雾天露水大，会弄湿衣服的。父亲笑着说："庄稼人怕啥雾水哩，湿点就湿点"母亲也在屋门口跟我说："下地人的衣裳不是你们外边人的，有啥干净不干净的，就让你爹去吧。"之后，我眼看着父亲迎着满天雾气，向地里走去了。

父亲下地后，我来到门外，看见门口菜地里的叶片上挂满了露水珠子，我便想到露水肯定会打湿父亲的鞋裤。于是便后悔起自己昨天说的话。父母为了我能长大成人，已经付出了太多；况且我现在已经身为人父，父母对我还这样记挂，真令我愧疚不已。而我又给父母做了多少呢？只是一年里有限的几次回老家，能够从城里买些乡村稀罕的东西回来？可父母都快八十的人了，他们真正希罕的并不是这些，而是希望儿女们能多在他们身边呆会儿，陪着他们唠叨几句心里话。这些，我都很难做到。每到周末，母亲就爱在街门口等，父亲就爱在大道边等，等我这个在城里的儿子能回家看看。然而绝大多数的时候，留给老人的是一次次的失望。然而在我心里，总觉得手头有比回家看父母更重要的事情。甚至为星期天留在城里的家中，能搜肠刮肚地写出一篇自以为很"充满亲情"的文章而感到高兴；但是可否知道，与此同时遗忘和冷落的却是父母对亲情的等待；也许，当我为文章发表高兴时，而我的父母正在老家的小院里，孤独地黯然伤神呢……亲情的关爱让人暖怀，但亲情的升华更需要人们的倾心付出。

这次的国庆节长假，我没有外出旅游；甚至宋祖英要到这个小县城演出，也没能留住我回老家的脚步。我知道这个季节，父母是最忙碌的，正值收秋种麦，他仍没有松口气的空儿。要说我干起庄稼活儿来，力气和巧劲儿还不如年迈的二老；抡撅使镰的时候，他们还替我操心。就是这样，父母都乐开了怀。然而对他们来说，最高兴的莫过于我能在家里多呆几天。对他们来说,我能回家比到地里帮他们干活儿还高兴。所以,当我随口说起小菜叶子做汤好喝的时候,母亲就格外在心。当我说起地里露水多时,母亲却说:露水大了菜叶新鲜。她认为只要能让儿子吃上新鲜的小菜叶子比让老头子踏着露水湿了鞋裤要紧的多。

片刻,父亲兴冲冲地背着一挎篓嫩生生的小菜叶子回来了。他的鞋裤连着衣袖湿了一大截,汗水和雾水弄的满脸都是。看到父亲这个样子,我心里不禁感觉到阵阵的酸楚……日后在我的汤锅里,一定会飘溢出家乡田野上小菜叶子的清香,那清香中弥漫的是父母对我浓浓的爱……

父亲印象

谢 普

父亲生在一户殷实人家,一直无忧无虑的长大,直到结婚。

父亲十二岁就结婚,妻子是比他大四岁的秀,结婚那天,父亲穿着大红的褂子,懵里懵懂的和秀一起站在人群前面,看着热闹的人们向父母祝贺,隐约地觉得跟与自己有关,这时火炮噼叭一阵响,他丢下新娘不顾一切地冲了出去,用细白的手指在残碴里抓刨,挑出几颗没被点着的小炮,在红褂子上擦了擦,掏出早就准备好的火柴,嗤一声点燃,抛掷人群中,砰地一声响了,人群四散,父亲开心地大笑,在他的稚嫩的笑声里,完成了他人生的一件大事:结婚了。

有了媳妇的父亲依然每天到家门前的河边摸鱼,直到媳妇来喊他吃饭。

十四岁的时候,父亲就跟别人学习地方戏曲,因为他的嗓音不好,又因为他一双细长匀称的手,便学习乐器——鼓师,懂得戏剧的人都知道,鼓师是戏剧的灵魂。父亲极其聪明,后来他成为巴蜀第一鼓师。

成年后的父亲长的清瘦白皙,充满文人气质。走坐站立都很有讲究,举手投足间都带着艺术家的味道。而母亲则老实木讷,父亲一点也不爱

母亲,但因为有一纸婚约却不得不跟母亲在一起。有一次母亲的妹妹来看母亲,被父亲看见,心里一下便觉得很是喜欢,便偷偷地看,偷偷地想,但最终只是父亲一个人在折腾,小姑子什么也不知道。

后来父母有了第一儿子,也就是我大哥,但很快夭折,几年后又生了我姐姐,我姐姐园园脸,长得像我母亲,人老实就爱叔叔伯伯的叫人,所以大家都喜欢,父亲随着剧团四处演出,所以大姐实际上只是我母亲一个人带,五八年过粮食关,姐姐饿得历害,小园脸已经被拉得瘦长。有一天饿急了,便捡了别人掉在地上的东西来吃,被父亲看见了。父亲是个要面子的人,看见吃脏东西的姐姐,便一把拉过来一阵好打,姐姐瘦黄着脸哇哇大哭,母亲心疼,却又不敢在父亲面前说什么,于是跟着嘤嘤地哭泣。姐姐是得肺炎死的,在医院没熬几天就不行了,那年她才七岁,母亲蹲在地上,把头深深地埋在腿上,无声息的哭,跟姐姐同一个病房的病友用一块手绢盖住姐姐的小脸,父亲的学生来抱走了大姐,把大姐埋了,至始至终,父亲都没有露面。

后来父亲当了剧团团长,越来越忙,依然带着剧团居无定所的到处跑,风餐露宿,每走一处,便安营扎寨,团员睡觉只用蚊帐相隔,连呼吸都能听得见,终于有一天,父亲和一帐之隔的漂亮女演员走到了一起,直到他们有了个儿子,母亲还是什么都不知道,老实巴交地一个人过日子,可女演员的丈夫却不依不饶地把父亲告上了法庭。法院判了父亲一年有期徒刑,把儿子小明判给了父亲,可父亲在监狱里,女演员只得把小明抱给了母亲。母亲是天底下最善良也是最可怜的妻子,她小心地带着小明,有时候抱着小明出去,会听到别人议论说看啊看啊这孩子跟他爸长得一模一样,简直就是一个模子里印出来的。母亲不说什么,回家时只是抱着小明默默地哭。

一年后父亲刑满出狱了。因为无法忍受母亲的眼泪,于是和女演员商量把小明抱了回去。

年近四十的父亲,有了我,一反他不爱孩子的禀性,他很爱我。

从小我就很调皮,特别是在父亲的面前。父亲从来没打过我,气急了也只是高高地扬起手,手还没落下,我早已嘎嘎笑着跑远了。母亲有了我

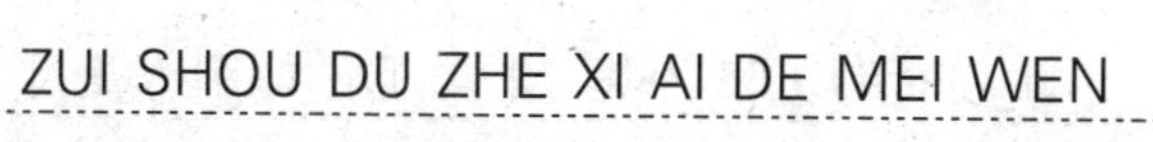

之后身体便很差，父亲演出的时候我就坐在父亲腿上，父亲打鼓，戏曲和鼓声一天天浸入我的骨髓，我对戏剧对音乐对一切和艺术有关的东西的挚爱，就是从我坐在父亲的双膝上开始的。

在我十二岁的时候，母亲便走了，父亲一个人带我，朋友给父亲介绍对象，父亲看不上，可是我喜欢，还跳着蹦着和那女的去了乡下，父亲无奈，为了我，和她结了婚。可我很快便对我的新妈失去兴趣，并闹出了很多的矛盾。在一个大雨天，我冒雨走了七十里山路，离开了乡下，离开了开始讨厌我的新妈。父亲就在一年后和她离婚。

父亲又要结婚了，他对我说，那个人是个菩萨心肠，肯定会对你好，爸的工作需要到处跑，我必须给你找个吃饭的地方。

但我和这个后母又因为个性不合而无法相处，最终，和这个新妈的打打闹闹使父亲心力憔悴。

在我十八岁那年才知道有小明的存在，才知道原来我还有个哥哥，才知道父亲还有个亲生的儿子。我不去管哥哥出生的来由，也不管这个故事背后的心酸，非常自私地找到了已经成了大小伙子的明明，长得像极了父亲，不知道是不是女演员的用心，明明也是一个剧团的鼓师。

我们一直都是背着父亲进行的，但父亲最终还是知道了，知道了也不说，我一直以为他不知道我和明明的来往。直到很久以后他有意无意的问我：明明好不好，听说他爱打牌，你多劝劝他。

我结婚以后就把父亲接过来住。虽然我和哥关系很好，但他跟父亲却形同路人。有一天哥来看我，父亲看见哥并不吃惊，他们俩就像普通熟人那样客气地说话，我看见了心里很不是滋味。

有天我下班到家，看见父亲满脸的泪，便笑他，我说爸那是电视剧，都是假的，你看你。父亲说，好苦啊，比我们还苦。我说是什么电视啊，值得你这样，他说是《常香玉》。我知道常香玉是河南豫剧知名演员。

我记得那一年是大年初四，我和先生女儿去踏雪，突然来电话，是父亲单位打的，说父亲不行了，我急急赶到医院，焦急地在医院楼上楼下的到处跑，怀里抱满了各种药品，拿齐了药，跑到父亲病房门口，先生告诉我说，父亲已经不行了，我抱着的药散落一地。

我第一时间把父亲去逝的消息通知了哥哥，他在另一个城市过年，等哥哥赶到，父亲已经装在骨灰盒里，哥哥抱过骨灰盒，用他白皙细长的手指仔细地用红丝巾扎好，我看着他，那张像极了父亲的脸，但我看不出任何有关的内容。

过去这么多年了，有时候我想，对于父亲，我了解的太少。

烟花三月

李光辉

这个三月又结束了，我还是天天找着工作，烦。每天早上都睡得昏天暗地起不来床，深夜看电视台的午夜电影，无所事事。

一个人在家，对着墙壁无聊地听电台节目，听陈奕迅的明年今日和卢巧音的好心分手，听着听着就热泪盈眶。出门的时候总爱带着棒球帽，把帽沿压得很低，害怕别人的殷切问候：毕业了没呀？找到工作了没有？深夜的时候，我把眼泪都滴在枕头里，希望自己永远都睡着不要醒来。

不知道从哪天起开始迷上发呆，在光线昏暗的房间里呆坐数小时，想着以前的同学一个个衣着光鲜，意气风发，想着自己为什么会这样不爱工作，一事无成。

后来迷上买彩票，希望自己有一天能中大奖，然后去任何一个想去的地方，一直走下去。

我也知道逃避现实是不对的，可是这个世界太残酷了，我已经面对不了它，也不想面对它。

记得有人对我说：在觉得非常难过的时候，我把手臂放在刀口上，看

着血液慢慢流出来。

但是，他说，我仍然痛苦。

痛苦无处不在，这个世界已经承担不了各种各样的痛苦。

于是我联系了所有能联系的人，让他们帮我找份工作。可是我一点都不爱工作，也不想去面对任何人。

但是我老爸说，如果有一天你能不再让我担心，那我也就安心了。

当他说这句话的时候，我看到了他满头的白发，他已经长了这么多的白头发。他帮别人装防盗网，用三轮车载着所有的工具满市区跑。到城市的另一边有一条很大的斜坡，从广州回来的时候我跟着他去工作，看他躬着背吃力地爬坡，我拒绝坐三轮车，弯身在后面帮他推车，下坡的时候坐在车梆上，很硬，一点也不舒服，周围的人都盯着我们看。可我不在乎，他是我爸爸，尽管我也咬牙切齿地恨他，可是他是我爸爸。

晚上他送我回去，在公车上，我眼眶湿热得随时都能掉下泪来，但我拼命地咬紧牙关，狠狠地把它逼回去不让爸爸看见。

还有我妈，才近四十的人，就已经这样憔悴。

我没有任何理由可以拒绝。

我不止一次地想到未来，可是它太遥远了，也许对我来说根本就没有未来可言。

我每天去应征各种各样的工作，混在衣着时尚的城市中间，我觉得自己口渴得快要死掉。

我去应聘一份卖珠宝的工作时，可能是经理亲自面试，他戴了很大的镶绿宝石的戒指，拿着我的简历翻来翻去地看，还有只和我隔了一道门的满柜金饰。我很紧张，却不知道因何紧张，一紧张我就想上厕所。一个身材高挑的女孩打开门进来东找西找，出门时她用挑剔的眼光盯着我，她的眼神让我不舒服。我还是很想上厕所，我希望他最好不要录取我。

他说，有消息我们会通知你的。

没戏了。但是我却很轻松。我可不想整天对着一堆金子工作。

老爸就站在人来人往的大厅里等我的消息，一身工作过后的衣服，很显眼。这又让我很没面子。

没多久，我以前的中学校长给我寄来了一封信，让我去当小学老师。我很感动，但我不会去，那些单纯柔软的小生命，那些明亮无邪的眼睛，我不知道自己可以教给他们什么，我无法面对这些不沾任何尘埃的目光。

一个人走得太远就再也回不去了，我不知道自己是不是走得太远了。愤世嫉俗，不谈恋爱，常常无缘无故地伤感，不想见任何人，也不想说任何话。

老妈对我说，你这段日子不用想什么，人好像也长胖了。

我也发现自己长胖了，可是我不喜欢她说的这句话，尽管她没有任何的意思。我笑，在无话可说的时候我一直笑，她不知道这句话伤我有多深。

就像她不知道我一直以来都对自己的童年耿耿于怀。我不说，我把所有的爱和恨都埋在心里让它腐烂。或者像现在一样，可以写给陌生的人看，这是最安全的途径，而我，有的只不过是一颗极敏感而且易碎的心。

再次南下，一个同学帮我找到了工作。我的家人对我说，你要好好把握。而我对自己说，你没有任何选择。

临行的前一晚我平静地收拾完衣服，把房间打扫干净，给文竹的玻璃瓶子灌满了水，夏天快到了，让它长出更绿的叶子。

它很幸福。而我希望自己也能一样幸福。

我只需要一点点的希望和心甘情愿。

在长途汽车上，和我身边的小女孩轻快地聊天，我们不断地发出愉快的笑声。

她说，你很快乐。

我笑，是呀。

她们不知道的是，去年中秋的时候，我一个人徘徊在顶楼的边缘，看着狭窄小巷里来来往往的人，想着自己如果跳下去是不是就会幸福。

那一刻，我才发现自己这样绝望。

瓷观音

苗桂芳

时光永远是那么平静地流淌下去。忆往昔,那些曾撼动过心灵的往事,已被琐碎庸俗的生活冲洗得愈来愈淡,冲的愈去愈远。

六年前一个落雪的冬日。我初为人师刚工作不久,我的女朋友从岛城归来,给我带回了她亲手织做的蓝毛衣、蓝围巾,穿在身上有着说不出的温暖。我在感动的同时,更多的是甜蜜和舒畅。兴致勃勃地讲完课,迎着纷飞的雪花回到宿舍。她已做好了午饭,又开始收拾房间。炉火正旺,小屋子里很暖和。

见她忙碌身影,"让我来吧,昨天你千里跋涉,已够辛苦的了。"我便笑着说,去抢她手中的笤帚。

她轻轻推开我,柔声地说:"你看着书烤烤火吧,你看你的手,快冻成红萝卜了。"

我从她带来的十几本书中,拿出《戴望舒全集》,守着火炉,坐在小板凳上,翻看着。"雨巷"诗人的诗的确很忧郁感人,可在这样的时刻,我无法完全溶入书里,边看书边问她在岛城的生活情况。

扫完地,她又开始整理我的书桌,不时地回过头来,很认真地讲述,一时没留意,她拿着抹布的手把桌上放着的一只瓷观音碰落到地上,很刺耳地响了一声,瓷观音便粉身碎骨了。

我猛地站起身,她被吓得六神无主,看看地上的碎片,又看看我,一时都说不出话来。

瓷观音是我大学我最要好的朋友林子毕业时,送给我的,一直放在我的桌案上。我很珍爱这件礼物,每天都擦拭得干干净净,不让它蒙上一星半点的灰尘。它时常让我回忆那多姿多彩的大学时代,重温同窗好友之间的真挚情谊。

我的脸色一定很难看,不然她怎会哭呢?像个没做错事而受了老师批评的孩子,委屈地流着眼泪。我顿时就后悔了。

不就是打碎了一只瓷观音吗?何况她又不是故意的,我怎么可以这样,多亏没说出伤害她的话来。她的泪水刺痛了我的心,我放下手中的书,走过去,紧紧握住了她仍然拿着抹布的手。

"我知道……你很喜欢它……是你要好的朋友……送的,你……别生我的气……我买一个新的还你……"

听了她的话,我哭笑不得,那么大的人了,还有这样一份孩子心。

的确,我很喜欢它,它代表了朋友的一份心意,一份洁白美好的祝愿。瓷观音碎了,但我和他的友情没有碎,真正的友情是永远不会碎的。买一个还我?什么话!是分别日久,感情疏远了吗?

她的话,无意中伤害了我,我心疼得要命。

"你怎么越来越淘气了,隔壁宿舍的老师听到该笑话你了。"我笑着说,她抬起头,看到我的笑容,也含着泪花笑了。

"你真的不怪我?"她傻乎乎地问。

"决不!"

"可是瓷观音能给你带来福音,保佑你一生平安呢!"

"傻瓜你真会开玩笑,如果没有生命的东西能给我带来福音的话,我还要你干什么?如果它真有那么神奇,为什么不先保佑自己,而让自己掉到地上砸出一个坑?你说对不对?"

她又会心地笑了,我为她擦干眼泪。她俯下身,去收集地上的碎片。

"你看,有一张纸条!"她惊喜地喊着,从碎片中找出一张折叠着的纸条,一定是藏在瓷观音的"肚子"里的。

我打开,上面写着:"它从诞生的那一天,命运已注定了始终要破碎,如果不这样,那对它自己也是一种悲哀。它破碎的那一天,千万别难过,给我来信。你永远的朋友——林子。"我没想到林子会有这样的手笔,会留下这样的埋伏,朋友的心呢!像水晶一样透明。我当然会给他去信,我一定会给他去信,尽管毕业了,但我们的联系从来没有中断过。

我开心地笑了,她也笑了。

“观音”保佑，五年的苦恋后，我和她终于走到了一起。我时常想到那只破碎的瓷观音，还有林子。生活中的很多事情，并没有难为我们，可笑的是，有时，我们时常莫名其妙地难为自己，和生活过不去。

我生命中唯一的一只猫

连海平

其实我不怎么喜欢猫，唯一喜欢的也只是我们家死了的那一只。也许就像我对女人一样，心里只能放得下一个人一样，其他的再漂亮也不关我的事。

也许，就是因为我心里放不下我生命中唯一的猫咪，才会讨厌其他的；也许，我压根就是讨厌猫的，只有死掉的那一只才能改变我的看法。

那年高中，我们家有很多老鼠，吵的人睡不着觉，也咬破了很多衣服。

有一天，老娘和我说，“我们养一只猫吧?”我看了她很久，直到她看出我并不乐意她这个想法。

老娘拿我没办法，上街买了几包老鼠药，让我去撒，除了吃的东西外，其余的地方都放了药，老娘在一旁念叨，“不知道管不管用?”我说肯定比猫强。

我们家原来养过猫，那猫很讨人厌。比狗还要脏，四处制造“肥料”，弄得全屋子都臭哄哄的，还喜欢到处乱跑，刚从泥地里回来就往床上蹦。还喜欢偷东西，桌上的菜没有人的时候就会被拖走。而且猫很懒，什么都懒得动，别说去捉老鼠，就连老鼠来吃他盘里的东西，它也懒得赶。我最烦的就是到晚上，它们吃饱喝足以后，成群结队地跑到屋顶上，踩得瓦片嘎吱响，然后一起叫春，叫得和小孩哭似的，恶心！“饱暖思淫欲”古人诚不欺我，特别是我害单相思那会儿，简直是受煎熬。

就在老鼠药撒过没有几天，家里清净了许多，可我怎么也找不到老鼠的尸体，直到又过了几天，家里有一股臭味，我闻着味儿才从衣柜里找出

一只死老鼠，操！气得我连老鼠药也不撒了。

可刚过了几天，家里的老鼠又多起来。老娘站在我面前问道："是用老鼠药，还是猫?"我闻了闻身上那股还没有散去的死耗子味儿，一咬牙，说："猫！"

过了几天，隔壁老王家的猫下崽子了，我在那儿挑了半天，也没有看中的，老娘说："就要那只白的！"女人执政就是意气用事，我也不能说什么，抱了就走，只是还是忍不住和老娘嘀咕了一下，"他们家血统不太好，上次到我们家偷香肠的就是老王家的猫。"

猫还太小，要喂牛奶，待遇比我高考的时候还要好，这还不算什么，老娘还一天到晚在我身边对着猫说："小白啊，你一定要争气啊，拉屎要拉在这里，不要上桌，上床，你出身不好，自己要好好改造，不然你哥哥会要你小命的。还有不可以带不三不四的猫回来，你哥哥不喜欢。"我不知道猫听懂了老娘的话没有，反正我是听懂了。

不过可能是因为我们家环境比较好，小白比他妈妈争气。

有一天，一只老鼠光天化日之下在我们家院子里散步，小白那时候还小，不过他急于立功，就什么也不管了，一下子从我老娘的怀里跳出来，咬住老鼠的尾巴，向后拽，老鼠看上去比我们家小白要大很多，向前蹬着，小白太小了，拽了几下就拽不动了，但还是死死的咬着，最后小白被老鼠拖着走。其心可鉴啊，我在一旁，插不上什么手，老鼠还是跑了，不过我们家小白硬生生拽下了老鼠的尾巴。

而他并没有在我面前耀武扬威似乎还在内疚没有能捉到老鼠。我当晚就把他抱到我房里睡了。

结果小白一战成名，我们家就再也没有老鼠叫了。只要谁家有老鼠，就把我们家小白借去叫上一晚，包准再无鼠患。他们都说我们家小白将来比他哥哥有出息，我没有生气，因为他是我

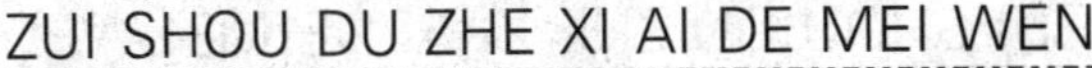

兄弟。

还有一次，我爹娘早上叫我起床后就上班去了，哪知道我又睡着了，是小白跳上床舔我的手，把我舔醒。

我曾天真地以为我和小白会这样幸福地过下去。

直到有一天，两个卖生姜的山东人到我们家，他们和我老娘说要买我们家小白，俺老娘好奇地问他们买猫要做什么，他们说吃，俺老娘说猫肉怎么吃啊，他们说，用淘米水一泡，去了酸味儿，简直比龙肉还要好吃。我和老娘听得心都冰凉了。

当晚，我们就把小白锁在家里，哎，最后小白还是失踪了，而且再也没有回来。

那是和我最要好的异类啊，而且我从没有把他当过异类。那时候我经常赖在床上不起，多么希望有一天小白能用他的白牙轻轻地咬我的手指，再用他那滑滑的小舌头把我舔醒，但是不可能了。

从此，我心里再也装不下任何一只猫了。因为小白已经永远地把我的心占据了。

颠颠倒倒的日子

李光辉

在我们的日常生活中，有些词语寓意颇广，并且很多都存在某种贬意，如“二百五”，它本是个普通的数字，但是将它用在人的身上，就是说那些少心眼儿的人。这种人，我们有时也称他叫作“傻冒儿”，但是比起“二百五”来，似乎更刻薄一些。又如“颠倒”两字，本意为反常，也指把事情做反了，然而到了我们家人的语气里，寓意就赋予了更大的延伸，甚至发生了质的变化。具体含意，只有我们清楚，外人是弄不明白的。

这“颠倒”两字就发生在我的身上。

我出生在晚上，从出生的那一刻起，似乎就有点反常：白天睡觉，晚上

醒着，还要大人抱着哄着才行。母亲的同事，一位性子慢悠悠的阿姨，说起话来吐气轻轻，语音软软。她抚弄着襁褓里我的小脸说："这女儿，把觉睡得颠倒了哟。"她那温柔的"颠倒"两字一出口，即被我的父母不断改版，从此，"颠倒"两字伴着我长大，以致成了不知世事的我的笑谈。

开始是"颠倒"的"可爱"。记得六岁那年，母亲去单位上班，领着我的小妹，把屋门上的钥匙给了我，意在把我留在家中。并嘱咐不要丢了。我把钥匙放入上衣袋里，对着母亲使劲点头。屋里幽暗，墙角又有鼠窝，让我双手紧抱着自己，无意中摸到了口袋里的钥匙，于是想，与其把它装在袋里，倒不如找个地方藏起来，丢不了，还可以溜出去玩。这样想着，就把钥匙轻轻塞到了我的小枕头底下，锁上门就开开心心地玩去了。等到玩累了，回到家里的时候，母亲正一手遮着凉儿，一手牵着小妹，在家门口等着呢。可钥匙已被我锁在家里了。等母亲知道了事情的经过，哭笑不得，说这孩子，做事儿总是颠颠倒倒的。

然后，母亲找来几个大人，把我家的锁头撬开了，重新买了一把新锁。

另一次是为了劝架。此时我已是三十而立的年纪，也做了母亲。并且自以为是比较成熟的了。

其实那场架也没怎么打起来。是一个同事的女儿，正谈着恋爱，男孩各方面都很不错，同事也很喜欢他。原本早上女孩还和男孩上街闲逛，一路上开玩笑斗着嘴，谁知斗着斗着竟真吵起来了。这下可不得了，女孩儿脸皮薄，哭着跑到我这里，死活不愿再与男孩交往了。

我自然百般劝慰，一边劝女孩，一边埋怨男孩，数落他的不是。劝了半晌，女孩才止了哭，发誓与男孩一刀两断，之后平静地走了。我十分惋惜，怕女孩真的不理男孩了，因为她们真的很般配。

隔几天，在下班的路上碰见了男孩，我就做他的思想工作，虽然嘴笨了些，但肚里的好话还是有的。

谁知好话说完，唾沫星子费了许多，那男孩硬是不搭言，也不表态，只是一味挠着头皮憨笑，把我气得差点没跳脚。又没过几天，我正伏案工作，从门外走进来一对男女，抬头一看，那对冤家正笑嘻嘻地站在我的面前，两双手还在桌下偷偷地牵着。我感觉没趣，埋怨自己做事真的"颠颠

倒倒”，只是心中的这“颠倒”两字的意义，还不至于人们所说的“傻冒儿”。

再一次是前几年的一个冬天，一位同事约我和几个好友去跳舞。那些天我正忙，给单位赶几份急等上报的材料，如果不是她三十二岁的生日，我是不轻易应约的。吃完晚饭，整理好了装束，下了楼，这才知道门外又下起大雪。我连忙跑回去拿伞，丈夫看见了，劝我这样的天气，就不要去了，路上滑，小心跌了跤。又说，这么大的雪，她们也不一定能去。听了他的话，看看天气，终于没再坚持赴约。第二天一上班，签完到赶紧往同事那里跑，心里早准备了一大堆的道歉话。同事是个直肠子的人，没等我开口，就解释开了：昨晚下了雪，我们都没去成，本来想给你打电话，又一想，你还没笨到那个份上吧？下了雪还往外跑？听了同事的话，我赶紧把已到嘴边的道歉话重又咽回肚里去。同事把话说完，又横竖打量着我的脸颊，关切地问，你怎么了？是不是不舒服？看我连连摇头，又抬高了声音说，没什么事吧？都熊猫眼了！

面对同事的直言快语，我一直没敢接话，我实在不好意思对她说出，昨晚因为没有按时赴约，心里歉疚导致失眠的话。后来将这事说与丈夫听，他用手指刮着我的鼻梁，埋怨地说，怪不得爸妈说你做事总是“颠颠倒倒”的，这点事都想不开，此时的“颠颠倒倒”四个字里的意思，在我心里又不只是“傻冒”，简直与“二百五”没什么差别了。

今年在单位宣传报道做的好，得了一笔奖金，于是将旧手机换成新手机，并学会了收发短信息。便不断收到一远方文友的短信，字里行间热情洋溢，又充满了文采，彼此鼓励，读起来让人心里感到非常温暖。前几天的一个晚上，文友又发来的一条信息，说他初恋的女友就要结婚了，心里难过，正在家里哭呢，文友蛮脆弱的。

事情突然发生，短信不觉让心里咯噔一下。文友年龄不大，平时是很活泼的，而且带着一股诙谐调皮的劲头，颇惹人喜爱。又一口一个大姐地叫着，私下里我还真把他当成了小弟弟。我知道失恋的滋味不好受，非常理解，因此替他担心，赶忙以短信的方式安慰到深夜。第二天亦是如此，第三天、第四天又发出短信安慰。

谁知文友那边却一直杳无音信。到第五天我沉不住气了，打过去一个电话，文友不在，是他妹妹接的，自然不能多问。又一个下午坐立不安。好在那天晚上文友终于发了一条短信来，说：我少年的那点小事一恍就过去了，我都没把它放在心上，您就不要再念叨了。读完那个短信息，我心里有如正行走在一架陡陡的楼梯上，有一种一脚踏空的恐惧感。

我即将离去

李　宏

果盘里有好多月饼，麦隆，妞妞还有一丁的。是我从饼店里精挑细选出来的，有你喜欢的绿豆蓉，蛋黄和千层酥，放在盘子最下层。另外还有莲蓉，乌梅，津香栗蓉，绿茶，日式花茶，芦荟……。剥了玻璃纸，每块只尝一点点，碰到合你口味的就放下，你回来我们一起分享。你不说我也知道你不喜欢吃太甜的，太油腻的。记得你碰到好吃的水果，总是会分我一半；记得你总是会在我吃辣椒之前，先咬一口，不辣的给我，辣的给自己；记得你在吃肉的时候总把肥的撕下来拌在饭里咽下，瘦的喂到我嘴里。你让我能够回忆的东西太多，我不知道该怎样回报你，特别是当我即将远去。

你上次换下的衣服，我洗了，有T恤和你最喜欢的牛仔裤。“哥弟”的那套我把它挂在了衣柜里，那是你最贵的衣裳，我真想说，你穿了真的很好看，可你不常穿，你说，那不是干活穿的。你总说买不到合适的，其实那只是针对价格而言。你给我买的绒布衬衣，我不穿了你又要回去。我把它烫得平平整整，也许阴天会用得上呢。我很想买件新的给你，可我怕你生气，说我乱花钱。可你从来都不怕我生气，记得上次你去上海出差，只带了三百块，却还给我买了套衣服，有点小，可我还是不舍得送给别人。我听你说，你在火车上很饿，真的很想生气，可我却忍不住流泪。

我煮了你最喜欢喝的绿豆粥，馒头是我在巷口那个老太太那买的，你

说她很可怜,要我多照顾她生意。鱼是糖醋的,我煮了很久的呢,你说,千煮的豆腐万煮的鱼,绝对好吃。我把米粉块热了一下,因为你喜欢吃拌在里面的米粉。现在虽然日子好过些了,你却改不了没有青菜吃不下饭的习惯。所以我记得每次都给你清炒小白菜,先炸辣椒和蒜,火候刚刚好,盛在白色的盘子里,让你一看就味口大增。记得以前你总是变换不同的口味给我做饭,放在两个保温桶里,一顿中午,一顿晚上,再一层层包好,骑半个钟头的车送给我,这一送就是三年,风雪无阻。现在学会你教给我的所有菜式,可我却即将远去了……

我已经换好了热水器上的煤气,阀门有点坏,我叫了人来修理,换了新的,讨了半天价,还是收了五十,发票放在床头柜里,如果再有问题的话还可以去换。今天,我想帮你染头发的时候,你两边鬓角的白发又钻出来了。晚上你可以泡个脚,我帮你剪指甲,你的指甲长得很深很深,自从我帮你剪以后,你就很少再疼过。就像你以前帮我剪的一样。可我不知道有没有这样的机会学,特别是当我即将远去……

我让写字台的灯亮着,这是因为每次你看到这点亮光,就知道我在学习了,无论是外语也好,专业也好,写作也好,声乐也好,甚至是学习驾驶,你都那么开心。即便是这么大了,你还是愿意满足我,无论是几千几万,只要是在你的能力范围以内,你都会让我参与其中。我很幸运,可我至今还没能让你感到幸运,特别是我即将远去……

我把被子晒过了,衣服叠好了,房屋打扫过了,你所有的绣花版我也帮你制好了。有时候我会对你不耐烦,可你千万别介意,那只是我一进任性所为,而并非我的本意。我在此诚心向你道歉,特别是当我即将远去……

我爱你,却从未告诉过你。你爱我,却常常流露于爱护的细微之处。

你总是因为小时候让我过得太苦跟我道歉。我总是那么瘦,你说是因为小时候营养不良造成的,那时连买奶粉的钱都没有。十二岁那年得了慢性病,医生说这病可能永远也治不好了。你那么要强的人都哭了,你把责任全都归到自己身上,你说都是太疏忽我而造成的。其实,我一点也不怪你。可我要怪你的是你自己从来都不心疼自己。生我的时候你瘦得

只剩一张皮了,你都不记得了么?上次你拔牙,流了三个小时的血,只在床上休息了几分钟,药都没吃就赶去工厂,你也不记得了么?你要答应我好好照顾自己的身体,不许逞强,注意休息,你的疼也是我的疼,别让我为你担心好吗?我会很好,不仅是身体,更重要的是,我学会了你的隐忍,你的坚强,你的宽容,你的乐观,这比任何东西都重要。你要好好的,特别是现在我要带着这些财富即将远去……

今天是中秋,月亮很圆,很亮,像你的眼睛,是那么的神采飞扬。我都已经忘记你的年纪,和你坐在一起就好像是我的朋友一样。你问我是否还记得以前中秋带我出去看月亮的时候,爸爸不在身边,妈妈带着我走遍整个城市。

因为我知道你是理解我的,所以你才放手让我离开。你说,如果我不出去走走,你会一辈子不甘心。你说,如果坚持不住了,就回来,妈妈尽力给你创造最好最好的条件。你鼓舞我毕业后自己创业,给我投资任我自由发展;教我做人,让我独立做事,从你那里我学会了太多太多,我还能说什么呢,如今我却要带着这些东西即将远去……我也知道你是舍不得的,因为你笑着问我什么时候走的时候,眼睛里分明是很难过。你无须掩饰,真的,你怎么能够骗过我?我们是一体的,二十四年前是这样,二十四年以后仍然是这样,这辈子,甚至下辈子,下下辈子,直到很多很多的世世代代……

虽然你从来不曾对我有过什么要求,但我还是保证尽自己的力量,让你住在我的房子里不再劳累,不再受苦,过着轻松惬意的生活,就像以前你对我一样。我郑重承诺,特别是当我即将远去……

父亲戒烟

赵德斌

前几天,母亲打电话来,一如往常的唠叨着叮嘱着,其实一切都还好,

我想母亲只不过想听听她儿子的声音罢了。聊的过程中,母亲说了一句:“你爸把烟戒了。”“真的啊?”我充满了惊奇和疑惑地问。“嗯,真的戒了。”母亲的话语很平静,然而我却感到一阵莫名的惊颤——一个抽了几十年烟的男人,要戒掉谈何容易?

最近一年,母亲有时会在父亲耳边半真半假地唠叨:“把烟戒了,一个月烟钱就几十块,现在开销这么大……”父亲则在一旁默不作声,有时只是嘿嘿地笑。其实,母亲说归说,却从来没跟父亲认真过,父亲依然抽着两块五一包的“经济烟”。没想到,这学期一开学,父亲就真正地戒了烟,而且还戒得那么干净,那么彻底,这让我多少有些不解。

母亲曾感慨地说:我们这一辈人,真的是什么都遇上了。长身体的时候遇上饥荒,读书的时候遇上文革,改革开放后适逢日子好过一点了,儿女上大学又要“缴费上大学”。

父亲生于1954年,他初中毕业时,成绩一直都很好,原本是有资格继续念书的,可是不知乡里哪个干部的儿子顶替了父亲的名额,父亲没能继续上学。一九八零年,父亲和母亲结婚。一年后,我出生了,刚好遇上“包产到户”,于是,我家分到了三个人的田地。和所有经历过饥饿和公社大锅饭的淳朴农民一样,父亲母亲以饱满的热情投入到新生活的战斗中去。因此,当我还是婴孩的时候,我常常一个人坐在山地里、田埂上,看着父母挥汗的身影;所以,在我的童年记忆里,家里建了一个石仓,装满了水稻、玉米和小麦,同时也装满了父母对新生活的美好憧憬。

随着人口流动的幅度逐渐下降,八零年代中期,已经开始有农民走出农村,来到城市谋生了。我的父亲也称得上是中国改革史上的第一批“民工”了。大约是八五年,经父亲的姐姐介绍,父亲单枪匹马来到了省城成都,进了某大型国有电器厂,成了一名“临时工”。八六年,母亲生下妹妹

后，也来到了成都，就这样，父母亲开始了他们的“打工生涯”。那时候，那家国有企业经营非常红火，父亲一干就是十来年。九三、九四年，国企开始走下坡路，企业内部开始精简人员。减了好多次，都没有减到父亲，虽然父亲只是一个“临时工”——这或许是好事也或许是坏事。我初中毕业时，那家电器厂已经没什么发展前途了，父亲终于自己跳了出来。

自那家国企出来后，父亲蹬了三年左右的三轮车，收入比在厂里上班多了两三倍，虽然父亲每天早出晚归，却洋溢着对新生活的满足与欣慰。但是，好景不长，2000 年左右，城市里严禁“无证三轮车”了。交警天天抓，一旦抓到，车辆就会被没收，父亲的车被收了两三次，越到后来，好像连车带人一起抓，然后交几百元“什么什么费”取人，无奈之下，父亲不得不另谋出路。经人介绍，父亲在火车货运站当过搬运工，也在摩托车市场扛过摩托。虽然生活的担子日益沉重，可是父亲从来不在我们面前表现出来。

大三那年寒假回家时，父亲又一次面临失业的打击。因为我上大学的缘故，父母的积蓄早已用完了。事实上，在国企上班的那些年，父母根本就没存什么钱。工资也就从最初的每月几十元到一百元、两百元，好像最高也就四五百元。父亲又开始另谋出路了，每天翻报纸，跑劳务市场，可不幸的是，不是遇上骗钱的假广告，就是人家嫌父亲年纪太大，或者需要“大专以上学历”。父亲的言语少了，他竭力想要掩饰什么，然而，我看得出他内心深处的焦虑与无奈。这些年来，每年寒暑假回家，都会发现父亲越来越老了：皮肤很黑，脸上皱纹也出来了，原本就少得可怜的头发里夹杂着好多白的印迹。

春节过后，父亲又找到了一份新的工作，虽然工资很低，工作也很辛苦，但父亲却很高兴。母亲有时会在我耳边唠叨：你爸这辈子也够累的了，自从有了这个家，有了你和妹妹，一直以来，他从来都没闲过，从早到晚，年年月月……我知道的，生活虽然艰辛，但父亲从未丧失对生活的信心，从未放下肩上沉重的担子。

今年九月开学时，家里又借钱了，将近有一万元钱，一是我的学费，一是妹妹上高中的“择校费”。

意想不到的是，父亲将妹妹送回老家读书后，就戒了烟。

虽然我不抽烟，但我深深知道，对一个抽了几十年烟的男人而言，戒烟是多么痛苦而艰难的事情。

然而父亲却做到了，平静得好像什么事都未发生过一样。

只是不能想像父亲"烟瘾"上来时，他到底是怎么做到的？

栀　子

王新龙

前几天收到一封家书，母亲在信里提到，家里的两株栀子花树，有一株日渐枯萎，而另一株却长得颇旺，结了无数花苞，用不了多久，就会满院飘香。读着信，思绪随着母亲的絮叨，飞回久远前曾有的岁月，飞到栀子充溢的日子里。

记忆里的母亲非常喜欢一种纯白的、散发着幽香的花，总是采了来，插在装满水的瓶中，然后，淡淡的花香味便会充满整个屋子。稍微长大些后，知道那种花叫栀子花，觉得是个很奇怪的名字，也因此而记住了这种花。记得小时候，村里几乎很少有栀子花树。只有村头一个婆婆家的院里，有一株很大的栀子花树，花开的季节，引来很多人，向婆婆讨取。婆婆总是慈祥地笑着，剪一两枝微绽的花蕾，分给乡邻。于是，家家户户的屋子里，便都萦着幽幽的花香。母亲总是在傍晚从田间归来时，被婆婆叫住，送一两枝新剪的嫩枝。一迭连声的谢谢，欢天喜地地捧了回来，还不忘向父亲炫耀一番："看，好美的花！"父亲往往不屑地笑一句："少臭美！"令年幼的我不解的是，好几次看见父亲在母亲很忙的时候，偷偷地给花换水。告诉母亲这一秘密时，母亲只是笑而不答。那一刻，在我小小的心里，觉得母亲的笑靥如一朵盛开的栀子花，显得那么纯净而柔美。

我告别喜欢长成树的栀子。褐色的枝桠，翠绿的叶子，显示着生命的强盛。我犹为喜欢那盛开的花朵，不张扬，却尽显圣洁清丽；我喜欢那淡淡的冷香，不浓烈，却沁人心脾。生命的过程也是幽静的。夏日里，有雨的午后，我喜欢坐在窗前听雨打在栀子上的声音，潮湿的空气里飘着淡淡清香，深深浅浅的绿色经过雨水的冲洗鲜亮欲滴，晶莹如玉，好像是生命的绿汁奔涌一般。在这样的午后，听得见心跳的声音。可能是受母亲影响，年幼的我，常采了盛开的栀子系于发梢，从不许我戴纯白色饰物的母亲，例外地没有呵斥过我，偶而，还会特意剪一朵给我戴，彼时，我快乐的像只小鹿，令短发的妹妹十分羡慕。

按说栀子的花期很长，能够自五月初开到六月中旬。栀子花从初绽到盛开再到凋零，由纯白转而微黄再至褐黄，色衰而香愈浓。我常收拾了泛黄的栀子花瓣放进铅笔盒里，为的是给自己留一盒清香。再大一些时，也会在残阳如血的黄昏，捡了散落的花瓣，去溪边，静静地撒向水面，看落花随流水而去，感受古人“流水落花春去也，天上人间”的无奈和悲怆。少女的心里，充斥着莫名的感伤。

记不清从何时起，母亲开始栽种栀子花，插秧的季节，将开过花的残枝随着秧苗一起插入田间，直到收稻子的时候才挖了回来，栽在盆里。刚开始的时候，总是不到一年便夭折了。反复实验之后小有成效，每年收稻子的时候，总能栽三四盆，千方百计的养活了，左邻右舍的送人，还给阿姨带去西安。不过很少有成活的，可能是因为西安太冷的缘故。即使勉强活了，也是黄黄的，瘦瘦的，一副营养不良的样子，多半还是会夭折。而母亲，依然乐此不疲，依然年年会把养成的栀子花送人。也只有母亲养成的栀子，开得硕大而繁多，常被邻人夸奖，母亲的笑容如阳光般灿烂，温暖着整个栀子飘香的流年。

慢慢长大成人，对栀子的偏爱却是有增无减。尤其看到长成树的栀子，便会想起家中院里的两棵栀子花树，想起母亲的笑容，心底会有亲切的温柔的涟漪漾了起来，那，是家的亲切。大概是因为身体的缘故，当我在中药书中看到一味叫“栀子”的药时，才知我所钟爱的栀子原来亦可入药，从此以后，对栀子花又生出一缕说不清的感触。再看到盛开的栀子花时，心里便多了一丝丝感动。那苍黑的枝桠，那葱绿的叶子，那圣洁的花朵，那清雅的幽香，到底是怎样的一种力量孕育出如此美丽淡然的生命？

背井离乡的这几年,难得再见到栀子花。偶尔见到,也只是小叶的、娇弱的盆景,苍白的花朵,连那香味儿也是苍白的,全然没了记忆中栀子花的“魂魄”。而那沁人心脾的幽香,依然是魂牵梦绕。心里愈发怀念那满树洁白,怀念那暗香浮动的午后,坐在窗前听雨打栀子时的恬静。古人有诗云:“闲敲棋子落枣花,竹溪村路板桥斜。姑妇相唤浴蚕去,闲着中庭栀子花。”大概就是这样的情怀吧。一日于一超市闲逛,不经意间,一朵怒放的栀子标签吸引了我的注意力。细看来,却是一种叫“一栀香”的花露水,打开来,熟悉的幽香于刹那间充斥鼻端。一向对这些东西不感兴趣的我,竟不假思索地买了回来,并打开盖子,放在衣橱的角落里,从此,衣服上总有淡淡的栀子花香常伴左右。怀念栀子的心情,也在这淡淡的清香里,时起时伏,如春潮般荡漾开去。

母亲在信中流露着对枯萎的栀子花树浓浓的深情,时隔多年,故园的风雨,依然不曾磨去母亲对栀子的执爱。父亲曾笑言栀子花是母亲的孩子,我明白,是因为我常年不在父母身边,寂寞的母亲只好把对女儿的思念溶入对栀子花的关注里。母亲固执地相信,栀子花开的时候,她最爱的女儿一定会回到她身边。陪她一起剪了朵栀子花,插在装满水的瓶里;陪她一起,将养活的栀子左邻右舍地送人,在邻人欣喜的笑容里,洋溢着满足地叹息。

恍惚间,仿佛又看到了多年前,母亲纯净柔美如盛开的栀子的笑脸。我知道,今年的五月,栀子盛开的季节,作为女儿的我当是陪在母亲身边的吧。

你的眼神

李华伟

那个夜班的晚上我被一个孩子柔情似水的眼神打动得一塌糊涂,母爱深浓,我不停地用尽种种办法去哄他,希望她能不再哭泣。

墙是白色的,灯光是白色的,她躺着打点滴的床也是白色的,孩子的脸色却因为费劲的哭泣变得通红,眼泪和鼻涕在孩子的脸上纵横,汗水把孩子的小脑袋上不多的头发弄得湿淋淋的。

共有三个人陪孩子一起来,一男一女和一位老妇人。一直抱着孩子从挂号、看病、拿药到观察室来打点滴的都是那老妇人,刚开始我以为那对男女是孩子的爸妈,可当他们等孩子打上输液以后就一起走了。孩子个头很大,我以为有一岁多快两岁的孩子,其实才刚满十一个月,我禁不住心疼起这幼小的孩子来。和孩子的婆婆聊起来才知孩子才从深圳由她带回来,因为水土不服拉肚子拉得厉害,原来胖胖的模样已瘦得不成样子了。在深圳打工的父母听说,准备回来接孩子。

因为孩子不住地哭,导致头皮针开始鼓包,婴幼儿针本来就很难一针见血的,我这时不得不和孩子的婆婆一搭没搭的哄孩子,我从心底不想给孩子扎第二针,但鼓包的地方越鼓越大,我必须对孩子重新扎针。

凡是带过小孩子打点滴的爸妈肯定都觉得那简直就像是一场屠杀,也许我有点夸张,为给一个孩子打头皮针最少得三个大人,一个捏住手一个摁住腿一个按着头让护士扎针。初为人父母的在这个过程中没有不掉泪的。对于弱小这真是残忍的帮助。

也许是因我的叙述过于平淡无奇,但是请你相信这是我职业精神的质的飞跌。

我不是每天机械地做好自己的工作,一针见血的吗?每天习惯了孩子的哭闹,有时不耐烦时还会埋怨孩子父母不会哄孩子。尽管我也有了自己的孩子,然而我的心在工作中几乎是麻木而又机械的。明白吗?这样的一种状态尽管是态度温和,言语轻柔,但行动却与一个机器人无异。

那天晚上也许是因为那个孩子长得原本惹人怜爱,一双眼睛总是那么无助甚至是胆怯而又想寻找依赖地望着看她的人;也许是因为她的父母不在,她是在寻找爸爸妈妈的眼睛。我实在不忍心再给她扎第二针,我请了一块当班的同事重新给她打点滴。孩子已经哭得疲惫不堪了,当开始摁住她的小手小腿的时候,她歪起脑袋看正摁住她的婆婆,然后又使劲哭开了,她的婆婆这时眼泪唰地就流了下来。一个多么无助而又需要关

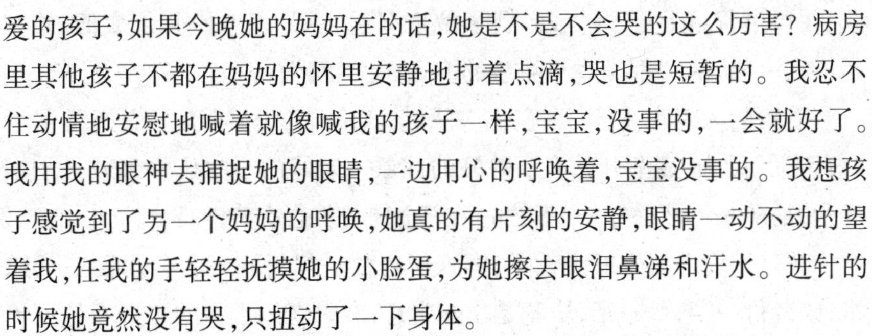

爱的孩子,如果今晚她的妈妈在的话,她是不是不会哭的这么厉害?病房里其他孩子不都在妈妈的怀里安静地打着点滴,哭也是短暂的。我忍不住动情地安慰地喊着就像喊我的孩子一样,宝宝,没事的,一会就好了。我用我的眼神去捕捉她的眼睛,一边用心的呼唤着,宝宝没事的。我想孩子感觉到了另一个妈妈的呼唤,她真的有片刻的安静,眼睛一动不动的望着我,任我的手轻轻抚摸她的小脸蛋,为她擦去眼泪鼻涕和汗水。进针的时候她竟然没有哭,只扭动了一下身体。

也许聪明的她知道我不是她妈妈,挂上点滴后她又在她婆婆怀里不住地啼哭,我又想是不是因为拉肚子导致肚子疼,不住的没话找话逗她,宝宝是不是小肚肚疼,来,阿姨揉揉好吧?我一边给别的小朋友打针拔针一边逗着大一点的小朋友大声的和她说话;休息片刻我就拿个纸板挡着脸和她捉迷藏;我眼睛对着她眼睛的逗她说话,十一个月的孩子正是想急于发音的时候;在点滴快完的时候,孩子安静的睡着了。

在那个夜班之后,我都会以一种从心底自然流露出的母亲般的爱去看待所有的孩子,无论在怎样的情况下,我都愿意和他们认真的交流,哪怕是一个关爱鼓励的眼神,我希望在他们一群柔嫩的生命里,我能成为他们眼里的天使。

老妈的小吃店

苗桂芳

两年前,老妈因为工作单位不景气,闲来没事,便开了一间约三间屋大小的小吃店,一间当做厨房,二间做餐厅,店面虽然不大,但老妈却把它经营的井井有条,不仅环境整洁,饭菜也做得很有特色,开业时间不长,店里的生意便如火如荼。

但是,红火的背后也有发生过苦涩的以及让人感到遗憾的事情。因为老妈平时把饭菜的价格定得很低,要价公道,特别是对常来常往的客

人，在饭菜价格上更不计较。我了解情况后，总是埋怨她收价太低，她总是淡然一笑，说："都是乡里乡亲的客人，能少就少点。"

就餐的人越来越多，熟客也多了起来，他们大概瞅准了老妈是那种"好说话"的人，逐渐开始有了赊帐的现象。老妈的小吃店本来就是小本经营，是从来不敢赊帐的，不然的话资金周转就会有些困难。

就是因为老妈太好说话了，客人们得寸进尺，便一而再，再而三的赊帐，或者付一半，赊一半，毕竟是小本生意，有时老妈手中的资金竟然到了"山穷水尽"的地步。向人家要帐吧？真有点抹不开面子，不要吧？却被人家的一两句"我最近手头比较紧呢"，"老板，下次吧，下次我一定付"的话就给搪塞过去，最后，帐还是继续赊着。

还记得常来店里的一南方的客人，操着一口的闽南话，因为到此地经商，在附近旅馆小住了几日，一日三餐都在小店里吃饭，老妈特意为他做了几道家乡菜，于是那个南方人总是夸老妈的手艺好，说是这一路在北方还没吃上过这么合口的饭菜呢！说得老妈心里甭提多高兴了，还挺自豪的呢。谁知还没有几天，那个人便向老妈说："出门在外不容易啊！这次来身上所带的钱所剩不多。大嫂，你看这饭菜钱——能不能再宽限几天？"那还用问，我老妈二话没说，马上点头答应，末了，又给人家塞了二十元钱。我们知情后开始向老妈抱怨，老妈却对我们说："在家千日好，出门一日难哪。"

让我记忆犹新的是：有一位来自济南的大叔，他说本来也是本地人，后来上大学被分配到济南。这次回乡，一来是看望家乡年迈的父母和兄弟，二来是看看家乡山水，还是家乡好啊！他说："在背井离乡的二十多年来，难得有今天如此舒畅的感觉。家乡的空气新鲜，人也憨厚朴实，等我退了休，如果有条件，真想再回到家乡来。"大有"落叶归根"之感，一席话说的老妈为之动容。

吃完饭妈跟那人结账时，只收下了饭菜的本钱。可那位大叔却坚决不同意，说："大嫂，你就收下吧！吃着你做的饭菜，使我感慨良多，我离家在外多年，能够吃上家乡饭，这可是地道的家乡口味呀！虽不如大饭店的丰盛，但它在我心里比任何山珍海味都好吃呢！再说，你做买卖也不容易，你就收下吧。"听了大叔的这番话，刚放学回家吃饭的我，心中猛然间涌起不可名状的滋味。转回头再看母亲，她已是感动得一塌糊涂。

我猛然间发现老妈是那样的和蔼可亲，忙忙碌碌中的她显得是那样的年轻自信而且充满爱心。此时此刻的我才理解老妈做这一切的深意！

结婚照

连海平

闲下来的时候，老公总爱自言自语：我这一生就有两个心愿：一是给老婆照上一套几千元的结婚照，一是领老婆到走一趟北京。

至于爱人为何这么说，是由我而起的，因为我一直有个强烈的愿望——照一套像样的结婚照。这个愿望由来已久，若要细细算来，应该追溯到八年前。

那时，年轻人结婚也很讲究，其排场和现在差不多少。大摆宴席，新婚花车沿街走，而且都要照一套结婚照。结婚照在那个时候，也是才流行不久，记得第一次见到成套的结婚照，是在梅那里。梅和我是室友，一个宿舍，她是新毕业的四个女教师中和我最要好的一个。一天她把表姐的结婚照拿来给我们看，照片是在最有名的"金夫人摄影室"拍的，打开相册的那一刻，我们都惊呆了：简直太美了！这哪里像她表姐啊，简直就一电影明星。不但照片上梅的表姐很美，赠送的画册更美：画册里每幅照片都是经过精心装裱的，照片周围点缀着各式的花朵，有野菊花，有玫瑰，有千百合……并且都题着诗一样的祝福："一朵朵千百合，象征着你们纯洁

的爱情，会像这朵朵千百合一样，白头到老，天长地久……”那一刻，在这裱装精美的相册里，盛满着深深的情爱和洋溢着满满的幸福。

天性的浪漫散开在爱美的年华里，在那一段时期里，充满诗情画意的结婚照几乎成了我们四个人的梦想。然而，并不是所有的结婚照都那么精美，结婚照的档次是不同的，最低的三百，最高的三千、五千，所以，不是所有的女孩都可以拥有这么昂贵的结婚照的。

再后来的结识了现在的爱人，恋爱谈的轰轰烈烈，轮到结婚的时候，却一筹莫展。爱人家条件不好，七拼八凑才买了个小小的顶楼，自然不敢想那么昂贵的结婚照了，或许是为了满足我小小的虚荣心，爱人硬撑着领我照了最低档次的结婚照。而恰恰这个时候，梅也是刚结婚回来，她老公是个有钱人，穿着昂贵的皮鞋，带足了项链、手链和戒指，而最让我羡慕的是，她竟然也带回来一套在“金夫人”拍摄的结婚照！看着她满足地翻开照片，绘声绘色地讲着拍摄每个照片的情形，我忍不住哭了。

我和爱人的婚姻是简单的，简单到没有手链，甚至于没有结婚戒指，小房子是顶楼，而且没装修，屋里的地板革是别人家开幼儿园用过的，日用品也没几个新的。可是，最让我难受的，还是自己那套可怜单薄的结婚照，那可是我年轻的梦想啊。前几年，日子过得真挺苦的。节衣缩食，换房子，装修，买东西，直到现在该有的都有了，才松了一口气。可是，心里却始终有个打不开的结，一直为当年没能有梦想中结婚照而不能释怀。而且每次想起来，心里总会很不舒服。

直到去年，我又遇见了梅。

时隔七年都没有再见梅了，因为我嫁了爱人后，便离开了原来的学校，也就和梅失去了联系。记忆中的梅有一张白胖胖的娃娃脸，脸上永远绽放着笑容。而眼前的梅，神情落寞，憔悴了很多，也苍老了很多。要了一杯咖啡坐定后，我问：为什么会这么瘦呢？过的还好吗？她没有回答，只是愣愣地看着我，自言自语地说：七年了，你还是那个样子，而且比从前更漂亮了，只有幸福的女人才会这样。看着她的样子，我不敢再问什么。

后来才知道，梅的丈夫虽然很有钱，但是对她很不好，经常夜不归宿，晚上只有她一个人在家，为了打发时间，她几乎每个晚上都要出去打麻将

消磨光阴。

对梅的不幸，很是一番感慨。感慨之余，心中豁然开朗，多年解不开的结一下子解开了。我明白了一个道理：胭脂和红粉挽留不住易逝的青春，再精美的相册也装裱不出幸福和爱情，同样，再奢侈的物质生活也无法弥补夜深人静时，女人在灯下“孤芳自赏”地寂寥。

蓦然回首我与丈夫的婚姻历程，朴实的丈夫已经把他全部的爱，化作了无声的行动，溶进了生活的一言一行，一点一滴里。我们虽然一直没有照上精美的结婚照，但是，近十年的恩爱往事，早已化作一部清清淡淡的回忆片，虽不精美华贵，却洋溢着温馨和幸福，印证了丈夫亘古不变的博爱之心。

宝　贝

谢　普

宝贝，我希望我写的这篇文章永远不要被你看到，即便看到，也希望你不会想到这是个与你有关的故事。

宝贝，第一次此情此景，我已经记不太清楚了，因为那个时候，我也只是个孩子，跟在妈妈的身后，不安的看着身边的人，听他们说着完全听不懂。

初次见你，我 12 岁，而你当时只是一个小小婴孩，睡在红色的被子里，全然不知道自己的命运发生了怎样的改变。其实，我们的差异挺大的，因为我比你整整大一轮，我们俩都属羊。

又见你时，是在南京，你和爷爷奶奶生活在一起，那时，你已经有了小弟弟，他和你的爸爸妈妈一起，生活在离你很远的西宁。那年你 4 岁，而我已经 16 了，正在读高中，正值寒假。

许多对你的回忆至今还让我记忆犹新，小小的你坐在沙发上，穿一件手工织的粉红色毛衣，上面有一只小兔子，头发短短的，显得眼睛特别明

亮。看到我后,奶奶说快叫姐姐,你就扬起头,用悦耳的声音叫:姐姐。而我的心,就在那一刻变得极为柔软,仿佛一碰,就会流泪。

因此,在南京的日子,变得充实了。因为你是宝贝,所以全家人都特别疼你,争着为你做事,早上起来为你穿衣,然后陪你玩,天气不太冷的时候,我们还会带你去吃麦当劳,肯德基。宝贝,我记得那时的你整天开开心心的,而奶奶总是说,平时没有人陪你玩,可是我一回来,你就有人陪了。

也许是缘于全家人对你的宠爱,所以你有时显得非常骄纵,不好好吃饭,乱发脾气;可有时候,你又是那么的可爱。有一次我们全家在看《婉君》,里面的金铭在踢毽,踢着踢着,便成大人了。当时你问我:"姐姐,她为什么会长这么快呀?",我知道,那时你小小的心里,总是充满着长大的愿望,总问我你什么时候能长大,于是我说,因为金铭姐姐好好吃饭,不挑食,所以长得那么快。可你是那么的聪明,并不满意我的回答,一会儿后,你忽然高兴的说:"我知道了,换人了"!我要怎么向你形容我当时的感受呢?你当时也只有4岁,怎么这么快就明白了其中的奥秘?我笑了,伸手抱起你,问:"你为什么这么聪明呢"?你认真的想了一想,调皮的笑着说:"我不知道"。

我有时候会抱你坐在我膝盖上,你很聪明,对于我教你各种各样的儿歌,很快便记住了。一次我们全家出去,在公车上我抱着你,你就大声的唱着我教你的儿歌,着全车的叔叔阿姨都看着你,那一刻,我的心里充满了骄傲。

宝贝,你几乎是我自己童年的影子,除此之外,在我爱你的心里,总藏着一个秘密,一个只有你不知道的秘密,一个有很多人爱你的秘密。对于你来说我希望这个秘密是永恒的。

再次见到你的时候,是在西宁,你跟最疼爱你的小叔小婶一起回去西宁看你的父母和弟弟,而我则大二放暑假,从成都回去看我的父母,也就是你的大伯和大妈。那年,我19岁,7岁的你已经开始上小学了。

那时你已经和小时候很不同了,特别的瘦而且很白,头发黄黄的,扎在头上,别着花花绿绿的小卡子非常可爱。

那年我们去了敦煌，看了莫高窟，听导游叔叔讲乔达摩，悉达多；在影视城里照相、骑马；在敦煌傍晚的街上，你还用平时攒下来的压岁钱，请我们喝好喝的杏茶，给我们每个人都买了礼物。宝贝，你是那么的大方和可爱，所以很小便懂得了分享所带来的快乐。

我们在柴旦的时候，有次正站在院子里刷牙，抬头便是湛蓝色的天空和闪亮的星星。你问我说，星星有一天会掉下来吗？我说会呀，星星也是有生命的，也会老，老了以后，便会变成陨石，掉下来。你真的信以为真，从此以后，你便不在院里刷牙了，也不许我刷，生怕掉下来的星星会砸到我们。

每个晚上，我们都一起睡，我给你讲故事：讲小飞象，讲海的女儿，讲所有直到现在我都喜欢的童话故事。

你一直很懂礼貌，出去吃饭时，主人问你好吃吗？你总是乖乖的坐在那里，听话的说：好吃。

你很爱干净，很爱整理，小手总是白白净净的，书包总是整整齐齐的，从不丢三落四，这一点和我小时候形成了鲜明的反差：我小的时候，书本的边儿皱的都卷了起来，令家里人非常头痛，并因此断定将来我一定极不贤惠，婆家一定不会喜欢。

其实，现在我远离父母，经济独立，将租来的小屋收拾的舒适温馨，会做好吃的饭菜，会拌水果沙拉，还拥有了爱情。宝贝，你知道吗？小时候的样子并不能代表将来，所以我觉得小时候的生活，更是不能重来。

而我送了一支钢笔给你，对于上小学的你来说那支钢笔是昂贵的，但我并没有告诉你它的价格。我把它送给你，因为我想起我小的时候，老师总让我们先用铅笔写好字，才能用钢笔。那时候，我看着高年级的同学用钢笔，心里羡慕得要命。所以我把这支喜欢的钢笔送给你，你的字很漂亮。

在我 23 岁时我第三次见到你，你 11 岁。就是去年的五一，单位放假，于是乘了飞机，返回南京。

这次相见，你明显长大了许多。有了自己的小朋友，而且自己做主挑选衣服。

你们组织春游的前一天偏偏下起了大雨，于是你们老师说第二天上学带两个书包，一个装书和文具，一个装春游的零食。如果第二天下雨的话，就照常上课，不下的话，就去春游。

于是你振奋不已地期待第二天的来临，因为当天的雨下得实在太大了，我们无法出门，没有办法带你去买零食，后来小婶婶安慰你说，没关系，如果第二天不下雨的话，我们就去附近的便利店买，那里 24 小时营业。

晚上，兴奋的你很长时间才睡着。第二天老早便起来了，果然没有下雨。于是，我带着你去超市买零食，给你拎重重的书包。宝贝，你在超市里的表现太让我骄傲了，那天超市里挤满了你们学校的家长，孩子们在超市里颐气指使，不停的往篮子里拿东西。而你却拉着我，自己非常有主见的挑选食物，比较价格，绝不乱买东西，我们只在超市里花了很少的钱，却也买了不少东西，然后，我们就兴高采烈地出去了。

在送你去学校的路上，你给我讲各种你们学校里有趣的事情。我一直非常开心而又有耐心地听着，直到学校的门口。碰到你们同学时，你总是非常骄傲的向他们介绍我是你的姐姐，如果你的同学夸我漂亮，你就更得意了，拉着我半天不放手。

要到你学校时，我给了你五块钱，你拿着钱小心的叠好，放进口袋里，跟我挥手道别。

等到下午的时候，你终于归来了，小脸兴奋的红红的，大家问你开不开心？你特别满意的说："挺好的"。晚上的时候我带你下楼去散步，你悄悄告诉我，今天花了二块钱：一块钱用来买了瓶矿泉水，还有一块钱，给了一位乞讨的老人。你说老爷爷穿得很脏，头发也白了，所以你就给了他一块钱。我笑了，那种柔软的一碰就想落泪的感觉又回来了，宝贝，你真善良。

五一的七天假期，也被你们老师充分利用了，布置了好多的作业，我就和你在房间里，画了一个表格，里面填着这七天的安排，哪天去哪里玩，哪天在家做作业，后来你非常严格的按这个表里的每一项计划，有计划地过完五一。

奶奶在5月3号忽然病了，病得很严重，打了120叫救护车。从小到大，身边从未出现过这种的事，可你不同；爷爷奶奶的身体一直不好，经常住院。后来我们去医院照顾奶奶的时候，你一脸成熟的样子，轻车熟路给我指哪里是厕所，哪里是小卖部；对医院里的种种规矩烂熟于心，知道护士多长时间来一次，病床怎么摇，在哪里可以打到开水。

相比于你，姐姐真是感到惭愧，大概是因为，从我记事以来，我身边就没有亲人住过院，我天生就对医院有一种畏惧感，怕护士，怕医生，一闻到苏打水的味道，就莫名的恐惧。可你不同，你在医院里十分体贴，给奶奶擦汗，掖被子。

家里轮流过来守着奶奶，只要我在医院，你就不走，等着我一起回家。回家的路上，我牵着你的小手，告诉你奶奶很老了，不能像从前那样照顾你，你要学会不挑食，学会照顾自己。你的眼神里充满了无助，但也只是默不作声的听着。

回到家吃很肥的烧肉时。你努力的吃了几块后告诉我，如果不是太咸，你还能再多吃几块的。宝贝，我知道你和我一样，从不吃肥肉，但是你是个听话的好孩子，你怕如果自己不好好吃饭，不好好听话，就会被送回父母那里，因为爷爷奶奶老了，他们往往心有余而力不足。

出于无奈，七号那天，我就得回去了，虽然奶奶还没有出院，但是病情已经十分稳定了。我工作了，所以不能再像上学那样自由。我是早上的飞机，你和爷爷送我到楼下，等着二叔来接我。你一直都不作声，我逗你，你也只是笑。后来你开始流眼泪，却悄悄背过身去擦，生怕被我们看见。

宝贝，你真的已经长大了，懂事了，我记得上几次我们分别时，你都没有哭，可能是因为那时候你还小，还不懂得什么叫做伤心。我们这个家庭对你的养育太多了，以至于你的心理和生理年龄，都比同龄的孩子小太多。可这次，你居然哭了，因为你终于了解到了世间的悲欢离合。

宝贝，以上我说的这些，其实只是你成长历程中快乐的一面。除去这些，我知道，还有悲伤、忧郁、无助、不解……，我不想说这些，因为我一想到，泪水便会禁不起推敲。

当你胆怯又礼貌的叫爸爸妈妈时，我就记起自己小时候，站在外婆家

的门前，看着陌生的母亲，不肯叫的样子；每当看到你和父母生活在一起约束的样子，我就想到自己像你这么大的时候也非常怕和父母相处；每当看到你的妈妈埋怨你，委屈的哭泣时，我就想到自己以前也对父母充满了怨恨；每当……

宝贝，曾经我也与你一样，从小和老人一起生活，父母离很远，一点也不亲近；宝贝，我和你一样，曾经哭泣、伤心的捱过每一个必须相聚的假期；宝贝，我和你一样，容易受到伤害，从不发泄，只有无声地接受。

可是，今年我24的时候你只有12岁，今年是我们的本命年。我要怎么对你说呢？你还有那么漫长的人生路要走，还要面临各种各样的“考试”，也许你用尽一生的时间，也不会了解你的家庭你的家人及最疼爱你的我。

宝贝，我们都是那么的爱你喜欢你，尤其是爷爷奶奶，他们对你的疼爱与怜惜，超越人间任何的情感。在你上小学之前，每天早上醒来，奶奶都会把温热的牛奶装在奶瓶里喂给你喝，然后给你穿衣服；爷爷从不舍得骂你一句，不管你怎么任性，他都不生气；每天下午你放学的时候，爷爷都会坐在阳台上，等你回家；还有你的小叔和小婶，他们一直把你当作自己的孩子，宠你爱你；还有我的父亲，他是不喜欢小孩子的，可他喜欢你的程度，比我小时候还要多呢，有时候即使你向他发脾气，他也一点都不生气……

宝贝，你承载了太多的爱，你是幸运的。我要怎么说呢？我们之所以那么爱你，除了你的聪明，你的懂事之外，还因为你妈妈有了小弟弟后就不喜欢你了，把你放在爷爷奶奶那里，不管不问；还因为，宝贝，你是个弃婴，是我妈妈跟奶奶一起把你抱回来的，那时候你的父母不能生育，谁知道你来了后，弟弟便出生了。

因此我们更加爱你了，宝贝，我们无时无刻不在担心，怕你忽然有天会知道真相。所以爷爷奶奶远离西宁，把你带到南京。爷爷奶奶给周围的邻居，身边的朋友说，你的妈妈是满族，可以生二个孩子，一个是你，我每每碰到这样的场合，都感动于爷爷奶奶的用心良苦。

宝贝，我也不知道今天我为何会有写下这些事情的冲动？如果有天你了解了真相，我希望我现在写下的这些文字，能对你有所帮助，能给予你勇气，希望我们所有人给你的爱，可以让你学会坚强、包容和理解。还有，我希望你永远都不知道真相，永远快乐。

但是爷爷奶奶毕竟年纪大了，他们不可能陪你走一辈子，最终你还要面临离开他们的生活，最终你还是得回到父母的身边。每想到这里，我都非常非常的难过，我知道，对你而言，这是最最艰难的选择。

记得你从西宁走的时候？你妈妈去火车站送你的时候，忍不住哭了起来。我在一旁看着她，心里很难受，或许在火车的汽笛声中，你妈妈发现将你带到这个家庭或许是不对的。

可是，宝贝，如果你没有来到我们家，我无法想象，你又会在哪里呢？那里会有爱你的爷爷奶奶、小叔小婶吗？是不是有一个像我这样给你讲故事，教你唱儿歌的姐姐吗？

我今天在楼下，看到一个和你很像的小女孩，白白净净的手指，背着干干净净的书包，发现我在看她，就冲我腼腆的一笑，可是我没有和她说话，怕惊到她那颗稚嫩的心。

宝贝，好久都没再见面了。你一定又长大了许多吧！在未来的日子里，姐姐希望你能更加坚强，更加幸福，更加宽容，人生总有许多无奈，有时我们甚至无从选择，但是相信人世间最诚挚的爱，是你最最温暖的家，是你包容一切的钥匙。

弟弟的少年时代

蔡学利

弟弟在少年时代就离开了成都，离开了学校，回家了。

那天，爸妈急急的打来电话："小阅，弟弟给你打电话了吗？他没上学了，从学校跑出来不知道去哪儿了。他的老师刚给我打过电话。可我们给他打电话他也不接，要不然就关机，要不然就是发短信也不回。这可怎么办啊？你想想办法，试着和他联系一下，具体现在到底在哪？可千万不要有事啊！"

怎么又是弟弟！又要让全家人都为他担心！

出走？发什么神经？

弟弟开始上初中时，我们家就不得安宁。他从来没有对待学习认认真真过，总把它视为可有可无。凭着小学的基础，他的聪明头脑，他的排名在班里还挺不错，前三名，在这个竞争激烈的重点中学里，弟弟不想学但仍拥有这么好的学习成绩的确是不可思议的，也是爸爸妈妈倍感骄傲的。可到了初三，一切都发生了变化，弟弟对学习产生了排斥心理，他不要上学了。

退学——对全家人来说是一个致命的打击。弟弟是爸妈唯一的儿子，学习成绩也不错，如果真同意他退学了，那这个家对他所寄予的一切希望也就白搭了，更何况他这么小，才十三岁啊！退学后又能做些什么呢？

爸妈的一番苦口婆心及老师敦敦教导和同学们的诚心劝导总算没有白费，弟弟同意不退学，但他也不留在原来的学校，说要去河南嵩山少林武术学院。爸妈傻眼了，但这与弟弟所提出的退学比起来，不知要好上多少倍。一切都按弟弟的意思来办。

爸爸亲自把弟弟送到了学校。弟弟走的那天，关切地对妈妈说："妈妈，你不要担心我，我会好好照顾自己的，我也会认真学习的，你自己在家要照顾好自己。”妈妈哭了，弟弟毅然决然地走了。

第一年在河南，弟弟发展一切都还顺利，刻苦的学武，认真的学文。每次和弟弟通电话，都感觉他长大了好多，不仅让爸妈放心他在学校的一切，还让爸妈不要为他操心，还让我好好学习。他是真的懂事了，在学校学会了自己洗衣服，学会了自己照顾自己，在一次校运会上，还夺得了散打第一名！我们发自内心地为弟弟感到欣慰。

第一个寒假，弟弟回家了。令人意想不到的是，往日白白净净的他完全变了，又黑又瘦。心疼到流泪，我也为之动容。

过完假期，弟弟回到学校，依旧刻刻苦苦地学着，依旧让家人自豪着。

可是到了第三学期，又变了，弟弟的一个电话，扯断了我们的梦。我们的风筝断了线。它到底想怎么样呢？

弟弟说，他坚持不下去了，教练太严格了，学校生活太苦。还没说完，妈妈又哭了：“儿子，既然这样，咱就回家吧！”

弟弟又回家了。这年，弟弟十四岁。十四岁是花一般艳丽的年龄啊。我柔弱的弟弟在他灿烂的青春岁月里，又要做何选择呢？未来的路还很长的啊！

爸爸妈妈一时乱了方寸，愁眉不展，一家人在沉默中一天又一天度过。

“翔，去学电脑吧？”或许是因为呆得太无聊，亦或是弟弟不忍心拒绝妈妈的请求，终于有一天，妈妈对弟弟提出了要求，他马上就点了头。爸妈去给他找电脑培训班，一切安排妥当。弟弟又开始忙了。

好景不长，不几天的功夫，他又要性子，呆在家里，话也不说，也不去培训班，任凭爸妈怎么问，他就是不开口。爸妈急了，我也无计可施，我只是觉得他怎么可以这等不可理喻！

弟弟就这样荒废了一年。虽然后来和家人快乐如初，但这快乐的滋味不单单只有，而是酸、甜、苦、辣什么都有，我们一家人都品尝得到。

时光飞逝，再回首，弟弟已走过了十五个春秋。十五岁，不大不小的年纪。十五岁，呆在家，让人又怜又惜的年龄。

九月的一天，一个初中的同学打来电话，让弟弟和他一起到成都某个学校上学。弟弟又心动了。这个学校不是很好，只要是学校，只要能学点什么，只要弟弟不孤单无聊的呆在家，只要他愿意去，爸妈都举双手赞成。而我，无语了，只能默默地为他祈福，只能告诉他，脚踏实地地走好人生的每一步。

弟弟去成都了，这次爸爸没有去送他，他一个人踏上了远去的火车。但我送他上了火车。火车将要开动的那一刹那，我站在车窗外不停地向弟弟挥手："弟弟，祝你一帆风顺！弟弟，到了成都别再让我们失望了！弟弟，自己保重！……"我的眼泪像雨珠一样，不停地流。弟弟向我挥手，没有言语。泪眼模糊中火车消失在我的视线中。

在平平稳稳中又过了一年。这一年，弟弟已经十六岁了。

随后，我也到了距成都不远的一个地方上大学。临走的时候，爸妈千叮呤万嘱咐："阅，一定要好好照顾弟弟呀！"可我失职了，我没有完成爸妈的托付，没有尽到做姐姐的责任。在今年暑假结束后，我和弟弟一起回到成都。我们都各自到各自的学校报道。但没过几天，就接到了爸妈火急火燎的电话。弟弟又不想上学了，又出走了。

我有什么资格做他姐姐？同在一个地方都无法照顾好自己的弟弟?!而且不知他现身在何处？我也急了，我从来没有这样心急过。我放下手中的所有事情，给弟弟打电话。手机没钱了。我又给他的每一个同学打电话，给他的老师打电话，都不知道他在何处。我心急如焚，万一出了什么事情怎么办？那我有什么脸做他的姐姐，父母的女儿？我上网给弟弟发了E－mail，并在他的QQ上留了言。弟弟晚上给我发来短信。他换手机卡了因为不想接爸妈的电话。我赶紧打电话过去，讲我该说的一切，给他讲爸妈的着急。但我说得小心翼翼，我害怕伤害他，更害怕他生气，万一一气之下不跟我联系了怎么办？

电话里，弟弟依旧很懂事地对我说："姐，我挺好的，我都这么大了，不会有事的，你们不要担心我。我不想上学了，我想独立，自己去找工作。你好好学习吧！别辜负了爸妈的期望，我是没希望了……"，我不知道弟弟是怎么说出这话的，所有的努力都白费了。

我同意了弟弟想谋生的打算，我是想让他从生活中尝出多种不同的味道，生活不是他想象的那么简单，他会有很多不如意的事发生的，也不是我们想如何就能如何。就算找工作也一样。找工作对他而言是那么不现实。我希望他可以由此改变自己的想法，回学校读书。我把个人的想法告诉了爸妈，他们同意了我的建议。

过了几天，弟弟发来短信："姐姐，我要回家了，爸爸同意帮我找工作。我实在不想读书了，我要独立自己挣钱。"

我给他发去我的忠告和祝愿。我知道，他已经决定了的事情便不会轻易改变。

他踏上回家的列车的那天下午，我并没有去送他。那长长的列车载满了一个姐姐长长的祝福与祈祷。亲爱的弟弟，姐姐希望你在漫长的人生旅途中，能够认认真真，踏踏实实地走好每一步。

米线的幸福

李光辉

回到家乡，我只喜欢到一家小店里吃米线，不为别的，而且是县城仅此一家。我还是定期光顾那里，即使小店的米线清汤寡水、细条条的米线上零星飘着香菜勾不起我的食欲，我依然习惯性在小店前放慢了脚步，飘然走进去静静地坐在那小店里，任那迷离的沉淀的记忆如烟花绽放在脑海。

在外求学期间，生活窘迫，每当路过学校旁边那家"云南过桥米线"馆时，那里面飘溢而出的香味惹我逗留不前，味道好极了！我暗叹：酽浓的鸡汤，柔软软、亮晶晶的米线，鸡丁，榨菜，豆瓣酱，鹌鹑蛋，香菜充盈砂锅钵碗，爽口开胃，我感到全身毛孔都在急切地渗入其中，多少钱一碗？四块钱，吃吧？好，我走进去坐在那洁净的椅子上，拿起筷子迫不及待地想品尝。当端上那热气弥漫的米线时，我感觉应多加些辣椒油才配上我

这略显豪迈才女的性格,就倒上一层红酥酥的辣椒油在上面,吃得我满嘴翕溜。正在我汗渍渍、津味味吃得逍遥自在时,猛地发现旁边一男生惊鄂地瞪着我。喂,在看什么?没见过美女吗?我敲敲桌子警告那一副白痴相的男生,他却捧腹大笑起来,莫名其妙!我下意识地捂嘴才发觉抹了一嘴红油像被打肿了嘴巴。猪八戒吃米线好好看!他一脸挑衅地回敬我。竟敢奚落我,我正搜肠刮肚想些妙句骂他,他又笑说:美女,提个建议,我可是好意啊,吃辣椒脸上会长青春痘的,你还敢不敢吃?

如果是你买单的话,我天天敢吃。我毫不屈服。

好,一言为定,那以后我天天请你吃米线!

不过那也要看本姑娘有没有时间了。我甩下这句话,愉快地走开,让他自己去想吧!

正经八百地在学校食堂吃了几天后,我总感觉上次吃米线的时候好像忘记了什么,哦,我惊觉到:没给钱!我懊悔自己竟那么粗心无礼,我信步走到米线馆,正看到那位替我付帐的男生正张开五指忙不迭地招我进去,我决定还他钱不欠他的,我走到他对面,他笑嘻嘻站起来说:"你好啊,我在此恭候多时了。"

"小气鬼,不就欠你几块钱吗?"我讽刺地说。

"那就好,那你也应该记得我们的承诺了,我先自我介绍,大三,学美术的,叫我大李就行,我知道你是数学系的,也知道你的名字,但我愿意叫你美女,我是野兽吗?当然不是,所以不必害怕什么?"他边说边做个请的动作。我只好不必害怕地坐下来,告诉他这次吃饭我付账。他笑笑提出谁先吃完谁结帐。我忙大口吃起来了。他阴笑着,一边细细地品尝里面的滋味,我赶紧先吃完就嚷着买单,老板走过来指着大李告诉我他已经付了了。大李胜利似的望着我说:"美女,这砂锅是盛着鸡汤在烤炉里蒸到几百度才盛出来倒进米线、佐料的,你这样狼咽虎吞是危险的!好在这两碗是我等你凉了一会儿,要不烫了美女我可担当不起"。他看我伸伸舌头,就笑着说:"其实这里面有胡椒粉的,你慢慢吃会感觉也很辣的,若倒辣椒油会破坏了米线的原味,再说真的会上火,长美人痘的。"大李端详我又说:"你又不是替父从军的花木兰转世,干嘛吃那么快。我认为木兰大

概就是你这类的女孩。”他轻声慢语的话包含对米线的了解及对我的褒扬。想不到他会这么欣赏我大大咧咧的性格。我高兴地对他说:“蒙你厚爱,愿交你这位知己!”大李竟兴奋大喊:“老板结帐!”老板只好又过来告诉他帐结付过了。

生长在乡镇县城,面临竞争残酷的社会,我知道就业的艰辛,为了不让父母劳累过度,我找了份家教,把一星期的时间安排得满满的,有了大李这个朋友我决定把星期三晚上洗衣服的时间腾出来陪大李。大李异常感动得非要帮我洗了衣服才同意出外散步。我们在一起经常争着讲话,讲班里的事,同学的趣闻,老师的学识。我和大李在一起很自在,大李也认为面对生活没必要紧张,要学会玩。我们总是轻松地聊天,然后到“云南过桥米线”馆吃饭。我不再吃辣椒油,悠然地喝着米线汤品味着大李对米线的感受。大李看我陶醉的样子还认为我沉醉在米线的传说中。还有米线的传说?我没有听说。大李呶呶嘴,原来在米线馆墙上挂着一大匾,因为是篆体字所以我不知写的是什么。大李说那是一个讲述米线由来的美丽传说。我随着大李动情的简述,眼前仿佛出现一位古装年轻女子为了不让博取功名而读书的丈夫吃凉饭,就提着盛着滚烫的鸡汤米线的砂锅,跨过流水小桥,急急忙忙地走在荆棘丛生的小路上……

大李有意问我是不是怕长小痘痘而不吃辣椒,我自然不承认是因为他的缘故,便卖乖说是怕上火后谩骂大李。大李说我是大方、磊落、豪放之女孩,即便挨我骂也是幸福的。大李看我脸红不作声,悟我乃性情中人,便不再开我玩笑地牵我手顾左右而言他。

我不知怎的害怕对大李流露温柔之情,我感到将来的人生注定是各奔东西,我不愿自己今日的倾心相待换来日后更加痛苦的离别。大李明白,但他不希望我们成为彼此生命中的匆匆过客,他渴望成为传说中的辛勤女

子为我奉上温馨的米线。我接纳他冲动的情感可不愿他将来会身不由己地离开我，像他风流倜傥的江南艺术之俊男，清贫和单调的生活一定会耐不住的。我考虑再三还是压抑情感，在和大李相知相恋的日子里没有以夫妻相待。终在毕业之即，我们一起走进那结缘的米线＋＋馆为彼此即将劳燕分飞吃一顿散席宴。我们默然相对，还是大李递上筷子，倒入香油，他悄悄要了辣椒油，我使劲地把辣椒油往碗里倒，大李把挂了一层厚辣椒油的碗端到自己跟前笑笑说，今天我吃这一碗！为了大李的这句话我一阵哽咽，大李搅拌了一下米线低头吃起来，吃得还不到一半大李又苦笑一声摇头说道："你说得对，我不适应吃辣椒，但我愿意陪你吃，更愿意做给你吃，什么时候想我，就打电话，我会回到你的身边。"为了大李的这句话我一阵哽咽，泪水夺眶而出，我怎能不憧憬那甜蜜的爱情。现实呢，真的如人所愿吗？我轻轻地摇头，再见吧，大李，热情大方的朋友，体贴入微的男孩。

今天，坐在熟悉的米线馆，物是人非，大李已不是这里的坐上客，我巡视身边却再也不见那熟悉的眼神，亲切的目光。唉，谁解我心？谁能排遣我心中郁闷？谁又能真正体会我吃米线的原因是为了在找寻幸福的滋味呢？

梧桐花落

李华伟

暴风雨后，梧桐花铺了满地。

我蹲了下来，看着那透射着我苦涩童年的梧桐花。

自五岁那年，我就记得父母经常争吵不休。那时的自己就像海里的一只小纸船，遇见两朵大浪向我压来——无助和恐慌。而在父母吵架时，幼小的我总会害怕地抱着母亲哭，母亲而会生气地把我推开。而后我就

一屁股坐在冷冷的地上断断续续的哭。从那以后我就很怕见父母，常躲着他们。

十五岁的时候，我读初中，我不再因为父母吵架而惶恐。只要他们吵架，我就会把自己关在小房间里，然而他们的争吵声仍会断断续续的传来，那时的我就会很烦，想逃离这个家。从那以后，我和父母的话就更少了，甚至有种陌生的感觉。我不知道自己是该庆幸还是该悲哀。

我来到县城读高中那年。我之所以读高中，是我认为那样就可以逃离那个家。但是，我还是不能够。偶尔父亲会从很远的农村跑来看我。我了解那叫关心。可是和父亲坐在一起两个多小时，我们一句话都不会说，那是种熟悉的陌生。其实并不是我不想说，而是我们都疏远了。除了一种责任，我们之间找不到共同语言。但是我看着父亲在我眼前慢慢的变小，直到消失不见。那时忽然觉得父亲真的很可怜。

我捡起花，走向我的住处。我喜欢孤独，所以我便一人在学校外租了一间小房间。我喜欢房间旁边的那一片梧桐。我喜欢一个人靠着梧桐树站着，而后沉浸在了飘落的梧桐花中。

一天晚自习下课后，我又习惯性的走进了那片梧桐。在淡淡的月光下，我看见一个女孩蹲在梧桐树下哭。也许她看见我来了，她低着头很快的从我身边走过，走出了那片梧桐。然而，我在那片梧桐林里闻到了一种熟悉的哀愁，我想一定是那女孩落下的。

第二天，我又遇见了那女孩，后来我知道她是今年高三，文科班的吴彤。

我问她下了晚自习为什么不回家。彤说："已经回过了，听见父母在吵就躲了出来。"

彤的一番话，我无语。此时无声胜有声，因为我与她有着同样的宿命，这晚，我们谈了很久，后来彤告诉我说她不想读了，她想尽快离开家，独立。

已经很晚，我对彤说："回去吧，一切都会慢慢好起来的。"彤朝我淡淡地笑了笑，从她的笑中我知道了她是不相信我刚才的话，其实我自己也不相信，只不过是安慰罢了，安慰她的同时也是在安慰我自己。

下着雨的那个周末的晚上，在那片梧桐林立又见了彤，她没打伞，呆呆的站在那，我什么也没说这彤就往我的住处跑，来到住处，在淡淡的灯光下，我看到彤的脸被划了一道长长的口子，血一滴一滴往下流。我问彤为什么会这样，彤一下子就抱着我哭了，她说："这是他俩打架的时候不小心打到的。"我知道那是她的父母，便轻轻地拍了拍说："放心吧，一切都会好的。"

就在毕业会考后的那天，彤又来到梧桐树下，她拿着一本红色本子对我说："拿到毕业证了，明天我就走，我不想考大学了。"

"你家里人都同意吗？"我问。

彤说："知道的人只有你一个。我想那300元的报考费应该够我去其他地方了。"

我动了动口袋里的300元，那是父亲昨天送来的，也是报考费。我拿了200元给彤，接着对她说："我不能帮你什么，这200元先借给你吧，在外面自己保重。"

彤接过钱忍不住流泪了。看着她的眼泪，却让我有种莫名的惆怅。

晚上我在想自己或许也该像彤一样时，房东跑上来说有我电话。电话是妹妹打来的，她说父母又在吵架，她烦透了。还没等妹妹说完我已经把电话狠狠地挂了。

第二天，下起了雨，我送彤到了火车站，看着彤瘦小的身影消失在站台，心中有些莫名的空虚。

等回到住处时，梧桐花落了满满一地，我看了看手中的钱又向车站走去……

六年之思

李秀红

记忆的书签

为什么没有告别？为什么没有挥挥手再走出我的视野？为什么你不

用告别将我们的相聚就此终止？这告别已成了记忆的书签，在以后的日子里我可以随意就翻到那一页。那一页会清楚地记下你离去的背影和我不舍的眼神，好让我对你不再抱有幻想。

但是现在，我只有在记忆的书本里翻寻，翻到了这一页，是你我在相对谈笑；另一页，是你我拉着手在大街上穿行。为什么没有想象中的深深的思念，郁郁的忧伤。我只好拼命地翻，想翻到足以能够证明我对你还有刻骨铭心的感情的那一页。可是没有，一切都是那么平常，平常得就像家里篱笆墙上怒放的喇叭花。

你还记得家里那篱笆墙上，有着淡紫色和深紫色的喇叭花吗？每当你早晨送孩子来时，它们都在热烈地开放着，好像一只只奏着欢迎舞曲的小喇叭。花的藤蔓常常伸出热情的手，拉着你的衣袖，可你从来不愿多看它们一眼。你总是脚步匆匆，匆匆地来又匆匆地走，直到最后我的视线里再没有你出现。

那喇叭花即便曾经满布了你我的视野，可它们只是永远作为背景出现的。而你留在我心中的记忆竟然都如同这屡见不鲜的喇叭花，每一片、每一页都是背景，为何不把个别的作为这背景之中的高潮呢？

不会有告别时撕心裂肺的痛苦，你让我为你流出的泪都是滞涩的，它点点滴滴，永流不止。

同龄人

空暇的时候免不了会有种种设想，假如我同你一样大就好了，这样的话我就可以分解你的忧伤，分担你的忧愁，分享给你我的快乐。可是你比我大六年，六年的差距总是让我在后面追赶你，我在后面一路遥望你艰难的脚步，想帮一帮你，却永远也追不上，帮不到。

但是，现在我终于追上你了。在我心目中我的时间在前进，而你的时间在我的心中已经静止。今年我刚刚好是你离开时的年龄，我们成为了同龄人。此刻，我多想拉住六年前你的手，与你相望，同你对视，让我作为你可以互诉衷肠的朋友，让我来融化你心中那冰封的苦痛吧。可是我只能用流泪来面对你的虚无，你还是永远只存在于我的心中啊。

我拉住你那虚无的手，只属于我心中的手，一起回望你来时的路，可我并没有与你一同走过来的痕迹，但是，在你的足迹里留下的却是我永远的伤痛！

淡泊

六年的时间可以说是说长不长，说短不短，说长是因为它可以让一个幼儿成长成为少年，说短却只是宇宙间那不能一提的一瞬。

你的儿女在六年的时间里长大，他们是在没有母爱的呵护下长大的，所以女儿早早地工作，儿子也早早地辍学。他们是两个可怜可爱的孩子，可由于他们有着我讨厌的姓氏，而那姓氏又有对他们的绝对权力，所以我不能把我的爱全部给他们，更不能用我的爱来代替你的爱。你有没有想过，以我们的姐妹之情，我和大姐会像疼爱自己的孩子一样去爱他们，尽力给他们以幸福和快乐，我们也想这么做，也做过，可是这想法和做法之间有很多的障碍。可能，我和大姐要让你失望了。

六年的时间足以冲淡很多事情，足以让我的女儿忘记你是谁，我告诉她你是二姨，可她还是要问，二姨是谁？她当然不会记得在她刚出生就跑来看她的你，也不会记得看到她就欢喜地抱她的你，她只记得她心爱的一只长颈鹿是你买的，只有这样。

六年的时间，埋藏了我无尽的泪水，也自以为深情地写文章怀念你。可是，我知道，你在我心中的印象已如一幅日月久远的画，慢慢地淡了，淡了。你的面目也越来越模糊，我越是想看清楚，反而越是模糊了。

当我在你女儿面前谈起你的时候，他们也是一脸的漠然，仿佛人是谁与他们无关。

我们早已经建立了与你毫不相干的生活。

可是我明白，如果你能够回头展望的话，你一定会泪流不止的。

那一巴掌

赵德斌

我以前是一位教师，教书育人，写下这句话的时候，我觉得无言的惭愧，我不敢妄自在“教师”面前加上任何形容词，因为我不配拥有这样一个职业，往事不堪回首，时至今日，我也只是偶尔在文字中小心地窥探着昨天……

第二天去学校报到时，我接管了初一(2)班，此前，由于那个班比较乱没有教师愿意去那个班，尽管开学已经有一个星期了，但语文教师还是没有人选，这时，我是新来的，校长给我讲了这个班的情况后，我郑重地点了点头，“初生牛犊不怕虎”，我坚定地说：校长，你放心，我一定努力做到最好。

而后，我成为这个班的语文老师，刚上课不久，同学们还是比较认真地听课，但一个星期过后，这个班的调皮同学开始“蠢蠢欲动”，尤其是当中的一个学生引起了我的注意，他叫李金水，临近乡村的孩子。他不但自己不听课，还总是引得全班同学哄堂大笑，当时他坐第一排，我回头在黑板上写课题的时候转过身来，发现我的教案没有了，很多同学都在暗自偷笑。大家都用眼睛示意我的教案在李金水那，我非常生气得大声呵斥，叫李金水把我的教案拿出来，而李金水还在拖拖拉拉阴阳怪气地说：“我——没——拿。”从他的课桌里我拿出了我的教案，他竟无半点悔意，还在一旁讪笑。为了树立我走马上任的威信，我罚了他站着听课。下课后，我把他

叫到办公室里去谈话，当时我们那些语文组的老师都在一个办公室里办公，李金水进来后，有些不好意思，那时我年轻，为了在大家面前表现我的成熟，我就故意大声地呵斥他，还不时地用自己的肢体语言表现自己，光桌子就拍了好几次，最后我对李金水说："你认个错吧。"恰恰是李金水同学的这样一句话让我动了粗，"我没错，你这个小丫子！""什么，你竟叫我小丫子？"我猛地一巴掌煽过去，李金水同学当时就被我打懵了，重重地摔了办公室的门非常气愤。

那以后，李金水一直都没来上课，我心里有种莫名的空荡，第二天，李金水同学还是没有来，我问了一些同学，他们说他不读书了。我非常诧异，当时我就想到了我那一巴掌，是不是……让他在众人面前颜面尽失？可——可他也太没有礼貌了！于是我决定下课后去他家走访。他的家在乡下，走路需要很长一段时间，我骑自行车都差不多花了50分钟，通过村民的指引，我找到了他们的破旧不堪的家！至今我仍然记得：房子是用简单的土砖堆起来的，家里没有什么家具，只是随意摆放着一些作田的农具。纵然已是深秋，房屋四面都透着风，我随意找了一个小板凳坐下了。天渐渐黑了，可灯依旧没打开，我和李金水的父亲在黑暗中说话，都看不清对方的脸，我想可能到李金水家告状的人太多了，李金水的父亲露出了很为难很歉意的神色。沉默了半天，他终于冒出了一句话："陈老师，真难为你了，我家金水给你们添麻烦了，我打算不让金水再读了，家里没钱，也正好缺个劳力，反正他也认识几个字，以后长大了，就让他去外打工，赚几个钱。"无论我如何劝，他的父亲坚定地说：不读了不读了……

我沉重地叹了口气，非常无助而无奈地离开了李金水的家，我一直没有向他父亲说起李金水在课堂上的表现，当然更没有提起我的那一巴掌。可奇怪的是，我却一直没见到李金水，这时天已经很黑了，外面的风刮在我的脸上有一种彻底的凉，我的心情很复杂，想想这么小的一个孩子，难道是因为我的一巴掌而辍学的吗？我第一次感觉到我自己的卑微与弱小。我有什么权利甩那一巴掌？那一巴掌打掉了他所有的自尊，打走了他所有的自信，这在他那纯洁的心灵里会留下怎样一个疤痕？

只是为了在别人眼中显得成熟有威信，而我所做的一切，这太可笑

了！黑色的夜伴着冷冷的风吹动着我零乱的思绪，我独自一人推着自行车走在乡村小路上，狗叫声伴着虫鸣，顿时感觉由远而近。

这时，一声“陈——老——师——”的呼唤忽远忽近地传进我的耳朵，莫非是他——李金水？我迅速地回过头，睁大眼睛，走近一看，真的是他，他跑得太快来不及站稳差点倒在我的怀里，此时，我所有的愤怒早已不知所措，双手扶住那瘦弱的肩膀，说了一大堆我想要说的话，问他为什么没有去上课？是不是真得要放弃读书了？你小小年纪怎么可就这样放弃读书呢？李金水泪光闪闪：“陈老师，我错了，这是我在家里给你带来的电筒，怕你黑，看不见前面的路，因为家里没钱，我早就要休学了，我在学校也不想学什么，惹老师生气了，我下次……不，我不会再有下次了。再见，陈老师！”说完，一咕脑地就跑走了，我眼前一片朦胧。

我是个怎样心胸狭窄的人啊，连一个学生也容不得，竟没有半点勇气道声对不起！我真想问问是不是由于老师的那一巴掌？我想一定是这样。此时我感觉自己那一巴掌，是那么无知和浅簿。我想叫回李金水，但他头也没回，跑得飞快。在黑夜中，虽然看不见他的全部身影，但，那瘦削的身子，那随风舞动的单薄衣裳，那双充满渴望的而又无助的眼睛，让我永远都不能忘记。他像一幕幕黑白交错的电影在我的灵魂最深处时时闪烁……而我手中那留有余温的手电筒，更像一盏明灯，温暖着照亮着我前行，耳边一直回想着“陈老师，我错了，这是我在家里带给你的电筒，怕看不见前面的路，……”

我，真的能看见前面的路吗？能看得见吗？时隔多年，我一直这样重复地问自己。

现在，因为种种原因，我早已离开了那个城市，而那赶时髦却有永远让我无法释怀的人，李金水，现在何方？是不是在读书？生活得幸福吗？——你大概想不到你的一个不称职的老师一直一直在想着你，念着你啊。

给我一杯忘情水

谢 普

铭沉浸着夕阳的余辉，不紧不慢地走在街口。节日里，大街上依旧是流涌动，每个人都行色匆匆，没有人会在意铭的快乐与否。

此时此刻，铭心里纵横交织，微微的落寞，淡淡的释然，但更多的是默默的祝福。

就在铭踏入公司的第一天，她就知道云和兰是一对恋人。兰是公司公认的美人，一头飘逸的秀发，一双顾盼生情的美眼，颀长的身材，清新高雅的气质，令人赏心悦目。云高高瘦瘦，温文尔雅，当然能在公司崭露头角。大家都说他们是天造地设的一对，其实他们真的很般配。

刚开始，铭只是远远地望着他们，把他们当成一道靓丽的风景，笑看着，欣赏着。因为她知道自己只是一个灰姑娘而已。

那次，一个偶然的机会，铭和云一起出差去云南。铭发现云是个细心的男孩，举手投足有一种说不出的超凡脱俗的气质。铭觉得云很亲切，好像多年的老友般默契。铭在他面前特别健谈，历史典故，人文景观样样精通。云很认真地看着她的眼睛说：“铭，你是个秀丽的女孩”。铭心里满是快乐和激动。

爱一个人有时是不需要理由的。铭不可遏止地爱上了云。可云已经是别人的男孩。铭就这样苦苦地爱着，矛盾地憧憬着。

她在乎云的一举一动。而且只要看到他的名字，听到他的脚步，她能感受到自己的心跳加速。对云的思念占据了她所有闲暇，她习惯沉浸在自己的世界里，习惯用文字表达自己内心的感受。

在 BBS 里，铭最善擅的是编故事，她把自己的思念和情丝小心地揉碎镶嵌在别人的故事里。将牵挂夹杂在忧伤的字里行间，把脉脉的心语向午夜的风悄悄倾诉。因为在意，所以有时便会不由自主地去做一些事

情。她打听到云的QQ号码，加他做好友，每天看着他灰色的头像，期望哪天能亮起来，她每天很晚下线，只是怕错过他，而这一切，云毫不知情。

铭掩饰着自己深藏着的思念和爱恋，如果一生能这样默默欣赏着云，她觉得也是一种幸福。

在公司的舞会上。喜欢被寂静的韵味包围的铭坐在一个角落，端着一杯清茶，看着同事们翩然起舞，借着暗淡的灯光，铭的目光一直默默地追逐着云帅气的身影，欣赏着他的温文尔雅。她看到兰轻轻依偎着云，如痴如醉，脸上还洋溢着甜蜜与幸福。他们深情款款地合唱着《知心爱人》，铭心绪黯然。她怨恨苍天不给她一副清甜的嗓音，看着他们陶醉幸福的样子，她心如刀绞了。她在心里默默地唱着许茹云的《独角戏》："既然爱你不能言语，只能微笑哭泣，让我从此忘了你……"相思本无凭语，或许云只是掠过她天空的夕阳的余晖。真的说放就放得下吗？

暗恋的日子里苦涩里偶尔也会有甜蜜的幸福，偶尔云打来电话，询问一些工作上的事，铭会莫名的兴奋，脸绯红，接完电话，手心都是湿的。只要有云消息的日子，每天都是铭的节日。

连着好几天，都没有看到云的身影。铭心里隐隐失落，莫名担心，难道是生病了吗？还是有什么事吗？看不到他的日子，一天长似三秋。思念如影随形，如滔滔江水在秋的长河中缓缓流淌。悄无声息。

铭思想斗争了好一会，终于鼓起勇气，给早已烂熟于心的电话发了一条短信："你还好吗？"。

她隐隐感觉到自己心跳急促。暗暗责怪自己的冒昧与自作多情。

"谢你挂念，我很好。"云回复了一条短信。铭心里的石头落地了。"你喜欢诗吗？我读过你在BBS里的小诗呢。"云又发过来一条短信。"谢谢，瞎编的。""来对诗好吧？""好啊"，那晚，云不再是不食人间烟火的天上宫阙，他亲切如邻家兄长，宽厚似捻熟老友。

铭不敢奢望，因为云是属于兰的。铭的内心有太多的顾虑和自卑纠缠。铭没有清丽的容颜，没有淡雅的谈吐，没有超凡的气质。现实里灰姑娘不会有王子青睐的。只要能每天见到云，就是她最大的幸福了。

可每天看到云搂着兰走过身旁，铭会觉得心隐隐作痛。"盈盈一水

间，脉脉不得语”成了铭心里无声的痛。她笑着和他们打招呼，把眼泪藏在欢笑背后，谁都不能明了她深藏的心事。云大概永远也不会知道：不知道铭文字里的悠长思念是为他，不知道铭一笑一颦是为他，更不知道那些忧伤凄美的故事也是为他。

云和兰遂心所愿地踏上了红地毯，笑靥如花的新娘光彩照人，幸福的光彩照亮了每个人。铭强颜欢笑和他们碰杯，给他们祝福，也只有铭自己知道，此时此刻她的心在滴血，泪在流。

那天晚上，铭喝得酩酊大醉，她什么都不愿去想，只想要酒，一杯一杯又一杯，她想到了“酒入愁肠化作相思泪”。想到张柏芝的那首歌词：“爱得累了，累得痛了，痛得哭了……”但她不敢有泪，她不敢。她不想给他任何的麻烦，爱一个人，就应该让对方幸福，她希望他幸福。

那晚，她在 BBS 上又留下很多断肠一涯的文字。她把所有的泪和痛告诉给了 QQ 上的一个大姐，大姐爱怜地回话：“傻丫头，彼此相爱才是充实而幸福的，你这样的爱是一种无望的等待，永远都不会有尽头的！而受伤最深的那个人依旧是你！放手吧，对你是解脱，对他是好事！”

“可我真的忘不了他，姐姐。”铭泪眼模糊。“给你一杯忘情水”姐姐打趣地发来一个咖啡的图片。

“忘情水在哪里呢？姐姐，我找不到忘记他的理由”，“傻丫头，他有他的大空，你有你的绿洲，太执着的爱对于他来说未尝不是一场伤害，试着放手吧，祝福他吧！”

铭心一动，是呀，爱一个人，就要希望他幸福的，如果爱成了羁绊，成了纠缠，就索然无味了。“姐姐，你说得对，可我每天都看到他，依然会心痛”。“出去玩一段时间吧，或许，你会放下的，也许你还能找到忘情水呢，”姐姐又是一阵幽默。

铭借着长假，放下心事，走在异乡的街头，落寞渐渐有了平静。

“给我一杯忘情水，换我一生不伤悲，就算我会喝醉，就算我会心碎，不会看见我流泪。”铭轻轻哼着，她真希望人世间真的有一种水，叫忘情水。

有时，放手也是一种幸福，一种洒脱。铭对着云淡风轻的天宇，对着陌生喧嚣的街市，轻语：给我一杯忘情水！

我的心·太乱

苗桂芳

一个人静静地坐在教室里，看完那篇题目为《你最爱的人和最爱你的人》之后，却绝对鬼使神差般地想起了你，我轻轻地合上笔记本，任思绪随窗外被风吹起的尘土在空气中飘散，时间凝固了，熟悉的旋律在凝固的时间中艰难地流淌着。

猛然想起四年前，看着别人成双成对的在校园中漫步，心中落寞，年少轻狂而又幼稚的我故作深沉的在城市的街道上走来走去，明明一无所有的心，偏偏却满满的写上忧愁，坐在道边，对自己狂喊："我的心已经千疮百孔。"自己也觉得可笑可怜，但我却不肯放弃曾有的那份成熟和沧桑，躲在角落里练习如何让自己变得忧郁，我终于明白，忧郁是练出来的，过程，就是把自己丢掉，忘记从前的我，练习让自己在熟悉的街道上迷失方向。

或许，你一定还会记得我的，一定会的。我清楚地知道，你不会忘掉曾经的每一分、每一秒，即便现在，我也想故作深沉地对你说："忘记我吧！"可我无法说不出口。曾经，我的最爱仅仅是"虚荣"和"自尊"，如水般的流言断断续续地充斥着我的耳膜，爱情似乎真的遥不可及。我开始怀疑，掏空自己也找不到那所谓的"爱"，对你的感觉仅仅停留在好感和喜欢之间，最后，盲目地离开，对于你的泪，并没有太多的感觉。用麻木来形容再合适不过！

我怎么可能忘记呢？曾经为你对我无休止的好而感到厌倦，但是，当我发觉自己青春不再的时候，终于知道，原来你在我心中是那么重要，这种爱，平凡但长久！

身子针刺般地抽搐着，我怔怔地坐在桌前，久久无法下笔。我想你！

瞬时，又被无尽的空虚缠绕，被无边的寂寞包围，吞噬着那苍白的孤寂！

我的心太乱……

挥挥手，不说离愁

李光辉

当彼此变得越来越越生疏的时候，大年和月儿分手了。大年清楚的记得，那一段曾经刻骨铭心的情感已随风逝去；那一个自己曾经爱过也爱过自己的人已从自己的生活中消失……月儿悄楚的颜容将成为昨日黄花。

世界上什么东西是永恒而且亘古不变的，海枯石烂的呢？是爱情吗？初相逢时，许下了天长地久的海誓山盟，而后满怀欣喜地实践着，心里洒下了许多爱的种子，并将她精心的呵护。可在越来越接近的空间里，当要理智地去面对一切时，却不得不面对越来越无奈的现实，不由踯躅，不由彷徨。而后相视一笑，挥手别离。

大年和月儿在西海最富胜名的两弹纪念碑下认识。月儿洁白的连衣裙，长发简简单单地披在肩上，清纯的如出水的芙蓉，那天，月儿觉得与往常无异可在大年眼里却是那么与众不同，一时竟呆了，觉得月儿的清新雅致远远胜过自己手中的那盆水仙花。那盆花本是买给母亲的，大年却把它送给了月儿。

月儿接受了大年，由于他很优秀，无论是人品还是学识，都称得上出类拔萃。俩人陶醉在无比的幸福之中。为了有更多的时间长相厮守，大年和月儿住到了一起。刹那间的新鲜与激动之后，俩人都恍然若失，仿佛眼前的人并不是熟识与期待的那一个：月儿过于精明与浪漫，大年却太过现实与粗心，月儿可以拿薪水的一半去买一瓶香水，大年则只能买回几块钱的盒饭做午餐；月儿喜欢跳舞和咖啡接近疯狂，大年却只有绘画和白开水已经足够了。假若今天不做饭，泡方便面，你介意吗？假若夜里过了十

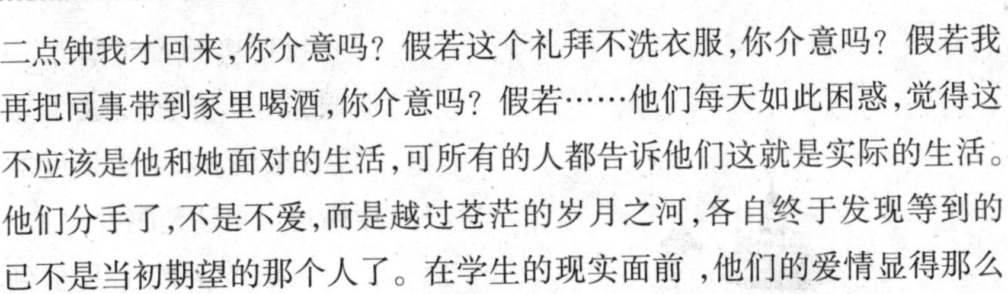

二点钟我才回来,你介意吗？假若这个礼拜不洗衣服,你介意吗？假若我再把同事带到家里喝酒,你介意吗？假若……他们每天如此困惑,觉得这不应该是他和她面对的生活,可所有的人都告诉他们这就是实际的生活。他们分手了,不是不爱,而是越过苍茫的岁月之河,各自终于发现等到的已不是当初期望的那个人了。在学生的现实面前 ,他们的爱情显得那么苍白无力。

俩人苦笑着挥手道别,只是将这份爱沉封在心底。

生命本是一种过程,人们追求的是生命过程中的质量而不是形式。也许是令人个性化的生活方式,在他们中间搭起了一道无法逾越的屏障。分手成为了他们必须面对的无奈的现实。

爱情本就可以长久,但相爱的过程却能让人失去热情。爱上一个人可以毫无理由,放弃一段情缘却有太多的缘由。当千帆过尽,回首发觉曾经的你依然是我最动情的人时,我们耳边总是浮着那个声音:知道吗？我的孩子,物换天移,万事万物都在变,唯一不变的是变化本身。当为爱而别离时,应该坦然地笑对,挥挥手,不说离愁,也是一种泰然的处世态度,更是一种潇洒的人生境界。挥挥手,不说离愁,也许明天的太阳更灿烂,明天的彩虹依旧美丽。

最爱我的人去了

王新龙

清晨,太阳还藏匿在地平线下时,我辗转反侧了,起床打开电脑,将存在电脑里的诗歌、散文、小说,一篇一篇打印出来,放到阳台上,将它们一张一张焚化成灰,烧给远方的你。

看着那被风触动而闪烁的火焰和飞舞着的灰,泪水逐渐淹没了我的视线,“远,你看到了吗？这些都是你亲爱的傻丫头含泪写成的文章,你慢慢看吧。天堂里有眼镜没有？我记得你走的时候眼镜掉到地上摔坏了。”

我到房间拿纸剪了一副眼镜，也将它烧成了灰“没有眼镜，你400多度的眼睛可以看清楚吗？”

“远，昨天晚上我梦到你了。我知道你一定也在想我。你说过，不管你到了哪里，每晚，你都会化作风儿，守候在我窗前。我真的看到你了，你怕吵醒了我，静静地躲到了窗帘后面。你别和我捉迷藏好吧？”

“傻丫头，猜得出我是谁吗？”每次我找不到你的时候，你就蹑手蹑脚的跑到我后面，蒙住我的眼睛问我。

“我说过不准叫我傻丫头的，要叫我方老师。”我正色道。我比你大三岁，整整大三岁啊。可我的心里，是多么渴望想你叫我傻丫头啊，就是叫上一千年一万年，我也是一样喜欢。

“我们不是说好了？有人在的时候我就叫你方老师，没人在的时候就叫你傻丫头。”你翘起了嘴。这个时候，我才发觉你真的像小孩子一样。

还记得第一次见到你的时候，觉得你真像小孩子一样。

那天，我在宿舍大搞卫生。过两天就要开学了，我是班主任，我必须要在学生报到之前把我的宿舍整理好，要不，到时学生来了，乱七八糟的事太多，会应付不了。

我把房里的垃圾统统扫到走廊上，这时，看到你背着一个大大的包，一手拖着一个旅行箱，一手提着一个旅行袋，来到我的隔壁，看了看大开着的房间，眉头紧锁，很无助的样子。架在鼻梁上的眼镜也一脸得无奈。

我们学校穷得连教师楼都建不起，单身教师都是住在教学楼的单身宿舍里。宿舍是一个小小的房间，外加一个洗手间，一个小阳台，厨房都没有。你那间宿舍是一个结婚不久的老师腾出来的，早上才搬出去，不过是满屋狼藉。

看到你无助的脸，我动了恻隐之心：“你是刚分配来的新老师吗？我

姓方,喊我方芳。你就叫我方老师吧。”

“我姓毛,喊我毛远。毛主席的毛,远方的远。”你羞涩地说。

“呵呵,是毛主席的后代啊!”我笑了:“不过不管你是谁,到了这里都要自力更生的。先把行李放我这吧。来,给你扫把,先去把房间打扫一下。”

在我们齐心协力下,你很快就把房间收拾好了。而后,我带你去买了一把新锁和一些生活用品。

教师会议开过之后,我们便各自忙起来了。我是班主任,太多的琐事要我处理。你是新来的,忙着熟悉新环境,忙着备课。

我和你教同一级,我教语文,而你教历史。

你真是一个相当有影响力的老师,很快,你就和学生融在了一起。

你说,你刚站上讲台时,心理特别紧张。当你向学生介绍你姓毛时,有调皮的学生就起哄:“毛豆,毛老师是毛豆。”

同学们大笑了起来。

学生们的哄笑,反而让你消除了紧张的心理。

随后,你也跟着笑了起来:“对,就是毛豆的毛。想当年,毛主席他老人家也非常喜欢吃毛豆的。”接着你就大说特说毛豆的好处,毛主席是如何的喜欢吃毛豆。学生都知道你是在瞎编,可他们竟然津津有味地听你瞎编,真奇了怪了。

我说:“你别误人子弟,口若悬河。”

你笑着对我说:“我跟学生说了,毛主席喜欢吃毛豆根本没经考证。历史上又没记载。”

跟你相比,我就没那么好命了,常被那些调皮的学生气得要命。

我们学校不是重点学校,学生的顽皮可是出了名的,老师们都不想当班主任。我也是被校长赶鸭子上架,在来这个学校的第二年,就当上了班主任。谁知“一失足成千古恨”,没办法。就这样,做了两年。

今年,我接新班。一听到说是接新班,我就头痛欲裂。

果然不出我所料,开学才两个礼拜,学生就给我了个下马威。

那天,我正在上课,趁我转身在黑板上写字的时候,不知是哪个调皮学生，将一条毛毛虫放到我的讲义上，当我回头打开讲义的时候，手就碰到了毛毛虫，吓得我跳了起来，书本、粉笔等统统被我弄得掉到了地上。那条毛毛虫也被我不小心甩到了前排一个女学生的衣服上，那个女学生叫了起来，那帮调皮鬼就趁机起哄，一时失控了，课堂秩序混乱，无法再继续下去。

晚上你来看我时，我眼泪忍不住就掉了下来："我没法上了。这个班主任我当不下去了。"你了解情况后，对我说："傻丫头，这一点事就难倒你了？你不是要向那些小鬼认输吧？"

你竟然喊我傻丫头。

哪有的事！当然不会，按我的性格，我怎么会那么快就屈服呢。

后来，还是在你的帮助下，那帮小鬼被我修理得服服帖帖的，我嘴里不说，其实心里挺感激你的。

你课上得很好，学生们都喜欢上你的课。

校长也很器重你，很快，这一推理便得到了印证。第二个学期，你就当上了学校的团委书记，兼学校广播站站长。

你真能干，不仅是在团里，就是广播站都被你搞得有声有色。

你动员学生们积极踊跃投稿，还把学生们写的一些优秀的稿件拿到县广播站去，或者投到县报、学生报等刊物上，有好几个学生的作品陆续被刊了出来。学生们的学习兴趣空前提升。

你知道我平时也喜欢舞文弄墨的，就动员我写作，还开玩笑地说希望我成为第二个茅盾。

虽然你比我小三岁，可很多事你处理得比我还好。

鬼使神差般，我对你竟有了依赖感。

课下，我和你拿了电饭煲在宿舍煮饭吃；闲时，我们一起打乒乓球、羽毛球、爬山，还一起骑车去水库钓鱼呢。

我的针线活很差，你常常取笑我说，哪有女人像你这样，缝扣子都缝得那么差。你一边说一边拿过我的针线帮我缝。你缝得确实比我好。你说你还会踩缝纫机，可惜我一直都没机会看到。

没有人在的时候，你常常叫我傻丫头。

没人知道我们的关系,我和你像恋人又不像恋人。

在这样的小镇,找一个比自己小几岁的人做老公,会被人议论一辈子的。

我们也是凡人。虽然我们为人师表,可也不能免俗。

我们就这样开心和谐地做了两年邻居,同事兼恋人。

我是父母的掌上明珠,两老就只有我一个女儿,而且他们都住在县里。

当初在我被分到这小镇的时候,他们就心有不甘。

终于,5 年之后,他们还是想方设法的把我调回了身边。

回城后,我非常郁闷。这时,你经常写信鼓励我,叫我一定要坚持写作。你说你很欣赏我的文笔,说如果我放弃写作的话,你会很心痛。

因为你的缘故我没放弃。虽然开始写得不是很好,但是我知道,我应该写下去。

我的努力没白费,有报刊终于开始刊出了我的文章。

可这时,我们的通信却越来越少。

后来,校长来县里开会时碰到我,才知道你患了尿毒症,在市里留医,已经到了晚期,日子不多了。

我听后,整个人都昏了,后来是怎样回到家的也都不记得了。

远,你真傻,为什么不告诉我呢?怕我担心?难道你就那么残忍,连最后一面都不愿再见我?

我赶到医院的时候,你已经不能说话了。

看到憔悴不堪的你,我无论如何不愿相信,这就是以前我看到的那个腼腆的毛小伙子?

天意弄人,不几年时光,就把一个活蹦乱跳的小伙子变成了这样。

看到我来了,你眼睛一亮,可就一刹间,又暗淡了下来。

你走的那天,天空下起了倾盆大雨。

我清楚地记得,那天,我是冒着雨赶到医院的。

当我浑身湿淋淋地走进病房时,你惊觉得睁开了已睡着了的眼睛。

你看到了我,想坐起来,可却坐不起来,你妈妈和我都忙过去扶你,忙

乱间，把你放在床头柜的眼镜碰掉了，摔碎了。

你示意你妈拿了干毛巾给我，待我头发擦干了，你突然说话了："傻丫头，下雨就不要来了嘛。"

虽然声音很小，可我和你妈还是被吓了一跳，你居然可以说话了。

你妈要去叫医生，被你阻止了。

你说你想和我单独呆一会儿。

你妈掩上房门出去后，你说："傻丫头，你过来抱抱我好吗？我很想在你怀里睡觉呢。"

我拥着你，眼泪就像断了线的珍珠一样仍不停地往下掉。如果眼泪可以拯救一切的话，我愿意。

你说："别哭了，傻丫头，生老病死，是自然规律。我走了，你要坚持写下去，记得每年清明，把你写的东西的烧给我，我要看。还有，要快快乐乐地生活，要坚强地去面对一切不准总是哭鼻子了。我不在的日子里你要学会照顾自己"

我不停地点头答应。

过了一会，你有气无力地说："我累了，想躺一会。"

"睡吧，我抱着你睡。"我已泣不成声。

你安静地闭上了眼睛，却再也没醒过来。

远，你就这样离开了我们大家。

你知道吗？我好想你，你的学生也都很想你。

有人说，你所爱的人去了，如果你想见他，只要你把他最喜欢的东西烧给他，他就会回来看你。

远，我想见你。我的东西你收到了吗？我多希望，我可以能化作一瓣瓣的花瓣，幽香在你回来时必经的路上。可我知道，我不能这样，因为你不喜欢。

因为你说过，一个连自己的生命都不懂得去珍惜的人，根本就没有权力去爱别人。远，你放心，傻丫头以后会更加坚强，再不会总是哭鼻子，而且我会让我的未来过得充实而美丽的。

心若游丝

赵德斌

如烟最近变得很不快乐。

看着深秋的落叶，如烟都会无限感怀，任由思绪乱舞，常常感觉心里空荡荡的，就像那深秋飘然而落的梧桐叶，不再有动人的光华，只是无可奈何地飘下，飘下，早就迷失了自己原有的方向。

今天中午，如烟着实让同事们吓了一跳。虽然同事们早已习惯了她时常阴晴不定的情绪，但午餐后热烈讨论着家常琐事的同事们还是被吓到。

轻轻悠悠的乐曲荡漾在午后的阳光里，有点迷离的味道，但在这略显寒意的初冬，仍有些许暖意。如烟就在这样的午后流泪了。起初，如烟只是悄悄地躲在属于她的角落落泪；她只是轻轻地用指尖划去一两道泪痕。但当她流连于论坛，不经意间看到了那篇《婚姻如茶》后，那虽经控制却再也泛滥不出的泪再也无可抑制地滑落了。如烟不知道，同事们早已骇然停止了喧哗，早已对她侧目而视了。正专心下棋的清幽与如烟隔得很远，也立刻走过来，想说什么，但看到了屏幕上的帖子，无声地走开了；办公室的冷姐姐（同事们一向这样尊称）竟意外的轻轻地叹道："唉，真是性情中人！"然后，大伙儿像是要给如烟一个清静，各自做事了。稍顷，大伙心领神会便各自散去，但同样的轻轻悄悄。

《婚姻如茶》确实让如烟想起了不少尘封的往事，但只有如烟明白，她并不是因为这才流泪的。虽然，如烟也知道，同事们一定很奇怪她为什么这样反常，而且会给同事们带来不快，但那泪还是悄然落下了。如烟也奇怪，为什么近来那样常常落泪。

如烟的不快乐在日子里一直呈现，真要让她说一说究竟是为什么，也许她也说不出个确凿的理由。不过，最让她感到悲观与绝望的是昨天晚上。

“假若不是因为需要，你也许永远也不会想到我了吧。”在昊摸索之际，如烟小心地试探着。“别破坏情绪。”昊简短地说完这话后，便不再作声。而如烟也没再作声，只是任由昊的双手来回地游走。

迷乱之际，如烟仍是觉得昊太令让她失望了。如烟不由地就想起了她与昊的点点滴滴。初次见到昊时，他是健谈与阳光、是粗犷与细心、更是自信与实在的化身。这就是那么多年来，如烟都梦想遇到的白马王子。现在想来，如烟是看到昊的第一眼就被征服了的，以致于抛弃了所有的传统经及多年来所受的教育。

当初母亲对昊有极大的不满。即使是这样，如烟早早地把态度给挑明了：即使昊不爱她，只要昊要她，她也要跟着昊。如烟直至今日也没有想明白，究竟是什么力量使一向以乖乖女闻名的她有了这么强烈的叛逆心。

如烟永远不会忘记，她带着昊去见父母亲时，母亲的两个“不配”没有把一向自恃的昊击垮，不过这反而更刺激了昊对如烟的好。各种刁钻古怪的问题昊都能巧妙地回答了，而且极有诚心，不卑不亢。那种感觉如烟至今也没有忘记，她真的感觉到了一种前所未有的幸福。那种幸福感，几乎要把如烟淹没了。那种幸福，在父母亲、亲戚朋友那里无从寻找，但却充斥了她全身的每一个血管。

虽然，背叛本身便是一种折磨，如烟有时也会为家人对她一次又一次的失望而痛苦，但如烟只要想起昊温暖的怀抱，就会油然而生莫名的欣慰与快乐。如烟常想，也许正是昊面对困难不低头的倔强和昊对她如父兄般的呵护，才使她毫不犹豫地选择了昊。事实上，如烟也巧妙地利用了父母亲，因为她知道，一向最疼爱小女儿的他们是不会为难她的。所以，父母虽是满心的不愿意，但如烟却着实有一个风光的婚礼。

婚后的生活虽平淡却甜蜜。在昊的百般呵护下,如烟真真切切地感受到了幸福的所在。昊像疼爱任性的小女儿一样,捧着如烟,就连饮食起居这些,昊也一律承包。尽管这是如烟作为一个妻子应做的份内之事。如烟在家里唯一做的事,就是提意见,而昊全能一一接受。如烟常想,真的是难为昊了。说真的,昊从小也是一个"衣来伸手,饭来张口"的公子哥。如烟父母常常来看她,也为昊能够这样照顾她而感到了欣慰不已。

这样平静甜蜜的生活一直持续到孩子出生。

孩子的降临,是如烟和昊夫妻俩渴盼已久的一件美事。为了孩子,昊不顾整日的应酬,咬牙戒了多年来的烟瘾,甚至连最爱喝的可乐都能够忍痛割爱。记得如烟怀孕那阵子正是七、八月间,不用上班,在家里休息。虽然昊工作忙得顾不过来,但中午的那一餐必是昊顶着炙热的日头,赶去菜场买了鲜活的鱼虾等极富营养的小菜回来,再亲手做好炖好,亲自端到如烟的面前。那时同事们羡慕如烟。如烟常听着同事们对昊的赞美,羡慕不已。

不过,幸福总是短暂的,孩子的降临让如烟感到了前所未有的恐惧感。由于昊不再关心她了,昊现在最为关心的是他的事业跟孩子。白天他们各自上着班,本来如烟每天都可以收到昊询问的电话或短信的。但现在往往是如烟给昊打电话,电话却总占线;如烟给吴发短信,却是没有反应。有时候,如烟也会问昊有没有收到她的短信,但昊总是板着脸说,整天玩这些无聊的东西,你不烦吗?有那个时间,还不如去抱抱孩子。如烟常被昊说得一言不发。最让如烟难过的是,那次如烟给昊发了一个自创的充满温情的短信,昊回家后居然对如烟说,你就整天想着这些男男女女卿卿我我的事吗?今后少给我来这套。可怜的如烟当时就蒙了,孤单垂泪到天明。

现在的如烟,却过着十分凄苦的生活:常常一个人面对着孤灯,守着熟睡的孩子,等待着昊的归来。在如烟的心中,一切都变了,昊虽然没有跟她吵跟她闹,但说话的语气、做事的态度、对如烟的要求都变了。如烟从来就没有感觉到生活还会这样的不自由。更让如烟气愤的是,昊又抽烟了。刚开始的时候借口是应酬,只在外头抽,但后来却越抽越凶,在家

里、公共场所也抽了。如烟真的很看不惯昊在公共场合抽烟的样子。但昊却从来都不听如烟的劝告。说急了，如烟会把儿子扯进来，让儿子也劝昊不要抽烟，昊总是口头答应得很好，但过后却照抽不误，而且还当着孩子的面抽烟，口口声声地说这是最后一次。有好几次，如烟想跟昊好好地谈谈，但昊总是晚归，总是推说工作很累，倒头就睡。每当这时，如烟总是难过得想哭，但却总也不敢流泪。因为她明白，在昊面前流泪，是最不明智的做法。因为昊最讨厌的女人流泪。如烟的眼泪不但不会让昊醒悟，而且只会让昊对她更为讨厌。如烟也曾想过要跟昊大吵一架，但却始终也没能学会，更没敢跟昊大声说过话。有多长时间没跟昊好好地聊聊了，如烟不记得了。如烟不知道，她这样的生活还要持续多久，她还可以支撑多久。

如烟正在这样想着，记忆的闸门被打开了，她想着她与昊认识以来的丝丝缕缕。想着这些，如烟就会心痛。真的，也许如烟自己都无法相信，怎么会对以往的点点滴滴有这么好的记忆。如烟难以置信，自己会有这么细腻的情感。她只知道，昊在她心目中的位置是崇高与神圣的。但是，昊却在渐渐地远离她，渐渐地无视她的存在。如烟好想好想跟昊好好地说说话，哪怕只是聊点工作也好，好想好想扑到昊的怀里，可以像以前一样撒娇，听昊对她说“我爱你，我会守着你一辈子”，如烟也好想好想对着昊唱《一个爱上浪漫的人》，一起聊聊浪漫的事，一起想着夕阳西下时两人携手漫步于江边的背影，一起想着白发翁郁时互相数着黑发的温馨，一起想着含饴弄孙时两人的小小的争吵。

然而，如烟感到迷茫，这种温馨的生活，终究如梦一样化为泡影了吗？这样的生活是不是只在记忆与梦想中能够拥有了。

孟庭玮那空灵的《无声的雨》又带着熟悉的旋律来到了如烟的耳边，如烟想跟着一起唱，但眼前却闪现了昊那双冷酷的眼。

如烟的心也寒了，只是从喉头口挤出了一丝干涩的颤音。如烟想关了这恼人的音乐，抖动着手指，却几次未能成功。

“回忆总是美好的，还是活在回忆里吧。已经有了回忆，即使没有未来，我也心甘了……”如烟这样想着，放弃了再努力，任由那歌循环往复地

飘着，任由那雨无声地落着，任由那泪悄悄地滑着，任由那心孤寂地游向昊，游向她的爱人——那个曾经那么爱她的人……

竹村听笋

李光辉

人们对除夕之夜不绝于耳的喜庆鞭炮声肯定都有很深刻的印象。如果这噼噼啪啪是由春笋集体发出来的，你会神往吗？攀在江西宜春市，站在宜春台上翘首四望，远近山水灵秀动人。东边一带丛山，更是植被莽莽，葱葱郁郁。就在东边丛山之中，有一个“湖南村”，村中几乎全是湖南人。笔者初次去时，大感惊异，分明是在异地，却处处是乡音。除了奇特而秀丽的风景之外，村里风俗人情竟很少带有赣味，就像一个沿着浏阳河迁徙至此的部落，真有点陶渊明的意境。据嫁在那里的姑妈解释，湘人谋生至彼，先后定居下来，由于老乡关系，聚作一起，渐渐地竟将土著的江西老表挤出了祖居地，变成了今天的状况。无论如何，这都称得上人口学上的一个传奇的话题。

那年的春天，当我跟姑妈赶到那里时，村庄在夜色的掩映下隐去了真容。只感觉身边到处尽是莽莽的林子，黑黝黝的让夜更加深不可测。连绵的犬吠声使人心中充满了恐惧。由于旅途劳顿，我已劳累不堪。吃过饭洗过澡后姑妈便安排着我睡觉。掩房门时，她说：“明早迟点起来没关系，今晚你可能会睡不着的。”我心想，这么困了，怎么会睡不着呢？也没有去细问姑妈的意思，倒头便睡。

半夜，我竟被一阵“噼啪”之声惊醒了。在迷糊的当儿，还以为是哪家在办喜事，也没太在意。谁知过了可长一段时间，这“噼噼啪啪”兀自不减，且有愈演愈烈之势。我心中觉得奇怪，左右尖耳仔细听了数次，仍听不出个究竟来，倒把竹床摇得吱呀吱呀叫。姑妈在隔壁听到了动静，说：“伢子，睡不着了吧，那是山上正在长笋呢。”

听说竟是长笋,一种莫名兴奋充斥了全身,马上就无睡意全无了。原来植物也有足音啊!我已无法抗拒那声音的诱惑,敞开心灵,开始让心跳与之共频。

陌生村落的夜,横亘着长长的时间的幕帏。我飞翔的耳朵,像一只轻快的小鹿,追逐着群声的方向。噼啪!噼啪!忽远忽近,时疾时徐,那毫无章法的拔节声,却总让我耳不暇接,以至迷失了方位感。只觉没有一个理想的比喻,可以匹配它们,没有一个满意的句子,可以推敲它们的秘密。慢慢地,总算让我找着了规律:那笋声,总会在如雨脚般一阵密不透风的敲打后,有一声特别响亮的"啪啪"声,高低起伏,抑扬顿挫,接连不断。心想,那低而密的雨点,一定是许多较小的笋在蜂拥持挤出泥土,宣告自己的诞生。而那大爆声,定是一根大笋猛的推开了坚硬的岩石,才会来得这么清脆,响亮。破土而出的思想,穿透了夜之黑。一年之计在于春,春笋,它们都开始启程了。憋足一口生命的真气,走过了冬天的漫长的道路,它们拱出大地母腹的步伐浩浩荡荡,泼墨写意成了岁月的流声呢。我禁不住感叹。

姑妈好像感觉出了我的兴奋,突然又加大声音说:"小子,小心你床底下有笋把你给掀翻。"我一惊,说:"这么厉害啊?"姑妈呵呵一声:"当然是跟你开玩笑的了。不过我们村以前是发生过这样的事情的。"可以想象,经年的孕育,那竹根一定已错综复杂交织成了大山坚硬的外衣。它们伸出山脚,就是布满田野并非不可能;顶倒墙根,破出居室也不是不可能。

大约已是凌晨两三点,季节的大手依旧不停地在挥针走线,缝制出浓郁如酒的夜色。在夜色里泅渡的天籁,依旧纷纷扬扬。嚓嚓,啪啪,音符仍有拔高之势。繁密的音节,和着动人的乐章,那是春天真正意义上的赞美诗啊!听到出神处,恍觉自己是宿在海边。那海浪的歌声一路拍打而来,小屋竹床似在微微晃动。忽然某个时候,我想到把它当成一首交响乐曲来倾听。这样的倾听,果然更觉美妙。分明听见低音浑厚,中音深沉,高音激昂。又似看到了天地鼓起的腮帮,在拓宽排箫的广阔音域,使这繁响比大块噫气还要雄浑激昂。

群声杂起的深处,便是沧海桑田的流向么?

我知道,这回响的跫音,将长夜不央,我的感慨,也将长夜未央,索性坐起来倾听。隔壁的姑妈看来已睡了。这声音于她们,倒真是真正的大自然催眠曲呢。我偶然想到了一个比喻:大地的咀嚼声。想着,我似乎听懂了这声音里的深长意味。在这样充满希望的声音里,一切人生的苦难与爱的历程,都将趋于平淡,呼吸芬芳。在这样的倾听里,生命变得崇高纯粹。在这样的倾听里,我学会了真诚、友爱、淳朴。我知道,以后面对沉默的大山,缄默的植物,我已懂得了欣赏,懂得了谛听,知道了敬畏。

天地渐次苏醒,群山依然睡意朦胧。而我也终于沉沉地睡去。

日上三竿时,我起身,便往屋后的山头冲去。密密的笋林中,我只能迂回渐进。身边的笋儿,披着一身泥土的生腥味,给人一种目睹生命分娩后的激动。等到山顶时,我也披满了一身泥土的清新味。我竟然喜欢上这种味道了。

向远处眺望我的眼前是竹的海洋。只见村前村后,山麓山坡,到处都是密密的竹云。不知以何为动力,从房舍间就已起步的竹浪,密密麻麻层层叠叠向山头铺天盖地而来。人如身在钱塘江边,山风拂来,潮头涌起,避之不及,因而溅湿了许多绿色意象。

俯瞰之下,但见村子三面环山,一条马路从西边东张西望出了村子。三面青山都是富士山形,彼此相连,不突不峭,也无洞无穴,给人一种稳重端庄之感。绿色波浪起伏,传来一阵阵隐隐的涛声。那涛声,不觉中连着了井岗山的旗语。这时,我觉得整个村庄像极了贺龙元帅手中青烟袅袅的烟斗。掬一缕白云,便可闻到湖南民俗在江西山水的炙烤中发出的浓厚醇香。

伫立良久,我陶醉于竹涛中春笋零碎的拔节声合奏的天籁。跟着春天律动的脚步,不知归路……

谁在望归

李华伟

年关已悄然而至，又有多少人在扯长脖子相望啊。又有多少因为思乡心切望眼欲穿。

离开家乡的最初十几年，我从未在外过年。别无其他，我就是喜欢那种历尽艰难后归于巢之温暖的感觉，更喜欢被母亲欢天喜地地第一个发现时，那种突临的幸福袭于心头有说不出的幸福感。

记忆中年关归家，大部分天气都是大雪，而其余是泥泞。买车票要排队要挤，乘车时更要挤，这对晕车的我来说，简直是人间之一大灾难。奇怪的是，每到那个时候，我却都是充满力量一刻也不耽误，而且有了舍得一身剐的勇气。出发前，常在脑海里闪过这样的念头：只要车在向前走，就算是瘫着，我这副皮囊颠簸几个小时又有什么关系，到家了，就可以看到思儿心切的娘了。

记得是上大学后，我才慢慢地发现了一个规律：每次回家，到了村口，都是母亲先发现我或者我先发现母亲。她不是在山脚砍柴，就是在地里寻菜，要么是在塘边挑水捣衣洗东西……发现这些后，想想心里也就明白了：一是母亲大都知道我回家的日子，二是她能根据车次、路程、天气知道我大概到家的时辰。所以她总能安排好自己手头的活，在儿子将近时，到户外保持一种边劳作边守望的姿势，构筑孩儿心中永远最美的风景。

今冬虽无雪，一片飞絮也能勾起思念之痛。那颗飘荡流浪的心，又如何能逃脱那依稀可见的眼神的温馨？

最近这些年，我回家次数少了。工作太忙，但主要是因为母亲总是选择秋冬季节在我这儿长住。这次，她就回老家刚刚一个月。但不知为什么，今夜，我又不觉想起了娘亲在村口望儿归的表情，记起了那次大雪里比较特别的归家，有了一点回老家看看的欲望。

八七年冬天，我在读高三。一场特别大的雪把通往山外老家的一片原始森林里数以万计的树枝压断了。我就是在那断节声如喜庆爆竹的时候，踩着厚厚的雪蹒跚而归的。雪虽不是最大最密之时，但绵绵的雪花依然像扯开裙子的飞，依旧很壮美。

我步行是从离家十二里远的小镇开始的。大雪封山，车子无法穿越我们村的奇险马路，我只好走小路。这样的天气步行其实一点都不冷。离开了那又挤又闷的车厢，心情真是爽极了。在离家还有五里路的地方，有一个长长的坡。距离很远我就发现了有个人挑着一担重重的柴禾在慢慢爬坡。黑黑的一点动感点缀在那皓白的风景里，顿时使天地活了起来。

我在想，是谁这么大雪天还在砍柴呢？如果他可以回头看到我的话，我是否也是他风景里动人的点缀呢？忽然，一声熟悉的“亮儿——”传到我的耳中。在那静极的旷野中，我娘亲的声音是那样清脆而温暖。当我抬头寻去时，才发现刚刚那匍匐的身影就是母亲。她放下柴禾，拄着一根不规则的树棍望着我的样子，看得我心里一阵发酸。她那头上略为松散的黑围巾，在冬之冷风里飘动着，也撕裂了远天之一角。

可怜天下父母心！原来，母亲算准我只能走小路，又想趁着机会弄几担好柴，早早地就来了。坎坎坷坷之中，不觉竟然捆扎好了五大担。因为迟迟没等到我，她便决定一担担往家里挑，每挑一担往前一里，又放下来挑后面的。这样，五担柴禾不仅可以慢慢往前挪，她还可以不时的回头望望。

知道这些后，想起了母亲守寡三年来送子上学的含辛茹苦，我的眼泪不由得夺眶而出。

然后，我们母子俩就挑着五担柴，一步步走近那一年的年。那种来来回回，互相能张望又可嘱咐，能使归家过程按心之所想延长的方式，就像某种虔诚的膜拜仪式。令人难忘的是其过程，让我感受到了母爱的浓重与酸涩，有一种依靠着母爱缓缓贴近亲情的彻骨之感。

世间，谁不感动于村口巷端水浦桥畔的那些来来回回呢？谁不感动于那来来回回的目光，来来回回的足音，来来回回的呼唤，来来回回的期盼，都是远方的繁华洗不尽的甜蜜。

落泪的幼师

王新龙

我的儿子毕业了。

这是属于儿子的第一次毕业，也是在儿子的幼儿园时代最后一次风风火火地接他。看着儿子拿着的毕业证书，我在心里暗笑那四个烫金大字。这也叫毕业啊。

但是，儿子却不那么乐。他在我耳边说："爸爸，为什么杨老师和李老师都哭鼻子?"我抬头看去，果不其然，两位老师眼圈红红的，用纸巾在擦着。她们神情落寞的望着渐少的孩子。

这神情直刺得我心里发酸。

我掏出手机："头，我请2小时的假。"

电话那头说："开什么玩笑？这么重要的会议你要请假!"

"我这里有更重要的事，回来和你解释!"我怀疑我的声音已近似低吼。

我对儿子说："你去玩滑滑梯、蹦蹦床，随便你玩。"旁边的几位家长却还以为我是想让儿子最后再疯狂一次，纷纷效仿我。其实，我是在试图想让无邪的天真慢慢淡出那模糊的泪眼。

两个小时，我第一次这么耐心、陶然地听清了童真在心灵的芳草地踩过的声音。

我也曾教过几年初高中毕业班，也曾和学生们打成一片玩在一起，也写下过"一树离愁凋零成漫天风絮。辞

行的镰声把心割痛，孩子的笑声远了远了远了”的这样的句子。但我明白，我眼眶里的液体远不至于滥成九八年的那场洪水。

刚开始把两岁多的孩子交给这个陌生的幼儿园时，心中是充满怀疑恐惧和不安的。其时，南昌某“贵族幼儿园”失火，十几个可爱的精灵瞬间被死神夺走。更何况我们这是设施、条件再普通不过的幼儿园呢。后来，有一次经历使我相信，她们比孩子的父母更称职。那一次，因为误会，我们三个大人一直到晚上七点都还没有谁去接孩子。当好不容易打听到李老师的住处后，门开处，一副感人的“母子同乐图”映入眼帘。孩子吃饱后洗过澡，正在“妈妈”的怀里笑。

然而，两小时也只是时间长河里的一瞬间。我们终于还是狠心地夺走了“妈妈”的孩子们。整个暑假，那落泪的镜头都占据着我的心。

转眼又到十月底了，要开学了。我已开始如孩子般，渐渐熟悉了那新的老师，淡忘了从前。

前几天，在路上又碰到了李老师，老远就听她在高唤：“你家刘傲的学生手册和一个纪念品文具盒还没领取呢。”我心想，孩子已入了新的册，文具盒也有了豪华型的，那些还有必要吗？看着她认真的样子，最终还是转道和她去了幼儿园。

文具盒很简陋，相信孩子不会看上眼的，而老师递给我时却十分宝贝似的。当翻开学生手册时，我惊呆了。她们最后一学期打的评语竟然很工整的写了三百多字，对孩子的性格、长短处、可发展方向进行了很细致，很具体的分析，并提出了建议。要知道，进行九年制基础教育的老师打评语一向都是“该生热爱祖国，遵守纪律，尊敬老师，团结同学……”的八股式啊！尤其毕业那一年，更是基本上不打评语的。

“您的孩子很聪明，好好培养，会有出息的。”临走时，蓦然回首，我竟然再一次看到了那一双红红的眼睛。

这时，我知道我眼圈的红色也在加深。

幼师，严格意义上可以说是并未被社会普遍认可的老师。可我在想，工作的意义，既便是能在卑微处干出认真和真情来；人生的意义，便是在无人喝彩处，也能活出洒脱来。

炒米糕和荷包蛋

李光辉

下班好一阵子了。当我拖着疲惫冲向街头时,天已渐黑。鸟儿都早早回了巢,天空已没有流羽的痕迹。

还好糕点坊还没有打烊。

我递过去3元钱,一言未发。糕点坊的老板娘称好6两共8小块炒米糕,递给我,一言未发。不知从哪天起,我与她之间的默契竟如此般。

因为母亲爱吃炒米糕。我也记不清什么时候发现她有这爱好的了。大约从我10年前参加工作起,便懂得如何孝敬她了。6两,是长期实践摸索出来的。一是能保证吃得鲜,二是可有效保脆,不至于吃到后面润掉了;8小块,能确保她每天吃两块,而且吃得恰到好处。

我知道,等一下母亲又要说:"怎么又买了?这么贵,歇一阵子没关系的。"然后我笑笑,也不回答母亲的话。而母亲也会略带笑意,习惯于我的不回答。随后我会很陶然的看着母亲把塑料袋口解开,用她那只需一个手指的特殊的打结法,把袋口重新扎紧一下,母亲扎的绝对的不透气儿。那常常是我们费尽心思也无法打开的结。我相信即使放几个月,炒米糕也不会潮润。

吃过饭后,稍微休息了一下,我又可以带着欣赏的心情,看母亲利索地打开她那有个性的结。我喜欢看她一手往口里送,另一手在下面小心地接着细细品尝的姿态。喜欢看她眼角的水波般的皱纹一圈圈荡漾开去。

这时我的脑海里就会冒出一个念头:母亲现在五十几,活到八十几时,我买给她炒米糕的次数,能追上她在饭底为我藏荷包蛋的次数么?

也许是因为在娘胎里时,跟着母亲吃了三个多月的红薯杂粮吧,以至于少时的我体弱多病。小手臂十分瘦,所以外婆把它比作"灯芯杆子"。

听母亲说小学三年级时，我竟因病只读了一个多月书。好像在人们惶恐于地震的那一年，伯父带着我坐火车赴邵阳看病。回来后，在母亲看我的眼神里我看出多了一丝慈爱和怜悯。

从邵阳回来的那次晚餐，至今让我记忆犹新。当我把饭吃到一半时，突然发觉了一点点黄黄起着皱的东西。很具有香辣敏感的我，我已知道那是荷包蛋。当我抬头向母亲望去时，只见她朝着两个正埋头吃牛皮菜的弟弟使了使眼色，示意让我隐瞒。一阵惶恐过后，那鸡蛋下了肚。

那时的家境是很窘迫的。记忆中，我们兄弟三人过生日的模式保持了至少十年以上。即遇上一个人过生日时，母亲总是不多不少煎五个荷包蛋，"小寿星"吃三个，过"搭生"的各一个。若平日里，荷包蛋于常人绝对是难得一尝的。然而，自那晚之后，母亲至少每天都要让我有一次惊喜。那可不是像今天饲料鸡蛋，而是真正的土鸡啄虫草之精，聚集了营养之精，精心营造而来的那种特香特黄的鸡蛋啊。

蠕动于米饭深处的竹筷传递的温暖，每每由竹筷再经指间旋即抵达心魄。

米饭里的秘密一直隐藏到我十五岁那年，由于外出读高中，才告中断。那时父亲已不在了，家境依旧寒苦。好在我的身子在暗暗滋养的爱里，渐渐硬朗，已能经受得起外头的风雨了。

不过，每次出发，母亲仍要给我煮几个蛋，塞进行李里。鸡蛋，这种包含天地乾坤深意的东西，已经成了我母爱的代名词。

在我读高中到大学的七年里，因为距离，也因为忙碌，母亲仅仅来过我的学校一次。那是发生在我高二的那个大雪天。那次大雪，把学校与家之间隔着的一片原始森林里的大部分树木都压断了。当时，我的一本书忘在家里了。母亲为此竟在大雪中赶了二十多里山路，一步一个脚印的走了过来。

我根本没想到母亲会来到这。当母亲出现在宿舍门口时，她略点凌乱的头发直冒热气，左手拄着一根像是路上捡来的类似拐杖的树枝，右手提着一个深蓝色印花布捆着的包裹。在寝室刚坐下，母亲便从怀里掏出书来。我感觉到了书上有点燃烧心灵的温度。接着，母亲小心地解开包裹的蓝布层，又解开毛巾层，最后将手帕层解开。里面是一个披饭碗盖着的菜碗。当我试图去揭开覆着的饭碗时，有点颤抖的手的手指怎么也抓不稳。母亲笑了笑说："你肩不能挑，手不能提啊，要咬紧牙读书呢。"然后用她手上特有的摩擦力，揭开了最后的秘密。在同学们的惊奇声中，三个黄灿灿、香喷喷的荷包蛋赫然出现。

碗底的三朵太阳之花，照耀着岁月之寒。一生的温暖尽在心中。

那一刻，想起母亲冒着随时可能被断树断枝砸伤的危险，踽踽独行于林海雪原的样子，我眼眶里似乎有股汹涌的细流。

"伢子，你又在想什么啊？"我知道，我又一次失神地回忆往事了。其实，略怀反哺之心的子女，又有谁会不失神于既往的慈爱，感怀于眼前的皱纹呢？

也许，每个人的生命世界里，都有些简洁的粮食，简洁的细节，一粒粒灿烂，穿透人生的温柔部分。我愿意被这样的温柔，轻轻地穿透身体的每一部分。

跪下，谢过红薯！

蔡学利

红薯是我母乳的源头。红薯地是我生命的胞衣地。有谁见过满坡，满窖满屋，比成堆的包谷更为壮观的红薯吗？我是在母腹里，最初的胎动中，开始感受到那种浩大的堆积。妈妈说，我出生前一百天，家中的米坛见了底，正是地里那有点甜的红薯，提供了我生命最原始的营养。

所以，身尚且还是负值的岁数起，我便以一种曲膝的方式，感恩于红薯。

自然而然，当我赤身滚落于稻草时，红薯的气息、红薯的味道、红薯的典故，便开始晃荡于生命的摇篮。奶水不足时，母亲便尝试掐一点雪白的绵软的甜红薯，抹向我啼哭的嘴唇。据说，襁褓中的我竟然可以吃大半

个。红薯养过的孩子都是十分的胖的。

大约到了七八岁时，我开始读懂了薯地，读懂了粮食的基本含义。

薯地的形成非常简单。只要碰上雨湿地皮的天气，薯藤便在乡亲的剪刀中无数次腰斩自己，然后跟着一件蓑衣出门。不需要分行打窝施肥，随意一站，它们便于几日之间占据了一个又一个山头。生命的断章，夜宿山坡，薯苗的成活比白杨还要简单。只需两寸带一片叶的茎，便能落地生根。

不用一个月，薯藤便与泥土有了千丝万缕的感情。它们随意舒展着，织起了绿色的地毯。那山坡惟一的一件衣服。那时，为便于收割，我们一年要对薯藤进行两次整理，将之摆向同一个方向。在浩瀚的叶海里，我们用跪爬的方式，梳理着村庄辫子。

我们对红薯的料理，一直要持续到深冬，直到大山的深意在檐下、屋角、薯窖里堆积如山。那段岁月，在我的童年中留下一段美好的回忆。

在放牛时候有一个单膝跪地，用指头从地之一角刨出红薯，然后在石头上轻轻砸破薯皮，剥皮而啖的少年。那就是我，像是从地里蹦出的红薯。

最喜欢在寒冷的日子里，揭开薯窖的木板。父亲粗大的手将我放进窖封着温饱的薯穴。我便双膝跪在红薯上，捡满一篮，挂好钩子，父亲再把篮子提上去。

碰上较好的太阳，便会帮着母亲，在大石板上晒、收地瓜干。不知不觉间，我常膝跑在生活的甜条之间，顶礼膜拜。

只是，那时我还不知这些跪的姿势背后，有一层深意。后来，从一些典故里，我渐渐明白了：原来红薯是苦难岁月里一个饥饿的反义词，是足以和母亲相比的存在。

家乡的地名叫“山斗”，就是“山角斗落”之意，是湖南在张家界之外的又一“盲肠”。外用七个字形容吾乡字：弯弯红薯弯弯路。可在三年困难时期，正是因为弯弯红薯，使之成了逃荒者的理想之地。当时，有不少从弯弯路走进来的女子，就是以吃一顿饱红薯为条件，嫁在了山里。我们村有几个这样的例子。不但红薯能充饥，在挖蕨根、寻野菜的那些最艰苦的日子里，薯藤也是饱肚子的最好选择。当年，二伯家的一楼经年的薯藤，不知救活了多少频死者生命啊！据说，红薯地还曾成为过贫穷日子最后一道屏障。成堆的红薯与薯藤吃完后，人们还可以拿起耙头，从地里挖掘是不是故意遗忘的收成，经冬的残余红薯根，隐伏着生的希望、生的信念。

红薯就是以一种沉甸甸的姿态，果了那个时代的腹。

也许是因为幸运吧，我仅仅尝到了苦难的尾声。上学的日子里，从被窝里爬起，带上一个烤红薯或抓一把薯片，便可以出发。最终当我走出大山时，行囊里有了风干的口粮，负笈的理想便底气十足。有一些自豪之气，还充盈到了我年少时的对联故事里。高中时有一个语文老师曾出联考同学们："墨黑一砣白炭"。我还记得对的是"雪白两个红薯"。老师在赞赏之余，顺便又出了一"红薯联"给我对："无米常啃生红薯"。我应了"有酒时作太白歌"，老师很是赞赏。

有一种最好吃的红薯，叫黄心红薯。哪怕是后来上了大学，正是它，在异乡给了我着色的睡眠，甜蜜的梦。我喜欢于校园的夜半跪立于床头，伸手往包裹里搜索，喜欢看着薯片上薄薄淡淡的一层白，使我想起岁月的风霜。

如今，我这个母亲藤上结下的一点真实，彻底流落到了都市。每每看到街头的烤红薯摊，思念便会长成长长的藤，依然有着连接土地的向往。吮它成长，我一生的精神不再饥饿；吃它长大，我逆境的日子也会感到甜蜜。

有哪位朋友如我这般，对红薯、对母亲怀着心灵的跪谢呢？

悄悄照耀的爱

李华伟

终于在四年前，我家住进了楼房。

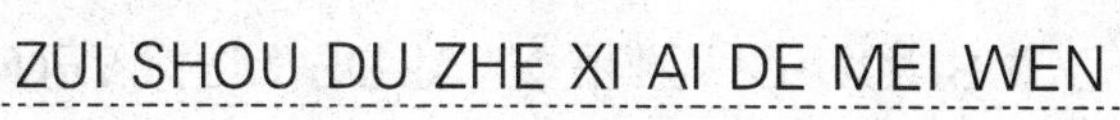

虽然是旧楼房，只有四十几个平方，但这对我们这些从乡下苦读出来，又在国有企业苦苦拼打了多年的农村子弟来说，可是一种沾沾自喜的幸福。苦盼的老母、苦等的妻子和略尝苦水的孩子都兴奋不已。

我没有想到，我家迁到这新桥村，对村里许多居民来说，竟也是一种幸福。搬家的那个周日上午，许多退休老师傅都来帮忙了，口里还说："秀才住进我们村里来喽！"原来，通过报纸上的文章，他们已对我竟如此的熟悉。

我那种感动，那种情感世界里的翻江倒海，只有读者才能够真正的体味。要知道，搬家时，除了帮忙的，其余的邻居基本上都出来了，投入了热切的、关注的目光啊。在现在的都市楼群里，这种邻里感情，何处可觅？

在当日众多关注的眼神中有一双就悬在卸货人群的正上方。可能因为是未来的隔楼正对的邻居吧，她的身影进入了我的眼帘。

站在二楼自家阳台上的她，约六十岁，身着浅灰衣服，大眼睛，脸色略显苍白。当我望过去时，她微微一笑。那笑，像冬日偶尔一露的阳光一般温暖。

安居下来后，我常常将目光跨过窗台上的虎皮兰，临窗远望，望村外的田野、河流和炊烟。大概喜欢舞文弄墨的人都有这个毛病吧。

很多时候，我们俩的目光在不经意间相撞，撞出了她浅浅的微笑。我也就共振出了浅浅的微笑。我们就这样打着招呼，从来没有借助过任何语言。原来，人生看似不可或缺的东西，也有可以不要的时候。

我们就这样游离于语言之外交流着，似乎这种交流已成了我们之间的默契。直到有一天，小周的抱怨使我发现了一个秘密，我才决意跑过去向她开口。

小周是一个我业务交往中结识的好友。他和我有着相似的人生经历。巧的是，两个多月前，他也如我一样，欢天喜地搬到了与我同栋同单

元的四楼,我们成为了邻居。

前几天早上,他在楼下和我攀谈时,抱怨说:“我们这单元连路灯都没有,怎么电力公司没有人管这事,每次上晚班回来都是碰碰摸摸地上去。”一楼的王师傅接口说:“这楼房20多年了,许多单元都是这样,几年没路灯了呢,修也修不到这里。反正大家也都熟门熟路,习惯了啊。”我觉得很奇怪:“怎么我住了几年了,在晚上回来的时咋没有感觉到没有路灯的不方便呢?”

说到这很让王师傅惊讶:“怎么你还不知道啊?每次你回来,老远就有声响,彭师傅一听到,马上就把自家阳台上的灯开了。可是小周上楼梯的时候像个夜猫子,她就不晓得喽。”我大为惊讶,连忙问:“哪个彭师傅?”

原来,那双经常和我对视的目光的主人就是彭师傅。原来,她把灯一开,正好把我归途中最黑暗的一段道路照亮。原来,几年来,我都笼罩在一种无声的心灵的普照之下。

我没有理由不跑过去致以真诚的感谢。

谈话之中,我更惊讶地了解到了彭师傅特别照耀我的另一个原因(虽然她也时常照耀别人)。原来她已过世的老伴是在我工作的报社的前身——文化处工作过(当然,老先生六十年代写得红火时,我还没有出生)。老伴过世后,儿女大学毕业后又都在大城市工作,一年难得回来一次,彭师傅大多数时间便活在对老伴对爱的回忆里。当我住进来后,提醒了她把老伴发黄了的作品集翻出来让我看看。她也就因为这种爱屋及乌的感情,把对关照我及家人上楼梯当作了一种特殊的职业。

翻着前辈的集子,另一种照耀又如约而来。不由深受感慨。

虽然,只有少数伟人能做照耀众生、照耀后世的太阳和月亮,但只要我们心中有爱、有关怀、有奉献,有美好的情愫,我们一样都是光源。你的光芒,对于他人来说,可能只是微弱的、冷色的、不能察觉的照耀,但这已足以让彼此通透,让小小的社会走向透明,让这纷繁的世界走向透明。

微微含笑的爱情

李光辉

9 年前,在一个冬天的早晨,一场大雪将我居住的小花园铺成了美丽的粉玉王国。我像一个精神之王,正独赏着雪景。这时,一个身穿浅白风衣、扎浅紫色丝巾、有一头齐腰长发的女孩出现了。略显欢快而又不失娴静的她,成了这绝美风景中的独特景致。

其实,与她同时出现的还有一位我的同事梅,她是一个爱好文学、笔名叫幽洁的女孩。梅与我一样,也是刚分到这所企业子弟中学的。平时,我们这些刚刚离开菁菁大学校园的青年老师,都很钟爱这么一个像小花园的学校。当我在一个月之前被特别允许住进小园深处的一间 6 平方米的小屋时,他们一个个都羡慕不已。这么好的雪景,那是在周末,但我猜他们当中肯定会有人想到要来的。没想到的是,首先进来的竟是一个与雪景合韵的陌生女孩子。

当我留下第一个脚印,跨过篱笆迎上去时,两个女孩的手上已各拿着一枝折断过腊梅。那握梅闻香的姿态,使她们更加超凡脱俗起来。梅介绍说:“这是我的堂妹,迎新。”我脱口便问:“是晶莹的莹,冰心的心?”梅大笑:“你这才子,倒会联想。”紫巾女孩显然对这一联想颇为满意,脸上略带微笑。

于是,我便尽了地主之谊,对厚厚的雪意中隐伏的花木都给她们作了一一介绍。文竹、兰草、含笑花,这些我都十分熟悉。

之后,她们又参观了我的小居。那时,我正在练小篆,墙上的几件习作把简陋的居室渲染得有点古色古香。令我奇怪的是,她竟熟悉这两千多年前的书写方式,熟悉李斯,评点之语,其有些道理。

不到半个小时,她们便出了小园的那个圆形拱门。紫巾顺着我的视野,生动地飘向雪天边缘。在辽阔的静默里,我听清了心,深处一粒种子

开始发芽萌发的声音。

以上的经过是我和迎新真实的、完美的、如童话般的初遇。地点是湖南省湘潭市西郊，离韶山20公里左右的江南机器厂子弟中学。

冬阳之手，很快没了雪意。小园的肃杀与残缺便暴露无遗。

节后一开学，我便迫不及待地央求梅找个借口，带我到谭迎新所在的湘潭县云湖学区龙山小学去。

20里的小道也非常迅速。田野里的浅草很随意，也很美学。

那是一所有四个年级却只有两个班的学校。土砖校舍、复式班、手敲的钟、竹篙做的旗杆以及摇水的井，至今仍记忆犹新。在乡村孩子悠长的读书声中，我为一个戴紫巾的女教师的风姿而倾倒。在她的宿舍里，我发现了一叠《中国书法》杂志以及墙上标准的柳体字。

心中有一只灵鸟，迅速飞过。

之后，她终于再次拜访堂姐了。小园满目的残缺使她很失落。于是我便向她推荐春天。我说，春天很快会创造出完美的奇迹。

踩着寻春的步伐，我和小学钟声有了几次约定，她也偶尔穿越早春的田野，披一肩清风，和梅一道去了小园。

渐渐地，她看清了我那褪去冬装后瘦骨嶙峋、随风摆舞的身躯；她知悉了我那地处穷乡僻壤的老家房子刚刚在一场秋天的大火中留下了一堆灰，家庭负担特别沉重的现实；她也听出了我那普通话背后时隐时现的土调，以及开口就是一声“啧”的口头禅。一个小结悄悄打在她的眉头上。

后来，我知道我有了竞争对手。论相貌，论相识时间长短，论经济状况，我和他们相比，我都无法与之相比。我唯一的对策，是展现自己的所谓才学，制造美好，想方设法修复她心中的那个雪天。其实我也没有太大的把握。

于是我抽出了练小篆的时间来爬格子（在岳麓山下，枫林之中，我便已是少有名气的校园作者了）。很快，《湘潭日报》等报刊，出现我的作品的频率日渐增高。在一个春意初浓的夜晚，我写下了平生第一篇爱情散文诗《散步爱的森林》，其中有几句是这样的“步入爱的意境，你的目光是我所有的空间，你的故事是我所有的内容，你的颦笑是我所有的怀恋”等。

我把它投给了在全国正声誉渐起的文学刊物《散文诗》，开始默默地等待。

黄天不负有心人，当年，也就是1995年第三期的《散文诗》竟很快刊登了我的文章，就在第51页，好可爱的蓝色诗笺。编辑老师竟然猜到了我想给我的爱情提速。

我兴奋不已地拿去请她"评点"。一丝惊喜显然掠过了她的眼际。我看清了一朵桃花渐开的笑脸。

想不到，她合上小册子后说："不错呀，以后送给你女朋友，很好的。"

为什么这世上最难捅破的，是那么一层薄薄的，纸呢。不过我坚信，我的爱情稳住了脚跟。

注定春天一定会有很多机会的。小鸟已开始在我的小园里歌唱爱情之歌。她已愿意在一个周末来小园闻含笑花的清香，并和我在园中椭圆形水池边一同钓鱼。

那是一丛多么茂密且盛开的含笑花啊。宜人的气息从池畔开始散发，使整个小园都清幽透了。迎新就在进那花的中央，做了半晌的深呼吸。接着，她就俏立花中，甩开钓竿，说："刘可亮，我们开始钓鱼比赛吧！"

这时，我已无心钓鱼。我的心思放在了选择一个怎样的时机将一首藏头藏尾诗送给她呢。那可是我头天晚上的心血之作，是我坚决要表白的心迹呢。我渴望，完美因含笑花修复如初。

鱼儿们似乎对我情有独钟，争先恐后的咬钩。8比12，我在她的心花怒放中，心花怒放地落败了。我们把话题转向了含笑花，我终于把我的"杰作"请她斧正了。

一种带淡香的素笺上，我写的是《咏含笑花》一首。诗曰：

迎君而开笑是真，
新香递我片冰心。
可知何故人生爱？
亮开心扉赠卿卿。

她只大声地念了第一句，便开始默读了。我感觉自己血管的上游有些红色的水情比较汹涌，一些热度，被我的脸包裹着，来回冲突。我不知凝固的空气怎样才能融化它。

“你知道我的名字由何而来吗？我和毛主席是同一天生日，12月26日。我喜欢冬天，喜欢雪景。”她在顾左右望言他？在我的心头高举着一块石头。

“是真的吗？我感觉你也好伟大啊。遗憾的是，我没能祝贺你的生日。”

“要是……你……能把那本《散文诗》补作礼物，我会很高兴的。”

我知道就那一刻，我的小园成了名副其实的伊甸园。我走进那片含笑花中，牵住了她的手。我们一道把创世之作悠游于水的鱼儿放生了。

真没想到，两年以后，已成为我妻子的迎新在和我谈到这首诗时，才发现，她当时只明白它是一首藏头诗，而没看出是藏尾诗。

原来我用半首诗便丰收了甜蜜的爱情。

后来，我写了一篇题为《小园深处有小屋》的短文，将这首诗收了进去，想发表，以示纪念。迎新说，让岁月酝酿出一点醇香再说吧。

随后的几个冬天像那么好的雪便很少见了。直到2002年底，几场不大不小的雪终于使我们回忆起了我们的怀恋。于是，2003年元月4日《三湘都市报》的第10版头条，我的《小园深处有小屋》悄悄地揭开了我们爱情酒坛之一角，成了我给迎新的又一份迟到的生日礼物。

我那首藏头藏尾诗，有哪位慧心人读出了微微含笑的爱情味道？

很爱很爱你

栩　栩

想为你做件事/让你更快乐的事/好在你的心中埋下我的名字/求时

间在你不注意的时候/悄悄地把这种子培育成果实/我想她的确是更适合的女子/我太不够温柔优雅成熟懂事/如果我退回到好朋友的位置/你也就不再会难成这样子/看着她走向你/那幅画面多美丽而感人/如果我会哭泣也是因为欢喜/地球上两个人能相遇不容易/做不成你的情人我仍会感激/很爱很爱你/所以愿意舍得让你往更多幸福的地方飞去/很爱很爱你/只有让你拥有爱情我才安心

如果一个人的初恋沉闷且冗长,不知是不是算很奇怪。

高三的时候,当别人还忙得昏天黑日的时候,我父母就早早地替我办好了出国手续,只等我领到毕业证就 GO TO 美利坚了。

我们班上有个称大 P 的男生特能说,一般播音时间是早自习“体育快递”,课间插播“时政要闻”,午间休息“评书连播”,晚自习 CLASSICAL MUSIC,可每次考试他总有本事不可思议地蹭到前几名。班主任拿他没办法,只好让他在最后一排,和我这个“逍遥人”一起“任逍遥”吧。

那时候大 P 长得又瘦又黑,而且长相也有点夸张,读英文像《狮子王》里的土狼,背古诗像刚中了举的范进。真的,后来我们逛动物园猴子见了他都吱吱乱跑,他倒来劲了,拍我的头冲猴儿们介绍:“This is my pet!”我很直接地,告诉他:“别喊了,看你的二大妈们都被你吓跑了。”这都是些后话了。

刚和我做同桌的时候,有天晚自习他大唱《我的太阳》,我在一旁偷着喝可乐,唱到高音时他突然转头问了一句“嗓子怎么样”,弄的我差点把水全喷了出来,气得我重捶了他好几下。他却跟没事儿似的,说我打人的姿势不对也不够狠。我叫他教我,他倒挺认真,还叫我拿他开练。第二天上学见着我二话没说就是一句:“十三妹,昨儿你打我那几拳都紫啦。”边

说还边招袖子叫我看。后来才发现,这段感情大概就是从这儿开始的。

后来大 P 一直叫我十三妹。我跟大 P 的交情在相互诋毁和自我吹捧的主题下越来越深。他生活在一个聒噪的世界里,总要发出各种各样的声响来引起别人的注意,是在向别人证明什么。我习惯了他的生活,习惯了看他自己给自己出洋相,习惯了和他一天到晚吵吵闹闹。常常是上课我替他对答案,他趴着睡觉;吃饭我吃瘦肉他吃肥肉,因为他需要“营养”;他打架不管输赢我都是拍手称快;自习我背单词他用函数计算我的失忆率为 88.7%;放学走在楼道里我们还要大呼小叫地互相打闹一番。

我们像哥们儿似的横行高三年级,要多默契有多默契。

我听过一种说法,每个人都是一段弧,能刚好凑成一个圆圈的两个人是一对,那时我十分相信这句话。我越来越感到我和大 P 的本质是一模一样的——简单直接,毫无避讳。我自信比谁都了解他,因为他是我的影子嘛。有回我对大 P 说:“我好像在高三待了一辈子。”

我没理会大 P 直呼我“天山童姥”,我心里有个念头,这念头关乎天长地久。高三毕了业,大 P 还是我哥们儿。

现在回想起来我们之间其实从来没有牵涉过感情问题,因为我当时觉得好多事没有说出来的必要。我认定了如果我喜欢他,他也一定会喜欢我,这还用说吗?我心里清楚我走了早晚会回来,因为我找到了我那半个圆圈,我以为这就是缘分,是任谁也分不开的。

分别时大 P 说:“别得意,搞不好折腾了几年还是我们俩。”这是我听到他说的最后一句话,我永远都忘不了这最后一句话。

那年高考,大 P 进了北大。而我刚到洛杉矶,隔壁的中餐馆就发生爆炸事故,我家半面墙都没了。我搬家,休了一年学,给大 P 发了一封 E-mail,只有三个字“我搬了”,没告诉他我新家的电话。

新家的邻居是一对聋哑夫妇,家里的菜园是整个街区最好的。他们常送些新鲜蔬菜给我们,我妈烧好了就叫他们过来吃。我从来没见过这么恩爱的一对,有时候他们打手语,我看着看着就会想起那一个圆圈来,想起大 P,心里一阵痛。我买了本书,花了一个月的时间才自己学会了手语。于是我慢慢进入了这个无声的世界。他们听不见,只能用密切的注视来感应对方,那么平和从容,这是不得安生的大P所不能理解的世界。

我闲来无事,有时陪陪邻居练手语,有时三天两头地往篮球馆跑,替大P收集NBA球员签名或者邮去一本最新的卡通画报,感动得他在E-mail上连写了十几个小时,还主动坦白正在追女生。我在电脑前呆坐了一个下午,一次再一次地跟自己说一句话,“别哭,别哭,这又没什么不好”,可到了吃晚饭的时候,我已经流不出眼泪了。爸妈早就习惯了我这副精神恍惚的样子,看着我,也没有说佬。

再讲就是春天了。我还是老样子,只是手语已达到专业水准了,大P在我这个“爱情导师”的悉心指导下,已初战告捷。我想,只要他快乐,我也就该快乐,能做他的哥们儿,也算是一件高兴的事吧!

纽约交响乐团要来演出,我背着父母替别人剪草坪忙了一个月的钱刚好够买张门票。我偷偷把小型录音机带了进去,给大P灌了张LIVE版CLASSICAL MUSIC。大P回E-mail却抱怨我只顾听音乐会,第一盘早录完了都不知道,漏了一大段。我在心里默念着对不起,眼泪却又流了出来。

六月份我特意回北京,大P参加的辩论赛刚好决赛。我不想让他知道我回来,于是就悄悄溜进了会场。这一年来大P变得人五人六儿了,他总结陈辞时所有人都又笑又鼓掌的,我知道他发挥得很好,我早就知道他会表现的如此优秀。辩论结束,大P他们赢了。下场时我看见一个长得挺清秀的女孩笑着朝大P迎了过去。但那一刻我知道,大P需要的是有人故意打击他一下,这样才不至于得意望形,可这已不重要。

回美国后我的信箱里有两封是大P的。第一封说他在辩论决赛场上看见一个和一模一样的人,他叫十三妹那人没理他,可见不是了,不过能像成这样,真是奇了。第二封说他现在的女朋友虽好,但总感觉两人之间隔着什么,问我怎么我们俩就可以无拘无束,轻松快乐呢?

我在电脑上打了一封回信,告诉他其实我才是他的那半个圆圈,只是我们再也不可能凑成一个圆。

这封信被我存放起来了,永远埋在心中。

我没有把我家的电话告诉大P。

我总能很容易地得到球星签名。

我背着父母赚钱看演出，连磁带录完了都不知道。

我不想让大P知道我回了北京。

我就这样无声无息地默默放弃了我的半个圆圈。因为，中餐馆爆炸后，我的人生不再完美，我只有靠助听器生活了。

我该拿什么爱你

李 宏

我清楚，我们必须谈恋爱。恋爱是两个人的事，到合适的年龄，任何人都回避不了，非但回避不了，还一个个争先恐后、前赴后继，纵然强风暴雨、万水千山也不能阻其热情，碍其脚步。

恋爱是件体力活、太伤筋骨。恋爱是苦、是痛、是挥不去的辗转反侧、是剪不断的刻骨铭心。

许多人差不多都是在大学时代开始的第一次恋爱，大学时代没有太多的功利，我用我的坚强去爱她的美丽，我用我的全部去爱她的所有。无人会在乎你有没有钱，只要你在晚自习的时候能够为她买上一个冰淇淋；无人会在乎你的社会地位，学生会主席并不比普通学生更容易获得女孩子的芳心；也没有人会过分地关心你十年二十年以后生活的怎么样，关心你会不会升官发财，关心你能不能荫妻禄子。

现在我们手拉手在树荫下漫步一会儿；现在我抱着一大叠书站在风中等你下课，现在我把饭盒里的蔬菜都给你，而你把肥肉都给我，现在我用我全部的积蓄为你买一条便宜的围巾，你用你笨拙的手艺为我织一双怎么戴也戴不上的手套；现在我鼓起勇气吻了你；现在我理直气壮地拥有了你；现在我们给予了，我们获得了，我们还有什么别的乞求呢？

这个时候，我们不必要拼命地对着镜子追问自己："我该拿什么去爱你"，因为"我会用我的全部去爱你"，其实就是这样。

上大学真好，真是值得让人用一辈子去怀念，尽管大学时代最终并没有为我们造就出几对恩爱夫妻或者几个美满的家庭，但每一代大学生们依旧在单纯的爱情里你追我逐，而且乐此不疲。

我的初恋也发生在大学里，只是因为我年纪太小，当我刚刚开始决定彻底地去爱一个人的时候，四年的学业结束了。在毕业典礼上，我们互望对方，我心里明白我希望约定她的明天，可是我的明天是什么呢？我找不到一个能够让大家都觉得合适的答案，她应该不是那种不需要任何答案就可以铤而走险的人，于是，还没有完全靠近的两只鸳鸯转眼间化作了分飞燕，我来了北京，但她留在了本地。

现在，她已为人妻为人母，她嫁给了一个律师，有车有房有时间，电话里以绝对真实的语气告诉我，她很幸福。从电话里听到她讲出那句话的一刻，我也幸福了。

大学毕业后，发现现实生活和我们想象的没有多大的区别，我们再也不可以把纯洁当做理由，把浪漫当做借口了，我们责无旁贷地需要去考虑我们的名与利，学会考虑一个月的薪水究竟怎样花才能买几束空运过来的鲜花，能喝几次现磨的哥伦比亚咖啡，能看几场精彩的进口大片。我们都渴望恋爱，我们都应当拥有爱每一个人的权利是没错，可是，当你调整好呼吸准备对她表白的时候，你想好了吗？“我该拿什么去爱她”，或说，“我能拿什么去爱她”，请把你能够拿出来的一切写一个清单，附在“我爱你”的誓言后面，然后是等待，等待双方做出综合统计和评估后的结果。

把最高分和最低分都去掉，这种得分是没有办法请公证处公证的，无论怎样的得分，无论你能不能接受，也就是这样了。也许你的确很冤枉，可是你能到哪里去喊冤呢？

认命吧，就算你终于得到一个理想的分数，通过了评审团这一关，也不要高兴得太早，因为这只是个开始，只是初试合格，更严格的考核还在后面。今后的日子里，你每一天起床的第一件事就是反复地询问自己，“我该拿什么去爱你”。有什么不周不到之处，趁青春年少，赶快拼搏吧。最终她还是成了别人的女友。

“你能告诉我，他哪一点比我优秀吗？”我说。我能说什么，我也有过这样的问题啊，也孜孜不倦锲而不舍地问过许多人，除了一些无关痛痒和

心不在焉的安慰之外，根本不可能找到什么标准答案。当有人也这样问你的时候，你就知道了这个问题谁也无法回答。

我没有房，没有车，没有太多的积蓄；我没有什么值得炫耀的家庭背景，没有什么可以发掘的社会关系；我没有太高工作资历，就算废寝忘食也不知道什么时候才可以出人头地；

我知道，我拥有让你衣食无忧的基本收入，我有能力让你幸福。其实，我是想说，我很明白，我该拿什么来爱你。

一张爱情存折

小　昭

当离结婚快十周年的时候，海跟梅子说到时候庆祝一下。现在离婚率这样高，我们能走这么久，值得庆祝的。梅子说就两个人庆祝吧，把孩子送到奶奶家里，两个人好好享受吧。海同意了。

海每天都在想买一个什么样具有一定意义的礼物在那天送给梅子？项链？梅子的脖子皮肤很白，很细，一定很适合的。可是梅子好像没有说过要项链啊。戒指？还是结婚的时候他给梅子的一个景泰蓝戒指。10块钱买的，那时候家里经济挺紧张的，又是在山村里，结个婚一共才花了不到100元。那时候梅子是委屈的。后来虽然搬到海工作的城里了，生活也好点了，可是梅子总是舍不得，要买一个小小的戒指就得花几百元。虽然那个景泰蓝的戒指已经褪色了，但是梅子还是保存得很好。想来想去还是买戒指吧。

终于到了他们的结婚纪念日了。两个人在一个不是很热闹的餐厅见面了——梅子特意回娘家了，从娘家来赴这个约会。海穿着白色的衬衫，看上去很精神。梅子也特意打扮了一下，还略施薄粉，穿了一套咖啡色的套裙，头发盘了起来。梅子虽然不那么年轻了，但是梅子在他眼里还是最美丽的女人。

海为梅子拉开椅子，两个人坐了下来。梅子细心地发现海的脸上有

一小片伤。她伸出粗糙的手小心翼翼摸着海脸上的伤疤，说才一天没在家，你是怎么啦？海握住梅子的手，轻轻拉到嘴边，吻了一下说：没事的，刮胡子的时候不小心。

梅子想抽回手，她有点不自在了。海从口袋里掏出精挑细选的戒指，打开盒子，取出来给梅子戴上了。梅子的手轻颤了一下。海的心里顿时有种异样的甜蜜。结婚十年了，梅子还是这样青涩。

梅子抽回手，把戒指放到面前认真观察。她知道，眼前的这个男人是爱她的。她没有选错人。梅子从包里拿出一个盒子，递给了海。海小心地打开。是一款最新的波导手机。海一直想买的，可是怕梅子不舍得，因为梅子一向很节约的，虽然现在家里条件已经允许了，但是海一直没提。而今天梅子居然……海真想抱一抱梅子。

十年的婚庆是多么的浪漫！

五年过去了。海现在当了局长了。应酬也多了，很少回家了。梅子总是一个人在家，孩子已经外出上学去了。

星期天有时也不回来。梅子便参加了社区的志愿服务，专门去为一些孤寡老人服务，过得也很充实。直到有一天，她打开门回家时，碰到海跟一个比她要年轻得多的女人在自己跟海睡过的床上做自己跟海做过的事时，她一下晕倒了。

过后，梅子的身体一直不好，海带她看了许多名医，但还是不见好转。但是梅子一天天瘦了下去，终于到了弥留之际。梅子用微弱的声音让海从立柜里拿出一个小木匣子，那还是海有一回出差在外地买的。梅子把一直装在贴身口袋里的钥匙颤抖着递给了海，示意海打开。海接过钥匙，手居然颤抖得几次都把钥匙放不到锁孔里。海在猜测里面会有些什么令他吃惊的东西。

终于打开了。海看到里面有一些他以前恋爱时送给梅子的东西，这么多年了，梅子都保存得好好的。海的眼睛有点湿润了。海一样一样地看，每一样都代表一件值得回忆的事情。盒子的底部平躺着一本薄薄的笔记本。海一看是当时他发表第一篇作品时，乡广播站给他的奖励。海在想这是梅子的日记？他看了一眼梅子，梅子闭着眼，好像很累，但是好像很安详。

打开第一页，眼帘中呈现出四个娟秀的字——爱的存折。接着翻开。海的泪大滴大滴地落在了本子上。

——1985年12月18日，我终于嫁给海了。先在我们的爱的存折里存上10000吧，看我们怎么用吧。

——1986年3月8日，海给我捎回来一条红色的围巾，存进去50。

——1989年5月1日，海说单位放假了，让我陪他出去玩，我不舍得花钱，海生气了。取出来100吧。

——1995年12月18日，海送了我想了很久却没有说过的戒指给我。我真的很爱他啊。加1000吧。

——1998年11月9日，海现在越来越忙了，我们很久没有说什么话了。今天我们为孩子的成绩问题吵了几句，这是结婚这么多年来的第一次争吵。取出来1000吧。

——1999年2月5日，海又喝多了，我刚问了一句他就开始发脾气。取出来200吧。

——1999年11月23日，居然有好多天没有往里面存一点点。

——2000年4月？日，我的世界塌下来了。还有2450，现在一分也没有了。我的爱情存折空了，空了……

海再也看不下去了。他看到最高峰的时候，梅子在里面累计存了130000多啊。从当初的1万基数，到13万。从13万到零的时候，他知道梅子真的受不了了。可是现在好像已经太迟了。

海摇了摇头，不一定要用爱再去滋润她。海泪眼朦胧地望向梅了。梅子似乎已经睡着了。他想去用手去握梅子时才发现，梅子已经永远地离他而去了。海放声大哭。可是梅子已经听不见了。

第101次求婚

何　胜

当朱颜18岁时，我向她求婚。

她是董太婆的外孙女，来外婆家过暑假，我家与董家是邻居，我是家

中老三，哥哥们去游泳，不肯带我。她在隔壁听见了哇哇大哭地我，就过来问："小弟，你哭什么呢？"

朱颜问清楚了，便带我去，经过冰棒摊的时候，还给我买一根红豆冰棒。我问她为什么叫朱颜，她便说给我听："雕栏玉砌应犹在，只是朱颜改。"她只说了一遍，而我就记住了，并且永远不会忘记。

她每天都带我去，每天给我买一根冰棒，我觉得全世界人就她最好，就跟她说："朱姐姐，等我长大我要娶你。"她答应了，但是又马上说："等你18岁，我就26岁，比你妈妈还老，你还要娶我吗？"

我想了一个晚上才终于做出回答："愿意。"大清早就高高兴兴地想往外跑，妈训斥我："去找谁呢，朱姐姐已经去北京念大学了。"

再见朱颜，我已14岁，是羞涩的少年，常穿一条被磨得浅白的牛仔裤，因为我喜欢那种没有的沧桑。朱颜那年已大学毕业，在外地工作，这次回来，是因为董太婆过世，回家奔丧。见到我，她轻轻将我一抱："长大了。"我全身的血都涌上了脸颊。我去参加丧仪，她向我淡淡地笑，好像没有看见我。我便在她身边站定。在人们为董太婆盖上白布的时候，我忽然觉得肩上的重量，侧过头，是朱颜爬在我肩上哭了。隔着衣服，我能感到她眼泪的份量，应该是冰凉的吧，却仿佛烛油般滚烫，一滴滴打在我身上，竟是疼的，我很想为她拭泪，可是，没有勇气，便只有站得笔直，任我的肩承受她一滴滴的泪，第一次那样强烈地感觉到身为男人的骄傲和力量，和她那女人的柔弱。

彼此三四年了也没见过面了，我也慢慢不再想起。高考、读大学、结识女友，大学生活斑斓多彩。有段日子学画，高高兴兴地为小女友画，画完了她看了半晌，道："不是我嘛。"怎么不是，海军蓝的裙，飞扬的长发，笑起来冰激凌般的软与甜……我蓦地发现，这的确不是她，这是朱颜。

仿佛刹那间懂得了自己少年的心情，明明是初相识，难道就已是永别？子夜醒转，我听见自己的声音："我不甘心。"那晚写信给她用掉半本信纸，因为不知道该叫她什么，最后我到底决底地在抬头写上"朱颜"，连名带姓，像叫校园里亲密的女生。

我成年了，该有资格与她平起平坐了吧。然而信投进邮筒我就后悔了，她有什么记住我的理由呢，却仍是每天两遍地看信箱。不久放了寒

假,大年初一大雪铺天盖地,街上几无行人,我却冒雪去了学校,一看到信,我的心就狂跳起来。除了朱颜,还有谁当得起这样妖媚的字。抬头一句"小弟"亲切而距离很远,仿佛她在久远的童年喊我。而我与她,其实已是长相识了。

不管多忙,我都会给她写信,不是求她帮忙,也不是叫她为我排忧解难,只是要告诉她,好像说给自己听,好像她的胸中跳动的是我的另一颗心。也喜欢在灯下一页页翻她的信,信纸、便条、资料纸、废打字纸背面,是她随意书写也是她的平常心。可是都是一样的,抬头的"小弟",字里行间的云淡风轻,说不出的体贴入微。她那娟秀的字,与我粗重的笔迹放在一起,截然不同,却又分明紧密相连。

那年秋天,我决定做一件大胆的事。是朱颜来开的门,我把手里的红玫瑰一伸:"生日快乐。"她疑惑地看着我,深深地吸了一口气:"小弟!"她只及我肩际,细细地打量我,良久道:"真是雕栏玉砌应犹在。"

但是朱颜并没有改,笑容依然,只是多点沧桑意味,说着她美丽容颜下的底蕴。坐在她的宿舍里,捧着她给我倒的冰水,忽然觉得,一年来纷纷扰扰的心,定了下来,那年我19,朱颜28。

她带我到处去游览,爬香山。她问我:"你行吗?"依然是大人对孩子的不放心。我笑一笑,不说什么,三步两步爬上去,转过身不去拉还在一面慢慢爬的她,她神色黯然:"小弟,你真长大了。"是的,已经长大到可以追求我心爱的女人了。回程,她累了,闭着眼打盹,头渐渐落到了我的肩上。我的手一点点伸出去,终于轻轻搂住她。车一个巨震,她滑到了我怀里。温暖的身体与我紧紧相贴。快到站时,她醒了,笑着抬头看我,正遇上我大无畏的目光。她吃了一惊,脸慢慢地烧了起来。那一刻,我明白地觉察到,那一瞬间,她是在把我当男人看了。

时间飞跃,转眼假期就要结束了。临别的晚上,她到我房间帮我整理东西。我想问一句重要的话,却没有勇气,终于我问:"朱颜,你喜欢我吗?"她温和地说:"像你这么优秀的男孩,谁会不喜欢呢?"啊,她终于对我说她喜欢我了。

第二天下午我到了家,晚饭桌上,母亲忽然说:"咦,你去了北京,怎么没有去看你朱姐姐?听你朱伯伯说,她要结婚了……"以下的话我都听不

见了。

她的门半开着，静静的月光轻轻地洒在她那略带忧伤的脸上，仿佛若有所思，她所想的东西，我无从知道，再没有一刻，我那样强烈地感觉到我与她之间时间的天堑，是那么的让我无能为力。她是成年人，而我，还是孩子。朱颜看到我，吃了一惊："咦，你没回去？还是，又来了？"我的眼睛一直盯着她："你要结婚了，为什么不告诉我？"她一愣，然后笑了："有什么好说的。"我忽然大声地说："可是，可是，你说过你喜欢我的。"

朱颜脸色大变，她怔怔地看着我。我在她膝前蹲了下去："你爱那个人吗？"她缓缓地摇头："这种年代，这种年纪，说爱不爱实在是很可笑的。""既然你不爱他，那么给我时间，给我三年时间，三年以后我就毕业了，就可以娶你了，我……"我的声音突然哽住了，"我，我爱你。"朱颜勉强张嘴，似乎想笑，可是忽然间泪水倾泻而下："我还一直以为是我的错觉。原来，这是真的。可是，我哪有时间给你呢，我已经 28 了，三年后就 31 岁了。我怎么可能拿我的幸福来赌一个少年的诺言。小弟，回去吧。"

我微柔地，无限绝望地问："你真的喜欢过我吗？"

她点了点头："是，我喜欢过你。"

我以为这就是永别了，念书、毕业、找工作，一点点慢慢地去抚平自己的伤口，挂牵着千里之外朱颜的喜与悲。一天，在公共汽车上，迟迟的，我认出那个熟悉的背影，明知不可能，我还是脱口而出："朱颜。"她朝我这边转过来，对我静静地笑，竟真是朱颜。

四年的时间，我已 23 岁，年纪渐长，遂不动声色。她 32 岁，眼角初生皱纹，然而风韵更胜当年。我们随意地聊着，知道她离了婚，又回到了这里，她留了电话号码，我们从此便淡淡地来往着。走在街上，喜欢在橱窗里看我们的侧影，我的高大和她的娇小，如此相配，看不出丝毫的差距。

一日，我邀她到我的宿舍里坐坐，她在床上坐下，打翻了一个木盒，"咦，"她蹲下去，我听见她的声音变了调："这是什么？"我也蹲下去："这是冰棒纸，14 年前你买给我的。一共是 38 张。"她的呼吸突然间急促起来，我轻轻说："你还记得吗？我 9 岁那年你就答应过要嫁给我。你现在还愿意吗？"我开始每天给她送大束大束的红玫瑰，上面只有一句话："嫁给我。"朱颜始终无动于衷，我送了 98 束后，她终于约我出来，开口道：

“小弟,我已经决定要嫁给一个50岁的丧偶男人了。”我的心整个沉了下去,“为什么?从9岁那年开始,我向你求了100次婚,你还是不能被我感动?”

她沉默了许久:“是因为我已经感动了,有一段时间我真的想这样嫁给你也好。但是,我也23岁过,我也全心全意地爱过一个人,我知道你对我是真心的,可是到你32岁的时候,一切也许都会改变。而到了那时,我就真的老了。对不起,小弟,我输不起。”

朱颜走了,留我一人坐在咖啡厅里,好久,听见邻桌的收音机里,主持人正在播送热线电话的号码,突然,我冲向最近的公用电话,按下了号码。

电话通了:从当年第一根冰棒,到14年后最后一朵玫瑰,她始终是我心中唯一的新娘,广袤世间我愿牵手的伴侣。隔开我们的,是时间,时间真的是不能战胜的吗?我问:“我应该爱她吗?”

放下电话,我立刻去买收音机,颤抖地调准频道,屏息,仿佛等待上帝的裁判。

第一个电话:“你应该爱她。”第二个电话:“她应该爱你。”好像全世界的电话都为这个频道响起,此起彼伏的,是各种各样的声音。

“时间不是理由,有理由的还叫什么爱情?!”

“人生本来就是一场赌博,做个负责的好男人,让她敢于下注,让她赢。”而最后的一个电话:“再向她求婚!”

这时我已站在朱颜门口,收音机的声音是从她房里传出来的,传出来的还有她的——啜泣声。这时的我又举起手中的玫瑰,敲门,准备我的第101次求婚。

最受读者喜爱的美文 2

刘振鹏 主编

辽海出版社

图书在版编目(CIP)数据

最受读者喜爱的美文/刘振鹏主编—沈阳:辽海出版社,2010.4
ISBN 978-7-5451-0828-6

Ⅰ.①最…　Ⅱ.①刘…　Ⅲ.①散文—作品集—中国　Ⅳ.①I26

中国版本图书馆CIP数据核字(2010)第065771号

责任编辑:段扬华
责任校对:顾　季
封面设计:唐文广

出版者:辽海出版社
地　址:沈阳市和平区十一纬路25号
邮政编码:110003
电　话:024—23284469
E-mail:dyh550912@163.com
印刷者:北京一鑫印务有限责任公司印刷
发行者:辽海出版社

幅面尺寸:155mm×220mm
印　张:36
字　数:210千字

出版时间:2012年9月第3版
印刷时间:2012年9月第1次印刷
定　价:88.80元(全3册)

前　言

美文是文学中的一枝奇葩，是在纸上跳跃的心灵文字。阅读古今中外的经典美文，不仅能够开阔眼界，增长知识，更能够在精神上获得启迪和昭示。作家以自身的生活经历和对人生的感悟创作了无数优秀的美文经典，在人类灿烂的文明史上描绘了一幅幅耀眼夺目的篇章，是人类永恒的印迹。一个不爱读书的民族，是可怕的民族；一个不爱读书的民族，是没有希望的民族。我们要坚信，阅读是知识的源泉。一个人的精神发育史实质上就是一个人的阅读史，而一个民族的精神境界，在很大程度上取决于全民族的阅读水平。阅读是最直接有效的学习途径，人类80%的知识都是通过阅读获得的。青少年的阅读开始得越早，阅读时思维过程越复杂，阅读对智力的发展就越有效。所以，不要犹豫了，现在开始，就迈开这一生的阅读之路吧！许多人为了领悟人生哲理费尽心机，殊不知一滴水里蕴藏着浩瀚的大海，一则短小的文章中孕育着博大的智慧。本书收录的数百篇读者喜爱的美文，其内容涉及人生的方方面面，它们有的睿智凝练，让心灵为之震撼；有的灵气十足，宛如一线罅隙中奔涌而出的清泉，悄然渗入心田。本书既是文学爱好者的必备读物，也是忙碌现代人的一片憩息心灵的家园。

目 录

无声的教育

◆文/谢　普

那是一个秋风送爽的上午，学校组织一个班的学生去帮助一位孤寡老人摘花生。孩子们兴奋极了，他们非常愿意干这种活儿。因为花生一从泥土里拔出来，他们就可以一直往自己的小兜塞。

孩子们干活的时候，果然都是这么做的，这一切都被班主任看在眼里。她本想跑过去一个个阻止，但一转念，又怕伤害他们的幼小心灵。班主任灵机一动，也像孩子们一样，不断地往口袋里塞花生。不过，她的方式和孩子们不同。孩子们总是偷偷地塞，而班主任却大大方方在孩子们的面前往口袋里塞。这令孩子们迷惑不解同时又深感不安。

时间一点点地过去，地里的活儿很快干完了。孩子们欢呼雀跃，一个个起身准备返回学校。不料，这时的班主任从地头找来一个大箩筐，带头把满满两口袋花生翻出来，倒进筐里，孩子们都你看看我，我看看你，迟疑不决。但在班主任微笑温和目光的注视下，他们一个个排起队走到箩筐前，把所有的花生都倒了出来。

这看起来虽然是件小事，但对孩子们来说，这是场生动而极具教育意义的课，让他们每个人都终生难忘。

美文感悟

好的教育不是大声地批评与责骂，而是用实际行动无声的感化。

人生的算式

◆文/王书春

“当你读错一本书时，不要认为你只是读错了一本书，与此同时你也失去了读一本好书的时间和机会！”这是著名教育家、作家夏丏尊告诫青年的一句话。

现在我们就拿这个道理推之一下：你错了一次，也就失去了一次对的时间和机会；你失败了一次，也就同时失去了一次成功的时间和机会；你虚度一天，不仅仅是浪费一天，而是两天的时间……这是一种特殊的生活运算，永远没有 1－1 的算式，而永远是(－1)－1＝－2。人生的成与败、功与过、理想、目标、品德、事业等等都是用这个算式算出来的。

只要稍微用点心观察，就会发现上述算式的普遍性：两个同学的智力相差不多，成绩也相当，但在关键时刻一个考上了大学，另一个却名落孙山，原来这后一个同学在高考前几个月谈起恋爱而耽误了学习，他是浪费了一点时间，可这损失对他来说却是双倍的，失去了上大学的机会，要想再把失去的补回来，需要两倍甚至是更多的时间和精力。

两个同时起步的小贩，一个每天多干 1 小时多挣一点钱；另一个则是挣点够花就收摊。10 年后前者已拥有一家上千万元资产的大公司；而另一个还继续在街头摆摊。前者是 1＋1＝2，后者是(－1)－1＝－2，他们的差距是每天 2－(－2)＝4，而且这＋4 是前者的积累，以几何级数增长；后者的－4 也以几何级数后退，10 年后他们之间有如此大的差距是意料

中的事。

人生的算式让我们知道:付出一份辛苦会得到双倍成果,少出一份力气会遭受双倍的损失。

美文感悟

付出一份辛苦会得到双倍成果,少出一份力气遭受双倍的损失。

慈悲与智慧

◆文/林新居

日本的白隐禅师是位生活非常纯净的修行者,一直都很受乡里乡亲的爱戴和称颂,都认为他是个值得人们尊敬的圣者。

有一对夫妇,在他的住处附近开了一家食品店,家里有一个很漂亮的女儿。不经意间,夫妇俩发现女儿的肚子无缘无故地大了起来。

这种见不得人的事,使得她的父母非常生气!好端端的黄花闺女,竟做出这般有辱家门的事。在父母严厉的逼问下,她起初不肯招认那个人是谁,但经过一再苦逼之后,她终于吐出“白隐”两字。

她的父母怒不可遏地去找白隐,但这位大师不置可否,只若无其事地答道:“就是这样吗?”

孩子生下来后,被送给白隐。此时,他的名誉虽已扫地,但他却并不以为然,只是非常细心地照顾着孩子——他向邻居乞求婴儿所必需的奶水和其他用品,虽难免横遭白眼,或是冷嘲热讽,但他总是处之泰然,好像他是受托抚养别人的孩子一样。

事隔一年后,这位未婚的妈妈终于不忍心再欺瞒了。她老老实实地向父母说:孩子的生父是在鱼市工作的一名青年。

她的父母听后立即将她带到白隐那里，向他道歉，请他原谅，并将那个孩子带回。

白隐仍然是淡然如水。他只是在交回孩子的时候，轻声地说道："就是这样吗?"仿佛不曾发生过什么事，即使有，也只像微风吹过耳畔，瞬间即逝。

白隐超乎"忍辱"的德行，赢得人们更多、更久的称颂。

想想我们所曾遇到的挫折或耻辱，比之白隐，又能算得了什么？白隐那泰然自若，淡然处世的情怀，不愧为一代禅师。

"就是这样吗?"多么慈悲，多么轻柔。那是恒久的忍耐化作无形的坚毅，是凡事包容化成无上的悲悯。

"就是这样吗?"无数的干戈凭这句话都化成了片片的玉帛。

"就是这样吗?"短短的一句话里包含了多少的慈悲与智慧。

美文感悟

"就是这样吗?"那么慈悲，多么轻柔。那是恒久的忍耐化作无形的坚毅，是凡事包容化成无上的悲悯。

做一个学会倾听的人

◆文/佚　名

罗宾见过很多很受欢迎的人士，韦恩就是其中之一。他总是受到各种各样的邀请。经常会有人请他参加聚会、共进午餐、担任基瓦尼斯国际或扶轮国际的客座发言人、打高尔夫球或网球。

一天晚上，罗宾到一个朋友家参加一次小型的社交活动。他发现韦恩和一个漂亮女孩安静地坐在一个角落里。出于好奇，罗宾远远地注视

了一段时间。罗宾发现那位年轻女士一直张着嘴在说，而韦恩好像一句话也不曾说，只是有时笑一笑，点一点头，如此而已。几小时后，他们起身，谢过男女主人，就走了。

第二天，罗宾见到韦恩时禁不住问：

“昨天晚上我在斯旺森家看见你和一个漂亮的女孩在一起。她好像完全被你吸引住了。可不可以问一下你是如何抓住她的注意力的？”

“这很简单。”韦恩说，“斯旺森太太把乔安介绍给我时，我只对她说：‘你的皮肤晒得真漂亮，在冬季也这么漂亮，你是怎么做的？你平时都去哪呢？阿卡普尔科还是夏威夷？’”

“夏威夷。”她说，“夏威夷永远都是风景如画。”

“那你能把一切都告诉我吗？”我说。

“当然。”她回答。于是我们就找了个安静的角落，接下来的两个小时她一直在谈夏威夷。

“今天早上乔安打电话给我，说她很喜欢我陪着她。她说很想再见到我，因为我是她最有意思的谈伴。但说实话，我整晚没说几句话。”

看出来韦恩受欢迎的秘诀了吗？很简单，韦恩只是让乔安尽情地谈论自己。他对每个人都这样——对他人说：“请告诉我这一切。”这足以让一般人激动好几个小时。人们喜欢韦恩就是因为他注意他们。

其实，每个人都是以自己为中心的，如果有机会让他谈论自己的话，他也可能滔滔不绝地讲几个钟头呢。对于人性的特点，韦恩看得很清楚。正因为如此，他能在人际交往方面做得游刃有余。我们总是抱怨朋友太少、过于孤独，可是你有没有认真想过，在交友方面你又付出多少、花费多少心思呢？你如果过多地以自己为中心，从未考虑过他人的需要和感受，别人没有理由一定要喜欢你。要知道，真正受欢迎的人并不过多地关注自己，相反，他非常体贴别人的感受。只有这样，我们才能得到更多的好朋友。

美文感悟

真正受欢迎的人并不过多地关注自己，相反，他非常体顾虑别人的感受。

掌握聊天的艺术

◆文/谢　普

在用餐时，物理学家们不一定会和同事们谈论刚才做的实验，相反地，他可能会谈论一些国家大事、天气状况、电视节目，甚至是女同事的裙子。

多大年纪的人都需要聊天，就像他们需要吃饭一样，连清教徒也包含在内。

多数人在正式谈论某件事时，都喜欢以轻松的话题作为开场白，然后再逐步导入正题。律师、作家、新闻记者和演员都是这方面的专家。他们都懂得怎样以轻松的方式开场，然后再迅速把握住要谈论的主题，达到充分沟通的目的。

善长聊天的人告诉我们，他们可以把谈话的气氛营造得异常热火，并非靠自己比别人懂得更多，或声调比别人高，或最会讲笑话，或懂得“控制”谈话的方向。聊天聊得好，不是什么秘密，甚至一点都不困难。首先，你的谈话态度一定要放轻松，然后再设法找出对方喜欢讨论的话题，尽量让对方发表。至于你，不妨“装出”有兴趣的样子，认真地倾听。

当你在寻找话题时，最好不要涉及政治与宗教信仰这两个主题，因为这类话题最容易引起我们激烈的争辩，而将原有的轻松气氛一扫而空。英文里的聊天，就是 small talk，告诉我们最好是谈一些小的、不重要的事

情。如果你以这些话题作为开场白,对方一定不会认为你是在说教、吹牛或是在宣扬你的主张。

我们在聊天这件事上最易犯的错误,乃是一见面就从对方的工作谈起。我们总以为,和医生谈开刀,和运动员谈打球,和商人谈生意经,和国会议员谈政治是“天经地义”的事。殊不知,他们从早到晚都在做同样的事情,已经够烦的了,如果再有人不知趣地和他大谈特谈这些事情,虽然表面上不会有太大反映,内心很可能早已把你当成是“无聊分子”。美国前任总统肯尼迪最不喜欢和别人谈政治,可是偏有许多人都找他谈政治,还以为此举能讨好他呢?

那么,我们到底应该讨论哪些事情呢?最好的方法就是经常阅读报纸和一般性的杂志,以增加自己各方面的常识。不然,除了“你好吗?”“今天天气不错啊!”之外,你就不知道要说些什么了。

新闻人物也是一个聊天的很好的话题,诸如伊丽莎白·泰勒、贾桂琳、欧枘西斯、里根、布什、玛丹娜和西恩潘等等。其他就像哪里新开了一家餐厅、什么地方最适合度假、爱滋病、恐怖主义者,都是很好的开场白。

“沉默是金”在社交场合是行不通的,而且是很不礼貌的。反之,善于打破沉默、谈笑风生、能带动会场气氛的人,无论走到哪里都会受到大家的欢迎。这类人不会让会场沉默太久,也不会让“无聊分子”一直勉强别人听他的训话。这种人懂得适时转变话题,让大家都有发言的机会。社交活动的目的,就是要让话题一直继续下去,使得宾主尽欢。如果你不想说话,那还不如回家看电视或读小说来得痛快。

美文感悟

“沉默是金”在社交场合是行不通的，而且是很不礼貌的。反之，善于打破沉默、谈笑风生、能带动会场气氛的人，无论走到哪里都会受到大家的欢迎。

主意还得自己拿

◆文/佚　名

从前，有一队官兵要赶赴战场，因此便抄捷径赶路，来到一条小河边，河上没有桥，他们想越河而过，但看到水流湍急，担心河床太深，马儿会被溺死。

正在想办法时，看到附近有个小孩在河边玩泥沙，指挥官便问那小孩说：“小弟弟，这河有多深，我们的马能过去吗？”那小孩望望马儿后说：“不深、不深，马儿可以过得去，没有问题的。”听了之后，指挥官就率领军士渡河去了，可是马儿连河中央都没到就已经被水淹到马背，剩下马头，全体官兵惊慌不已，指挥官立即下令折返岸上。

指挥官愤怒地指责那小孩，还以为他是敌人派来的奸细，谁知那孩子却很委屈地说：“我家的鸭子每天都在河的两岸游来游去，它们的腿这么短都不会有问题，而你们的马儿这么高大，怎么会过不去呢？”

美文感悟

当遇到困难的时候，我们常常会想到向自己周围的人请教，认为这样可以少走一些弯路。不过，要是很轻易就相信别人，盲目地以别人的意见

去做,很可能会让自己在困难中陷得更深。

能走多远走多远

◆文/佚　名

有师徒两位僧人要从很远的地方去灵山朝圣。一路上,他们一边乞食一边赶路,日夜兼程,不敢有丝毫的停顿。因为在临行前,他们发了誓,要在佛诞日那天赶到圣地。作为僧人,最重要的就是守信、虔诚、不妄语,更何况是对佛陀发的誓愿呢!

但是在穿越一片沙漠时,年轻的弟子却病倒了。这时离佛诞日已经不远了,而他们距灵山的路还有很远呢。为了完成誓愿,师父开始时搀扶着弟子走,后来又背着他走,但这样一来,行进的速度就比预计的慢了许多,3 天只能走完原来一天的路程。到了第五天,弟子已经气息奄奄,他一边流泪一边央求师父:"师父啊,弟子罪孽深重,无法完成向佛陀发下的誓愿了,徒儿不想连累您,请您独自走吧,不要再管弟子,还是日程要紧。"师父怜爱地看着病重的弟子,又将他背到背上,边艰难地向前行走边说:"徒儿啊,朝圣是我们的誓愿,灵山是我们的目标。既然已经上路,已经在走,灵山就在心中,佛陀就在眼前了。佛绝不会责怪虔诚的人,让我们能走多远就走多远吧……"。

这则故事是我从一位年近古稀的老居士那里听来的。他说,他年轻时经商,在商海中拼搏,赚了一些钱,挣下了一份产业。这之间,有失败有成功,有笑声也有眼泪,但自己无论如何努力,却总是离家人的期待和自己的祁愿差很远。后来,一个偶然的机会,当他读过这则师徒朝圣的故事,大受感动之后,幡然醒悟。他说其实每个人都是朝圣者,都有自己的目标和誓愿,由于各种各样客观和主观的原因,并不是每个人都能达到目标和实现誓愿。虽然每个人的目标和誓愿都不同,但其实只要你上了路,

向目标靠近,你就已经到达了,因为每个人的灵山都不相同,关键是你要整装上路,永远向前走,能走多远就走多远……

美文感悟

人生最重要的就是做自己想做的人,过自己想要的生活。走属于自己的路,让别人说去吧。

拂净心灵

◆文/谢　普

良心是每一个人最清正廉明的审判官,你骗得了别人,却永远都骗不了你自己的良心。

良心是道德情感基本的形式,是个人自律的最突出的体现。对于善良的人,这一生,莫过于良心上的安逸了。它是一种温暖,一种可靠,一种约定。世上之所以有道德生活,最终都要归功于良心:做好事不求别人的夸赏而只求无愧于心是道德生活的最高境界;做错事能扪心自问并深感内疚则是塑造有德之人的首要条件。良心是道德秩序的保证。只有良心,才能救道德于堕落的深渊。

曾看过这样一个故事:

外祖父病危。在回光返照时,让儿子拿过一个旧皮箱,儿子从皮箱里拿出一件黑色的旧呢子大衣,撕开它的衣角,取出一块银元。

六十多年前,外祖父在县城里开书店。一个年轻人来书店买书,因为柜台上只剩下一本书,所以外祖父便向那个买书人多要了一块银元。从此,这块银元常被外祖父托在手上,沉重得如同托着一座大山。开了八年多的书店,外祖父只做过这么一件亏心事,而且只是一块银元。尽管如此,仍让他日夜心神不安,他竟决心退回这块银元,然而,六十多年过去了,他却无缘了却这桩心愿。

弥留之际,外祖父给儿女留下的遗嘱是:一定要找到那个买书人,即使买书人不在了,找到他的后人也行,一定要把这块银元退回去,只有这样他才能安睡在九泉之下。离开人世时,外祖父的最后心愿,是拂掉他心灵上的那一丝灰尘。

儿女们料理完老人的后事,坐下来商量如何实现老人的遗愿。他们惊讶地发现,这竟是一块根本无法退回的银元,因为父亲没有留下那个买书人的姓名,或许连父亲也不知道?深陷悲痛中的儿女此时才深刻地领悟出老人留下的真正遗愿——让儿女们在世上干干净净地做人。

美文感悟

人生在世需要不断地为自己的心灵除尘,自省、自责、自悟、自重……拂净心灵上的灰尘,这既是一种自我重塑,也是一种品德净化,既是对从前的一种跨越,也是生命中不可或缺的追求。

别让心灵蒙上灰尘

◆文/谢　普

一位妇女带着自己的女儿来到心理学教授面前,诉说起女儿的情况:“先生,我真搞不懂她是怎么了。她对自己的一切都毫不在乎、不经心。学业荒废,衣衫不整,吊儿郎当,浮浮躁躁;对她周围的事物漠不关心,神不守舍。她都17啦,还这么不懂事,我都不知道该怎么办了?”

教授笑着说:“允许我单独跟她谈一谈,好吗?也许我能知道她对自己和周围一切漠不关心的根节所在。”

母亲走了，教授开始仔细观察姑娘。这位衣衫不整、蓬头垢面的少女长得很漂亮，但她的美却被邋遢的外表掩盖起来了。姑娘成熟了，但心理却还是很幼稚。

教授跟她聊天，她似听非听。教授沉默了一会儿，突然问："孩子，你难道不知道你是个非常漂亮、非常优秀的姑娘吗？"

这句问话，使姑娘美丽的大眼睛里射出一丝亮光。她慢慢抬起头，久久地盯着老教授那布满皱纹的慈祥面孔，一丝深沉的笑容出现在她的脸上，如同沉梦方醒，发现了新的天地。

"您说什么？"姑娘惊喜地问。

"我说你很漂亮、很优秀，可你自己却不知道自己是个非常出色的好孩子呢。"

姑娘那清秀的脸上更多地现出了舒心的微笑。这样的话她从未听到过，平时她的耳旁除了同学们的数落、嘲弄，就是母亲的指责。因而，她自己也就便破罐破摔了。

教授拉着这个姑娘的手说："好孩子，今晚我和我的夫人要去看芭蕾舞剧《天鹅湖》，特请你陪我们一起去。现在距离开场还有两个小时，如果你愿意，请你回去换换衣服，我们在这儿等你。"

姑娘非常开心，欢快地跑出去，跟母亲一起回家了。快到时间了，教授听到一阵轻轻的敲门声。打开门后，他惊呆了：一身晚会的盛装衬托出一位出水芙蓉般美丽的少女，两道如月的细眉下是一双动人的眼睛，抬起来亮闪闪的，低下去静幽幽，那富有表情的面庞，使她显得那么聪明伶俐，体态那么苗条健美。她的一颦一笑、一举一动都是那么文雅、自持、适度。教授几乎认不出这位姑娘是刚才那位邋里邋遢的少女了。

从此，姑娘变了，变得自爱而且奋发。她果然有了出息，不但学习成绩突飞猛进，而且还成为了著名的舞蹈艺术家。

美文感悟

对生活、对一切美好事物的向往、对自己的热爱，都会使一个人转变、

奋发。在成长的过程中，谁都会遇到这样那样的问题，如果从此把内心紧闭起来，就会使原本健康的性格蒙上一层灰尘。

展开飞翔的羽翼

◆文/佚　名

某天，马克把一只鹰蛋带回他父亲的养鸡场。他把鹰蛋和鸡蛋混在一起让母鸡孵化。后来母鸡孵化成功。于是一群小鸡里便出现了一只小鹰。小鹰与小鸡们一样的生活着，极为平静安逸，小鹰根本不知道自己与小鸡的不同。

直到小鹰长大了，发现小鸡们总是用异样的眼神看自己。于是它想：我一定不是一只平常的小鸡，我一定有什么不同于小鸡的地方。可是它却无法证明自己的想法，为此十分烦恼。直到有一天，一只老鹰从养鸡场上空飞过，小鹰看见老鹰自由地舒展翅膀，顿时感觉自己的两翼也涌动着一股神奇的力量，心里也激烈地震荡起来。它望着高空中自由翱翔的老鹰，心中无比羡慕。它想：要是我也能像它一样该多好啊，那我就可以离开这个偏僻狭小的地方，飞上天空，栖在高高的山顶之上，俯瞰大地和人间。

可是怎样才能够和老鹰一样呢？它从来没有张开过自己的翅膀，也没有飞行的经验。如果从半空中坠下岂不要粉身碎骨吗？犹豫、徘徊、冲动，经过一阵紧张激烈的心理斗争，小鹰决定甘冒粉身碎骨的风险，也要展翅高飞。

它终于起飞了，飞到了空中。它带着极度的兴奋，再用力地往高空飞翔，飞翔……

小鹰成功了。这时的它才发现：世界原来这般广阔，这样美妙！

美文感悟

敢于探索与追求，完全地展示自己的才能，实现了自己梦想的人，才能领略到人生最高的喜悦和欢愉。

同情与帮助

◆文/刘　墉

如果要你分别向甲乙二人述说自己痛苦的经历。甲听了之后，带着怜悯的表情说：

“我很同情你，但可惜我没有办法帮助你。”

乙听了之后则没有任何表情地说：

“我不同情你，但我愿意帮助你。”

对于他们的反应，你更喜欢哪一个？

毋庸置疑当然是乙。因为同情是积极的帮助，而帮助却是积极的同情。

再举一个例子：

当有人溺水的时候，站在岸上求救的人有多少？大声叹息的人有多少？为溺水者着急的人有多少？但是对于溺水者来说有何用处？十万句同情，百万行泪水，也抵不上默默地脱去外衣，泅水过去的一个人哪！

当你把同情挂在嘴边或是写在脸上的时候，请先看看自己的双手是否还背在身后。

美文感悟

当你把同情挂在嘴边或是写在脸上的时候，请先看看自己的双手是否还背在身后。

用他们的眼睛看世界

◆文/刘　墉

前些日子我到一所以美术教育而闻名的小学参观，刚步入校舍，就发现走廊和教室的墙上到处挂着世界名画或学生自己的作品，但与其他学校不同的是，那些画都挂得很低，有些甚至低到我必须蹲下来看。

“为什么把画挂这么低呢，看起来岂不是太费力了吗？”我问校长。

这时校长拉着一个小朋友的手，走到画前，然后转头对我说：“对我们而言，是不太方便，但对他们而言，却正好啊！你可曾想过，一般学校把画挂到适合成人欣赏的高度，对孩子来说有多么辛苦；因为看不清楚，他们就不再去欣赏，也更不会感兴趣了。画既然是给孩子看的，就应当以适合他们的高度为准，才能达到教育的目的。”

我们常以成人的眼光来看待儿童的世界，强迫孩子接受我们的观点，叫他们读大人的书、背大人的演讲稿、酸着脖子看大人挂的画，殊不知这样做会给儿童造成多大的困扰，而且收不到教育的效果。

美文感悟

我们常以成人的眼光来看待儿童的世界，强迫孩子接受我们的观点，殊不知这样做会给儿童造成多大的困扰。

问候黄昏

◆文/淋　子

春天总很是撩人心绪，最初的那抹新绿总给人一些希冀，我喜欢春天的傍晚。

日脚不再像冬日那般匆匆，让你觉得生活并没有很紧张。开一小扇窗，透一丝凉风，吹落一天的紊乱，对自己说时空属于我。泡一杯清茶，清苦中有一丝清香。插一束迎春花，哪怕只有几枝，也会有温馨的感觉。听一盘熟悉的歌儿，翻几本翻旧了的书，或是重温朋友的信札，许多温馨的过去又都在眼前了，一切都随你。

无需开灯，太阳虽没有落下，但已不再嚣张得让你不敢对视，只留下了一轮桔红。于是收一份欣喜在眼底，留一些温存在心里。直到什么都看不见，只有那音乐充沛着这整个空间。拉拢了窗帘，才发现已是万家灯火。

喜欢春天的傍晚，更喜欢留一些时间和空间给自己在人生旅途上前进的心。

美文感悟

于是收一份欣喜在眼底，留一些温存在心里。直到什么都看不见，只有那音乐充沛着这整个空间。拉拢了窗帘，才发现已是万家灯火。

窗花(外一篇)

◆文/苗桂芳

好美的窗花啊,这是风雪的杰作。

暖烘烘的火炕上,孩子安详地睡着了,而窗外正刮着大风雪。

肆虐的风雪呼啸着打着旋儿,扑到窗上,退回去,又扑来,雪粒打得玻璃沙沙作响。北国的风雪呀,除了严寒的磨炼还能给孩子带来什么?

孩子揉揉眼睛醒来,第一眼看到了闪着光的玻璃窗——风雪送给孩子们一面充满幻想的漂亮的窗花——一个神奇的世界!

好美的窗花啊,这是风雪的杰作。

那银色的森林里丛生着肥硕的叶片——有小鹿在里面奔跑吗?

那银子般的大树密密得——能盖多少楼房,又能做多少宽敞明亮的门窗?

那银色的枝条上该有各种美丽的小鸟吧?

那银枝下面应该有清澈的溪流吧?

孩子开心地对妈妈说:“我要在这森林中开辟一条小路!我要当个伐木工人!”

多么奇妙的窗花呀,孩子竟然想开出一条前进的路!

漂亮的窗花——北大荒漫天的风雪送给孩子们的唯美礼物!

美文感悟

孩子揉揉眼睛醒来。第一眼看到了闪着光的玻璃窗——风雪送给孩子们一面充满幻想的漂亮的窗花——一个神奇的世界!

一只巴掌也能拍响

◆文/佚　名

她从小便“与众不同”,由于小儿麻痹症,不要说欢快地跳跃奔跑,就连走路都做不到。寸步难行的她非常地悲观和忧郁,当医生教她做一点运动,说这可能对她恢复健康有益时,她却好似没有听到一般。随着年龄的增加,她的忧郁和自卑越来越重,甚至,她拒绝所有人的靠近。但有个例外,邻居家那只有一只胳膊的老人却是她的好伙伴。老人是在一场战争中失去一只胳膊的,老人非常乐观,她很喜欢听老人讲的故事。

这天,老人用轮椅推着她去附近的一所幼儿园,操场上孩子们如天籁般的歌声吸引了他们。当一首歌唱完,老人说道:“我们为他们鼓掌吧!”她吃惊地看着老人,问:“我的胳膊不能动,你只有一只胳膊,怎么鼓掌啊?”老人对她笑了笑,解开衬衣扣子,露出胸膛,老人用手掌拍起了胸膛……那是初春,风中还有着几分寒意,但她却突然感觉自己的身体里涌起一股暖流。老人微笑着对她说:“只要努力,一只巴掌一样可以拍响。你也一样可以站起来的!”

就在那天晚上,她让父亲写了一张纸条,贴到了墙上,上面是这样的一行字:一只巴掌也能拍响。从那时起,她开始积极地配合医生做运动。无论多么艰难和痛苦,她都咬牙坚持着。有一点进步了,她又以更大的受苦姿态,来求更大进步。有时趁父母不在,她还偷偷地扔开支架,试着去

走路。蜕变的痛苦是会牵扯到筋骨的。她一直坚持着,她相信自己可以像其他孩子一样行走,奔跑。她要行走,她要奔跑……

11 岁时,她终于扔掉了支架,她接着又向另一个更高的目标努力着,她开始锻炼打篮球和田径运动。1960 年罗马奥运会女子 100 米跑决赛时,当她以 11 秒 18 第一个撞线后,全场轰动,人们都站起来为她喝彩,齐声欢呼着这个美国黑女孩人的名字:威尔玛·鲁道夫。在那一届奥运会上,威尔玛·鲁道夫不仅成为当时世界上跑得最快的女人,而且她共摘取了 3 枚金牌,也是第一位黑人奥运女子百米冠军。

遇到怎样的困难都不要放弃希望,哪怕只剩下一只胳膊;任何时候都不要放弃梦想,哪怕残疾得不能行走。

美文感悟

遇到怎样的困难都不要放弃希望,哪怕只剩下一只胳膊;任何时候都不要放弃梦想,哪怕已残疾得不能行走。

不贪图荣耀

◆文/苗桂芳

人过留名,雁过留声。不管是谁都希望自己可以活出个名堂,所谓人各有志大概就是这个意思。

世上最珍贵的一样礼物就是荣耀的桂冠。世间没有人不喜欢荣耀,因为它就如同太阳一样,能使自己光芒万丈。很多时候,只要把荣耀的桂冠戴在他人的头上时,很多看似困难的事情就都会迎刃而解了,这就是在任何时候都适用的神奇的双赢策略。

如果你能拥有给别人荣耀的机会,千万不要吝惜,而应该慷慨地将荣

耀送给适当的人，因为人的生命并不在于一定要孔武有力，健步如飞，或者名利双收；而是在于是否每一天都活得很有价值。

《克雷洛夫寓言》中有这样一则关于鹰和蜜蜂的故事：

某天，鹰看到蜜蜂在花丛中忙碌地飞舞着。

鹰轻蔑地对小蜜蜂说："哦，小东西，我真可怜你，你是在浪费自己的才能和劳动！成千万只蜜蜂都在营造蜂房，可是过后有谁能看出属于你的那份劳动成果？我实在不太懂你的兴趣：一辈子辛辛苦苦，有什么意义呢？到头来，还不是同其它的蜜蜂一样，默默无闻地死去。瞧，你我之间有多大的差别啊！我在蓝天下自由地翱翔，地上万物都会感到恐惧：飞禽不敢从地面起飞，牧人看守羊群也不敢打盹，连矫健的扁角鹿看到我时，也不敢在田野上暴露自己。"

蜜蜂回答它说："你应该受到赞美，感到荣耀！但愿宙斯能继续为你赐福。而我，自出生那天起就是为公共利益劳动，从不愿去突出个人的成绩。因为，瞧着我们的成果，我知道其中有我酿造的，哪怕只有一滴蜜，我都感到无比的慰藉。"

大多数人每天追名逐利以及物质享受，但仍得不到别人的尊重和认可；有些人既不追求荣誉，也不贪图功名，而只是默默地做好自己的本职工作，一心只想着为大众的利益而劳动，即使他们始终默默无闻，也值得别人由衷的尊敬。

美文感悟

做人要保持低调。不要因为自己的一点小聪明或一些小功劳就到处显风头，尤其是在工作中，没有哪位上司喜欢能力和功劳都盖过自己的下属，因此，当你得到上司的肯定与赞许时，一定要谦虚一些，并能及时巧妙地把自己的功劳追加到上司的头上，并继续踏实地"苦干"下去。

别想太远

◆文/佚　名

人生最重要的就是要把握现在，所以不要为已过去的昨天叹息，更不要为未到的明天而惆怅。

人是活在现在的，与其心情沉重的悔恨烦恼，倒不如努力把握好现在。把握现在，就是不为不可挽回的过去而懊悔自责，也不为遥不可及的未来而庸人自扰。

做人要心胸开阔，要时刻怀着得意淡然、失意坦然的乐观心态，笑对自己的挫折和苦难，你才能超越自己，去开拓新的机遇。

有一个制作家具的商人，在经济不景气的影响下生意大受挫折，因此他整天心情郁闷，每天晚上都失眠。

妻子见他苦恼的样子十分不忍，就让他去找心理医生看看，于是他到医院去看心理医生。

医生见他两眼布满血丝，便问他说："怎么了，是不是受失眠所苦？"商人说："可不是吗！"心理医生开导他说："这没有什么大不了的！你回去以后如果睡不着就数数木材吧！"商人道谢后便离去了。

次日，他又来找心理医生。他双眼又红又肿，精神更加不振了，心理医生复诊时非常吃惊地说："你是照我的话去做的吗？"商人委屈地回答说："当然是呀！还数到一万多根呢！"心理医生又问："数了这么多，就还没有一点睡意？"商人答："本来是困极了，但一想到一万多根木材能造出多少家具呢，我就又不能入睡了。"心理医生于是说："那计算完不就可以睡了？"商人叹了口气说："可头疼的问题又来了，这一万多根木材所制造出的家具，要到哪儿找买主呢？一想到这儿，我就睡不着了！"

许多人都喜欢预支明天的烦恼，都想要早一步解决掉明天的烦恼。

但却忽略了明天如果有烦恼，你今天是无法解决的，每一天都有每一天的人生功课要交，努力做好今天的功课再说吧！

美文感悟

做人做事，想的长远一点不失为一件益事，但有些事想的太远，就成了无止境的压力，烦恼自然也就跟随之而来。因此，不要把有些事想得太远，这样才能平心静气，豁然开朗。

不要总是羡慕别人

◆文/佚　名

我们一生最大的悲剧与不幸在于我们活着，却不知自己有多大的潜能和应该做什么！

很多人经常羡慕别人，以为别人的一切都比自己好，这种人是很难取得成功的。因为他们不能够了解自己的能力，不清楚自己在哪方面比较突出，在哪方面弱，比较欠缺，所以就无法发挥自己身上的长处。

要想认识自己，首先要认清自己的能力，明白自己适合做什么。要想使自己的天赋、能力得到全面的开发

和利用，就需要有积极的自我意识，随时对自我的认识、情感和行为加以反省和审查。要不断认清自己的优缺点，不要总想着与别人比长短，而是要认清自己，肯定自己。

一只老鼠走遍世界各地，想去寻找世上最伟大的东西。有一天，它突然发现：世上最伟大的东西，不就是它日日见到的“天”吗？

这样它去找天。

天告诉它：云比天伟大，因为云一来，天就被遮住了。

它就跑去找云。

云对它说：风最伟大，只要风一吹，云就被吹跑了。

它再跑去找风。

风告诉它：墙最强大了，风一吹到墙那儿，就被挡住而消失了。

它再跑去找墙。

墙告诉它：老鼠最厉害了，老鼠一到，墙就千疮百孔，摇摇欲坠。

老鼠这才醒悟：天生我材必有用，世上并没有绝对伟大的东西！

老鼠眼中的世界是我们的一面镜子。不要总是羡慕别人而忽视自己的才能，只要竭尽全力发挥自身所长，又何需向外寻求呢？

不识庐山真面目，只缘身在此山中。世界上最难了解的人不是别人，恰恰就是我们自己。人贵有自知之明。要清楚的认识自己具备的优缺点，才能因势利导，事半功倍。

美文感悟

爱默生说：“一个人应当更多地发现和观察自己心灵深处那一闪即逝的火花，而不只限于仰视诗人、圣音领空里的光芒。”的确，人生的过程，是一个不断认识自己、不断挖掘自己的过程。每个人都有潜力等待挖掘，每个人都是深不可测的。

坦然面对失去

◆文/苗桂芳

我们都听过这样一句话:得意淡然,失意坦然。

坦然就是当你面对失败挫折时,不就此沉沦,无论结果怎样,心里仍然保持一份一如既往的恬淡与释然。

"有得必有失"的道理众所周知。但人们总是习惯于得到而害怕失去。认为得到了便可喜可贺,而失去了就可叹可惜。每有所失,总要难受一阵,甚至为之痛苦。为了生命尽可能卓越,我们的确应该追求得到,努力用智慧和汗水创造辉煌业绩。然而,我们也应该正确对待失去,学会忍受失去。人的一生不可能长久地拥有什么,失去时你再悲伤也是无用的,即使我们使出浑身解数也不能再挽回损失,即使是刚刚发生的事情,我们也不可能再回头把它纠正过来,而为了成就一番事业,有时必须失去一些感官的享受;为了更好地实现自己的人生目标,有时必须"丢卒保车";尤其是为了不玷污自己的人格,有时必须失去一些利益,例如金钱——那种只要出卖良心或尊严就可以拥有的金钱。

有一位从事国画艺术二十余年的画家。在一次偶发的事故中,他的右手严重受伤,不能再执笔作画。痛苦之余,这位画家尝试用左手绘画。经过一段时间的练习之后,他惊奇地发现,由于左右手的异位,令他认识到并打破了许多原来存在于画家的意识或潜意识中的条条框框。

结果,他如今用左手作画,大胆奔放,笔笔到位,妙趣横生,整个画面显得既鲜活,又率真自然。

此种效果正是画家用右手作画二十余年苦苦探索而又觅之不得的境界。

坦然面对失去,需要及时调整心态,首先要面对现实,承认失去;其

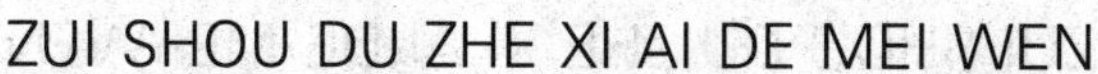

次，不能总沉湎于已经不存在的东西之中，得到和失去其实是相对的。为了得到，需要失去，因为失去一些，可能会意想不到地得到另一些。

老百姓有句俗话："旧的不去，新的不来。"事实正是如此。与其为了失去而懊悔自责，不如全力争取新的得到。应该懂得的是，有时失去并不一定是损失，而是放弃，是奉献，是大步跃进的前奏或序曲，这样的失去，未尝不是好事啊？

美文感悟

坦然面对失去，就是胸襟更豁达一些，眼光更长远一些，时常为自己整整枝、打打杈，排除那些不必要的留恋与顾盼，以便集中精力于人生的主要追求。当你遇到不快时，不要太执着，试着把自己置身于另一个世界，想想以前的美好，把所有的精力放在下一件事情上，你就有了坦然的开始，由此下去，你便有了坦然的处事能力，再接下来你就能坦然地面对一切了。

婚姻的抉择真谛

◆文/苗桂芳

在这个爱情快餐化的年代里，若有幸能找到一位可以共度一生的伴侣，无疑将是最幸福最快乐的事。

为了解决自己的婚姻问题，一位男士进了一家取名为"爱情"的婚姻介绍所。

一位工作人员把他领进了屋，对他说："现在，请您到隔壁的屋子去，那里有许多门，每个门上都写着您所需要的对象的资料，供您选择。祝您好运！"先生谢过了工作人员，向隔壁的屋子走去。

里面的房间里有两个门，第一个门上写着“终身的伴侣”，第二个门上写着“至死不变心”。先生很忌讳那个“死”字，于是便迈进了第一个门。

接着，又发现两个门，右侧写的是“浅黄色的头发”。应当承认，不知道为什么，男士总是比较喜欢长着浅黄色头发的女性。于是，先生也不例外的推开了右侧的那扇门。

进去之后，还有两个门，左边写着“年轻美丽的姑娘”，右面则是“富有经验、成熟的妇女和寡妇们”。无疑，先生进入了左边的那扇门。

可是，进去之后，又出现两个门，上面分别写的是“疼爱自己的丈夫”和“需要丈夫随时陪伴她”。以后还有“双亲健在”和“举目无亲”，“忠诚、多情、缺乏经验”和“有天才、具有高度的智力”，先生都一一做了选择。

最后的两个门对男士来说是一个非常重要的抉择：上面分别写的是“有遗产，或富裕，有一栋漂亮的住宅”和“凭工资吃饭”。理所当然地这位男士选择了前者。

当先生还准备继续作选择时，眼前的情景却使他大吃一惊，天啊……他已经上了马路啦！

那位工作人员向男士走过来。他交给这位先生一个信封，在信纸上写着：“对不起，您的要求太高了，我们这里没有符合您要求的。”

在我们的生活中肯定不乏像这位男士一样追求完美爱情和婚姻的人，其实这世上原本就无所谓完美，追求一种不存在的东西，终归只会白白浪费自己的感情。

美文感悟

一个人喜欢另一个人，并不是由于他最好、最漂亮、最有钱或者最能干，而是因为他是现在最适合自己的人。这种适合并不会因为有更好的人出现而改变，而是这辈子，因为拥有了彼此而感到满足。也许你眼前的他，并不是最完美的人，但只要他是最适合你的人，你就是幸福的。

爱情建立在信任的基础上

◆文/谢　普

信任,是对他人衷心的肯定与鼓励,是发自内心的认可与赞同。

人与人之间的关系,是建立在信任的基础之上的。有了信任,才能有友谊;有了信任,才能有爱情。信任是连接人与人之间感情的桥梁与纽带,有了信任,人在遭遇不幸、面对灾难的时侯,才会有勇气和力量去面对和战胜困难。

人与人之间如果缺乏信任,将会是一件很可悲的事。能被别人信任是一件非常快乐的事,而不被人信任,即使取得再大的成就,内心都不会得到喜悦和满足。

一个身披闪亮盔甲的武士途经乡间,突然听到有女人的哭喊声,于是他马上精力充沛策马飞奔,奔向她的城堡,发现她被一条巨蟒困住了。勇敢的武士拔剑刺死巨蟒,后来这个女人接受了他。

一个月后,武士又出去旅行。回来时,听到他的爱人在哭泣求救。另一条巨蟒正在袭击城堡。武士抵达时,又要拔剑去刺杀巨蟒。当他冲上前时,女人从城堡里哭喊:"别用剑,用鞭子比较好。"她给他鞭子,好像在示范他该如何使用。他犹豫不决地按她的意思,用鞭子缠上巨蟒的脖子,然后用力一拉,巨蟒死了,每个人都很开心。

庆祝会上,武士认为自己并没有立下功劳。因为他使用的是她的鞭子,而不是自己的剑,他觉得承受不了全镇人民的信任和赞美。他因为沮丧而忘了擦亮自己的盔甲。

一个月后,他又出去旅行,随手带着剑。女人叮嘱他要多保重,并把鞭子交给他。他回来时,又看到一条巨蟒在攻击城堡,他马上拔剑向前冲,但心里却想,也许可以用鞭子。他正在犹豫不决时,巨蟒向他吐火,烧

伤了他的右臂。他犹豫不决地望着窗口，女人正在向他挥手：

“鞭子没用了，用这包毒药。”

她将毒药丢给他。他将毒药倒入巨蟒的嘴里，巨蟒立即死掉。人人高兴，但武士却以此为耻。

一个月后，他又出去旅行，随身带着他的剑。女人叮嘱他凡事小心，并要他带上鞭子和毒药。她的建议使他困扰，但仍然将它们放入行李中。

在途经的某条街上，他听到了另一个女人的哭泣，他冲上去解救她时，心中的沮丧完全消除，但在拔剑时又犹豫起来，他不知道是该“用剑，用鞭子，还是用毒药?”他困惑了好一会儿，随即想起尚未遇见第一个女人前只带剑的情形。他重新建立起自信，丢掉鞭子和毒药，以他自信之剑来对付巨蟒。最后，他杀死了巨蟒，城民都欢欣鼓舞。

身披闪亮盔甲的武士再也没回到第一个女人身边，他留在这个小镇上过起了快乐的日子。他和她结婚了。在结婚前他确认他的第二个女人不知道鞭子与毒药的事。

女人应该牢记，每个男人的内心都是一个身披闪亮盔甲的武士，这有助于你记得男人的基本需求。比起关怀和帮助，男人最需要的还是信任。

美文感悟

爱是建立在信任的基础上的，只有充分的相信对方，才会得到对方同样的爱。当你信任你的爱人时，就要把全身心都交付给他，那么即使是再大的危险，他也会用自己的能力来帮你摆脱困境。爱一个人，就要信任一个人，少了猜忌和疑虑，才会更从容地享受爱情的甘甜与芬芳。

快乐之道

◆文苗桂芳

道德家们经常说:快乐靠追求是得不到的,只有用不明智的方法去追求才是这样。蒙特卡洛城的赌徒们追求金钱,但大多数人都会把钱输掉,而另外一些追求金钱的办法却往往会成功。追求快乐也是这样。如果你要通过喝酒去追求快乐,那就是记忆了酒醉后的不适。伊壁鸠鲁追求快乐的办法是只和志趣相投的人一起过日子,同时只吃不涂黄油的面包,即便是节日也才加一点乳酪。他的办法对他来说是成功的,他是个体弱多病的人,而多数人需要的是精力比较充沛。就多数人来说,如果没有其他的各种补充能量的办法,这样追求快乐就过于抽象并且与实际脱离,不适宜作为个人的生活准则。不过,我认为不管你选中什么样的生活准则,除了一些罕见的例子和英雄人物的例子外,都不应该是和快乐水火不容的。

许多人享有快乐的全部物质条件,即健康的身体和充足的收入,可是他们并不快乐。就这种情况来说,大概问题出在关于生活的理论正不正确。在某种意义上可以说任何关于生活的理论都不是正确的。我们和动物的区别并没有我们想象的那么大,动物是凭冲动生活的,而且只要客观条件对它有利,就会快乐。如果你有一只猫,只要有东西吃,感到暖和,有时侯晚上能得到机会去寻乐,就会很快活。你的需要比你的猫要稍微复杂一些,但还是以本能为基础的。在文明社会中,特别是在讲英语的社会中,这一点非常容易被忽视。

人们往往会给自己定下一个最高的目标,凡是不利于实现这个目标的冲动都去加以克制。一个商人可能因为想发财而不惜牺牲健康和爱情。他终于发了财,可是除了苦苦叫人效法他的好榜样,搅得别人心烦外,他并没得到快乐。很多有钱的贵妇人,虽然自然并未赋予她们任何欣

赏文学或艺术的兴趣，却决意要使别人觉得她们是有教养的，于是情愿花费很多时间学习怎样谈论某些流行的新书。这些书写出来是要给人以乐趣而，不是可以让人贸然假充内行的。

你只要观察一下周围那些可以被认为是快乐的男男女女，就可以看出他们有某些共同之处，其中最重要的共同点是：有某件事情往往使他们乐意去做，并且逐渐使他们的某种愿望能得以满足。生性喜爱孩子的妇女能从抚养儿女的工作中得到这种快乐。艺术家、作家和科学家假如对自己的工作感到满意，也能够得到这样的快乐。但是，这种快乐的形式有很多是比较平常的。许多在城市里工作的人在周末自愿为他们的庭院作出无偿的劳动，到了春天就尽情享受自己建造的美景带来的快乐。

在我看来，整个关于快乐的题目探讨一直都太严肃了。过去一直有这样的看法：如果没有一种生活的理论或者一种宗教，人都是不可能快乐的。也许由于理论不对头以致于不快乐的人需要一种较好的理论帮助他们重新快乐起来，就像你生过病需要吃补药一样。但是，正常情况下，一个人应当是不吃补药也会健康且没有理论也会快乐的。真正有关系的是那些简单的事情。如果一个人喜欢他的妻子和儿女，工作又很顺利，而且无论白天黑夜，春去秋来，总是感到高兴，则不管他的理论怎么样，都会是快乐的。另一方面，如果他讨厌自己的妻子，对孩子们的吵闹也觉得受不了，并且害怕上班，如果他白天里盼望夜晚，到了晚上又盼望天亮，那么，他需要的就不是一种新的理论，而是重新安排生活——改变饮食习惯，多锻炼身体等等。

人是一种动物，这种动物快乐取决于生理状况的时候往往多于他的思想状况。这是个不太高雅的结论，然而我不能不相信。我确信这一点：不快乐的商人要靠找到新的理论来使自己快乐，倒不如每天步行 6 英里来得有价值。

美文感悟

人们为自己定下一个最高的目标，凡是不利于实现这个目标的冲动

都去加以克制。

勇于信人

◆文/佚　名

我八岁那年,有一次去看马戏表演,见那些在空中飞来飞去的人抓住对方送过来的秋千,百抓百中,我佩服极了。“他们不害怕吗?”我问母亲。

前面有一个人转过头来,轻轻地说:“宝宝,他们不害怕,因为他们知道对方靠得住。”

有人低声告诉我:“他以前是走钢索的。”

我每次想到信任别人这件事,就回想到那些“空中飞人”彼此都必须顾到对方的安全。

我又想到,他们虽勇敢,而且训练有素,要是没有信任别人的心,也绝演不出那么令人惊奇的节目。

平日生活也是这样。人活在世上需要信任别人,犹如需要空气和水一样重要。我们如果不信任别人,对人便无法诚恳。我们如果戴上假面具不能对人坦诚,会有多么拘束难受!一天到晚都要提防别人,会害得我们脑筋瘫痪。要想受人爱戴,就得先信任别人。“有了信任才会有爱,”

心理分析专家佛罗姆说，“不可能常信任别人的人，也就不常爱人。”

从另一方面说，如果和信任我们的人相处，我们会安心自在。心理学家欧弗斯屈曾说：“我们不但可以保护别人，而且在许多方面也影响别人。”信任或防范，对别人性格的形成有很大影响。

美国纽约州星星监狱前典狱长的太太凯瑟琳·劳斯，几乎每天都到监狱里去。犯人们运动的时候，她的孩子经常和他们一起玩，她也和犯人一同观望。人家叫她提防着他们，她说她并不担心。

由于她对犯人这样信任，她去世的时候消息立即传遍了整个监狱。犯人都聚集在大门口。看守长看见那些犯人沉默难过的样子，便把狱门敞开。从早到晚，这些人井然有序地到停放遗体的地方去行礼。他们的四周并无墙壁，但是，犯人一个也没有辜负狱方好意，他们都仍旧回到监狱里。这无非是犯人对这位太太表示的敬意，因为她在世时曾经那么信任他们。

人与人处得是否融洽，全靠信任。老师要是能使堕落的学生相信她对他们只怀好意，那么，她的教育就成功了。精神病学专家要费很多时间劝神经错乱的病人信任他们，才能动手治疗。人对人必须怀着好感，彼此信任，个人的日子才不会过得一团糟。

我们为何如此难以互相信任呢？主要是我们害怕。在飞机上或火车上往往有这种情形：两个人虽并排而坐，却都怕开口。看他们那种矜持的样子，多难受！犹太教法师赖布曼说：“我们是害怕别人轻视我们，拒我们于千里之外，或者，揭掉我们的假面具。”

能够信任别人的人，日常待人接物是多么与众不同！有一次，我听见一个人形容他的一个朋友：“她见到人便伸出两只手来欢迎，仿佛在说：‘我多么相信你！只是和你在一起，我就已经觉得非常高兴了！’而你离开她时，也会感觉到自己无论做什么事都能成功。”

我们儿童时忘不了的往事，常常会影响我们对别人的态度。例如我认识一个人，是某公司的总经理，他就没有多少朋友。他七岁丧母，是姑母把他抚养成人。姑母善意地对他说：“母亲是出去看朋友了。”他白白盼望了好几个星期。这种隐瞒显然出于善意，可是就是为了这件事，他长

大后再也不相信别人的话了。

要增进我们彼此的信任,首先必须有自信。美国诗人佛洛斯特说过:“我最害怕的,就是吓破胆子的人。”事实上,自觉不如人和能力不够的人,是不可能信任别人的。不过,自信并不就是以为自己没有缺点。我们必须相信自己的地方也就是必须相信别人的地方。那就是:相信自己在尽自己的能力和本分做事,不管有没有成功。

其次,信任必须要脚踏实地。我认识一个人,她有一次痛心地对我说:“信任别人很危险,你可能会受人愚弄。”如果她的意思是说,天下总有骗子,那么这句话是有道理的,信任不可建筑在幻觉上。不懂事的人不会马上就变成懂事;你明知道某人喜欢饶舌,就不应该把秘密告诉他。世界并不是一个毫无危险的运动场,场上的人也不是个个都心怀善意。我们应该勇敢面对这个事实。

真正的信任并不是天真地轻信。我们不如说:别人是什么人,就明白他是什么人,不必迟疑,只需用心去发现他的长处。

最后,对别人信任要有孤注一掷的精神——赌注是爱,是时间,是金钱,有时候也可能是性命。这种赌博不一定常赢。但,意大利政治家贾孚说:“肯相信别人的人,比不肯相信别人的人差错要少。”

不信任他人,不能成大业。一个人只有信任别人,才能成为真正意义上的伟人。美国哲学家和诗人爱默生说过:“你信任人,人才对你忠实。以伟人的风度待人,人才能表现出伟人的风度。”

美文感悟

你信任人,人才对你忠实。以伟人的风度待人,人才能表现出伟人的风度。

自己开门

◆文/佚 名

还记得那年我5岁，那天晚上寒风凛凛。

已经记不清因为什么惹得父亲暴跳如雷，只记得他一怒之下把我拎到了大门外面，什么都没说就插上了门闩。

大门外，漆黑一片，伸手不见五指。寒风刮到脸上，又冷又疼。站在黑暗中，所有可怕的东西瞬间涌来，奶奶常讲的专吃小孩的黑狸猫，爷爷见过的拐卖小孩的老疯人，还有村里我最害怕的屠夫。就在我最害怕的那一刻，邻家的狗不知为何歇斯底里地叫起来，我哇地一声便哭了出来。

以前，不管因为什么遭到父亲的训斥，只要我一哭，奶奶就会护着我。我以为这次哭声依然能招来奶奶，让奶奶用她温暖的棉袄把我抱回去。但是，我嗓子都快哭哑了，也没有听到奶奶的脚步声。只听到父亲的吼声："就知道哭，今天没人给你开门。"

父亲的话让我明白哭已经没用了，因为如果奶奶已被父亲说服，那么家里也就没有人敢给我开门了。

想到这里，我停止哭泣，开始使劲使劲推门。那时候街门是两扇对开的，使劲推能推开一个小缝，伸手就能够到门闩。我使出吃奶的力气推门，并把手伸进去，够着门闩，一点一点地挪动，不知过了多长时间，门终于被我自己弄开了。站在院子里，我看到奶奶、父亲、母亲，还有脸上泪痕斑斑的小姑。

长大后才知道，那晚奶奶并不是没有听到我的哭声，小姑已经走到了门后，母亲也为此和父亲吵了起来。但父亲仍是阻挡了所有人对我的帮助，他说："让她自己开门进来"。

也正是那晚的独自开门，让我慢慢独立起来，也让我明白：别人的帮

助只能是一时而不可能是一世，想回家，必须自己去开门。

美文感悟

没有什么是你能够永久依赖的，命运要靠自己把握。倒下去必须重新站起来才能够自立，大步向前。只有让命运掌握在自己手中才是最可靠的，无论对待的是爱情还是事业。

有付出才有收获

◆文/佚　名

这天，舅舅从南洋经商回来，各带了一份礼物给他的两位外甥——大宝及小宝，送了他们每人一双很精致的象牙筷子。

大宝收到那双象牙筷之后，心想这么精致的象牙筷，如果没有好的碗碟来配，真是可惜，于是便开始工作，赚了一些钱买了一套好的餐具来陪衬着那双象牙筷。

不久，常听客人及邻居说："餐具倒是亮，可就是椅子太寒碜了。"于是，大宝又要买一套好的餐桌椅来相衬，便更加卖力地工作，又买了一套精美的餐桌椅。

过了不久，客人和邻居又说："餐厅的用具那么讲究，家里其他部分却不能相衬。"大宝一想也是，于是他再努力地工作，用自己挣来的钱好好把家里装饰了一番。

不久，客人及邻居又说："家里布置的这么漂亮，可家人的衣着打扮实在是不搭调。"

大宝更加紧努力工作，赚了许多钱，彻底地将全家大小由上至下都打扮了一番。

经过一两年的努力，大宝一家人有了大转变，生活水准日渐提高，邻居朋友全都赞不绝口，羡慕不已。

但是大宝的弟弟小宝的情形就完全相反了。

小宝收到那双名贵的象牙筷后，一直舍不得用它，后来听说哥哥买了一套精美的餐具来搭配那双象牙筷。小宝一想“我可不能输给哥哥”，我也要买一套漂亮的餐具，但他不知道大宝是努力工作、赚钱买来的，小宝为了和哥哥一样，他就向自己的朋友借了些钱，也买了一套精美的餐具。

过了不久，他又听说大宝又买了一套精致的餐桌椅，于是又向朋友借钱，买了一套不逊于大宝的餐桌椅。

又过了不久，他又听说哥哥家为了要让那些精美的餐具及餐桌椅更出色，又花钱将家里整修了一番。小宝为了自己的面子，又向朋友借钱，也将自家都修饰一遍。

小宝又听说哥哥全家穿的用的都大不相同，不但品位高而且还是名牌。小宝心想不能输给哥哥。于是又开始向朋友借钱，大部分的朋友已经在躲他了，看他这样无节制地挥霍，又没有额外的收入增加，朋友都远离了他，最后只有一大堆债主在他身边。

美文感悟

“一份耕耘，一份收获”，不论你想得到什么，只有通过辛勤的付出获取你的所需，天下没有免费的午餐，想要的要尽己所能去争取。

给自己树一面旗帜

◆文/佚　名

罗杰·罗尔斯是纽约州史上第一位黑人州长。他出生在纽约臭名昭

著的大沙头贫民窟。这里环境肮脏,充满暴力,是偷渡者和流浪汉的聚集地。这儿出生的孩子从小就会逃学、打架、偷窃、甚至吸毒,长大后很少有人从事好的职业。但罗杰·罗尔斯却是个例外,他不仅考入了大学,而且还成了州长。

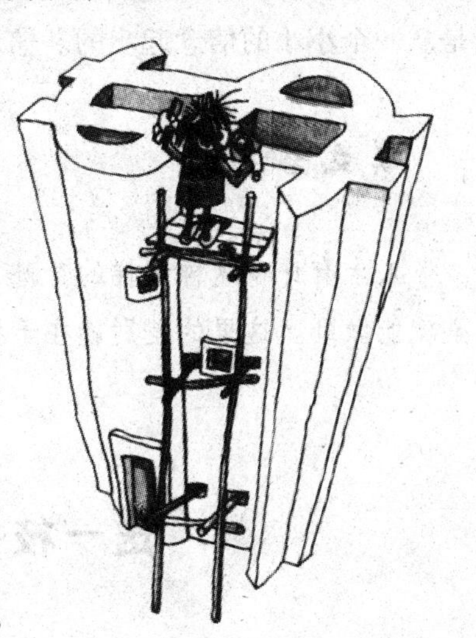

在就职的记者招待会上,一位记者问他:你成功登上州长宝座的助推力是什么?面对300多名记者,罗尔斯对自己的奋斗经历只字未提,只说了他上小学时的校长——皮尔·保罗。

1961年,皮尔·保罗成为诺必塔小学的董事兼校长。当时正是美国嬉皮士流行的时代,他走进大沙头诺必塔小学的时候,发现这儿的穷孩子比"迷惘的一代"甚至还要无所事事。他们不与老师合作,旷课、斗殴、甚至砸烂教室的黑板。皮尔·保罗想了很多办法来引导他们,但却没有一个是有效的。后来他发现这些孩子都非常迷信,于是在他上课的时候就多了一项内容——给学生看手相。他要用这个办法来鼓励自己的学生。

当罗尔斯从窗台跳下,伸着小手走向讲台时,皮尔·保罗说:"我一看你的小拇指就肯定,将来你会成为纽约州的州长。"当时,罗尔斯大吃一惊,因为从小到大,只有他奶奶曾让他振奋过一次,说他可以成为5吨重的小船的船长。这一次,皮尔·保罗先生竟说他可以成为纽约州的州长,实在出乎他的预料。他记下这句话,并且相信了它。

从那时起,"纽约州州长"就像一面旗帜,罗尔斯的衣服不再沾满泥土,说话时也不再有污言秽语。他开始挺直腰杆走路,在以后的40多年间里,他没有一天不按州长的身份来要求自己。51岁那年,他终于如愿成了州长。

在就职演说中,罗尔斯说:"信念值多少钱?信念是不值钱的,它有时甚至是一个善意的欺骗,然而你一旦坚持下去,它便会迅速升值。"

在这个世界上，任何人都可能免费获得信念，很多成功的人，最初都是从一个小小的信念起步的。信念是所有奇迹的萌发点。

美文感悟

人生有许多这样那样的奇迹，看似比登天还难的事，有时反而轻而易举就能做到。这里的差别就在于拥有非凡的信念。

送一枝半开的玫瑰

◆文/佚　名

当别人遇到困难时，请你真诚地把爱奉献出来。

每个人在他的一生中，都会遭遇到困难挫折，这时，只要你打开自己的心灵之门，以真挚热诚之心去关爱别人，不仅会给别人带来快乐和安慰，也能使自己的心灵受到洗涤，因为在你去关爱别人的同时，你也赢得了别人的爱戴与尊敬。

关爱他人，并不只是从物质上去帮助，还应该从站在他人的立场上用心去关爱。物质上的给予只能使他的生活暂时得以改善，而内心上的关怀却是爱的给予，它可以给人以温暖，让人幸福。

一位学者，他每天下午都去散步，而且每次都会遇到一个坐在路边乞讨的老太婆。饱经风霜的老太婆总是沉默地坐在那里，对过路的人给她的施舍，也只用手势表示谢意。

这一天，学者和他的妻子一起散步。妻子想施舍老太婆，但学者却说："应该给她的心送点东西，而不是在她的手上放点东西。"

第二天，学者又出去散步了，但与上一次不同的是，学者手上拿着一枝玫瑰花。他来到老太婆身旁，把半开的玫瑰放到老太婆的手中。

老太婆忽然站了起来，伸出双手，拉住学者的手亲了一下，又握紧玫瑰高高兴兴地走了。后来几天都没见她的身影。后来老太婆回来了，又和以前一样，了无生气地坐在老地方乞讨。

学者的妻子问道："她那几天靠什么过日子？"学者说："玫瑰花。"

一枝半开的玫瑰孕育着重生的希望，包藏着爱的给予，有了希望有了爱，我们的生命就不会凋零。

美文感悟

如果以一颗善良的心去善待他人，关爱他人，自己的人生也会因此美丽起来。当你真诚地去帮他人时，当你爱的露珠洒向他人时，即使是平凡的人生，也会因此变得充实起来。在别人因你的关爱被温暖时，你的内心也会溢满了温馨。

尝试是一种快乐

◆文/苗桂芳

诺贝尔物理学奖的获得者费曼教授被人们誉为"科学顽童"，是个很风趣的人。记得有一年他去巴西讲学，住在一家高级宾馆，结识了当地一支桑巴乐队。没事的时候，费曼便偷偷地找他们来学习打鼓。

乐队的人只知道费曼来自美国，以前有过业余打鼓的经历，便很快接纳了他。费曼练习得非常卖力，但经过一段时间，他还是打不出巴西嘉年华会的味道，有人认为是他的技术不过关，因为他没有按部就班地重现某种传统，更喜欢按自己的创意去随意发挥。到了准备参加游行演出的前几天，乐队被叫去接受"检验"，费曼打鼓的"创新"味道居然受到欣赏，意外地获得了参演的机会。

宾馆的服务员对费曼是很熟悉的，嘉年华会举行的那天，看见费曼穿着乐队的衣服经过宾馆门前时，还是大吃一惊："那竟然是教授！"为此，费曼得意了很长时间。

费曼还对绘画产生了浓厚的兴趣，朋友们都不赞成他如此不务正业，认为他不可能在绘画艺术上有什么收获。但是费曼兴之所至，难以逆转，他跑到美术培训班与年轻人一起画模特儿，当时他的成绩是最差的。断断续续学了几年，费曼大有进步，但他并没对此抱有期望，只是觉得快乐而已。

一次，有人在学院里办画展，费曼也送上了两幅自己的作品，不料竟被一位女士看中，买回去给丈夫做了生日礼物。费曼知道后，比获得诺贝尔奖还要兴奋！

费曼曾说：在别人以为你做不好的事情上获得成功，才是快事！

美文感悟

人具有的潜力和才能是多方面的。在发展自己主要专长的同时，也可以在其他领域尝试。这样，才会使人生更丰富，更完美，更能享受到更多的乐趣。

捕获意外的机会

◆文/佚　名

不管是谁都会在他的一生中遇到改变他一生的意外。有两个人为这种意外做了很好的诠释，一个是美国王牌歌手惠特尼·休斯顿，另一个是世界著名女记者克里斯蒂安娜·阿曼波尔。

十多岁时，惠特尼·休斯顿便在她母亲——20世纪60年代美国"甜

美灵感”乐队创始人的用心培养下，拥有了良好的歌唱才华。在休斯顿17岁那年，一次她正在为与母亲同台演出的演唱会做准备时，突然接到母亲打来的声音嘶哑的电话：“我的嗓子坏了！我不能唱了。”听到这个消息，休斯顿着急地说：“我总不能一个人上台唱啊！”母亲却对她说：“你完全能够一个人唱，因为你很棒！”于是，休斯顿因为母亲的这次意外生病，而第一次独自登上了舞台。休斯顿一唱成名，从此便成为了美国的王牌歌手。

克里斯蒂安娜·阿曼波尔的姐姐报名参加了一个新闻培训班，可仅仅两个月，她对新闻的兴趣就消失殆尽了。阿曼波尔觉得姐姐这样做纯粹是一种浪费，便一人跑到学校去，想要要回姐姐交的那些学费。可是校方不肯退还学费。阿曼波尔想，交了学费却不学习，太不划算了。于是，她便代替姐姐上了那个新闻培训班。

后来的阿曼波尔成功了，她成为了闻名遐迩的女记者。阿曼波尔对决定自己人生道路的这个意外如此解释道：“说起来这就像一次盲目的约会演变成了一场真正的恋爱，真的是出乎我的意料。”

果真如此，休斯顿和阿曼波尔的成功都是一次意外造成的。如果没有了那一次意外，也许美国就少了一位王牌歌手，这个世界也就少了一名优秀的女记者。可是从休斯顿和阿曼波尔的偶然成功中，我们不难发现一个共同点——那就是她们捕获偶然机会的敏捷性。其实，这所谓的意外不过是上天在她们前进的道路上给她们的一次意外机遇。关键的是，休斯顿和阿曼波尔都牢牢地抓住了这个意外的机遇，而后拼命努力，最终才获得了成功。

美文感悟

在奋斗的路途中，有时出现的一些意外，可能会改变你的命运。如果你能捕获那个意外的机遇，并牢牢地将之抓住，通过自己的辛勤努力，成功就会向你招手。

不要总是白日做梦

◆文/佚　名

有人问苏格拉底："你能成为这么出名的思想家，能够获得成功靠的是什么？"

"爱思考！"苏格拉底不假思索地说。

这人满怀"心得"，回去躺在床上，凝视天花板，一动也不动，开始多思多想。

一个月以后，苏格拉底在回家的路上，碰见了那人的妹妹，她对苏格拉底说："求你去看我哥哥一眼吧，他从你那儿回来后，就像中了魔一样，不吃不喝一动不动。"

苏格拉底到了那人的家中一看，只见那人变得骨瘦如柴，拼命挣扎着爬起，对苏格拉底说："我每天除了吃饭，认真思考，你看我离成为伟大的思想家还有多远？"

"你不去实践，只是胡思乱想有什么用呢？"苏格拉底问。

那人道："想的东西已经多得连头脑都没有地方盛了。"

"我看你除了脑袋上长满头发，收获的全是垃圾。"

"垃圾？"

"只想不做的人只能产生思想垃圾。"苏格拉底微笑着答道，"成功是一把梯子，站在底下，而不向上攀爬的人，永远到达不了顶端。"

美文感悟

做是成功的前提。一个人能否成功的关键，在于你是否愿意采取积极行动。如果你有很多好的想法，但没有付诸实践，那么这一切也就是想

法而已，离成功差的远呢，而如果你开始行动，你就会离成功越来越近。

选择一扇门

◆文/佚　名

人生在世，必须面对各种各样的选择并且做出决定。比如生活中的，事业上的，身体中的，抑或感情上的。古今中外各色先贤也提供了历久弥坚的真理和参照，自然有的人以理性指导实践，自命清高，不屑随俗。更多的人则现用现学，在不断嬗变的生命中刻蚀雕琢自己。如此相安无事的生存，岂不天下太平了吗？不完全是这样。

如果你置身于一条漆黑的走廊，周围布满了尺寸大小各不相同的虚掩的门，而其中只有一扇能抵达理想的花园，你将如何选择呢？

有的人，会以天才的勇气和顽固的信念，去推开每一种预期的可能。只要他们能够战胜随之而来的失望或绝望，终有一天，他们会成功。

有的人，会以敏锐的感觉和独特的视角发现，从别人那里洞悉蛛丝马迹，凭借机缘和时运找到自己的目标。

有的人，则在反复的寻找和不断的失败中，丧失了对那扇门的渴望，在他们那里，悲惨的命运就如漆黑的走廊一样。

当我把同样的问题转述给一位朋友时，她说：我会努力推开每一扇门的，我不允许自己有侥幸的心理。应该说，幸福在彼岸等待着即将步入辉煌的我。当然，我会在每一扇走过的虚拟的门上做出不同的标记，让我和另外的人不再犯相同的错误。

我们还不够聪明，至少我们比这位朋友缺少心智和乐观。因为这位置身走廊的女孩……是个从小失明的盲人。

美文感悟

想象你置身于一条漆黑的走廊，四周布满了尺寸不一，形态各异的虚掩的门，而其中只有一扇能抵达理想的花园，你将如何选择呢？

在春天设计秋实

◆文/佚　名

当冬日的寒气一点点散去，让我们在春天的脚步声中来设计秋实吧。带着目标出发，可以在前进的路上保持清醒的头脑；有谋略的行动，汗水才能变成珍珠。

第二次世界大战结束后不久，战胜国决定成立一个处理世界事物的联合国，在哪里建立这个总部，一时间很难做决定。地点理应选在一座繁华城市，可在任何一座繁华都市购买可以建立联合国总部庞大楼宇的土地都需要很大一笔资金的，而刚刚起步的联合国总部的资金该从什么地方筹到。就在各国首脑们犹豫不决的时候，洛克菲勒家族听说了这件事，立刻出资 870 万美金在纽约买下一块地皮，在人们的怀疑的目光中无条件地捐赠给联合国。

联合国大楼建起来以后，四周的地价立即飙升起来，洛克菲勒家族在买下捐赠给联合国的那块地皮时，也买下了与这块地皮毗连的全部地皮。没有人能够计算出洛克菲勒家族凭借毗连联合国的地皮获得了多少个 870 万美金！

洛克菲勒家族之所以收获了满园果香，就是因为他们种下了一粒谋略的种子。这是一种智慧，也是一种胆识，更是设计收获的精致。

时间是检验真理的试金石：帮助别人，就是帮助自己；要想获取，就先

给予。

春天来了，让我们带着助爱的心，设计秋实。然后，出发……

美文感悟

通过讲述联合国大厦的建设过程来告诉我们：帮助别人，就是帮助自己；要想获取，就先给予。

不要轻易离婚

◆文/佚　名

婚姻应该以爱情为基础，以彼此的信任、理解、包容、体贴、关爱为原则，时时处处为对方着想，用一颗温柔的心去化解生活中遇到的矛盾。

有人说一百对夫妻里有九十九对是凑合着过的，可这凑合的婚姻生活更需要双方小心地去经营，说不定哪一天就会爆发战争，所以当今社会的离婚率会渐渐变高。人们对婚姻生活质量的要求越来越高，预示着人们正在从婚姻中省悟。

两个结婚五年的夫妻决定离婚。离婚并不是因为有什么大矛盾，但他们经常是为一点小事都要吵得不可开交。男人赌气搬进了单位，只留女人守着空荡荡的家。

一天晚上，女人打开电脑，在电子信箱中看见了一封来自先生发来的邮件。没有过多的叙述，只是叙述他刚刚看到的一段生活场景。

在丈夫单位所在的那条街上有一对夫妻。那个丈夫是个孤儿，从小靠捡破烂为生；妻子是个精神病人，平时还好，发起病来就想往外面跑。这天，我看到那个丈夫在街上往回拉自己的妻子。妻子往外用力，丈夫往里用力。他俩没有任何争吵，妻子的脸上清晰可见精神病人常有的疯癫

表情，而丈夫的脸上没有任何无奈与烦躁，神情坦然。

丈夫继续在邮件中写道："我看到他们在街上来回拉着，两个人都在用力，路边的人和往常一样对着他们发笑，可是我的泪却落了下来。亲爱的，他们连一件像样的衣服都没有，连一顿最一般的饭都成问题的夫妻之间，尚有一个清醒的人懂得守住夫妻之道，和和美美地过日子，而我们生活无忧、神志健全的人为什么就做不到呀！"

丈夫最后写道："宝贝，我真的很爱你。"

来不及关闭电脑，太太披上衣服，流着泪往外跑。现在的她只想用最快的速度，实实在在地拥住她最爱的人。

两个人走到一起，能百分之百适合的人很少，也许只有百分之六十，但即便是这百分之六十也是缘分。

美文感悟

婚姻就像事业一样需要用心去经营，只有两个人一起努力才能成就一个好婚姻，任何一方的任性就足以破坏一个婚姻。夫妻间的小矛盾是不可避免的，惟独可以减少的就是吵架的次数。夫妻吵架的平息，需要一种克制、理性、包容的态度，也需要有一个大度、豁达的宽阔胸怀。

幸福不一定非得 100 万

◆文/佚　名

每个人对幸福的定义都不同,不必在乎别人是否赞同自己的观点,重要的是自己满足与否。

一对青年男女信心满满的步入了婚姻的殿堂,甜蜜的爱情高潮过去之后,他们开始面对日益艰难的生计。妻子整天为缺少财富而发愁,他们需要很多很多的钱,1 万,10 万,最好有 100 万。可是他们赚的钱太少了,只能够温饱生活。

她的丈夫却是个很乐观的人,他不断寻找机会开导妻子。

一天,他们去医院看望一位朋友。朋友说,他的病是累出来的,常常为了挣钱不知疲倦地工作。回到家里,丈夫就问妻子:“假如给你钱,但同时让你跟他一样躺在医院里的病床上,你要不要?”妻子想了想,说:“不要。”

几天以后,他们到郊外散步。经过的路边有一幢漂亮的别墅。从别墅里走出来一对白发苍苍的老者。丈夫又问妻子:“如果马上让你住上这样的别墅,同时也变得跟他们一样老,你乐意不乐意?”妻子毫不犹豫地回答:“我当然不愿意啦。”

他们所在的城市侦破了一起重大团伙抢劫案,这个团伙的主犯抢劫现钞超过 100 万,被法院判处死刑。罪犯押赴刑场的那一天,丈夫对妻子说:“假如现在给你 100 万,让你立刻去死,你愿不愿意?”妻子生气了:“你胡说什么呀?给我一座金山我也不干!”

丈夫欣慰地笑了:“这就对了。你看,我们原来是这么富有:我们拥有生命,拥有青春和健康,这些财富已经超过了 100 万,除此之外,我们还有靠劳动创造财富的双手,你还愁什么呢?”

妻子把丈夫的话认真思考一遍,也变得快乐起来。

是的,当你拥有生命、青春、健康,还有可以劳动创造财富的双手时,还有什么比这更幸福呢?

美文感悟

幸福因人们的生活观念不同而不同,不必羡慕别人。不同的人有不同的幸福,重要的是要学会满足。人生的花圃,不一定要有满园的玫瑰,才会色彩斑斓,处处飘香。蔷薇、百合、茉莉,各有不同的迷人之处,只要你用心去栽培种植,都会有所收获。

爱在身边

◆文/佚　名

爱情是心灵的悸动,是生命的火焰。爱情是神奇的,没有它,一切都将变得黑暗。

爱情是每个人都向往的美好幸福的天堂,爱使人愉快,爱使人幸福;爱是神奇的,它使得数学法则失去了平衡:两个人分担一个痛苦,只有半个痛苦;而两个人共享一个幸福,却有两个幸福。

曾经有人说过,爱情像一笔存款,相互欣赏是收入,相互摩擦是支出,相互忍让是节约开支。婚姻生活是爱的延续,它把爱融入生活,使爱变得平实内敛,恋爱远比婚姻色彩鲜明、多姿多彩,爱情不仅仅只是浪漫和甜蜜,它终究要归于平淡,只是在平淡的生活中,如何去爱却是一门独特的艺术。

共同生活多年的夫妻,决定离婚。妻子和丈夫走在办离婚手续的路上。结婚多年的女人望着自己身旁的丈夫,心里不停地在思考:怎么就会

和这样一个人生活了这么长时间呢。

他们青梅竹马，从相识、相爱到结婚成家已经十多年了，从开始时的无话不说到现在的无话可说，从开始的两情相悦到现在的剑拔弩张，她都认为是丈夫制造的。

丈夫从没有给她送过一次玫瑰，从来没有准备过一次烛光晚餐，甚至连一句温柔的“我爱你”他都不肯说出口，对于渴望浪漫和激情的女人，她再也无法忍受了，她在自己平淡琐碎的家庭生活中再也找不到一点新鲜感。

当她向丈夫提出离婚的时候，一向沉默寡语的丈夫依然没说什么。今天，他们并肩走在路上，这样的机会以后可能没有了。

到了一个拐角处，街道忽然变窄，本来走在丈夫右边的女人加快脚步，跑到了他的前面，走在他的左边。一辆大卡车就在此时呼啸而来，丈夫忽然慌了，急忙跑步上前，喊了声“危险”，一把将女人拉到了右边。卡车过去了，没有什么惊天动地的大事发生，丈夫责怪地说：“不是告诉过你，走路要在我右边，为什么不听？”女人看着被泥水溅了一身的丈夫，一瞬间，感到从没有过的感动和幸福。

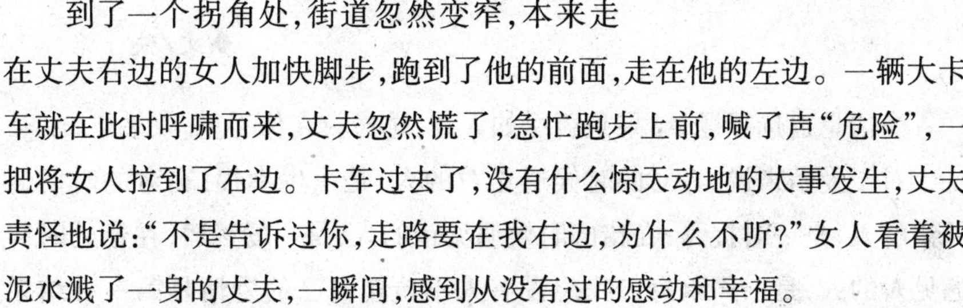

很多年了，丈夫每天都提前起床为她准备早餐，傍晚做晚饭等她回来，每每女人疲惫时，丈夫都会递来一杯热茶，女人争吵时丈夫便默不作声。

每次上街，丈夫总是让女人走在自己右边，他用他的身体为她遮挡左边外侧的车流和一切。丈夫一直对她呵护有加，而女人却似乎不曾感觉。一直苦苦找寻真爱的女人，却没发现爱就在自己周围。

爱是在心里的默默关怀，有些人盲目地去追寻那些呈现于表面的爱，以为浪漫和激情就是爱情，殊不知，爱的崇高境界，是经得起平淡的流年。其实最好的爱情就在身边，他或许内敛，或许不善言谈，但这份平淡却是最真挚的爱。

美文感悟

爱是真实存在的。只有那发自内心的爱才是最受感动的。夫妻一方只想接受另一方的爱,不想着如何去爱对方,他得到的爱只会是一时的,只有学会了爱对方的话,那对方的回报才会带来无穷无尽的欢乐,欢乐才能塑造幸福,如果一味地去索取,却不奉献爱,时间长了就会失望,从而导致婚姻的破裂。

爱的选择

◆文/佚 名

爱情是道选择题,结果是否尽如人意,选择权在你手里。

对于爱情来说,在对的时候遇见对的人,是一生幸福;在对的时候遇见错的人,是一时捉弄;在错的时候遇见错的人,是一场荒唐;在错的时候遇见对的人,是一声叹息。我想没有人不希望自己的爱情是第一种结果吧,因为每个人都想自己爱的选择题能够结果美丽。

20岁的少女安娜对他一见钟情。他文质彬彬,生就一副运动员的体魄。只有一点让人惋惜:他根本不爱安娜。而安娜却非常爱他。由于爱他,安娜努力培养自己具有他的优点。

安娜先从本职工作着手。仅用一周时间,就制订出完善的财会统计体系,这在全世界是空前的。单位把她树为榜样,并发给她一大笔奖金。惟有他平静如初,并对安娜说:"我讨厌追求名利的女人。"

于是,安娜决定把自己打扮得妩媚动人。可不管是安娜的牛仔工作服,或是鞋跟最高的皮鞋,都没给他留下任何好印象。只是他好像说了句:"时髦女人不会赢得我的信任。"

她只好把自己装扮成一个兴趣广泛的女人了。下班后她天天去图书馆，读了许多地理、历史、文学和艺术等方面的书。周围的人们都开始把安娜称作“百科辞典”。如果有人想弄清楚天上有多少颗星星或者新西兰最小的湖泊的深度，这是任何地图上都找不到的，而安娜都能张口就来。

但是有一天，安娜和他单独相处谈论起毕加索创作盛期的作品时，安娜看到他脸上露出了明显的不耐烦的神情。他对安娜说：“‘女学究’远不是我理想的伴侣。”

安娜最后能想到的只有体育运动了，以前她对此没有任何兴趣。可为了爱情，她加入了体育俱乐部。但这次她仍是一败涂地。他无动于衷地对她说：“女运动员对我的影响并不亚于赛马，而我对赛马并不感兴趣。”

这是安娜在感情上受到的最沉重的一次打击。她内心痛苦异常，决定从此以后永远忘记他。毕竟自己做得够多了！

不久后，他竟同她认识的一位姑娘结了婚。安娜对此难以置信，因为这个姑娘没有一点儿她所具有的长处。于是安娜问她如何成功地俘虏了那样的一个无情的男人，并且如此之快。她傻乎乎对安娜说：“他说他喜欢我会烧一手香甜可口的红焖牛肉。”

多数的人，都是花了太多的心思去调整爱的方式，直到有一天，弄到自己再无精力面对这一切时才发现：一切对于爱的努力，都必须建立在适合自己的对象之上，才会有意义。

如果爱上不适合自己的人，所有的努力，虽不是途劳无功，但一定会在流逝的岁月

中变成一种遗憾！看来爱情不是平日的甜言蜜语，不是浪漫缠绵，它是建立在共同语言的基础上的。

美文感悟

相爱的人需要的是兴趣和爱好的互补，而不是完全相同。在追求别人的时候，要敢于表现自我，而不要刻意把真实的自己掩盖起来去迎合对方。爱情是道选择题，不管怎样，要好好做个决定，做个你不会后悔的抉择。

真正的家

◆文/J. 拉斯金

简单地说，男女各自的特征是：

男子的力量是积极的、进取的、是具有捍卫性的。他们是实干家、发现者和保卫者。他们的智力更适于推测与发明；他们的能量适于进取，适于战争，适于前进，适于征服，只要他们参与的是正义战争；他们的征服便是不可缺少的征服。相对于妇女来说，她们的力量不适于战斗，而适于决断；她们的智力适于下达悦耳的命令，做出合理的安排和决定；她们清楚事物的性质和地位，她们的优点在于赞扬；她们不参与竞争，但能万无一失地判决胜利的归属。因为她们的职能与地位，她们受到男人的保护，没有丝毫的危险。

男子在外界中从事艰苦的事业，面临着一切危险与考验，因此，他们必须坚强地面对失败、进攻和难免的错误；可能受伤或被征服；常常误入歧途；所以无论何时，他们都必须刚强。但对于妇女，他们努力保护她们免受这一切损害；在他们的家里——除非妇女本人出于自愿，否则，她们

没有必要卷入外面的纷乱之中。

这,便是家的实质——它是我们避风的港湾,不但能使人躲开一切伤害,而且可以逃避恐惧、疑虑。家倘若不如此,便不成其为家了;倘若外界生活的纷扰渗透到家之中;倘若夫妻任何一方允许外界那些纷扰跨入家的门槛,那么,家便不成其为家,只能是外面的、被人们蒙上屋顶、在其中生火煮饭的那部分而已。

然而,家是一个神圣的地方,除了那些得到它以爱相迎的人以外,谁也不可以接近它。它的屋顶与炉火是更高洁的灯与阴凉处——像荒野中岩石旁的阴凉处,波涛汹涌的大海中灯塔的光亮——只要它名副其实,符合人们对家的赞扬,那么它就是真正的家。

称职的妻子,她走到什么地方,家便随着她出现在什么地方。她头顶上不管是只有夜空的星星,还是她脚下只有寒夜草丛中萤火虫的亮光,然而,她在哪儿,家便在哪儿;对于高洁的妇女,家之广阔,胜过柏树遮住的天空,也胜过橘红色的彩绘装饰;她为无家可归的人洒下了柔和的光。

美文感悟

它是我们避风的港湾,不但能使人躲开一切伤害,而且可以逃避恐惧、疑虑。

且慢下手

◆文/佚　名

最近我们业务部调来了一位年轻的新主管,据说他能说会道、才高八斗,总公司专门派他来整顿业务。可是,眼看时间一天天过去,他却毫无作为,每天彬彬有礼进办公室,难得见他出来一次,那些紧张得要死的不

安份的人，现在反而更猖獗了。办公室的职员开始议论，他根本就是个老好人，比之前的主管更容易唬。

四个月过后，新主管却突然发威了，没有业绩者开除，能者则获得提升或嘉奖。下手之快，断事之准，与之前的他简直判若两人。在工作总结会后聚餐时，新主管在酒后说道：相信大家对我新上任后的表现和后来的果断一定感到不解。现在我说个故事，各位就明白了：

我有位朋友曾买了一栋带着大院的房子，他一搬进去，就对院子全面整顿，杂草杂树全部清除，改种自己新买的花卉。某日，原先的房主回访，进门大吃一惊，问原来长在那里的名贵的牡丹哪里去了。我这位朋友才知道，他把牡丹当草给割掉了。后来他又买了一栋房子，院子更是杂乱，他这次却任其肆意地生长，果然以为是杂树的植物，春天里绽满美丽的花朵；春天以为是野草的，夏天却是锦簇；半年都没变化的小树，秋天居然红了叶。暮秋他才认清哪些是无用的植物，这样他才使所有珍贵的草木得以生存。

主管边说边举起酒杯："让我敬在座的每一位！如果说这个办公室是个花园，那么你们就是其间的珍木，珍木不可能一年到头开花结果，只有经过长期的观察才辨得出啊。"

美文感悟

路遥知马力，日久见人心。时间能使事物的本质显露出来，而挑选人才更是需要用心观察和慎重地取舍，不能只靠眼睛看到的。

恰当的鼓励创造奇迹

◆文/佚　名

美国近代曾有过一件极感人的事，是有关艾科卡在逆境中反败为胜的故事，值得提出来与朋友们一起分享。

艾科卡在年轻时就展露出对汽车工业的非凡才华。他进入当时自己最向往的韩国福特汽车公司任职，凭着他非凡的实力，在极短的时间内，他就升到公司高级主管的重要职位，最后，当上了福特汽车公司的总裁。

但艾科卡出色的表现，竟出乎意料地为他自己带来了灾祸。当时福特公司的董事长认为艾科卡功高震主，长期如此，恐怕会养虎为患，导致公司产生严重的损失，故而硬加了几个借口，将艾科卡从总裁的宝座上拉了下来，并且将艾科卡开除了。

此时的艾科卡从一个身份尊贵的汽车公司总裁，一夕之间成了无所事事的中年失业者，他感到异常的沮丧。

在家休息一段时间之后，艾科卡在太太不断地鼓励之下，以 54 岁的高龄，同意出任当时几欲倒闭的克莱斯勒公司总裁。凭着他丰富的汽车公司经营管理经验，经过一番辛苦的努力，使克莱斯勒汽车公司起死回生。

在这段传奇的历程当中，最让人们关注的一件事，就是艾科卡在初任克莱斯勒公司总裁时，公司的财务困难到了极点，他只支取象征性的总裁薪水，年薪是一美元。

在艾科卡的成功回忆录——《反败为胜》中，他曾提及自己在福特公司任总裁，年薪达百万美元时，艾科卡的太太玛丽时常会夸奖他："你真是了不起！"

当到了克莱斯勒，艾科卡年薪只有一美元时，他的太太玛丽，还是和

之前一样肯定地说道："你真了不起！"

艾科卡感慨地说："在福特成功，是因为我的聪明才智；而我之所以能够再次成功，如果没有玛丽的理解和鼓励是不可能的！"

美文感悟

人在内心深处是渴望别人的欣赏的。赞美是照在人们心灵上的温暖的阳光，给人以希望和热情。

爬楼梯的人生哲学

◆文/佚　名

有两个兄弟，他们家住在80层楼上。某天他们外出旅行回来，发现大楼停电了，他们只能背着两大包行李开始爬楼梯。爬到20楼的时候哥哥说："背包太重了，这样吧，我们把包放在这里，等来电后再回来拿。"这样，他们把行李放在了20楼，继续向上爬。

他们开始有说有笑地向上爬，但不久，到了40楼，两人实在累了。想到只爬了一半，他们开始互相埋怨，指责对方不注意公寓的停电公告，才会如此下场。他们边吵边爬，就这样一路到了60楼。到了60楼，他们连吵架的力气也没有了。弟弟对哥哥说："我们努力爬完它吧。"于是他们继续爬楼，终于80楼到了！当他们兴奋地来到家门口，才发现房间的钥匙留在了20楼……

有人说，这个故事其实反映了我们的人生：20岁之前，我们活在家人、老师的期望之下，背负着太多的压力，自己也不够成熟、能力不足，因此前进的步伐难免不稳。20岁之后，卸下包袱没有了压力，开始全力地追求自己的梦想，就这样愉快地过了20年。可是到了40岁，才发现青春

已逝，不免产生许多的遗憾，于是开始遗憾这个、惋惜那个……就这样在遗憾中度过了20年。到了60岁，发现人生已所剩不多，于是再告诉自己不要抱怨了，好好珍惜剩下的日子吧！于是默默地走完了自己的余年。到了生命的尽头，才想起许多年轻时要做的事却没有做到……原来，我们所有的梦想都留在了20岁，还没有来得及实现……

美文感悟

平淡的生命中很多我们认为是负担和束缚的人和事，其实恰恰就是我们生命中最应该好好珍惜的。

主宰命运的是自己

◆文/佚　名

两个乡下人外出去打工。一个去上海，一个去北京。在候车厅等车时，他俩听到别人说，上海人很精明，外地人问路都要收费；而北京人质朴，见到吃不上饭的人，不仅给馒头，还会送旧衣服。

想去上海的人听到说北京人好，心想挣不到钱也不会饿死，庆幸车没到，不然一到上海就等于掉进了火坑里。

去北京的人想，上海好，给人带路都能挣钱，幸好我还没上车。不然就失去了一次致富的机会。

他们在退票处相遇了，并换了一张车票。

去北京的人发现，北京果然非常好。他到北京的一个月，一事无成，竟然没有饿着。银行大厅里的太空水可以白喝，大商场里欢迎品尝的点心也可以白吃，他经常没事偷着乐。

去上海的人发现，上海果然是一个赚钱的好地方。带路能赚钱，看厕

所能赚钱，弄盆凉水让人洗脸也可以赚钱。只要动动脑筋，再花点力气都可以赚钱。

乡下人凭着对泥土的认识，他在建筑工地装了10包含有沙子和树叶的土，以“花盆土”的名义，向上海人兜售。当天他就净赚了50元钱。一年后，他竟然在大上海有了一间小小的店面。

在他的观察下，看到一些商店楼面亮丽但招牌较黑，一打听才知道清洗公司只洗楼而不负责清洗招牌。他就立即办起一个小型清洗公司，专门擦洗招牌。慢慢地公司扩大了，业务也由上海扩大到杭州和南京。

几年后，他到北京考察市场。在北京车站，一个人把头伸进软卧车厢，向他要空啤酒瓶，就在抬头的那一刻，两人都愣住了，5年前，他们曾在车站换过一次票。

美文感悟

人生就是一张白纸，有的人能在上面绘出绚烂的图画，有的人却只能简单地勾勒几笔。出现怎样的结局，在于我们每个人的心态。

一杯安慰给自己

◆文/佚　名

一位男人在车祸中失去了一条腿。当朋友们都为他难过时，他却笑了。

"你还有心情笑吗?"朋友们都以为他受的刺激太大了。

"当然。当我醒后发现自己还有一条腿时,我就对自己说'没什么,你只是失去了一条腿,而不是整个生命'。所以,我现在很开心啊!"

又过了一段日子,男人接到了下岗通知书,少了一条腿,他已无法胜任原来的工作。

朋友们知道后去看望他时,准备了一大堆安慰他的理由。然而,他的举动又让朋友们大吃一惊:他平静地坐在轮椅上,把下岗通知书叠成了一架纸飞机,把它抛向空中。当他看到纸飞机徐徐上升时,竟开心得大笑起来。

"那可是下岗通知书啊!"朋友们说。

"既然已经下岗了,我与其难过,还不如想'幸好只是失去了工作,而我还有再创业的勇气啊!'所以,我不必难过!"

后来,男人的妻子抛弃了他,卷走了家中值钱的东西,和一个流浪艺人走了。

朋友们知道后,都为他担心,便又都去看望他。当朋友们见到男人时,他正坐在空空的家中,哼着小曲,擦洗着那条伤腿。

"这个时候你竟然还有心情唱歌?"朋友们冲他喊道。

"干嘛不唱?她只背叛了我一个人,并没有背叛整个国家。所以,我没理由不歌唱!"

美文感悟

很多时候,你是不是一直关注着他人,却忘了自己同样也需要安慰?当你在真心关注他人的同时,也不妨常给自己一束鲜花,一份关心,一份安慰与一份拥抱。人,要懂得珍惜自己。

了解自己拥有的一切

◆文/佚　名

一位有钱的父亲带着儿子去农村旅行,想让他知道穷人是怎么生活的。他们在农场的人家里待了一天一夜。

旅行归来,父亲问儿子:“旅行怎么样?”“好极了!”“这次你知道穷人是如何过日子的了?”“是的!”“感觉如何?”

儿子回答:“我好羡慕他们,他们真幸福啊! 咱家只有一条狗,而他们家里却有4条狗;咱家仅有一个水池通向花坛,可他们竟有一条望不到边的会永远流淌着的小河。我们的花园里只有几盏灯照明,可他们却有漫天的星星;还有,我们的院子只有那么一点儿,可他们的院子却有整个农场那么宽阔!”

儿子说完,父亲竟无言以对。

后来儿子又说道:“感谢父亲让我知道我们有多贫穷!”

美文感悟

住在海边的人喜欢看山,山里人喜欢看海、看平原;城里人到郊区游玩要花钱,可乡下人却拼命往城里发展。说明得不到的东西往往才会令人神往,向往可以让人们变成追求,给人以前进的动力,但千万不要成为痛苦。我们还应多看看自己拥有的,也许你现在拥有的正是别人在羡慕的。

坚持就是胜利

◆文/佚　名

在一次运动会的马拉松比赛上。来自非洲的一个小黑人聚集了所有的目光,他已经连续两次夺冠。

比赛的枪声一响,小黑人像离弦的箭,跑到最前面。人们都在为他加油。大家都在想,这次的冠军又是小黑人的囊中之物了。

突然意想不到的事情发生了。当小黑人跑到离终点大约1000米处,不小心摔倒在地。这次小黑人摔得很重,从电视画面上,看到他十分痛苦。大家都在替小黑人担心。但是他爬了起来,一瘸一拐向前走着。几分钟后,许多运动员超过了他。但小黑人还是一直往前走,可能是他疼痛难忍,又摔倒了。这一次小黑人脸上流下了血,小黑人痛苦万分。很多人都替小黑人惋惜:“这次别说冠军,就连名次也可能无望了。”小黑人挣扎着想爬起来,但怎么也爬不起来。只见小黑人咬紧牙关,还在那里不断地往前爬。许多人都在想:“算了吧,放弃吧。”但是小黑人始终都没有放弃。这个时候,主持人宣布:冠军产生了,第二名、第三名、第四名……产生了。当比赛结束的时候,大家看到小黑人仍在努力,只见他还在那里慢慢地向前爬……此时,全场响起了雷鸣般的掌声,所有的人都在为他加油,为他鼓掌。大家忘记了谁是冠军。所有的人都在为小黑人的坚毅而喝彩!

美文感悟

顽强的意志是打不垮的精神。坚持,然后就是胜利。成败有时候看的不是最后的结果如何,而是你对事情本身所付出的努力程度。只要你

以顽强的心态坚持到最终，不管结果如何，你已经战胜了自我。鲜花和掌声对于意志的鼓励胜于对结果的赞赏，只要你拥有那种精神，成功会随之而来。

给自己立面镜子

◆文/佚　名

别人有时就是我们自己的一面镜子，从中我们可以看到自己的投影。

你如何对别人，别人就会如何对待你，别人就像你的一面镜子。当你热情地对待别人时，你收获同样的热情；当你用恶劣的态度对待别人时，别人对你同样是莫不关心。你如果曾热情地帮助过别人，当你有困难时别人也会拉你一把；你若做落井下石的事，就别怪别人对你残忍冷漠。

一只土狼被狮子追得无处可逃，眼见性命难保。土狼便连忙向土拨鼠求救。

土拨鼠说："你向东跑，那里的小木屋里有一位年轻人，他心地善良，救过好多动物的性命呢！"

"好。"土狼说完，急忙向东逃窜而去。当它敲开年轻人的门，年轻人冷冷地拒绝道："不，你上次夺走了我惟一的肥鹅，我正想找你算账呢，这下可好，狮子会替我收拾你的。"年轻人说完，马上关了门。

土拨鼠见了，对土狼说："你往西跑吧，那里住着一位善良和蔼的老人，我想他会救你的。"

土狼拼命地朝西奔去。当它来到石头房子前，老人挥舞着手中的皮鞭，冷冷地对它说："你这个坏家伙，上次偷吃了我的羊，我正准备找你呢，即使狮子不追你，我也不会放过你。"说完，就扬起手中的皮鞭。土狼只得落荒而逃。

这时，土拨鼠继续对它喊道："赶快向北跑吧，那里的帐篷里住着一位善良的小女孩，她肯定愿意帮助你。"

土狼又赶忙朝北面跑去。当它来到帐篷前说明来意后，那位小女孩冷冷地说道："虽然我很喜欢小动物，但是我讨厌凶狠残忍又自私的家伙，你和它们一样，都是动物中的败类。为了别的动物更好地生活，我应该除掉你。"说完，小女孩举起了一把用来防身的、锋利的匕首。

土狼只好又匆匆逃走了。树上的土拨鼠见状，叹息地说："原来是这样，看来你今天逃不过狮子的魔掌了。不过，这结果是你自己造成的，你只能怪自己。"

土狼要开口狡辩时，狮子已扑了过来，一口咬断了土狼的喉管。土狼在临死前终于明白了。

只可惜，土狼醒悟得太晚了。

土狼的经历是不是和我们身边某些人的经历有些类似呢？在平日的交往中，多一点付出，就多一份感激；多做一件善事，就多一份感恩的回报，多一点关心，就多一份温暖，人与人的关系就会在相互的感激中更加亲密。

美文感悟

种瓜得瓜。人与人之间永远都在追求付出与收获的平衡，当付出过多而没有任何回报或只求回报而不付出的时候，人的心理自然会失衡，所以，如何对待别人直接影响到别人对我们自己的态度。用一颗真诚、热情、感恩的心去对待他人，收获的是同样的热情和真诚，反之亦然。

尊重自己的梦想

◆文/佚　名

罗宾是温哥华的一位非常杰出的经济学家，她在一家金融机构担任很高的职位。她有两个孩子以及一个温暖的家庭。但她总感觉自己好像失去了什么，生活并不是很完美。

当16岁的她第一次上舞蹈课时，就梦想要成为一名舞蹈家，她不时地学习舞蹈，并且参加一些半专业化的表演，但她始终都没有显示出在舞蹈方面的天份。而在商务方面她却得心应手。可是她从没有放弃过自己的梦想，尽管她一直说服自己是因为没有时间精力和资金来使这件事成功。

某天，她无意中从卫生间的镜子里看到自己竟像个老妇人，仅管她只有32岁而已。也许再也不能在舞台上跳舞了，心中回味着不能实现自己梦想的一生。从那一刻起，她下决心去练习舞蹈，搞一次表演，即使人们笑话她，即使她在只有空荡座椅的剧场上跳舞，她也要将这个梦想变成现实。就在那天，她怀着坚定的决心返回到舞蹈课程的学习中。

美好的事情可能会伴着激情和承诺发生。在罗宾下定决心后没几天，一个朋友给她看了一篇关于安德韦·梅伊斯的报道。安德韦·梅伊斯是洛杉矶的舞蹈动作设计师和表演家，他将在这里开班教课。罗宾犹豫了一下，但还是给他打了电话。“好神奇，我们见了面，而且一拍即合，后来的事情就是我们共同努力实现我的梦想。”

在他们挤出的时间里，罗宾和安德韦一起编写了剧本《不要打破玻璃》，是关于一位妇女在舞台上和生活中步步妥协的音乐喜剧。他们认真编排了每个舞蹈段落，自己担任主角，还有许多演员和舞蹈家扮演其他的角色，罗宾觉得安德韦就是自己最需要的老师和伙伴，“他知道我的感觉，

通过高超的摄影技术，变换拍摄角度等使我看起来更好，他知道作为一名舞蹈者我能做什么，不能做什么。”

在他们共同的努力下，《不要打破玻璃》在温哥华的首映取得了非常不错的成绩。人们的反应非常好，这让他们决定延长演出。

在生活中和在舞台上，罗宾继续着自己精彩的生活。她现在是英国哥伦比亚保险公司——加拿大最大的机构的总裁兼总经理。作为自己公司的总裁，她是深受欢迎的企业顾问和发言人；同时，罗宾仍然挤出时间制作、编写、演出了四部舞剧，好多观众观看了演出，并且好评如潮。

美文感悟

罗宾通过自己不懈地努力使生活更加完美，因为她善于倾听自己内心的呼喊，并且用心去追求自己的梦想。不要压抑自己心中的呐喊了，朝着你梦想的方向勇敢地前进吧。

承担生活的重担

◆文/佚　名

一位农民为了生活每天肩挑柴禾翻山越岭，去另一边的集市用柴禾换取一天的口粮钱，然后用剩余的钱供儿子上学。

儿子放暑假了，父亲为了培养儿子的吃苦耐劳精神，便吩咐儿子替他挑柴禾上集市去卖。儿子不情愿地挑了两挑，翻山越岭，肩挑柴禾着实把他给累坏了。挑了两天，儿子就再也挑不动了。

父亲没办法，只好叹着气让儿子在家休养，自己接着砍柴以养家糊口。可没有料到，父亲不幸病倒了，半月起不了床。家里失去了生活来源，眼看就要断炊了，儿子终于主动地挑起了生活的重担，天不亮，儿子就

学着父亲的样子，上山砍柴，然后挑到集市卖，一点都不觉得累。

“儿子，别累坏了！”父亲心疼地看着儿子忙碌的身影说。

儿子惊讶地对父亲说：“父亲，奇怪，开始你叫我挑柴禾那两天，觉得特别累，怎么现在我挑得越来越重，反而倒觉得担子越来越轻了呢？”

农民高兴地点点头，道：“这一方面是你身体强壮了，更多的是因为你已经长大的缘故啊！成熟使你产生了勇挑生活重担的勇气，当然就觉得担子不重了！”

美文感悟

背着勇挑重担的勇气上路，才会觉得肩上的担子变轻！而当你勇敢地担起这副重担的时候，你的身上就多了更多生活的重任。

实现自己的梦想

◆文/佚　名

戴尔5年前，到南方的乡下搞福利工作。他的目的就是让每个人相信自己有自立的能力，并鼓励他们去实现自己的梦想。

戴尔来到一个叫密阿多的小镇后，当地政府帮他召集了25个靠政府救济的穷人。戴尔和他们亲切地握手，然后问他们：“你们有什么梦想？”每个人都用惊诧的眼神看着戴尔，好像他是外星人。

“梦？我们从来都不做梦。做梦又不会让我们发财。”一个红鼻子寡妇回答道。

戴尔耐心地说道：“有梦想不是做梦。你们肯定希望能得到些什么，希望自己心里想的什么事情能实现，这就是梦想。”

红鼻子寡妇说：“我还是不明白。我现在只想赶走野兽，它们总是想闯进我家咬我的孩子。”

大家都笑了。

戴尔说:“哦!你想过什么解决的办法没有?”

她说:“我曾经想装一扇牢固的、可以防御野兽的门,这样我就可以放心地出去干活了。”

戴尔问:“这里有谁会做防兽门吗?”

人群中有些秃顶的瘸腿男人说:“我以前做过,现在可能已经忘记该如何做了。不过我想我可以试试。”

接着,戴尔继续问大家还有什么梦想。

一位单亲妈妈说:“我想去学文秘,可没有人帮我照顾我的6个孩子。”

戴尔问:“谁能照顾6个孩子?”

一位老太太说:“我以前帮助别人带过孩子,我可以试试。”

戴尔给那个男人一些钱去买材料和工具,然后解散了这些人。

大约一星期后,戴尔重新召集回那些穷人。他向那个红鼻子寡妇问道:“你家的防兽门装好了吗?”

红鼻子寡妇面露微笑地说:“已经装好了,我可以去实现我的梦想了。”

戴尔又继续问秃顶男人感想如何。他说:“以前我给自家做过防兽门,当时做得不是很好,后来我就没有做过。这次我想我一定要把它做好,结果真的做好了。许多人都在夸我,能做那么结实又漂亮的门。”

美文感悟

很多梦想是可以实现的。有时候,不是我们自己无能为力,而是我们停滞不前,不愿意去尝试,不愿去付出或者不愿意去努力。

必须有自己的特长

◆文/佚　名

朱峰在美国移民局申请绿卡时，曾经遇到过一位被晒成古铜色皮肤的中年妇女。出于好奇，他上前和她聊天，原来，她来自中国北方的农村，女儿在美国，她才申请来美。她只读完小学，汉语都表达得不是很好。

就是这样一位只会用英语说“你好”、“再见”的农村妇女，也在申请绿卡。她的理由是有“技术专长”。

移民官问她：“你会什么？”

她说：“我会剪纸画。”

她从包里拿出一把剪刀和一张彩色亮纸，不到3分钟，各种形象逼真的动物图案就呈现在了我们眼前。

美国移民官大吃一惊，像看魔术似的看着这些漂亮的剪纸画，连声赞叹。

这时侯，她又从包里拿出一张报纸，说：“这是《农民日报》登载的我的剪纸画。”

美国移民官员看了连连点头，说：“OK。”

她就这样OK了。旁边和她一起申请绿卡的人又羡慕又嫉妒。

美国就是这样。你可以不会管理，可以不懂金融，也可以不会电脑，甚至，你可以不会英语。但是，你不能一无是处，什么都不会！你必须有自己的特长。在生活中又何尝不是如此呢？

美文感悟

在生活中，你要有自己的特长！你可以平凡，但不可以平庸，否则，就

会被埋没在芸芸的众生之中。专长就如同你与众不同的标志，任何时候它都会让你脱颖而出。

寂寞是一支歌

◆文/程雪莲

人生中有欢乐也有寂寞，有相遇也有别离，于是便组成了我们的人生之歌。

寂寞是大喜大悲之后，心中突发的感觉。如果是喜，在寂寞中你就得到快乐；如若是悲，你便会在寂寞之中更难过、更悲凉。

寂寞可以控制烦躁不安，也能净化人的灵魂，是对过去人生的审视，也会唤醒我们对未来的憧憬，它使人变得稳重、成熟，从而去完善自我。

是的，物极必反。寂寞会使人崛起，但也会使人堕落。它是黑夜中的一盏街灯，能照亮人的前程，也可以泯灭人的清纯。

寂寞是走向成熟的阶梯。每一个人都应学会在寂寞中体会一切，品味人生，它能使人冷静地看待身边的一切……它能使人战胜自己，战胜生活。它使人更有修养，使人性回归自然，让心灵盛开绚烂的花朵。

寂寞有很高的哲学境界，是不完美与完美的组合。在不完美中聆听过去，在完美中憧憬美好的未来，由此组合成一曲完美的生命赞歌。

美文感悟

寂寞有很高的哲学境界。是不完美与完美的组合。

窗口

◆文/喻永久

温暖的阳光下，一间小屋子躺在那里，安详地睡着。

屋内灰乎乎的，像黎明前的黑暗。家具整齐地摆放着，显得那么高贵雅洁，在黑暗中罩上了一层浓浓的灰色。

茶几上的花瓶里插着几朵不知名的花儿，像在盛放又似在凋落，飘出淡淡的引人回味的幽香，像演奏着孤独的心曲，又似满含惆怅的诗。

几本日记无聊地躺在沙发上，记载着人生成长中的五彩斑斓的岁月，是心灵思考成长的过程，一支干燥的笔依偎在它身旁，仍在预告多彩岁月旅程的结束。

一张本来就很小的床，在没有人停留的时候，显出了太多空隙，如无聊的人感到的世界的空旷，上面停留着的残枝败叶，似乎在为哀愁增添光彩。

写字台和墙壁像白纸一样，平淡得像不含丝毫杂质的水，静静地躺在那里，流向时间的长河。

墙上静静地挂着一把小提琴，在断弦的季节是沉默，多少美妙的音乐就在这沉默中消失。

努力向上突起的屋顶，给人的感觉却是压抑和郁闷，屋内的空气被束缚在这狭小的空间里，在令人窒息地浑浊地流动着，又仿佛是一张静止的网。在这无边的网里偶尔传出一两声鼠儿碰到器皿的声音，打破这里许多

的沉寂。

屋外，蔚蓝的天空中飘着几朵不定的白云，像流浪的孩子在天涯浪迹。高大的绿树在微风中轻轻摇曳，美丽的鸟儿在树林中跳跃，飘香的花儿在温暖的阳光下展开五颜六色的彩衣，露出醉人的笑容。浓浓的香气招引了许多勤劳的蜜蜂和翩翩起舞的蝴蝶，地下新生的草儿在满眼绿意中似乎仍脱不了枯落的底子，像略有成就的人仍然伤感于不堪回首的往事，也像思念那往事中的点点快意。新翻的泥土飘散出朝气蓬勃的青春的气息，在空气中酝酿丰收的成果，泥土的下面却默默地上演着超级大战，两位“黑暗”的“勇士”在为残留地下的劳动成果而战斗，可怜的劳动成果在静待着胜利者的摧残。远处，勤劳的人们在播种着秋天的希望，孩子们在追逐春天的阳光的路上欢愉地跑着。

屋子里一颗红色的心在灰尘的抚摸下蒙上了一层厚厚的灰色，不时地跳动在黑暗的屋子里，它渴望外面的光明与温暖，却又在层层的孤寂封锁中失去挣脱这一切的信心和勇气，只得继续无奈地在这压抑的空间里徘徊。享受着黑暗的心口罩着一张薄薄厚厚的纸，心儿在窗口不停地来回徘徊，却又无力撕碎那张使它失去一切的纸。它总是天真地幻想，有一天，我一定能撕碎这张纸的，却又在叹息中思索着什么？何时才会有人为它撕碎这张纸，何时它自己才会撕碎这张纸呢？

美文感悟

屋外，蔚蓝的天空中飘着几朵不定的白云，像流浪的孩子在天涯浪迹。

春天写意

◆文/肖正民

一

清波荡漾微微泛起涟漪的洞庭湖水……

云蒸霞蔚的一色水天……

大地在沉睡中醒来。

洞庭在寂静中醒来。

家乡在醒来——

在四指宽的洋溢着喜悦的春联中醒来,在两扇大门的正中贴着门神的年画上醒来,在烘着糍粑和炭火上醒来,在农家走亲访友的背影中醒来,在地花鼓"妹啦伢咿"的弦歌中醒来,在一排排一幢幢密集的农舍的炊烟里醒来……

醒来,家园的歌,那泥土味的乡谣。

醒来,湖乡的绿,那一片一片相连的青色。

二

一条龙,一条黄色的龙,一条编织着人们的希望的黄色的龙。

一条用稻草编织的在乡野阡陌上舞动的龙。

舞龙的孩子们,看龙的老人们,在春的图画中定格,在鞭炮声中争讨吉祥的笑脸……以一种神话限定的文化,以一种节日创造的图腾,以一种心态造就的环境这就是历史的源头。有源头的民族,她的文化、她的传统

便永不干涸，便博大精深。

春天，在这样的氛围中起步。

春天，以文化的象征露出她的娇容。

三

长堤。小河。渠道……

垸子。码头。湖洲……

安详的土地，交织成一大片一大片的芦苇的根系，组成一幅与纷繁的世间隔离的油画，在一蔸一蔸的底处，在被收割后被砍伐后的荒凉的缝隙间，一点一点的绿色从泥土中挤出，一小叶一小叶的苇苗在静静地站在天地间，报告着春的消息。

用远望的眼光推移，绿色正在以优雅的舞步向天边伸延，犹如一张硕大的浅绿色的地毯，映衬着湖乡的春华秋实——

稻子的生长，芦苇的拔节……

湘莲的摇曳，鱼虾的翻动……

一栋拔地而起的楼房，孤寂地坐落在湖洲尖子上，这是守护芦苇荡的工作人员的宿舍，常年与孤独作伴，常年与血吸虫斗争，常年以船、以自行车来回往返。

他们与芦苇一样默默奉献的崇高的精神啊！正是春天的精神，春天的主旋律，春天的魅力所在。

四

乌篷船。温柔的清亮的湖水拍打着船边……

从船头升起的炊烟。在船尾伸出的儿童的脸。

与水作伴，与鸟作伴，与船生死相依的家——一家、十家、百家……这一眼望去浩浩荡荡的渔家队伍，这以鱼为伴，以水为乐串起岁月的安宁的生活，在满足与温馨的日子里，他们幸福地辛勤地劳动着——

晨披朝霞出湖，笑放罾网鱼叉。

夜顶星月归来，喜拣满舱鱼虾。

风，带着些许鱼腥味，但风是爽快的；手，沾着浓烈的鱼腥气，但手是结实的夜，载着几阵微风，但夜是宁静的。

再也见不到帆了，它已被旋转的马达代替。这个世界，到处都在不停地转动着。在转动的节奏里，在转动的声调中，在转动的风景上慢慢地成长。渔民，同样拥有共同的时代。

春天，不可抗拒的力量回到了洞庭。

五

欢快的锣鼓唢呐声，在湖乡的纵深处回荡着。

迎亲的队伍与送亲的队伍汇合……

整个正月，被浓烈的喜气包围着，丰衣足食的湖乡人，以古老的风俗人情拉开春的序幕。热爱春天，我们热爱这朴素如酽茶酽酒的乡情，狂躁的性格会在这个季节里得以宁静，狂乱的心情会在泥土味的乡风中得以净化。春天，在湖乡的沃野上，转动人们重新思想的轮子。

沿着千里金堤围成的大大小小的垸子，在广袤平静的洞庭平原上，来感受湖乡的春天。

使万物苏醒的春天呵，使一切种子发芽的春天呵，使阳光灿烂的微笑的春天呵，对于热爱生活的人来说，它将以生命的全部扑向这个温暖的日子。

美文感悟

再也见不到帆了，船帆已被旋转的马达代替。这个世界，到处都在转动着。

一个人的奔跑

◆文/佚　名

在那个经典的夜晚，被喧嚣包围的墨西哥城终于渐渐安静下来，奥运会田径比赛的主体育场被笼罩在漆黑的夜色中。著名的纪录片制作人格林斯潘因为忙于制作节目，并没有注意到体育场已经几乎空无一人，最后的经典镜头制作完毕，才意识到自己该回宾馆休息了。他刚要离开体育场时，突然看到一个右腿沾满血污，绑着绷带，运动员模样的人跑进体育场。他一瘸一拐地跑着，步伐踉跄、气喘吁吁，但看起来他没有一点要停下来的意思，他绕着体育场跑了一周，抵达终点后，瘫倒在地……格林斯潘意识到，这是一名马拉松运动员，他十分好奇地走了过去，问他为什么要这么吃力地跑至终点。这位来自坦桑尼亚，叫艾克瓦里的年轻人轻声又严肃地回答说："我的国家从两万多公里外送我来这里，不是让我在这场比赛中起跑，而是派我来完成这场比赛的。"

我一定要跑向终点，尽管我已经是最后了，但我有着和他们一样的目标；我要跑到终点，虽然不再有观众为我加油，但我的身后有着祖国的凝望……

风骨凛然、傲气铿锵，看着他坚毅的眼神格林斯潘双眼泪水盈盈，很快，他用镜头将奥运史上这最动人的一幕传递到世界的每个角落。

人生，就应该拥有绝临峰顶的梦想，但更应该懂得不是每个人都有能力做到。最重要的不是最终的结果，而是是否尽到了自己最大的努力。不要强迫自己一定要一骑绝尘，不要强制自己一定要登临绝顶，一览众山小，只要用尽了所有的能力，只要抵达了自己最能企及的目标，对我们的人生来说就已经是一种成功。

美文感悟

我要跑向终点，尽管我已经是最后了，但我有着和他们一样的目标；我要跑到终点，虽然不再有观众为我加油，但我的身后是祖国的凝望……

建立在饱暖基础上的友谊

◆文/佚　名

朋友是什么？是困难时支持你，胜利时提醒你伤心时安慰你，孤单时陪伴你，无论何时也不会抛弃你的人。

朋友不会常常联系，但一定会常常念起，当你在远方承受着风霜，而他无能为力时，他一定会祈祷，让那些风雪降临在他自己身上；朋友就是这样把关怀放在心里，把关注藏在眼底的人；朋友不可能陪伴你走过每一段人生，但有他相伴的那一段，一定是你人生中最亮丽的风景。

一个人偶然捡到一只小狮子，便抱回家喂养。他对狮子关怀备至，喂它新鲜的食物，为它梳毛、洗澡。狮子和他也亲密得像朋友一样，扒他的肩膀，舔他的手脚，陪他散步，和他快乐地戏耍。狮子在他无微不至地照料下渐渐长大，成为一只威猛的雄狮，但温顺得像一条家狗。

某天，他忽发奇想：骑着狮子旅游。于是，他带着狮子，踏上旅程。路上，狮子很听话，平稳地驮着他。所到之处，人们无不对他与狮子间的亲密感到惊讶，他更神气了。路上，有人曾问他："狮子不会吃你吗？"他说："怎么可能呢！"那人又问狮子："你怎么不吃他？"狮子说："那怎么可能呢！"

一天，他们穿越沙漠时遇到了风暴，水和食物都被风卷走了。他在痛心之时，摸着狮子的头对它说："朋友，忍着点，过了沙漠，我让你饱吃一

顿。”并且跳下来步行。一天过去了，狮子饿得围着他打转；两天过去了，狮子饿得舔他的手脚；三天过去了，狮子对他轻轻地撕咬；四天过去了，狮子向他龇出牙齿；第五天，饥饿的狮子瞪起血红的眼睛。

他正要上前抚摸它时，狮子猛得扑向他，瞬间把他撕成了碎片。他到死都不明白狮子怎么会吃了他？

有人将朋友分成四大类：第一种朋友像杆秤。当你有权位的时候，他对你唯命是从，一旦你失势了，他就颐指气使。第二种朋友被称为“花友”。意思是当花朵绽放的时候，人们拿它来装饰，爱不释手，一旦凋萎了，就任意丢弃，不会再有人去看它一眼。这一类朋友，在对方得势时，他亲附攀缘，一旦对方没落，就断绝往来。

还有两种朋友分别以大地和高山来形容，这类朋友可以作为你的依靠，你的支柱，并且能包容你得缺点，这才是真正的好友。

故事中的人和狮子就是只能同甘不能共苦的第二种朋友。

美文感悟

华盛顿曾经说：“对所有的人都要谦恭，但只对少数人亲密，并要在信任他们之前，对他们进行彻底考验。”的确，不是所有的友谊都是真诚无私的，这中间也有一种友谊是建立在饱暖的基础上的。当你衣食无忧时，他是你亲密无间的朋友；当你贫困没落时，他便会露出真实的面目，刺伤你甚至去毁灭你。所以我们需要的是真诚的朋友，要尽力避免与那些虚伪的人接近。

外人看不透的风景

◆文/佚　名

爱是实实在在的。被修饰、点缀的爱往往经不起生活的“推敲”。只有那发自内心的爱才能经得起生活的考验。

一个人感觉幸不幸福,全凭自己的感受,对幸福的理解以及对人生的追求。每个人的幸福标准都因人而异,但对幸福的感觉都是相同的。

婚姻本来就是一种有缺陷的生活,完美无缺的婚姻在现实生活中是不存在的。婚姻生活琐碎而平淡,需要夫妻双方共同去维系,去寻找生活中的快乐!但大多数的夫妻都不懂珍惜眼前幸福的生活,而去抱怨生活的索然无味。如何让自己甘于这种平淡?首先要学会的是不断调整自己的心态。

一位风度翩翩的大学教授,曾娶了一个不知世事,只字不识的农村妇女为妻,在现在这个物欲横流的世界里,这自然被一些人视为他的“软肋”。

议论渐渐多了,他开始在众人面前抬不起头,对妻子也厌烦起来。他终于不堪忍受了,某天晚上,他起草了一份厚厚的离婚协议书,上面讲了许多大道理,想和妻子来个好聚好散。

第二天早上由于他赶着去学校上课,没有收拾书桌上的东西。妻子从外面买菜回来,习惯性地来打扫书房卫生,一只猫也跟着溜了进来,跳到书桌上,把离婚协议书碰落在水盆里,浸湿了。

这下妻子慌了,以为是什么重要

文件,便小心地捞起来,一张张地揭开,用熨斗熨平熨干。她正在用心地做这些时,教授下课回来了,看见她那么用心地在熨烫一张张离婚协议书,像是在做一件神圣无比的事情。他的心仿佛被挖空了,这才感觉,离开了她,他将失去什么。

教授感慨:“婚姻这东西啊,只要用心体会冷暖自知。

幸福完全是一种心境,它没有条件、没有前提,是与拥有的物质丝毫无关的一种心境。幸福感需要自己用心去品味去体会,不同处境的人肯定会有不同的感受。一个拥有一种平和的心境的人,才能体会到幸福的真谛。饥寒交迫的人,有亲人相伴就是幸福;下岗待业的人,能找到一份合适的工作就是幸福;正为失恋苦恼的人,与情人破镜重圆就算是幸福;迷路的人,忽遇热心的引路人就是幸福……

拥有幸福,知足是最有效的方法。一个贪心的人,即使拥有显赫的地位,巨大的财富,也不会有幸福感;而知足者,在微小的物质条件中也能得到满足快乐。

美文感悟

婚姻不在于形式,而在于内容,有个真正关心你的人陪你慢慢变老就是最大的幸福。夫妻之间想要相爱相随、长相守,就应当学一些爱的艺术,婚姻也是要用心去经营的,婚姻要想战胜漫长的岁月,靠的是温情而不是激情,是宽容而不是占有,需要的是忍让而不是要求。不然,岁月无敌,怎么来得及等老?

婚姻不仅是浪漫

◆文/佚　名

幸福的婚姻生活不仅需要浪漫，更需要彼此间能够很好地适应对方。

莫罗阿曾说："婚姻绝非人们所想象的那样浪漫，而是建筑于一种本能之上的制度，且其成功的条件不仅要有肉体的吸引力，而且需要互相了解相互的接受和容忍。"生活中，许多婚姻的不幸都是因为彼此之间不能够相互适应对方而造成的。在"婚姻"的掩盖下，一方总是试图改变另一方，要求另一方完全适合自己。因此，这样的婚姻存在许多暗藏的危机。

北方的马大姐和来自南方的河马大哥偶尔相识了。

"我离婚已经一年了。现在和一岁的女儿生活在一起。考虑到孩子的健康成长，所以想为它找一位父亲，当然，我也希望有个生死相依的老伴。"马大姐直率地对河马说。

"我……我妻子是七个月前离开了我，没留下孩子。"

"如果你不嫌弃的话，我可以考虑考虑。"马大姐说。

"我认为你们应该更进一步的沟通，相互了解对方，再做出是否结婚的决定。"婚姻介绍所的熊嫂一见它们刚见面便直奔主题，善意地提醒道。

"不用考虑了，就是它了！"马大姐说完，直接拉着河马大哥出了婚姻介绍所的大门。

按照"嫁鸡随鸡，嫁狐狸随狐狸"的风俗，婚后，马大姐跟随河马来到了它的家乡——多泽河。

"你在干什么呀？"马大姐见河马大哥一到水边，就跳了下去，吓得大叫道。同时，它的女儿马小姐也惊得抱住了妈妈的脖子。

"亲爱的，你还发什们愣？快下来吧，这里就是我们的家啊！"河马大哥还以为马大姐在向自己撒娇，说完又一个猛子扎进了水里。

马大姐带着女儿在岸边一直等不到河马上岸,又饿又渴的母女俩只好在河边找一些青草来充饥。等到太阳要下山了,河马大哥才回到岸上,它一边甩着身上的水珠,一边说:“你们怎么了?让我在水里等了大半天。我的朋友们都想看看你们呢,这可好,你们……你们也太不给我面子了。”

“你真会找理由,把我们母女俩晾在了岸上,白等了你半天。现在不但不安慰我们,反而还要在这里听你的责备,你像个丈夫,像个父亲吗?”马大姐叉着腰,锁着眉,露出了在草原上那股强悍劲来。

“你……你别生气,走,我带你到周围看看。”河马见马大姐真的生气了,忙上前赔不是。

到了晚上,河马大哥还在带着马大姐和女儿四处转悠,马大姐和女儿都累了,便说:“亲爱的,我们的房子在哪里呢?走了一天的路,我们都困了,想早点儿休息。”

“房子?我一天到晚都泡在水里,根本就不需要什么房子。”

“你没有房子?没有家?当时在婚姻介绍所里,你怎么不说清楚呀?你是个骗子!”马大姐一拍大腿便大哭起来。

“妈妈,此刻的草原上正是皓月当空,以往这个时候,你正带着我,透过窗户,数天上的星星呢。我好想好想我们的蒙古大草原,想那绿油油的青草……”马小姐见母亲哭了,便搂着妈妈的脖子,伤心地说。

“今天是我们蜜月的第一天啊!应该是大喜的日子,你们娘俩竟然大哭起来。”河马大哥这回真的生气了,“而且,你……你还骂我是个骗子,你才是骗子呢!你明知道我们喜欢泡在水里,如果你不会游泳,干嘛还要嫁给我呢?”

“我不知道你喜欢泡在水里!”

“我也不知道你非住在房子里不可!”

第二天,他俩都意识到争吵解决不了问题,便坐下来好好谈。

“我们从小就习惯在一望无际的大草原上奔跑,饿了,到处都是鲜嫩的青草;渴了,就到小溪里去饮水。我们已习惯了那里无拘无束的生活,你还是和我们一起到蒙古大草原去吧。”马大姐恳求河马大哥说。

“可,我也有我的生活习惯,我们祖祖辈辈都生活在河里,只有饿了我

们才上岸的。这里的环境很好你们娘俩就留下来吧，我会尽快为你们造一所房子的。”河马大哥也恳求说。

马大姐见河马大哥心眼不坏，只是生活习惯与自己不同，便决定留下来，与河马大哥一起生活。

然而，没过多久，河马大哥就忘了自己当初的承诺，不要说造房子，就连上岸的时间也越来越少。如果不是肚子饿了，需要上岸，马大姐也很难见上它一面。马大姐感觉，现在虽然有了丈夫，可与以前没有丈夫时差不多，女儿只是有了名义上的父亲，但河马并没给过它真正的父爱，就连陪它玩的时间都很少。而自己离开了大草原，总觉得心像浮在半空似的，毕竟，那里才是自己的根啊！

一天，马大姐趁河马上岸吃草的时候，带着女儿找到它。

“亲爱的，我也正想找你呢。”河马大哥温柔地对马大姐说。

“哦，是吗？”马大姐有几分冷淡。

“你不舒服？”河马大哥以为马大姐生病了。

“是的，是心里。”马大姐点了点头。

“那……那，从今天开始，我天天教你们母女游泳，好吗？那样，我们一家三口就永远不会分开了！”河马大哥有点儿激动。

“不会有那样的一天。你也知道，我们的生活习惯不一样，根本无法生活在一起。最重要的是，婚后，我们并没有得到期望中的那份快乐，所以，我还是决定带着女儿回大草原。”

“不，不，亲爱的，你们不能离开我。”河马说着张开双臂，把妻子和女儿拥进了怀里。

“我知道，你是真心想和我们在一起的。”马大姐轻轻地推开了河马的手臂，“但是，我们谁也无法改变自己的生活习惯，也根本改变不了。所以，与其我们都痛苦，还不如现在理智地分手。”

有时候，当我们走出婚姻的殿堂，才发现对方并不适合自己，这时，我们通常做的第一件事不是包容对方，而是用自己的模式去改造对方，如果改造不成功，就有一部分人放弃好不容易得来的婚姻。

实际上，幸福的婚姻不仅要用思想交流，也要用感情交流，而不是互相限制或改造。

美文感悟

爱需要相互包容与相互理解。每一个人都是独立的个体,当两人相爱并组成家庭后就重新形成了一个新的个体,这个个体你中有我、我中有你,谁也不能完全地适应谁,谁也不能完全改变对方,只能彼此体谅,彼此适应,才会使生活融洽和谐。

要冠军还是要诚实

◆文/佚　名

第四届全美拼字大赛正在华盛顺举行,南卡罗来纳州冠军——11 岁的罗莎莉·艾略特一路过关斩将,顺利进入了决赛。当她被问到如何拼"招认"这个字时,她轻柔的南方口音,使评委们一时难以判断她说的第一个字母到底是 A 还是 E。

评委们商议了一会儿之后,将录音带倒带后重听,但还是无法确定她的发音。

解铃还得系铃人。最后,主考官约翰·洛伊德决定,将这个问题交给唯一知道答案的人。他和蔼地问罗莎莉:"你的发音是 A 还是 E?"

罗莎莉从他人的低声议论中,已经知道自己错了,但她毫不迟疑地回答,,她念了 E。

主考官又和蔼地问罗莎莉:"你大概已经知道了正确的答案,完全可以获得冠军,为什么还要承认错误的发音?"

罗莎莉认真地仰起头回答说:"我要做个诚实的孩子。"

当她从台上走下来时,所有的观众都为她的诚实而热烈鼓掌。

第二天，报纸上有一篇名为《要冠军还是要诚实》的报道如此评论：罗莎莉虽没赢得第四届全国拼字大赛的冠军，但她的诚实却感染了所有的观众，赢得了所有观众的心。

美文感悟

罗莎莉虽然知道了正确的答案，可她却选择了诚实。因为她知道冠军不过是一时的，而诚实会让她赢得自己的一生。

诚实就是生命中的黄金

◆文/佚　名

某天，亚历山大大帝到花园散步。在水榭厅旁，一个年轻的侍从靠在石柱上睡着了，腮边还挂着点点泪痕。亚历山大大帝刚想厉声叫醒那个偷懒的侍从，却看到一封已拆开的信从侍从的衣袋里掉了出来。亚历山大大帝在好奇中拾起了那封信。

信是侍从的母亲写来的，信上说，侍从上次托人带回家的钱已经买了药，够吃些日子了，并告诉儿子好好干活，不要牵挂母亲的身体。

看完信后，亚历山大大帝深感母爱的伟大和儿子的孝顺，然后他把自己的一袋金币与他的信一起放回侍从的衣袋里，转身返回了宫殿。

不久，侍从醒来后，下意识地摸了摸衣袋里的信，竟意外地发现衣袋里有一袋金币，并且金币的袋子上还绣着亚历山大的名字。侍从惊出一身冷汗，心里害怕极了。为了表明自己的清白，侍从快速来到宫殿求见亚历山大大帝。

亚历山大大帝立即接见了那个侍从，并大声问他：“你有何事想见本皇？”

“尊敬的陛下，小人刚才没有恪尽职守，偷懒睡了一会儿，醒来时发现衣袋里有一袋金币。可这是陛下的金币，望陛下明察。”说完，侍从把那袋金币献给亚历山大大帝。

亚历山大大帝听后，和蔼地对他说：“看来，你很诚实，那么这袋金币就属于你了。你可以把这袋金币捎回家，给你母亲买点药治病，并代我向她问候。”

美文感悟

那个侍从肯定不会想到，自己的诚实会获得意外的丰厚的回报。一个人拥有了诚实，也就拥有了“生命的黄金”。侍从并没有把不属于自己的东西归为己有，而是诚实地说出真相，从而获得了意外的收获。那么，他意外的收获来自哪里呢？来自于他内心的高贵品质——诚实。

诚实在美国的位置

◆文/佚　名

我以前有一个学生叫威廉，是个黑人，勤奋又有礼貌，一年前选学过我的逻辑课，可上了几节就不来了。后来，他说因为他爸爸死了，所以才会缺了很多课。我就原谅了他。

威廉依然缺课，一直到期末考试。他请我不要给他不及格，而给他一个“科目未结业”。他说他是现役军人，并且马上就要到前线打仗了。我一听，就没有反对。

某天，我突然接到军人驻校办公室的电话。一位军人问我：“为什么威廉一年前的课到现在还没有结业？”

我说：“威廉到前线去啦。”

那边马上就提高了嗓门："他到什么前线？在他读书期间，部队根本不会送他去前线！"

我一听很生气，立刻给了他一个不及格，送到了成绩部。

没想到，部队连接打电话来，要我起诉威廉"学术欺骗"。我一听就头疼。我是教授，自己负责学生的成绩。学生的德行由他们自己负责。所以我没理部队的要求。

一天，我上完课回来，一个高大的军人站在办公室门口，表情严肃得像块门板。他对我说："戴博士，我是团长詹姆斯，我有必要找你谈谈。"

我第一反应就是："我做了什么坏事？"

团长詹姆斯却对我说："我们要把威廉送上军事法庭，因为他撒谎。"

没想到事情会如此严重，我就说："我已经给威廉不及格了，他已经得到了惩罚……"团长詹姆斯打断我的话："戴博士，我请您认真考虑考虑，如果您不起诉，他就可以从大学毕业。他毕业后，就可以当排长，掌握32个美国人的儿子和女儿的生命。如果他不诚实，您能放心把32个美国人的儿子和女儿交给他吗？"

32个美国人的儿子和女儿的生命可非同小可。我想了一个星期还是决定不起诉威廉。我虽不放心把32个美国人的儿子和女儿的生命交到他手里，可为撒谎起诉自己的学生，我做不出来。

几个月后，我在校园里碰见威廉。我问他有没有被送到军事法庭。他说："没事，可我自己要求退役了，因为我撒了谎。"

以后，我就没见到过威廉。他不再是军人，也不再是学生。"32个美国人的儿子和女儿的生命"算是可以放心了。威廉的这些经历却使我看到了"诚实"在美国的位置。

美文感悟

如果诚实与人们的生命连在一起，你还会再轻视诚实吗？

飘泊的云（外一篇）

◆文/苏中联

失去了家园，我到处流浪。

从小就渴望成为一只鸟。

常常想，不知道拥有什么样的力量和智慧才能无视天空的高阔，才能把握风的方向？

我多想放飞人生的理想，让生命自由地在天地间徜徉。

启程时异常的痛苦和艰难。是我的任性，还是尘世的污浊；是我天生的优柔寡断，还是对母体的缠绵依恋？

终于在太阳的感召下，毅然对土地作了一次彻底的背叛。

现在我俯瞰大地，一切都是那么亲切。城市、乡村、工厂、田园，井然有序。当初贫瘠的丘岭已遍布养分，山涧岩上也流淌着清泉。

曾经给我困扰和牵挂的土地，如今成了我全部的思念和寄托。

生我养我的土地啊，我已走上漫漫人生旅途。你依然像父亲一样朴实和坚韧，母亲一样温柔和慈祥。

当我漂泊得久了，当我看懂了远方的风景。当我的体内充满阳光的血液，思想凝结成浓云，我会重新扑向你温暖的怀抱。

孤独

孤独者的歌不是寂寞的歌，更不是绝望的歌。

孤独是人生一处美妙的风景。

当你送走白天的喧嚣，独坐夜的窗口，让阵阵凉风吹来，冷却那燥热的心情；梳理梳理烦乱的思绪，然后对着夜空数一数星星，找一找最初的自己。

当你摆脱世俗的牵绊和烦恼，独坐无人的旷野，这一片天空就属于自己，这片云让你静静观赏，品味一下过去的酸甜苦辣，想一想现在，憧憬一下美好的未来。修改修改人生的章节，回味回味自己生活的罗盘。

什么时候你走出过孤独呢？

团聚的时候虽远离了孤独，可畅饮的是孤独酿造的美酒；远行的时候告别了孤独，可我们重新后程的路上又要与孤独结伴；玩耍的时候忘记了孤独，我们遗失了多少生命的花朵。

你从梦中来，又朝梦中走去。

刚刚挣脱了人生困惑之网却又落入了生命迷茫的大海。

或许你永远也走不出孤独，只是学会了以孤独抵挡孤独。

美文感悟

当我漂泊得久了，当我看懂了远方的风景。当我的体内充满阳光的血液，思想凝结成浓云，我会重新扑向你温暖的怀抱。

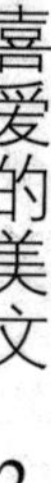

不要让风把门关上

◆文/佚　名

风能吹走春天,但它吹不走春天的种子。

初中毕业后,我进了一所普通高中,虽然有家人与老师的激励,但我对自己的未来已经失去了信心,学习也成为一种应付父母和老师的差事,变得十分被动。高二时的一次考试,有几道题让我头大,我开始寻找着打小抄的机会。但老师一直走来走去、非常仔细地巡视着每名学生的举动,我根本找不到作弊的机会。突然,一阵风吹来,我下意识地抬头,注意到敞开着的教室门正快速地关起来。我们都知道,门关起来一定会发出很大的响声。这时候,老师飞快地冲向门口,一把抵住了门。或许是因为太着急了吧,老师的动作很可笑,以至于眼镜也掉到了地上,同学们看到后立刻哄笑起来。

一瞬间,我的心一动。

别让风把门关上,那掉下的眼镜有着怎样的在意和紧张?不要让风把门关上,那简单的动作里凝聚着怎样的爱和期望?我以为自己已经被世界抛弃,可呵护和温暖一直默默地围绕着我,细微而纯净、淋漓而浩荡。我打消了作弊的念头,那以后,每每稍有懈怠,老师那滑稽的动作就会浮现在我的脑海。直到后来考取大学、参加工作,“不要让风把门关上”一直是我的心灯,照亮我前行的路。

风能吹走春天,但吹不走春天的种子;失败可以暗淡昨天,但阻挡不了明天的到来。当一条条路坎坷起来,当一个个憧憬破灭后,只要不让风把通往梦想的门关闭,只要不让风吹起的尘土模糊我们前行的路,只要我们不把信念抛弃,就没有什么能够把我们抛弃。

美文感悟

风能吹走春天，但它吹不走春天的种子。

真正的朋友

◆文/佚　名

罗曼·罗兰曾经说：“友谊是人们毕生难觅的一笔宝贵财富。”

友谊对于人生来说，大概怎样夸张也不为过。有太多的人因为朋友而决定了一生的命运。一句“成也萧何，败也萧何”，令人们从两千年前一直感慨至今。正是这一点，使友谊的话题万古常新。人生获得一个知心朋友很难，找一个帮手却很容易，这两者的价值是不相同的。生活在一个多彩的社会，虽然友谊的内涵变得丰富、深刻，但朋友的地位在我们心中依然十分重要。

曾有人认为真正的朋友是这样的：当你困难时，他不舍弃；当你贫贱时，他不看轻；当你需要帮助时，他愿意付出；当你有所求时，他能够割舍；当你有错误时，他可以帮你改正。这才是真正的朋友。

两个平时非常要好的朋友出门在外，平时彼此照应，相处得很好。其天，两个人一同走在一片森林里，不经意间，突然

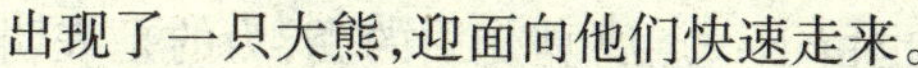

出现了一只大熊,迎面向他们快速走来。

一个人看到后,立即闪电一般抢先爬到了树上,躲了起来。等另一个人发现熊时,它已经向自己逼近了,如果爬树逃生肯定是行不通了。他想起曾听人说过,熊从来不吃死人,于是他便躺倒在地上并屏住呼吸,装成一个死人。

熊走到他跟前停下来,用鼻子在他脸上嗅了嗅,转身就走了。树上的那个人等熊走 远后跳下来,问:"刚才熊竟没有吃你,真奇怪,我看他好像对你说了些什么,你能告诉我吗?"装死的人委婉地说:"熊告诉我,今后千万不要和那些不能共患难的朋友同行。"

患难才能见真情,能和你一起分担危险的人才是真正的朋友。

朋友不分男女不分贵贱,不分时间,而在于是否是真正的朋友。交朋友不仅是一种情感需要,而且能给自己的事业和人生带来实际的价值和帮助。

美文感悟

林肯说过:"从某方面说,你选择了什么样的朋友,便选择了怎样的人生。"朋友贵在选择,一个真挚的朋友胜于无数个狐朋狗友。除了自己的力量之外,再也没有别的力量可以像真挚的朋友一样,帮助你去实现成功。不错,你的朋友对你有着很大的影响力,甚至可以说你的命运不只决定于你自己,也决定于你的朋友,真正的朋友,是可以托付一生的。

美的诞生(外三篇)

◆文/普里什文

虽然没有粪就种不出玫瑰,但诗人仍然只会赞美玫瑰,而不去赞美

粪,也就是肥料。展示玫瑰本身,也留下一点腐臭变质的粪,为的是表明美的近旁是粪,紧挨着自由的是它从中努力挣脱出来的必须。

追随

有这样的情况,某人费力地在积雪很深的雪地里穿过,结果他并不是白费力气。另一个人怀着一颗感恩的心顺着他的脚印走过去,然后是第三、第四……于是那里已经可以看到一条新的小路。就这样,因为一个人,整整一冬就有一条冬季的道路。

有时候一个人走过去了,脚印白白留在那儿,没有人再顺着他的脚印继续下去,于是紧贴地面吹过的暴风雪埋藏了它,什么痕迹也没留下。

我们所有人的命运都是这样:往往是同样的劳动,命运却各不相同。

在霞光中

霞光在空中燃烧,你自己,也在霞光中燃烧。千百种声音在霞光中融合在一起,为的是赞美生活,燃烧,烧尽。但有一个非常细小的声音,或者不如说是悄声耳语,不想和大家一起燃烧。

我的朋友,你不要去听这无聊的悄声耳语,为生活而高兴吧,为了生活而表示你的谢意吧,也像我这样,怀着一颗感恩的心去生活和所有的霞光一起燃烧吧!

诞生

在漫长的人生道路上,有多少小小的子弹落到了我身上,不知从何处飞来,击中了我的心灵,给我留下许多弹伤。而当我的生命将尽,这些无数的伤口开始愈合了。

在那曾经受伤的地方,就长出思想来。

美文感悟

霞光在空中燃烧自己,你自己,也在霞光中燃烧。

所谓幸福(外二篇)

◆文/池田大作

所谓幸福……有两种类型。一种是当欲望得到满足而产生的幸福感,另一种是为自己的想法去实际行动,由此而得到生命的充实感。

也许有人认为拼命挣扎于“不幸”泥沼中的人,只要欲望得到满足就能获得幸福。但是,这种幸福只是短暂的、飘渺的,一旦得到满足后,就会消失。在下一秒,他又会去跟有同样东西的人相比,会觉得自己得到的东西没有任何价值,或者又产生其他新的欲望,于是再一次被痛苦折磨,惶惶不可终日。

恋爱

恋爱是娇艳的人生之花,既是花必定会结果。仅像热病一般狂热是不行的。任凭感情的支配,随心所欲地生活,在精神上就等于是幼儿了。纯真的爱情固然美好,然而这里也潜藏着愚蠢的脆弱。有多少不幸的女子,为了爱情在伤心落泪啊。你可不要变成这样不幸的人。

“完美的恋爱”必定充满永不变心的深厚爱情,这才是首要的条件。杯水主义者的爱、一时冲动的爱,时过境迁,就会被抛弃。恋爱至上主义把这样的爱作为真实的爱,这不过是人生的一时幻想。

恋爱让你爱上一个人,如果它是真诚的,你们就会决心无论痛苦还是

快乐此生都要在一起,可以说,这样走上结婚的道路才是最恰当的。我想:恋爱就是在上演婚前能否幸福的演习。

这时侯你要冷静地看自己,是否沉溺于恋爱而迷失了自我?若恋情死亡,你还能活下去吗?这一点很重要。恋爱像飞机起飞时的滑行,结婚就好比离陆、升空,能否起飞就决定于恋爱。恋爱和结婚的激动是人生长途的开端。对旅行者来说,必须有一架面对任何狂乱气流都能安如泰山的飞机,所以,你们在起飞前要一起好好检修一下机体。

失去人性的学问

可以认为,现代的学问试图将一切事物都盖以科学的高帽子,而忘却了人类最重要最基本的东西。所谓人类,就是依靠思想形成思念,设定理想,并为这个理想进行努力的客观存在。人类的高贵就体现在这里。当然,在现实中,对某事如何客观,冷静地分析和对它真伪的判断也是非常重要的。但是,进行分析和判断,就要猜想某事如何如何,这就包含了理想,而要实现理想,就要树立应该如何做的判断基准,为此,分析和判断又是必不可少的。我认为,人类既有追求理想的一面,又有审视现实的一面,只有两方面都具备才是中庸之道,才是正确的思想方法。

学问是为人类的需要而存在于世上的,如今,我们却把这个道理抛之脑后了。其根本原因是:本来学问是从"人"出发的,而在现在这个社会,人们已不再好好学习学问的基础,而一心追求最新的成果。人们之所以会采取这种做学问的态度,归根结底,是由于一切的基本点——"人的观念"没有确立。

这一切的根基,我们必须紧紧盯住"人"的存在,必须深刻理解人的重要性的价值观。面对那些忘却"人"的思想和运动,不管它们在形式上多么符合逻辑,也不管它们用看似多么庞大的体系来装饰自己,我们都要具备一双清醒的眼睛。

美文感悟

恋爱像飞机起飞时的滑行，结婚就好比离陆、升空，能否起飞就决定于恋爱。

幽默岂止一笑

◆文/罗里本特

现实的我们常常因为受到一点小挫折而心灰意冷、迷失方向。

此时，幽默可使你“反败为胜”。

我一个朋友因为迟到已受到“最后通牒”，但今天在上班的路上又遇上塞车。也许他可以对主管说“大病一场啦”但他不想用“家喻户晓”的借口。

他是山姆。9点35分他赶到公司时每个人都在努力工作。山姆的主管过来了，山姆突然咧嘴一笑，握着主管的手一本正经地说：“你好！我叫山姆·梅纳德。我想求职，那个职位三十五分钟前是属于我的。我第一个来，‘勤快人先捡柴’吧？”

一阵哄堂大笑后，主管竭力保持严肃地离开了。山姆用“笑”保住了他的工作。

我的一个邻居在去机场的路上与妻子发生了争吵。起飞后，他感到非常抱歉，他知道妻子也一样。两小时后，家里的妻子接到了长途电话：“请给我的妻子留话，我感到抱歉。”一刹那，电话两头的冷漠之心溢满了爱意。

一位聪明的英国女主人自己招待8个著名人士就餐，想从他们身上得到慈善捐赠。照英国惯例，她让自己的孩子侍餐。她儿子托着一只大

火鸡，用胳膊肘顶开了门，但门借惯性关上时撞到他，鸡掉在地上。男孩不知所措地站住，客人们则面面相觑。女主人摇着头微笑道："别害怕，丹尼尔，"她说，"把这家伙抓起来放回厨房去，换一只乖一点的来。"她眨着眼睛。

一个暗号一句戏言把尴尬化作娱乐，宾客也想不到待会儿搬上来的还是那只"落地鸡"。

幽默可以消解敌意源于它无言的承诺。当加拿大的技术部长罗兰·密切纳要去视察一个公立学校时，大楼的修理工们正在那里闹事，不准人员进出。如果他退回办公室，这有损政府形象；如果他走出去，必将导致更严重的劳工风潮。

正当他进退两难时，更多工人拦住了他的去路，他望着那条"禁区线"，忽然脸上露出笑容，他朗声说道："多谢你们来看我，我们可以过去吗？"罢工纠察员忍俊不禁，罗兰一行顺利地大步跨上校门台阶。

自然，幽默远不是一笑了之，有时它拥有我们无法想象的神奇力量。二战时，幽默像英勇的皇家空军一样为阻止法西斯对英国的占领出过大力。举一例就足以说明，就是那个从伦敦空袭的残垣断壁中爬出来的女人的故事。当问她"你丈夫在哪里"时，她擦着头上、臂上的泥土说："他只是在利比亚流血的傻瓜！"言外之意：他应该在更艰苦的伦敦战斗。其幽默的意志令人佩服。

当我们的生活陷入困境时，先问一下："可否含笑置之？"有责任感的人都会这样解决难题。像西·马歇尔，美军参谋总长，把"仓促”的美国引入二次大战，他面临的第一个问题是鼓舞士气。他认为陆军重要，而以海军出身的罗斯福总统却认为海军是首要的，其次是空军。争论逐渐激烈，马歇尔一直坚持己见。最后，在一次会议上，一向喜吹绷着脸的马歇尔笑了：“总统先生，您起码不要再说‘我们海军’和‘他们陆军’吧。”

罗斯福望着戴眼镜的马歇尔禁不住开口大笑，于是他重新研究了马歇尔的建议，并逐步接受了“陆军第一”的观点。

美文感悟

现实生活中人们常因为受到一点小挫折而心灰意冷，迷失前进的方向。

成功在一念间

◆文/佚　名

日本的清酒与我国江南的黄酒不相上下，都是深受欢迎的普及型大众米酒。

但日本的米酒在明治之前不是很漂亮，这是它唯一的缺陷。很多人想了各种办法，却找不到使酒变清的法子。那时，在大孤有一个叫鸿池善右卫门的小商人，以制作和经营米酒为生。一天，他与仆人发生了争执。仆人怀恨在心，找机会报复。他在晚上将炉灰倒入做成的米酒桶内，想让这批米酒变成废品，叫主人吃亏。干完了小勾当，他就逃之夭夭了。

第二天早晨，善右卫门到酒厂查看，发现原来浑浊的米酒变得清亮了。再细看一下，桶底居然有一层炉灰。他猛然觉得这炉灰具有过滤浊酒的作用。他立即进行试验、研究。在无数次的改进之后，终于找到了令

浊酒变清的办法，制成了后来畅销整个日本的清酒。

好像善右卫门在“一念之间”就酿成了清酒。他的成功看似是灵感乍现的结果，是神灵对他的格外恩赐。

但偶然中往往有着必然。长久以来，米酒的浑浊一直是善右卫门的一桩心事，他肯定一直对此格外关注，一心惦记着这米酒何时才能变得清纯起来。所以，当突然发现酒桶中的酒如梦想中那样清澈时，他的第一感觉是：洒在酒中的脏东西对酒具有沉淀的作用，根本来不及思考是谁在搞破坏，一心扑在这一重大发现之上，这才最终酿成清酒。善右卫门制成清酒虽是偶然，但这偶然是对善右卫门长期思索的最终报答，他的灵感乍现，是一颗赤热的心换来的丰厚收获。

这样的例子数不胜数。

被称为世界“假发之父”的刘文汉，仅靠餐桌上的一句话而灵感降临才一举发家的。1958 年，刘文汉到美国旅行，一天，当她与两位美国朋友共进午餐时，谈到什么行业可以在美国大行其道，其中一个人开玩笑地说了一句“假发”。刘文汉听后顿时眼睛一亮。这顿午餐便成了刘文汉发家的起点，回到香港，他立即创办了假发工厂。假发业为他迎来一条广阔的致富之路。刘文汉的成功就在于他的用心，在于一念之间他对成功的渴望。

美文感悟

成功的关键在于“心”。心有所见，心有所闻，心有所感，心有所知。就像那句老话，如果不是你就站在馅饼的落点，无论如何它是不会砸到你的。

反其道而行之

◆文/佚　名

在“亚洲小姐”选拔的决赛中，我们为了测试参赛小姐思维敏捷度和应对技巧，主持人问他们“假如你必须在施特劳斯和希特勒两个人中选择一个为终身伴侣的话，你会选哪一个？”

对于这个问题，一多半参赛小姐选择了施特劳斯，答案当然不能算错误，但是却毫无新意，显得人云亦云，千篇一律。

其中有一位参赛小姐的回答是：“我会选择希特勒。如果我是希特勒妻子的话，相信我会感化他，这样第二次世界大战就不会爆发，也不会有那么多无辜的人因为战争而家破人亡了。”这位小姐的巧妙回答赢得了观众和评委的热烈掌声。因为这位小姐不仅与众不同地选择了希特勒，并做出了合情合理的正义而善良的回答，这个别出心裁的回答让她征服了评委与在场观众，获得了成功。

还有一个故事也有异曲同工之妙。有两个基督教徒，先后去问同一牧师在祈祷时能否吸烟。一个教徒先上前问牧师：“在祈祷时能否吸烟？”牧师生气地回答：“不可以。祈祷时要专心致志！”另一个教徒上前这样问道：“在吸烟时能否做祈祷？”牧师愉快地回答：“当然可以！可贵的是吸烟时都没有忘记做祈祷，真是太好了！”对于一个实质相同的问题，两种不同的问法，得到了截然相反的答复。

美文感悟

那些出乎意料的成功方法，就像能破开坚硬石头的木楔一样，简洁，又有效。

一句话的威力

◆文/佚　名

阿尔伯特最初在美国孚石油公司任小职员时，出差住旅馆的时候，总是习惯在自己签名的下方写上“美孚石油每桶十美元”字样，在书信及收据上也不例外，签名后一定会写上那几个字。因此他被同事们戏称“每桶十元”。

公司董事长迈克知道后非常感慨：竟有职员如此努力宣扬公司的声誉，我要见见他。不久，阿尔伯特就以出色的表现成了董事长的特别助理。

后来迈克卸任，阿尔伯特则成了第二任董事长。

朋友阿珠的成功与阿尔伯特有着惊人的相似之处。别人都惊讶阿珠是如何从一名普通营业员一路走来成为这家大型百货公司总经理位置。说起来，阿珠的成功只不过是她比别人多说了一句话而已。

当初大专毕业的阿珠一时找不到工作，只好到一家百货公司做营业员，虽然别人都认为她做营业员有些大材小用了，但她很珍惜这份工作。她热情周到的服务很快就得到了顾客和领导的好评。

阿珠所在的柜组前面有道不显眼的台阶，时常会有人因没有看到而被绊一下。所以每当有不知道的顾客经过时，阿珠总是善意地说一句“请小心前面的台阶”。其他的同事见了都笑话她多管闲事，那些人又不买自己柜组的商品，管那闲事干嘛。阿珠对此也从不争辩，总是付之一笑。

有一天，公司老总视察工作时正巧经过那道台阶，阿珠还是像以前一样习惯性地提醒说：“请小心前面的台阶”。老总一愣，但很快便明白了是怎么回事，他看了看阿珠，赞赏之情溢于言表。

不久阿珠便被提升为柜组组长，一年之后，她成了这家公司的副总经理。

美文感悟

一个人的成功,有时只是比别人多说一句话多做一件事而已。

一流鞋匠二流总统

◆文/佚　名

美国前总统林肯,在他当选总统那一刻,整个参议院的议员全部感到尴尬,原因是林肯的父亲是个鞋匠。

当时美国的参议员大多数出身于名门望族,都认为自己是上流人物,从未料到自己所要面对的总统是一个地位低下的鞋匠的儿子。

于是,林肯第一次在参议院演说之前,就有参议员想要羞辱他。

当林肯走上演讲台的时候,有一位态度恶劣的参议员站起来说:"林肯先生,在你开始演讲之前,我希望你记住,你是一个鞋匠的儿子。"

所有的参议员都开怀大笑起来,为自己虽然不能打败林肯但能羞辱他而开怀不已。

等到大家的笑声停下来了,林肯说:"我非常感激你让我想起我的父亲。他虽不在人世,但我一定会永远记住你的忠告,我是鞋匠的儿子,我知道我做总统永远无法像我父亲做鞋匠做得那么好。"

参议院所有人员都默不作声。林肯回过头来对那个傲慢的参议员说:"据我所知,我父亲以前也为你的家人做鞋子,如果以后你的鞋子有不合脚的地方,我可以帮你改一改,虽然我不是伟大的鞋匠,但我从小就跟父亲学到了做鞋子的手艺。"

然后他对在坐的所有的参议员说:"对参议院里的任何人都一视同仁,如果你们穿的那双鞋是我父亲做的,而它们需要修理的话,我会尽我所能帮忙。但是有一件事是无法改变的，我没有办法像我父亲那么伟大，他的手艺是无人能及的。”说到这里，林肯热泪盈眶，此时此刻，听到的不是嘲讽的笑声，而是赞叹不已的掌声。

林肯没有成为手艺超群的鞋匠，但成为了伟大的总统，他的伟大在于他永远不曾忘记他的父亲是一个伟大的鞋匠，并以此为荣。

美文感悟

批评、讪笑、毁谤的石头，有时正是通向自信、潇洒、自由的台阶。

幸福的债台

◆文/佚　名

常言道，幸福与财富是对孪生兄弟。因此我便觉得，债台应该与幸福相差甚远，就像两条平行线，永远不会相交。时至今日，才蓦然发现，原来我的幸福竟来自债台。

小时候家里为修建新房而欠下的那笔上千元的债台，那债台是怎样压得全家喘不上气来，我至今不会忘记。也就是从那时起，父亲紧锁的眉头，扎根在了我记忆的深处，永远难抹去。

在我高中毕业时，家里好不容易才还清了所有欠债。正当全家认为从此可以无债一身轻时，我报考的那所学校，几千元的学费又悄然而至。父亲毅然去了内蒙古的林场伐木挣钱，母亲也是没黑没白地劳碌，目的只是供我们兄弟俩读书。即便这样，在我中师毕业时，家里仍然负债累累。不过，父母却没有以前欠债时的那般愁闷，反倒有了多年难见的笑容。母亲说，只要我们兄弟俩发奋读书，砸锅卖铁，即使负债累累，他们也自得其乐。

参加工作后的第一个月，我有了第一笔属于自己的259元工资，当我把它紧紧的拽在手里时，我便暗下决心，一定要为偿还家里的债务尽一份责任。然而，为了参加各种学习、培训，每月那两百多元的工资，实在难以维持，再加之亲朋好友之间的各种活动等开支，我也开始有了属于自己的债台。

我现在已记不起第一次向人家借钱时，是怎样红着脸给人家写欠条的，我这辈子也不会忘记，写完欠条后那种重负顿压心头的沉重。为了保证再借不难，我经常向债主承诺在约定的时间内还清借款。我开始努力节约每一项开支，可这种局面总是难以摆脱。我实在厌倦了这样的现实，更不想总是生活在债台里，我决心要改变这种生活的现状。为了不再负债累累，我到处寻觅任何一个能够改变我生存环境的机会，我曾和我的学生一起去报名参军（因文教局不肯放人，所以白白地闯了一关又一关），也曾在新年的第一天，在母亲闪动的泪花中走出家门，踏上南下广州的列车。本来认为繁华的都市能有我逃出债台的落脚之地，但在将四处借来的上千元的盘缠花得精光时，我又不得不向老乡借回家的盘缠。

这样一来，原有的债台又增高一码。但我仍然不会放弃继续寻找可以让我逃出债台任何的机会。我绞尽脑汁，总算从乡沟里的一所中学，调进了离县城不远的一所职业中学，我开始狂购各类考研资料，拼命地做着我的考研梦。虽然我积极地上下求索，然而债台并未因此而有所递减。

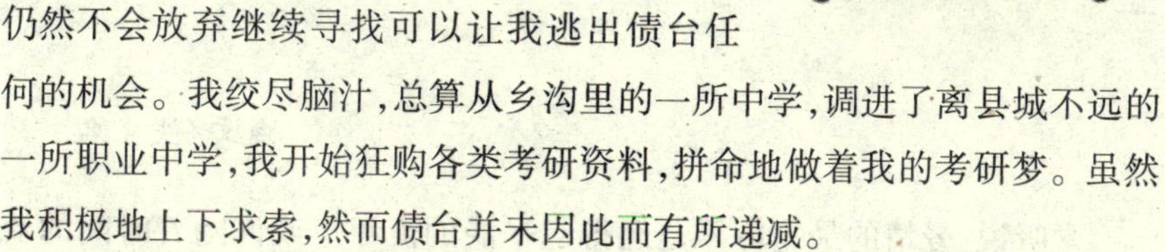

回首往事，在我的债台每增高一码时，我的目标也更上了一层楼，永不服输的闯劲日渐增长。直到今天，我的工龄已有7年，并已娶妻生子，面对日渐增多的各项开支，我已能笑着面对。每月虽然仅有500余元的工资，不过对于我们县城里的生活水准来说，还是有滋有味的，但借债仍是我生活中的插曲。

可能因为保持了过去的习惯，有不少朋友在最需要的时候，还是特别高兴的把钱借给我，我真是十分感谢他们。同时我也常想，我们都需要别人的帮助与支持，就如这债台一样，它充满了朋友、同事的信赖和期待。

我对债台不再有任何偏见，或许正是这债台，才激起了我不断奋斗的勇气；也正是因为它，让我对雪中送炭有了更深刻的理解；最主要的是，它让我懂得了怎样去珍惜、经营自己的生活。

被人信赖是一种幸福，这点我想我得到了，而债台更是这幸福的一块试金石。想想关于幸福与财富的传言，想想自己在债台里爬摸滚打的亲身体验，我想说，其实债台与幸福是靠得很近的，并且，为幸福而在债台上打拼的生活，更值得我们去留恋。

美文感悟

欠债是一种压力，但同时也是一种生活的动力。为还债打拼的日子很苦，但是当把债还清的那一刻，内心的喜悦是无以可拟的。其实，人生的任何苦难算不上什么，关键是我们以一种什么样的心态去对待。

接受一次爱的考验

◆文/佚　名

常听说：爱情的最高境界是经得起平淡的流年。或许随着时间的流逝，爱情早已没了最初的激情，但能经得起时间的沉淀和诱惑考验的爱情，才能称得上是最高境界。

爱情是我们这一辈子对情感最大的追逐，爱情的伟大和甜蜜使我们渴望和憧憬，大凡男人都想拥有至善至美的爱人和幸福美满的爱情，但是，当爱情悄然而至时，你是否能坚守住心里的执著，经得起多彩的诱

惑呢?

一个男人不要轻易地许下诺言,或许爱情里有了承诺会更加使人心动,但永远实现不了或违背的诺言,只是纸上谈兵非常苍白。女人需要你的承诺,但更需要的是你真实的行动。一个人一辈子或许可以爱很多次,可真爱一定是经得起考验的那一次。

他们俩是大学时开始的恋情,大学毕业,她离开母亲温暖的怀抱,同他一起来到这片创业者的天堂。她认为,只要与他在一起,就是幸福、人生和全部。可是现在他却冰冷地对她说:

"我们分手吧。"冰冷的语气令她突然窒息……两滴晶莹的眼泪不知何时下坠,划破冰冷的夜,"吧嗒"一声,落花四溅。

"能够答应我一件事吗?"她的声音有些沙哑,有些颤抖。

"你说吧。"他用极其不耐烦的语气说。

"让我保留你房间的钥匙,好吗?"

以后的每个星期五,他下班回到家时,冰箱里仍然像以前一样,总是装得满满的。只要他想要的,伸手可及,她真的很傻。而他,理所当然地享受着。

在以后的日子里,他好像终于找到了真正的属于自己的爱情和幸福。他为此而感到高兴,激动不已,并更加坚信以前和她在一起简直就是一种错误。

然而,激情过后,爱情,生活,一切又恢复了往日的平静。他一没钱,二没地位,更没有一张令人着迷的脸蛋,惟一可以引以为豪的高学历,也在后来者面前不堪一提。他一边感叹世道不公、真情不在,一边继续心安理得地享受她填在冰箱里的一切。

日子一天又一天地过去了。有一天,当他打开冰箱想拿啤酒浇愁的时候,忽然想起好久没有见到她了。她是多么好的女孩啊!聪慧、贤淑、美丽、可人。他痛恨自己在此之前自己是多么地有眼无珠。明天是星期五……

她如期而至,手里提着满满的食物,人也变得越发漂亮迷人。

当她拉开冰箱时。一大捧火红的玫瑰和一只红色的心形小盒呈现在

她眼前，她迟疑了一下，然后小心翼翼地打开，是一枚银白色的铂金戒指，她的眼中隐约有波光闪动。

这款名叫“月亮代表我的心”的戒指，她心仪已久。那时，他只在一旁扯着她的衣袖说，“走吧……”

她擦了擦眼角，顿了顿，便又恢复了平静。把玫瑰拿出，放在床头柜上，然后把带来的啤酒、水果和饼干依次填进冰箱，轻轻地合上。然后，带着那捧玫瑰从他眼前走了过去。

等她一出门，他迫不及待地拉开冰箱，里面堆满了食物。最上面的一层，放着那只心形的指环盒，他使自己的情绪稳定了一下，打开心形的指环盒，看到了那枚“月亮代表我的心”恬静地躺在里面，旁边是一把钥匙，他家门的钥匙。

总是在失去爱情后才明白当初它的好，总以为会有更好的爱情在等待自己，却不知其实最好的就在身边。

美文感悟

爱情始终逃不过这样的规律：开始充满激情，最后归于平淡。所有的爱情都有一个保鲜时间，过了保鲜期的爱情也许不再艳丽动人却平实可爱。如果能坚守这份爱，在爱情的岔路口不被迷惑，那你将有幸得到这世界最可贵的真情。

认识能力（外一篇）

◆文/康　德

认识能力的缺陷有二点：一是心灵软弱，二是心灵病态。就认识能力而言，灵魂的疾病我们可以概括为两类，一是忧郁症（疑病），二是精神失

常(躁狂症)。前一种病人似乎意识到,他的思想活动进行得不正常,原因是他的理性不具备足够的力量控制自己去调节思路,去终止或推动它。在他心里一会儿是兴奋,一会儿是难过,脾气的变幻就像他变幻莫测的天气一样。后一种疾病是思想的一种任意活动。它有自己的(主观的)规则,但这个规则却与那些和经验法则相符合的(客观的)规则相违背的。

大脑缺弦的人、聪明的人、狂妄之徒、傻子和呆子,他们不但在程度上,而且在心灵紊乱的质上与精神失常的人有所区别,他们还没有达到因为自己的缺陷进入疯人院。在疯人院里,一个人即使年龄上已达到成熟,却在最起码的生活起居上不能自理。带有激情的癫狂是狂气,它往往能够自发地、不由自主地迸发出来,而且是在诗兴结合着天才时才产生。这是一种一方面更加敏捷另一方面却毫无规则的意象之流的汹涌,当它与理性汇合时就被称为痴狂。在同一个不可能实现的意向上顾虑重重,便如在丧失爱人时,从痛苦中找到安慰,这是抑郁狂。迷信类似于癫狂,而迷狂则类似于狂想症。

激情

因为激情有时候(或多或少)使人产生盲目。然而大自然仍将这种素质植入我们心田,这是大自然智慧的结晶,要在理性还没有达到足够坚强之前,暂时地施以约束,即使在内心向善的道德冲动之上,再加上活生生的生理(感情)刺激的冲动。作为理性的临时代用品。因为除此以外,激情就其本身而言任何时候都是不明智的,它使人失去了追求自己的目标能力。因而故意让激情从心中产生出来是不明智的。然而理性仍然可以从道德——善的观念中,通过将理性的理念与隶属于其下的真理(例证)结合起来,而产生出意志的某种活跃,这样,理性就可以不是作为激情的结果,而是作为激情的原因而向善的行为中注入生气。同时,理性在一直实行着约束,而产生出一种向善的热情,只不过这种热情终归还是只能属于欲望能力罢了,而不能算作一种更强烈的感性的感情,即激情。

美文感悟

认识能力的缺陷要么是心灵软弱，要么是心灵病态。

拯救灵魂

◆文/佚　名

小明从小就是问题少年，在家父亲打，在校老师罚。

父亲经常用“肉蒲扇”扇他嘴巴，左右开攻，直打得他鼻血飞溅、脸肿得像包子一样才肯罢手。母亲又不敢多说，只是悄悄流泪。可是第二天，小明依然我行我素。

有一次，盛怒之下的父亲将小明抡起来，扔了出去。不料貌闪避不及，头撞到了天花板上，也是从那次起，他落下了流鼻血的毛病。他由此发现了一个有趣的现象：只要鼻梁被什么轻碰一下，鼻血就像接到命令一样狂泻而出。从此，每当老师惩罚他，他就会乘老师不注意，轻叩鼻梁，老师一看他流鼻血，就慌神了，于是不得不改变主意。

每当父亲打他的时候，他也故技重施，体罚每次都是见血告终，他每次都有效，之后小明学会了欺骗。

对小明来说，体罚成了家常便饭，对他没有任何作用，之后变本加厉，常常熟练地偷父母挂在衣架上衣服里的钱，几十块到几百块，连眼都不眨。

这样有段时间，直至有一天，小明因父亲的一句话而改变。那天，父亲出远门，下了站还得坐一趟公车。仅仅为省两元钱，父亲步行十几里走了回来。

父亲一回来就瘫在了床上，对母亲说：“为了省两块钱，我是走回来

的。”小明已偷成习惯，自然而然地把手伸进爸爸挂在墙上的外套口袋，但翻来翻去，结果让他大失所望，只翻出一张两元的纸币。那纸币已揉得快烂了，黑黑的，很脏。

平常的时候，他偷了钱喜欢去网吧，或买点零食吃。但那天，他在街上逛来逛去有很几回，始终不忍心将那两元钱花出去。

“为了心疼两块钱，我是走回来的。”父亲的话不断萦绕在他耳边，触动了他心中最柔软的一处，父亲的艰辛，自己的不懂事。他第一次为自己的行为感到羞耻、不安和痛苦。最后他像逃跑一样跑回家，将手心中碳块一样的两元钱重新放进父亲的衣袋里。

后来，他分多次地将偷来的钱重新放回到父母的口袋中。反复几次后，他最终找到了自我，再也没有将手伸到任何不该到达的地方。

男孩后来虽然没能发迹，但一直做着本分的一介良民，而他的改变，不是源自什么拳棒的领教，而仅仅是两元钱的教育。

美文感悟

拯救高于惩罚，拯救一个人的灵魂永远比制裁一个人的肉体要高明得多。

得饶人处且饶人

◆文/佚　名

刚上中学的时候，有一次与爸妈共餐，我看见爸爸每吃一两口饭就会将饭碗放下，左手摩擦裤子几下，然后再接着吃。

问了妈妈以后我才明白，原来爸爸因为长时间将手浸泡冰水中，以手搅和冰水来保持鱼货的新鲜，手部末梢神经被伤，捧碗时手掌无力，必须

借摩擦才能端起饭碗。

经常有人对我说，家里做鱼货生意，常有海鲜吃，确实幸福。我会回答，假如能够，我希望父母不要做那种买卖，因为确实很辛苦，必须起早贪黑，天不亮就得出门，整天呆在鱼腥味之中。我和父母同居，却一连好几个星期见不着父母，因为醒来前他们就出去了，入睡后他们也还没有回来。

高二那年，有一次放学回家，我看见父母比往常早归，心想今天是怎么回事？爸爸要我和妹妹收拾行李，去外地的亲戚家住，我看到父母无可奈何而又惊恐不安的眼神，心想肯定有什么事发生。

原来是爸爸的朋友因为犯了法，为求跑路费向爸爸借钱，爸爸不给，他就恐吓说要绑架我与妹妹。为了安全起见，爸爸决定要我与妹妹暂时住在亲戚家，由他和妈妈面对歹徒。真是笑话！钱是辛辛苦苦用老命赚来的，岂能说给就给，反正要钱没有，要命一条！

就这样，我度过第一次离家的日子。也许因为是第一次离家，所以总是隔三差五打电话回去，有时父母没接电话，心头顿时就空空的。于是我决心回家，无论如何都要跟父母一起面对这一切，于是我和妹妹便一起回了家。

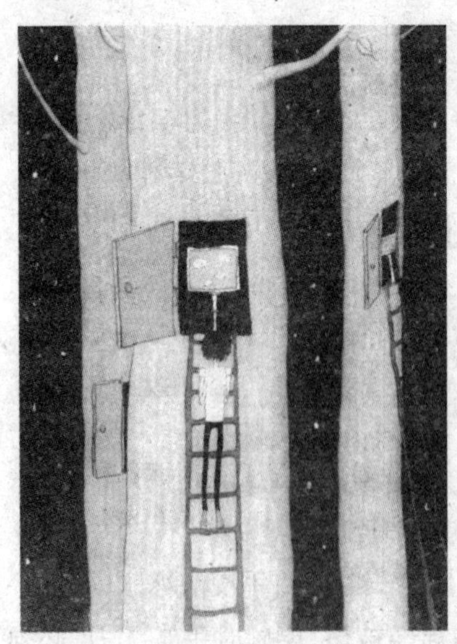

爸爸说："我知道你们会回来的，算了，钱就给他好了。家人分离，滋味很难受。"

不过也由于这件事，爸爸决定不再做鱼货买卖，因为码头边有许多流氓靠勒索过日子，他不想以自己辛苦挣来的钱去填那些人的嘴。

再后来我上了大学，政法大学毕业后，有一天我告诉爸爸说，我要把那个人送进监牢。

然而，出乎我的预料，当初那么坚决的爸爸竟然笑着说："得饶人处

且饶人吧，当初要不是他的恐吓，我也不会提早退休，也许今天我跟你妈已经因为过度操劳而不在人世了。”

爸爸说：“也许是上天的安排吧，发生这样一件事，使我有了休息的借口。”

他又说：“以后你坐到审判席上，得多想想别人的处境，给犯错的人一条路走。”

我对这样的教诲不太认同，因为那件事对我来说，曾经是个可怕的梦魇，不过，想起现在健康的老爸，与当初吃饭端碗都要费好大劲的老爸，或许是老天爷的有意安排，况且那个歹徒案发后就发现罹患癌症，在爸爸跟我聊起这事的几天后就过世了。

有一个健康的爸爸，这该感谢那个歹徒吗？我不苟同，但一定会牢记爸爸的话：“无论你多么愤怒，都要记得给别人留一条路走，也许神灵自有安排！”

美文感悟

待人宽厚是一种美德。

灵魂的救助

◆文/佚　名

一个叫化子来到一个庭院，向女主人乞讨。这个叫化子很可怜，他的右手连同整条手臂断掉了，空空的袖子晃荡着，让人看了很是难过，碰上谁都会毫不犹豫地施舍的，可是女主人却毫不客气地指着门前一堆砖对叫化子说：“你帮我把这些砖搬到屋后去吧。”

叫化子生气地说：“我只剩下一只手，你还狠心叫我搬砖，不想给就别

给,为何还要捉弄我呢?”

女主人并没有生气,蹲下身搬起砖来。她故意只用一只手搬了一趟说:“你看,并不是非要两只手才能干活。我能做,你为什么不能做呢?”

叫化子怔住了,他用诧异的目光看着妇人,尖突的喉结像一枚橄榄上下滑动了两下,最后他蹲下身子,用他那唯一的一只手搬起砖来,一次他只能搬两块。他足足搬了两个小时,最后把砖搬完了,累得上气不接下气,脸上有很多灰尘,几绺乱发被汗水染湿了,歪贴在额头上。

妇人递给叫化子一条雪白的毛巾。叫化子接过去,把脸上和脖子上很仔细地擦了一遍,白毛巾变成了黑毛巾。

妇人又递给叫化子 20 元钱。叫化子接过钱,很感激地说:“谢谢你。”

妇人说:“你不用谢我,这是你自己凭力气挣的酬劳。”

叫化子说:“我一定会记得你的,这条毛巾也留给我作纪念吧。”说完他深深地鞠一躬,就上路了。

过了一段时间,又有一个叫化子来到这庭院。那妇人把叫化子引到屋后,指着砖堆对他说:把砖搬到屋前就给你 20 元钱。这位双手健全的叫化子却不屑地离开了,不知是不屑那 20 元钱还是别的什么。

妇人的孩子不解地问母亲:“上次你叫叫化子把砖从屋前搬到屋后,这次你又叫叫化子把砖从屋后搬到屋前。你到底想把砖放在哪呀?”

母亲对他说:“砖不论放在哪都一样,可搬不搬对叫化子来说可就不一样了。”

此后还来过几个叫化子,那堆砖也就在屋前屋后来回这样被搬了几趟。

几年后,一个很体面的人来到这个庭院。他西装革履,气度不凡,和那些自信、自重的成功人士一模一样,然而美中不足的是,这人只有一只左手,后边是一条空空的衣袖,一荡一荡的。

来人俯下身用一只独手拉住有些老态的女主人说:“如果没有你,我还是个叫化子,可是现在,我是一家公司的董事长。”

妇人已经想不起来是哪一位了,只是淡淡地说:“这都是你自己的

功劳。”

独臂的董事长要把妇人连同她一家人搬到城里去住，做城市人，过好日子。

妇人说：“我们不能接受你的恩惠。”

“为什么？”

“因为我们一家人个个都有两只手。”

董事长伤心地坚持着：“夫人，你让我明白了什么叫人，什么是人格，那房子是你教育我应得的报酬！”

妇人终于笑了：“那你就把房子送给连一只手都没有的人吧。”

的确，所有的哲学家对人格的认同都是一致的：第一是劳动，第二是思考。可是我们放眼望去，或者巡视周遭，是不是每个人都具备这两条基本品格呢？那些为人父母者是不是能清晰地知道孩子在成人之前应该给他什么样的教育呢？

美文感悟

送之以鱼，不如授之以渔。简单的帮助是一种怜悯和同情，只有心灵的救助方可称之为济世。生活的尽头依然是生活，灵魂的复苏才能让别人勇敢地去面对。

大海中的救命之恩

◆文/佚　名

“大舜”号在渤海湾中，再现了“泰坦尼克”号的悲壮。302 人只有 22 人生还，其中还包括一位女性。她的名字叫董颖，当时 26 岁，在青岛帮人

卖服装，她是独自一人去大连旅游的。当警铃第一次拉响时，面对第一次坐船，而且又是在茫茫无边、浪高五六米的大海上，董颖吓得花言失色了。她不会穿救生衣，眼泪止不住流在她那美丽的脸庞上。这时有两位还没穿上救生衣的大哥向她走来，帮她穿上了救生衣。

董颖看到整个通道上乱作一团，想到了最坏处。她茫然地向着乱成一团的人群跑去，发现那里的男人们都主动让出一条道，让妇女、儿童和老人先上甲板。经过几个小时的垂死挣扎后，“大舜”号倾倒在大海中，船舱一会儿被水淹没了。同舱的几名男子用各种器物，还使用了头颅和拳头，终于把钢化玻璃窗击碎了，然而第一个逃出船舱的人却是董颖——男人们再次把生的希望留给了她。然而，她也只不过是任凭风浪摆布而已。

突然她看到一条橡皮救生筏，那上面已有一位老人，老人向她伸出援助之手，她用了很大的力气也没能爬上去。这时大浪将一个男子送到了她和救生筏的旁边，那位男子想都没想就倾全身之力，把董颖送上了救生筏。当董颖再来向他伸手时，两只手就差那么小小的一点距离，一个巨浪将那位大哥带回海底，再也没有起来……董颖蒙了，她被这种场面给吓坏了。真的，她不知道该怎么向这位大哥的爱妻和孩子交代了……

筏子依然在死亡之海上飘荡着，董颖伤心地大哭起来。那个老人便安慰她：“不管是什么结果，我都会全力以赴帮助你，因为你还年轻，而我已经活了大半辈子了。”这样说着，董颖停住了哭声，她也看到了海上的亮色。可突然一个大浪将筏子掀翻，董颖死死缠住了筏绳，而那个给她力量的老人，转眼就消失在茫茫的大海中……

董颖确实不会游泳，然而她只是在踏上“大舜”号以前，看过溺水自救的电视片。她将两个指头伸进鼻子里，使劲地用嘴呼吸，以保持水不能灌进鼻子而将自己呛死。不知过了多长的时间，董颖发现自己随筏子漂到了岸边，有人拉她，但没拉住，又漂远了一点儿，岸边也是惊涛骇浪，她随时可能被返回到海里。董颖一下子明白了，她忙将筏绳解开，又是一个巨浪将她送到岸上。这时一个渔民用羽绒服包住了她，她活了下来。

真可谓与死神较量啊！惊魂不定的董颖说，帮助她的那些男人们，其中如果哪一个不到位，哪怕是相差一秒，她都有可能葬身大海。为她而去的男人们伟大、无私，将会在大海中永生。她要把这个故事告诉世世代代的人们。这些天，大海中漂泊着许多百合花。这里面也有董颖的一份心意。董颖那双忧伤而美丽的大眼睛，盈满泪水。

记忆是残酷的，也许永远都抹不去。年轻的董颖将会永远活在一种感动和万般怀念之中，生命因此而变得圣洁与美丽。

美文感悟

人的生命是上天赐予我们的特别礼物，即使陷入了绝望的泥沼中，也应该把握住生命中哪怕是一点点儿值得赞美的亮色，从而鼓励自己要挺住，别倒下。只要有一线希望，我们就要坚强地活下去，因为活着就会有希望。

人间情分

◆文/佚　名

人与世界的许多联系，其实常常是与陌生人的交往，然而对于这些人，无欲无求，反而能够表现出真正的善意。

在梅雨的季节里，总是令人心浮动，生活烦躁起来。特别是上下课时，捧抱着一大堆教材讲义，站立在潮湿的街头，看着穿流不息的大小车

辆，却拦不住一辆出租车，那份难堪，不由地令人沮丧。也是在这样密密麻麻、雨势不停的午后，我匆忙地赶赴学校。搭车之前，先找到一家书店，复印若干讲义给学生，因为时间十分紧迫，我几乎是跑进去的，迅速将原稿递给素不相识的年轻女店员。

那女孩有一双嫩白的手掌，铺好原稿，打开机器，她首先复印了两张尺寸较小的，而后将两张复印稿并排成一大张。抬起头，她微笑地说：

“这样不必印80张，只要40张就够了。好不好？”

我惊奇地看着她继续工作，在复印机一阵又一阵的光亮闪动里，也惊奇地看着她的美丽。

原本，她的五官非常平凡，但是，此刻当我的心灵完全沉浸在这样宁谧的气氛中，她不再是个平凡的女孩。

我看着她认真地把每一张整齐裁开、叠好，装进袋子，连同原稿还给我。付出双倍劳力，却只换来一半的酬劳，她主动做了，还显得格外光彩。

离开的时候，我的脚步不由地放慢了许多。烦躁的感觉，全驱散在一位陌生人善意的温柔中。并且发现，即使行走在雨里，也可以是一种自在心情。

再次去澎湖，不再有亢奋的热烈情绪，反而能在阳光海洋以外，见到更多更好的东西。

望安岛上随意放牧的牛群，刚从海里捞起的白色珊瑚，用指甲轻轻划一下，会发出“筝”的声响。夏日渡海，从望安到了将军屿，一个距现代文明更远的地方。有些破旧的房舍，仍然保留着传统建筑，只是房瓦和窗台都绿草盈眼了。岛上人迹稀少，能够清晰听见鞋底与水泥地的摩擦，这是一个与世隔绝的地方呢！

穿过一丛丛怒放的天人菊，在一个不让人注意的墙角，我被一样事物惊住了——一具蓝色的公用电话。

它只不过是一具公用电话，市区里多得几乎不会让人去留意，但是，当我想到当初订置的计划，渡海前来装置、架接海底电缆……这些复杂庞大的工程，只为了让一个人传送他的平安或者思念，忍不住要为这样妥贴的心意而感动了。

一个月的内地探亲之旅，到了后期已如残兵败将，恨不得丢盔弃甲。大城市的火车站规模很大，从下车的月台到出口，往往得上上下下攀爬许多阶梯，那些大大小小的箱子早超过我们的负荷能力了。

那天，在南方的城市，车站阶梯上，我们一步也挪不动，只好停下来歇息。一个年轻男子从我们身边走过，和其他旅客没什么两样，而不同的是他在看着我们，并且也停下来。

“我来吧！”他友好地说着，用卷起衣袖的手臂抬起大箱子，一直把我们送到顶端。我们几个连忙向他道谢，他只憨憨地笑了笑，很快在人群中消失了。

穿白色衬衫的背影，笑起来像学生一样纯净，是我在那次旅行中，是最美的印象了。

现代人由于寂寞的原因，特别热衷于谈“情”说“爱”；但是又因为吝啬的缘故，情与爱都构筑在没有基层的沙滩上。

在某些时刻，接受陌生人的好意，也会禁不住自问，我以前替不相干的旁人做过什么事？

人与世界的诸多联系，其实常常是与陌生人的交往，而对于这些人，无欲无求，反而能够表现出真正的善意。

每一次照面，如芰荷映水，都是最珍贵而美丽的人间真情。

美文感悟

人世间最需要的是真情。不论是亲情、友情，都需要我们去热情地呼唤它！让我们每一个人都从自己做起，用我们的真情感动别人！让这个世界充满爱，让真诚永驻人间。

诚实的品质是永恒的通行证

◆文/佚　名

人真正能做到正直诚实,那么他这辈子就会拥有一张永恒的通行证。

当今社会,物欲横流,正直诚实的美德早已被越来越多的人所遗忘,但对于正直和诚实而言,人们更加看重于算计和钻营。然而,当这种淳朴的美德回归的时候,人们仍然感到无比的温暖和欣喜。

在一个难得的假日里,天空湛蓝、阳光和煦,弗莱娅带着她两个女儿去动物园玩。弗莱娅领着孩子来到动物园门口的售票处前,问里面的工作人员:"请问门票是多少钱一张?"

里面的一位年轻人回答说:"4 周岁以上的游客进入动物园都需要买门票,价格为 2 美元,4 岁以下的儿童免费游玩,请问你的两个孩子多大了?"

弗莱娅认真地回答道:"我的小女儿今年 3 岁了;大女儿 4 岁半了,因此我应该付你 4 美元,对吗?"

年轻的售票员有点惊讶地说:"哟,这位太太,你是刚刚中了彩还是捡到巨款了? 你本来可以为自己节省 2 美元的,即使你告诉我那一个大一点儿的孩子 3 岁的话,我也看不出来啊!"

弗莱娅回答说:"是的,先生,你肯定不会看出其中的差别,然而我的孩子会知道这其中的差别的。作为一个母亲,我有责任不让她们在小小年纪就学会去欺骗别人。"

不管在什么时候,比金子显得更珍贵的是正直和诚实;一个正直诚实的人,他的良好品性不但会为自己带来好的声誉,也会于潜移默化中影响着别人。所以,无论是在生活中还是在工作中,你都要保持这种美德,以负责任的态度去对待自己和他人。

美文感悟

怎样培养正直诚实的品格，亚伯拉罕·林肯说得好："正直并不是为了做该做的事而有的态度。正直是使人快捷成功的有效方法。"正直诚实的品格是每一个人必备的美德。一个正直的人会在适当的时机做该做的事，即使没有人看到或知道。正直是一个人品德上的"通行证"。当你具备了正直的品格时，便会在各个方面畅通无阻。

信用是一种财富

◆文/佚　名

某一年的一个夏天，沃夫的父亲叫他去为自己的农场买些铁丝和修栅栏用的木材。那年沃夫刚16岁，特别喜欢驾驶自家那辆"追猎"牌小货车。然而这一次他的兴致可不是那么高，原因是父亲要他去一家商店赊货。

16岁是满怀傲气的年龄，一个年轻人想要得到的是尊重而不是同情。当时是1976年，美国人生活在种族主义的阴影里。沃夫曾亲眼看见过自己的朋友在向店老板赊账时屈辱地低头站着，而商店的老板则神气十足地盘问他是否有能力偿还。沃夫明白，像他这样的黑人青年一走进商店，售货员就会像盯小偷一样地盯着他。沃夫的父亲是个非常守信用的人，从来没有欠账不还的情况，但谁知道别人会不会相信他们？

沃夫走进里维斯百货商店，只见老板巴克·里维斯站在出纳机后面，正在与一位中年人谈话。老板是位个子高高的男人，脸上布满了苍伤。沃夫走向五金柜台旁，红着脸和老板打了一下招呼。沃夫花了很长时间选好了所需要的商品，然后有点害羞地拿到出纳机前。他轻声地对老板说:“对不起,里维斯先生,这次我们得赊账。”

旁边那个和里维斯谈话的中年人向沃夫投来轻蔑的一瞥,脸上露出了鄙夷的神色。但是里维斯先生的表情却没有一点变化,他很随和地说:“可以,没问题。你父亲是一位讲信用的人。”说着,他又转向中年人,手指着沃夫介绍道:“这是詹姆斯·威廉斯的儿子。”

美文感悟

名誉是不能够贱卖的,更不是用金钱可以买到的。一个希望得到社会尊重和支持的人,是不愿意牺牲诚信原则的。

抵御利益的诱惑

◆文/佚　名

雅利安公司是美国环球广告代理公司,因为业务的需要,公司打算招聘四名高级职员。安东尼幸运地成为10名复试者其中之一。复试是单独面试,主持复试的是全球闻名的大企业家贝克先生。

安东尼刚走进会客厅,坐在沙发上的一名考官便立即站起来,安东尼认出来人正是贝克先生。“是你! 你是安东尼!”贝克先生激动地说出了安东尼的名字,并且很快地来到安东尼面前,紧紧地抓住了他的双手。

“这些年我一直在找你!”一脸惊喜的贝克先生,转过身激动地对在座的另外几位考官说道,“先生们,我向你们介绍一下,这位就是救我女儿的那位年轻人!”

安东尼的心狂跳起来,他还没来得及说话,贝克先生一把把他拉到旁边的沙发上坐下,说道:“我划船技术不怎么样了,以致把船翻了,女儿掉进了密西西比河中,如果不是这位年轻人出手相救,结果可就糟了,真抱

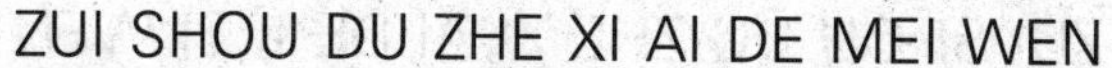

歉，当时我只顾着照看女儿，也没来得及向你道谢。”

安东尼心跳加快，他竭力地控制着，抿抿干裂的双唇，说道：“很抱歉。贝克先生。我素未谋面，更不用说救过您女儿。”

贝克先生拽住安东尼的手说：“你不会不记得？4月2日，密西西比河上……一定是你！你脸上那块痣我永远是不会忘记的。年轻人，你骗不了我的！”贝克先生一脸的得意。

安东尼站起来说：“贝克先生，我想您一定弄错了。我根本没有救过您女儿。”

安东尼说得很坚决，贝克先生一时默不作声。最后，他哈哈大笑：“年轻人，我很欣赏你的诚实。我决定录用你了。”

几天后，安东尼顺利地成了雅利安公司的职员。有一次，安东尼和公司的戴维先生闲聊，他问戴维：“救贝克先生女儿的那位年轻人找到了吗？”

“贝克先生的女儿？”戴维先生一时没反应过来，接着他大笑起来，“他女儿？前面有七个人因为他女儿而淘汰了。其实，贝克先生根本没有女儿。”

美文感悟

贝克先生，这个从报童到世界著名大公司总经理的传奇人物，他认为诚实是员工必备的素质。人的一生中，考验无处不在，在面对机会、利益的诱惑时，你能否像安东尼那样坚守诚信不为所动呢？

不要只盯着沙丁鱼

◆文/佚　名

大学同学顾平毕业后在一家小公司谋得一份差事，经过两年的拼搏，他从一般职员被提升为副总经理。就在前途一片光明的时候，顾平却突然在一片艳羡声中辞职去了南方，当顾平在南方的一家什么跨国公司做着一名小职员的消息传回家乡后，同学和朋友都替他感到万分惋惜。时光荏苒，一转眼过了五年，春节期间的同学聚会上，顾平突然出现在这次聚会上，身份又一次改变，已经自己开了一家资产近千万元的公司，不再只是艳羡，而是惊呼一片。有人感叹当初顾平辞职的果断和远见，然而更多的人是询问，当初是什么原因让他那么义无反顾辞职，漂向他乡的？顾平说，当初让他改变初衷的缘由是在一本书上看到的一个故事——

沙丁鱼们是大海中身体瘦小的鱼种，当他们遇到鲸的时候，沙丁鱼们就拼命地逃窜，鲸就张大嘴巴在后面追。沙丁鱼们离海滩越来越近，只盯视着猎物的鲸根本没有察觉这些，当浑然不知的鲸发现海滩，因为速度太快，想停下来已经来不及了，在惯性的作用下，鲸庞大的身躯已经冲上海滩，沉重的身体陷进海沙中，无法游动，最终死亡……导致鲸死亡的不是沙丁鱼，而是沙丁鱼之外的海滩。

每个人都会遭遇到沙丁鱼

的诱惑。学会把目光看向诱惑之外，才能够避免跌进致命的陷阱，才能够看到更多的机会。鹰看到了云朵，才摆脱了树枝间的摇晃；溪流听到了大海的呼唤，才融成了浩瀚。多么优越的职位，如果所处环境空间狭隘逼仄，极有可能会因为目光短浅，失去拥有更多风景的机会。

不要只盯着沙丁鱼，沙丁鱼之外有海滩，更有辽阔的大海。

美文感悟

学会把目光看向诱惑之外，才能够避免跌进致命的陷阱，才能够看到更多的机会。

学会宽容地处世

◆文/佚　名

宽容是一种非凡的气度、宽阔的胸怀，是对人对事的包容和接纳。

宽容是一种生存的智慧、生活的艺术，是看透了社会人生以后所获得的那份从容、自信和超然。聪明的人能容。越是睿智的人，越是胸怀宽广、大度能容。因为他洞明世事、练达人情，看得深、想得开、放得下。

宽容是人与人之间不可或缺的润滑剂。它和诚实、勤奋、乐观等价值指标一样，它是衡量一个人气质涵养、道德水准的尺度。宽容别人是对对方的一种尊重、一种接受、一种爱心，甚至有时候宽容更是一种力量。宽容能让那些被放逐的心重新振奋，在人们的善意中重新审视自己，审视人心，从自暴自弃的樊篱中挣脱出来，重获新生。

在生活中，我们受到了不公正待遇或自己身边的人做错了什么，一定不要生气愤怒，而应该学会宽容。宽容就是对自己不苛求，对别人不苛求。不论是对待朋友、家庭还是事业，都要有宽容的态度，只有这样这些

关系才会长久。

一个人突然猛学算命，由生辰八字、紫微斗数、姓名学到占星术，没一样不研究。

他学算命，肯定不是觉得算命灵验，而是想证明算命是骗人的把戏。原因是有一位非常灵验的大师为他算命，算他活不到 47 岁，他暗下决心，一定要打烂那大师的招牌不可。

他学着学着，心里不免担心，因为他发现自己算自己，也确实是这样。这时候，他改了，他跑去做慈善，说“反正活不久了，珍惜剩下的岁月，做点有价值的事”。于是他很积极地投入，人人都说他变了，由一个焦躁势利的小人，变成一个敦厚慈爱的君子。不知不觉，他过了 47 岁、过了 48 岁，而今已经 53 岁，红光满面、生气勃勃，比任何人活得都健康。

“你现在可以去砸那大师的招牌了！”有一天朋友和他开玩笑说。

他眼一亮，回问朋友：“为什么？”又笑笑，“要不是那人警告我，依我以前的样子，确实 47 岁非犯心脏病不可，他没有不准啊！”

世间并没有绝对的好坏，有的往往只是正邪善恶的交错，所以我们立身处世有时也要有清浊并容的雅量。

在我们人生的道路上，每个人都会碰见这样或那样的痛苦和伤害，当你受到无辜伤害或被他人欺侮时，你是以牙还牙呢，还是宽恕忍让？报复似乎更符合人的本能，但这样做了，只会让仇恨越积越深。如果总是把别人的过错和自己的失败收藏在自己的心里，时间一久，必定会使你的心灵甚至生活灰暗起来，而你终将会被这种心灵的重负所压垮。

其实生活中人人都会遇到伤害，并不是只有你一个人在遭遇不幸，既然该发生的都已经发生了，你已经无力挽回，那么与其陷在伤痛和仇恨里痛不欲生，倒不如用你的宽容和豁达去宽恕别人的错误，感化一颗充满邪恶亦或是愧疚的心。宽容本身也是一种沟通、一种美德，一剂良药。

美文感悟

生活中，我们经常会受到负面的影响和无端的伤害。如果我们将这些全部都装在心中，稍有委屈就想报复，那么我们的身心将永远得不到安宁。为人处世让一步为高，退步即进步的根本。这并不代表无能，却恰恰是一个人卓识、心胸和人格力量的体现，即所谓“海纳百川，有容乃大”。

别让想象害了你

◆文/佚　名

想像力在人类所有的才能之中，它是最杰出的。

想象力是在你大脑中有创造一个念头或思想画面的能力。因为有想象力，我们才能创造发明，发现新的事物定理。如果没有想象力，我们人类将不会得到任何发展与进步。爱因斯坦之所以能发现相对论，就是因为他能经常保持童真的想象力。牛顿能从苹果落地，而想象到万有引力这一个科学的重大发现也是因为有了想象力。

人的想象力是特别活跃的，你可以利用想象的力量，发掘出困难问题的解决方法。当然，这就需要你冲破思维的枷锁，在遭遇到困难的时候，要善于冲破常规，善于变通才能找到解决问题的最佳办法。

在第二次世界大战期间，德国科学家为了执行希特勒的命令，做了一项惨无人道的心理实验。

他们找来一位俘虏，然后告诉他将在他身上做一项生理实验，就是在他的手腕上划一道口子，然后看着他身上的血一滴一滴地流光的生理反应。

那些德国士兵把这位战俘绑在实验台上，用黑布蒙上他的眼睛，然后用一块薄薄的冰块在他的手腕上划了一下。同时科学家在他的手腕上放置了一个吊瓶，吊瓶里的水温跟人体血液的温度差不多，吊瓶管子的另一端，放在这个战俘的手腕上方，于是水就从他的手腕慢慢地流下来。在他的下面，科学家放了一个铁桶，当这个战俘听着“滴答、滴答”的水声的时

候,他就认为自己的血在往外流了。事实上,他的手腕并没有被划破,但是他认为被划破了。

过了一个小时,这个战俘真的死了,而且死去的反应跟失血而死的人是同一症状。原因是他相信自己被放了血,结果就被吓死了。

想象力的魅力在于他能够将你带入一个虚拟世界,从而实现现实生活中不可能实现的梦想。但消极地运用想象力,只会把自己带入死亡的边缘,让想象的痛苦变成实际。

美文感悟

想象力的作用就是他可以使你享受快乐,享受惊奇,享受自由,享受现实生活中少有的感受。积极的想象力是发明、发现及其他创造活动的源泉。正确的运用想象力能为你的生活带来更好的美景,但若把想象力运用到消极的事情上,即使这事情是自己臆想出来,想象的多了,也变成真的了。

两个朋友

◆文/佚　名

朋友是一辈子的事,假如你有幸拥有几个志同道合又真心爱你的朋友,那你就拥有了人生中最宝贵的财富了。

曾国藩说,一等人存人,二等人存物,三等人存钱,存人好比是无期存款,一本万利,用不着取本,就有花不完的利息,永远有利息留在人间。存人就是拥有更多的朋友,由此可见朋友在我们生活中的重要性。

所以,在现实生活中我们应当学会交友,善于交友。因为朋友的力量是不可估量的。假如一个人没有朋友,那么在他遇到困难时,不但会感到孤独无助,而且在事业上很难有所发展。

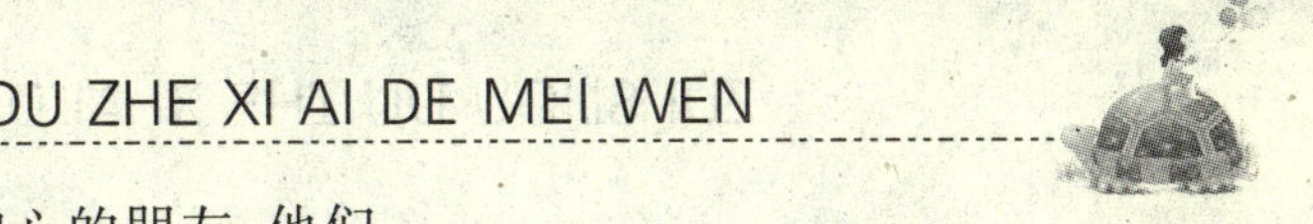

在某个王国，有两个知心的朋友，他们有福同享，有难同当。据说在这里建立友谊，要比其他任何地方都要牢靠。

一天夜里，人们都在深睡，一个朋友突然惊慌地从床上爬起来，直接朝他好朋友家跑去。被他叫醒的朋友听后大吃一惊，他穿好衣服，抓起钱袋，全副武装，对朋友说："深夜来访，一定是有要紧的事，是不是赌博输了钱？我这里有钱，你拿去吧。要是跟别人吵架了，我和你一起去理论。要是有需要的话，我这里还有柄利剑，你也把它拿走。"

他的朋友回答说："不，我很感谢你对我这么关心。我一不要钱二不要武器，我只是在睡梦中看到你有些忧伤我担心你的安全，因此就连夜赶来了。这就是我半夜来访的原因。"

有朋友的人生是幸福的人生，当你和他在芸芸众生、茫茫人海中相遇，从相识、相知到相惜、相伴，实在是一种难得的缘分。当你在人来人往聚散离合的人生旅途中，能够与朋友彼此相遇、相聚、相逢，可以说是一种幸运；幸运不是时刻都会有的，缘分更是来之不易的，所以当你拥有了人生中最宝贵的友情时，一定要好好珍惜，因为真朋友总是难求，哪怕就只有一个也是你的富有。

美文感悟

朋友是人的一生中不可缺少的部分。人人都不能没有朋友，人人都离不开友情，友情是一种最纯洁、最高尚、最朴素、最平凡的感情；也是最浪漫、最动人、最坚实、最永恒的情感。你可以没有爱情，但是绝不能没有友情。友情会使欢乐加倍，痛苦减半；它是抚慰你心灵的良药，是滋润你心田的甘泉。

生活的写意

◆文/蒙　田

想唱就唱，想跳就跳，想睡觉的时候我就睡觉。

即便我一个人在幽美的花园中散步，假如我的思绪一时转到与散步无关的事物上去，我也会很快将思绪收回，想想花园，寻味独处的愉悦，思量一下自己。天性促使我们为保证自身需要而进行活动，这种活动也就给我们愉快。慈母般的天性是顾及到这一点的。它推动我们去满足理性与欲望的需要，打破它的规矩则违背情理。

我知道恺撒与亚历山大就是在活动最繁忙的时候，仍然充分享受着生活中的乐趣。我想指出，这不是要使精神松懈，而是使之增强。因为要让激烈的活动、艰苦的思索服从于日常生活习惯，那是需要有极大的勇气的。先贤们认为，享受生活乐趣是自己正常的活动，而战事才是非常的活动。他们持这种看法是明智的，我们倒是些大傻瓜。我们说："他这一辈子一事无成。"或者说："我今天什么事也没有做……"怎么！您不是也生活了吗？这不仅是最基本的活动，而且也是我们诸多活动中最具光彩的。"假如我可以处理重大的事情，我就可以表现出我的才华。"您知道考虑自己的生活，知道运用安排它吗？那您就做了最重要的事了。天性的表露与作用的发挥，无需异常的境遇。它在各个方面乃至在暗中也都能表现出来，就和在不设幕的舞台上一样。

我们的责任是合理地调整我们的生活习惯，而不是去编排；是使我们的举止井然有致，而不是去打仗，去扩张领地。我们最豪迈、最光荣的事业就是生活的写意，一切其他事情：执政、致富、建造产业，充其量也不过是这一事业的点缀和从属而矣。

美文感悟

我们的责任是调整我们的生活习惯，而不是去编排；是使我们的举止井然有致，而不是去打仗，去扩张领地。

时机（外一篇）

◆文/培　根

善于在做事前识别时机，是一种极难得的智慧。比如在一些危险关头，表面上看起来吓人的危险比真正能压倒人的危险要多许多。只要挺过最难熬的时机，再来的危险也就不那么可怕了。因此，当危险来临时，善于抓住时机主动出击，要比犹豫躲闪更有利。因为犹豫的结果恰恰是错过了克服它的机会。但也要注意警惕那种幻觉，不要以为敌人真像它在月光下的阴影那样高大，因而在时机不到时过早出击，结果可能会失掉获胜的机会。

在所有大事业上，人在开始做事之前要像千眼神那样察视时机，而在进行时要像千手神那样抓住并把握好时机。

厄运

“好的运气让人羡慕，而战胜厄运则更让人惊叹。”这是塞尼卡得之于斯多葛派哲学的名言。事实如此，超越自然的奇迹，总是在对厄运的征服中出现的。塞尼卡又曾说：“真正的伟人，是无所畏惧的凡人。”这是一句宛如诗一样美的妙语。一切幸运都并非没有烦恼，而一切厄运也决非没有希望。最美的刺绣，是用明丽的花朵映衬在暗淡的背景里，而一定不是用暗淡的花朵映衬在明丽的背景里。从这图像中去汲取启示吧。人的美德就像名贵的香料,在烈火焚烧中散发出最浓郁的芳香。正如恶劣的品质可以在幸运中暴露一样,最美好的品质也正是在厄运中被显示的。

美文感悟

好的运气令人羡慕,而战胜厄运则更令人惊叹。

学会欣赏别人

◆文/佚　名

大学期间,杰克班上有个懂得欣赏别人的同学,常能听到他称赞别的同学。那时杰克觉得这同学挺庸俗,年纪轻轻就这样学得如此世故,搞这等“阿谀奉承”,真没有意思。

不过这“庸俗”的同学在班上人缘很好,在竞争意识很浓,谁对谁都不服气,彼此讲究“封锁”的氛围里,这位同学似乎是个例外,他如鱼得水,和大多数同学都能够进行交流沟通。更让人另眼看待的是,这位同学的成绩由入学时的垫底位子一路飚升。到了毕业时,他已是年级的前几名了。即使这样,同学们还是能听到他对别人的赞扬。

后来他们又分到了同一个单位,别看这位同学其貌不扬,但特会“来事”、卖乖:见谁都打招呼,好像早就是老熟人似的,而且总听他赞扬人,一副谦虚的样子。同事们一点鸡毛蒜皮的小事,他都要帮忙。

他工作不到一年,不但得到领导的肯定,就连许多同事,尤其是年长的同事也都很喜欢他,许多诸如学习培训、参观考察的“美差”都落到他的头上。年底,他还被评为先进工作者;而杰克他们这些平时工作勤勤恳恳、自恃“清高”的人却什么也没得到,他们都说这不公平!

美文感悟

一个善于学习的人,首先是一个善于欣赏的人!

大方地领情吧

◆文/弗多斯·坎佳

我们都觉得给予是种美德,但为什么总是那么不愿意接受别人的给予呢?

朋友邀请我参加他的结婚纪念庆祝会,我由于自己行动不便而推辞了,可是,住在楼上的黛娜和塞勒斯坚持送我去。几天后,伴我度过寒冬长夜的"随身听"坏了,他们的儿子费利又替我把它修好。

我非常感激,于是送他们一盒巧克力,附带一张谢卡。黛娜一脸不愉快地捧着我送的东西来到我家门前。"求求你,"她用发抖的声音说,"你怎么能这样呢？请拿回去。"

我解释说我只是想送他们一点东西,聊表谢意而已。

"但是你根本就没必要谢我们,"她说,"我们是朋友啊!"

虽然我最终说服了她把巧克力收下,但她显然不大高兴。我有点不太理解,也有点难过。为何他们不大方地接受我的礼物呢?

直至后来我才渐渐明白:黛娜以为我送礼物是为了还人情债,把她一家人义助朋友的行为贬低了。但我呢？我倒还不至于笨得以为自己可以偿还他们对我的关怀,我只是想回赠一些东西而已。我这才恍然大悟,不能大方地领情的原来是我自己。

为什么我们总是那么不愿意领别人的情呢？我有个朋友一直在恋爱,一直在追求。然而,他所追求的女子一开始还他以情,他就会马上停

止追求。“我在示爱时，一切由我控制。”他说，“但如果反过来，那就变成她控制我了。”

正因为担心失去控制权，因此我们许多人不敢领情。我们在给予的时候，会感到安全和优越。但接受却会使情形倒转，令我们感到自己受惠于人。

母亲的一位朋友每次来我们家，总是给我们带来一些糖果、进口干酪或亲手刺绣的靠垫套子。然而，要是我们送给她一个蛋糕，她就会说：“我从来不吃甜的东西。”假如我们给她自制的泡菜，她会说：“我受不了泡菜，太酸了。”她总是把我们的礼物拒之门外。为了保持自信，她只做施与者，从不愿意做接受的一方。

或者，我们不肯领情的另一个原因是生怕不能做等量齐观的回报。一位家境不大好的老邻居常来我们家看电视连续剧，但总是在节目播映完之前便离开，一面走一面说：“简直乱七八糟，还好我家没有电视机。”但是到了下个星期，她又来看同一个连续剧。她经受不住电视的乐趣，却又不敢大大方方地享受这乐趣，因为如果她那样做，就等于承认自己接受了别人的给予，而这又是她无力回报的。

其实，接受也是一种美德。这表示我们能够相信别人真的关怀我们、希望我们快乐的自尊；这表示我们丢掉了假面具，不再硬充自己可以无求于他人，承认别人有能力丰富我们，给予我们所需要的；这表示我们敞开自己的心扉，露出最脆弱的自我，并在接受别人的爱时非常坦然。

“上帝喜欢乐意奉献的人。”圣经新约说。但是假如送出的礼物不获赏识，无论施赠的人多么乐意，他仍是不会高兴的。所以，我们可以肯定上帝也爱一个愉快地接受的人。

美文感悟

接受，也是一种美德。

长成心中一棵树

◆文/佚　名

智者收了很多门生，毕业之前，他想挽留一位能够跟在身边传承自己的衣钵，便召开了一个大会，会上智者宣布，他将一视同仁让所有门徒参加这次考核。考核的题目非常容易，让他们每人花一年的时间做一次长途旅行，想传承他衣钵的人，一年后，要回来将这次旅行的心得汇报给他，接受他的考核。

从学多年，能承传智者的衣钵，当时来说是每位学徒的理想。听后，个个摩拳擦掌，跃跃欲试。这让智者感到非常满意。

门徒一一离开，智者满怀希望地等待着他们陆续归来。一年转眼就过去，结果却让智者非常失望，众多门徒竟没有一位回归门下。一气之下，智者决定关门闭学，打算后半生不再开堂授徒，并跑到好友白隐禅师那儿大吐苦水。

白隐禅师听后，只是微微一笑，把智者带到一棵树下，问："你还记得这棵树吗?"智者将双手合十，毕恭毕敬向树深深地鞠了三躬，然后回答说："我怎能忘记呢，我落难之时，全靠它替我遮阳蔽日，挡风拒雨，它已经长在我心底了。"

"是啊，在每位门徒心目中，你就是这样一棵树，他们都是在你身边栖息过的鸟。他们虽然没飞回来，但你已长到他们心里了。"

智者闻听，大悟。不久，重新开堂设馆，广收天下门徒。

给予者永远是埋在收受者心底的一粒种子，随着岁月的流逝，它不会被掩埋，而是日渐长成一棵参天大树。

美文感悟

给予者永远是埋在收受者心底的一粒种子，随着岁月的流逝，它不会被掩埋，而是日渐长成一棵参天大树。

你选择快乐，你就会得到快乐

◆文/佚　名

快乐不是物质的东西，快乐纯粹是精神凝聚出来的营养。

快乐不是一个个体，快乐是一种观念、一种思想、一种态度。不管你周遭的环境多么恶劣，没有人能够夺走你快乐的权力，就像即使是寒冷的冬夜，也没有人能阻挡你心里燃烧着的烈火一样，因此，只要你选择快乐，你就会得到快乐。

有些人们总是抱怨日子过得太平淡，抱怨平淡无奇的日子就像复印机复印出来的一样，抱怨两点一线的工作和生活方式缺乏浪漫和激情的日子，抱怨好运气总是落在别人的手上，抱怨天气总是阴沉……事实上，抱怨是无济于事，也不能改变自己什么，不停地抱怨只能使快乐与我们背道而驰。

你可曾有过到鱼市买鱼的经历，那里刺鼻的腥味，飞舞的苍蝇，满脸晦色的鱼贩是否让你不想停留半刻？现实生活中的很多鱼市场也确是如此。

但我曾经到过这样的一个鱼市，毫不夸张地说，这个鱼市让我一来再来，倍感亲切，这个鱼市有着和其他鱼市一样的地方，这里也有着刺鼻的

鱼腥味，也会有乱飞的苍蝇，但这里和其他鱼市不同的就是这里没有满脸晦色的鱼贩，有的只是鱼贩们欢快的笑声。他们像配合默契的棒球队员，让冰冻的鱼像棒球一样，在空中飞来飞去，大家互相唱和："啊，3 条带鱼飞到佛罗里达去了。""5 只蜂蟹飞到了华盛顿。"他们快乐的笑声感染了每一位顾客，生意也相当的火爆。

实际上，这个鱼市场本来也和其他的鱼市场没什么差别，大家也是整天抱怨。后来，大家一致认为与其每天抱怨沉重的工作，倒不如改变工作的质量。于是，他们不再抱怨生活本身，而是把卖鱼当成生活的一种乐趣。直至后来，一个创意接着一个创意，一串笑声接着另一串笑声，他们创造了鱼市场中的奇迹。甚至有人专程跑到这里来询问："为什么一整天在这个充满鱼腥味的地方做苦工，你们还这么开心？"

鱼贩们已经习惯了给这些不顺心的人解疑释惑："实际上，并不是生活亏待了我们，很多人之所以不快乐，是因为他们对自己的期望太高，以至于忽略了生活本身。"

的确如此，很多时候，我们之所以不快乐，并不是我们没有得到什么，而是我们期望得到的太多，以致欲望太多，快乐却越来越少。

美文感悟

快乐是心灵的产物。卡耐基曾如此解说快乐：我们在生活中获得的快乐并不在于我们身处何方，也不在于我们拥有什么，更不在于我们是怎样的一个人，而只在于我们的心灵所达到的境界。快乐是心灵生产出来的东西，与任何外在的事物无关。

即使被赶走也要说真话

◆文/佚　名

米开朗琪罗自小就喜欢画画，一心想当个艺术家，但父亲对他的想法持全盘否定的态度。

在他13岁那年，一天，在上学的路上，不经意地走进了一家绘画作坊，里面堆满了画板、画架和画框，墙上和地上溅满了斑斑点点的颜料和油漆。但这幕在米开朗琪罗的眼里，它仿佛就是一座奇妙的殿堂。他惊喜而又好奇地看着这一切，以致于忘记了上学，最后竟兴致勃勃地帮着画家们研磨起颜料来了。更令他喜出望外的是，作坊的主人、著名画师基兰达约居然一眼就看中了他，欲收他为徒。

基兰达约将自己的这个想法告诉了米开朗琪罗的爸爸，他爸爸一听心里立刻就火了起来，他想把儿子培养成出人头地的大官，而基兰达约却要儿子去做一个地位卑微的匠人，真是岂有此理！但他没有当场拒绝基兰达约，他认为儿子只是一时贪玩，并不会真的愿意当一辈子的画匠。“嗯，我的孩子，”他故意慢腾腾地对米开朗琪罗说：“你愿不愿意离开我们这个受人尊敬的家庭去给这位先生当仆人，使他有权让你干最脏的活儿，并且可以随意打骂你？”

米开朗琪罗明白爸爸想听到什么样的回答，但他更明白，要想成为一个真正的艺术家，就必须得有说真话的勇气。

于是他回答道：“是的，爸爸，我愿意去学画画。”就这样，13岁的米开朗琪罗告别了自己富裕而舒适的家庭，搬进了绘画作坊，开始了边学习边工作的艰苦生活。在这里，他刻苦学艺，废寝忘食地临摹、创作。功夫不负有心人，仅仅过了一年，他的绘画技艺就有了质的飞跃，在某些方面甚至超过了他的老师基兰达约。谁知基兰达约是个心眼很小的人，他妒忌

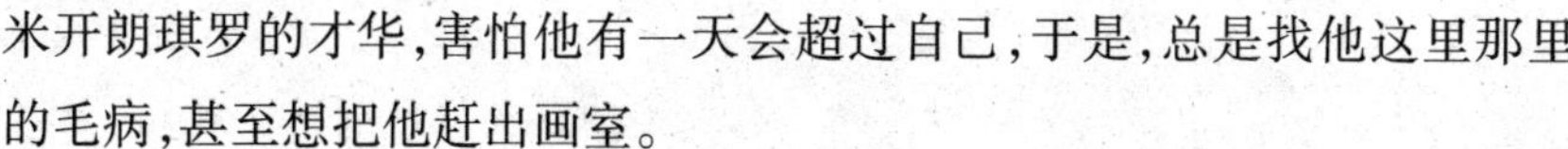

米开朗琪罗的才华，害怕他有一天会超过自己，于是，总是找他这里那里的毛病，甚至想把他赶出画室。

一次，基兰达约叫米开朗琪罗复制他画的一幅素描作品。当米开朗琪罗非常认真地复制完毕以后，他又像往常一样找毛病了。"你画的这是什么呀！"他瞧都没瞧一眼就从米开朗琪罗手中夺下画，当着众人的面吼叫道："你自己瞧瞧，乱七八糟的，我都替你脸红！"

米开朗琪罗一看那幅画，不由得惊呆了——那幅画是老师自己画的呀！他的心咚咚直跳：我该不该把实话告诉老师？

他在心底反复对自己说："吾爱吾师，吾更爱真理。"他鼓起勇气说："老师，您错了，这幅画是您画的。"

"什么？"基兰达约叫了起来，可仔细看了一下自己手中的画，他的脸色立即变得苍白起来。他理屈词穷地吼道："滚！你给我滚出去！我再也不想见到你了！"

米开朗琪罗什么话也没说，转过身，昂首挺胸地离开了作坊。

米开朗琪罗被赶出了作坊，但他没有因此而气馁，在通往艺术高峰的小路上，他仍然勇敢而顽强地攀登着。由于他勤奋好学，敢于创新，终于成为意大利文艺复兴时期最伟大的艺术家之一。

美文感悟

无论遇到什么事情，在什么样的状况下，坚持真理，坚定自己的信念，就算陷入暂时的困境，但总有一天，你会获得别人的承认和尊敬。

许下诺言就要遵守

◆文/佚　名

1998年11月9日,美国犹他州土尔市的一位小学校长——42岁的路克,在雪地里爬行16公里,历时三小时去上班,他这一举动受到路人和全校师生的一致赞赏。

原来,这学期初,为激励全校师生的读书热情,路克曾公开打赌:如果你们在11月9日前读完15万页书,那么我在9日那天爬行上班。

全校师生的读书热情一下子被激发起来了。连校办幼稚园刚认得几个字的孩子也一起参加了这一活动,大家终于在11月9日前读完了15万页书。有的学生打电话给校长:"你爬不爬?说话算不算数?"也有人劝校长:"你已达到激励学生读书的目的,没有必要爬行上班啊。"可路克坚定地说:"一诺千金,我一定爬着上班。"

和往常一样,11月9日,路克于7点钟打开家门,和平时不一样的是今天他没有开车,而是四肢着地爬行上班。为了安全和不影响交通,他不在公路上爬,而在路边的草地上爬。过往汽车向他鸣笛致敬,有的学生干脆和校长一起爬,新闻单位也前来采访。

历时三小时的爬行,路克磨破了五副手套,护膝也磨破了,但他最后到了学校,全校师生夹道欢迎自己尊敬的校长。当路克从地上站起来时,孩子们蜂拥而上,拥抱他,亲吻他……

美文感悟

遵守诺言往往比许下诺言要难上一千倍,而只有真正能兑现自己诺言的人,才会受到大家发自内心的尊重,才能散发榜样的巨大力量。

没有诚信就无法立足

◆文/佚　名

商鞅本是卫国的没落贵族,他得知秦孝公求贤若渴,便来到秦国。秦孝公听商鞅谈论富国强兵之道后,很赞同他的变法主张。

公元前356年,秦孝公重用商鞅,实行变法。

但商鞅对老百姓不按新法办事有所顾虑,为了取信于民,商鞅就在国都咸阳的南门外立起一根三丈高的木柱,命官吏看守,并且下令:如果有谁能将此根木桩搬到北门,就赏他黄金20两。

当时围观的群众很多,但大家一是不明白官府是什么目的,二是不相信有这等好事,所以迟迟没人敢行动。

商鞅听说后,心想,老百姓没人肯搬柱子,是不是赏钱太少的缘故呢!于是他重新下令:把赏钱增加到黄金100两。

重赏之下必有勇夫,第三天,就有一个胆大的壮汉,半信半疑地把木柱扛到了北门。

商鞅马上召见了搬木柱的壮汉,对他说:"你能听从国家的法令,是个好百姓。"并立刻赏他100两黄金。

这个消息一下传开了,举国轰动,大家都说商鞅有令必行,有赏必信。

第二天,商鞅公布变法令,虽然新法遭到一些贵族特权阶层的反对,但由于老百姓的支持,最终在秦国顺利地得到了推行。

美文感悟

一个人的诚信是言行一致,有诺必果;一个政府的诚信是令行禁止,赏罚分明。一个人只有讲求诚信才能在社会上立足,一个组织、一个政府更是如此。

用钱的方法

◆文/刘 墉

美国在是世界上应该是最富裕的国家,而且有许多福利制度,但是在他们的社会当中,仍然有一些贫困潦倒的人。为了知道那些人始终无法改善生活的原因,最近一个民间机构特别作了广泛的访问调查,并在报告中举出三个案例。

1. 有个女孩子经常失业,原因是她上班总是迟到而最终屡次被开除,但是当别人劝她买一个闹钟时,她却表示:"政府给我的失业救济金已经不够用了,哪里还有闲钱买闹钟。"

2. 有个老太婆,虽然政府每月给她的钱足够她吃饭,但她却还是经常挨饿,因为她总买些昂贵的肉类和冰淇淋,却不知道买面包、牛奶等基本食物,政府的补助当然不能维持她一个月的开销。

3. 有个中年男子,因为每月领的薪水多半花在修地板上,以致十分贫穷,穷得连火炉燃用的柴都买不起,因此天一冷他就拆地板当柴烧,拿了薪水之后再请人修地板。

调查报告最后的结论是:

那些虽经大力帮助仍然无法改善生活的人,常因为他们不知道如何合理地去支配他们的钱。

美文感悟

那些虽经大力帮助仍然无法改善生活的人,常因为他们不知道如何有效的用钱。

世界的中心

◆文/刘　墉

一天,一位德国朋友到我画室参观,当他看到我挂在墙上的世界地图时,大声叫了起来:“天哪!我从来没有见过这样的世界地图,是不是搞错了?”

我问及他原因。

“我所见过的世界地图都是德国在中间,为什么你的地图却是中国在中间呢?”他不解地回答道。

“我们最好也找一张美国印的世界地图来看看。”我说着从书架上抽出一本美国出版的地图集。

“这就更奇怪了!为什么这张地图又是美国在中间呢?”他似乎不太相信自己的眼睛。

“虽然这世界上有一百多个国家,有的幅员狭小,有的广袤万里,有的遍地黄沙,有的一片沃壤,有的天寒地冻,有的四季如春,但是每个人都认为他自己的国家是世界的中心。”我说,“不过也确实如此,我们从自己的国家出发,绕世界一周之后,不是回到了原来的位置了吗?不论我们现在置身何处,总是来自自己的祖国,我们的眼睛又何偿不是以自己的国家为中心哪!”

美文感悟

不论我们现在置身何处,总是来自自己的祖国,我们的眼睛又何尝不是以自己的国家为中心哪!

风的独白

◆文/苏中联

一

我活生生地生活在这个世界上,但你却从来也看不清我模糊的面孔,看不懂我流变的形体。

为了追寻人生的真谛,我思考着,奔波着,来无影去无踪。

有的时候给人间带来温暖,在这个世界充满爱的季节里;有时给人们送去丝丝凉爽,像亲切的交谈,那是夏夜里摆脱了烈日的统治,我们取得了理解和信任;有时又冰冷似铁,那是生活中寒潮的阴影还在左右着我们的情绪;有时是刺耳的尖叫,那是命运的气流给了我们太大的压力。

二

不必说我孤傲,如果你是一滩浅水,我不会在你身边久驻,我会轻轻拂过,因为在你心中掀不起巨澜。

不必说我诡秘,如果你是一汪臭池,我当然要回避,因为一旦与你接触就会被弄脏。尽管我不会因此而变质,却因我的流动而污染了周围空气。

不必说我狡诈，如果你是一道深堑峡谷，我会设法盘旋着呼啸着逃出，怕被你围困扼杀。

不必说我飘浮，我始终俯贴着大地、海面。

三

我也一直在不停地反思，是不是自己过于清高，有太多太多不切实际的幻想。不然心中怎么会充满痛苦和迷茫，像患了神经紊乱症，坐卧不宁，与这个世界相处得那么不和谐。

于是，我开始走向现实和尘世。

我想做一株诚实的树，在陆地上坚守每一寸土地，过安分守己的日子，借风的语言传递情感。可当我看到憨厚的树被砍伐时流着泪似的浆液，却只有沉默；当我看到树木葱茏过后秋雨寒风中枯枝败叶的肃杀和凄凉，我的心灵忍不住的颤栗和酸痛。

还是化作自由的云吧！在天上，借风的势力作居高临下的漫步，可是众多的云与云相聚之后便是相互倾压，把湛蓝湛蓝的天空涂黑，当风抽回手臂与纷纷坠入的尘埃同归于尽。

最后，我变成了一叶帆，在风的热情鼓动下来到大海上闯荡。浩瀚的大海无边无际，苍茫磨砺着我的意志，巨浪剥蚀着我的躯体。只有动荡和沉浮中的平衡，没有那虚无飘渺的岸，没有永恒的港湾。一但风儿停息，帆又像破布一样，难堪而无奈地垂落下来……

四

于是我在想，风是不是万物的魂魄。

于是我又还原为风，继续我浪迹天涯的生活。

我要走遍所有的山川、河流、荒原、沙漠，我要去执著地追寻。也许我走完一生也找不到生活的答案，找到的只是酸甜苦辣的感受；也许生命本

来就是一种经历,本无得失成败……

也许我始终也走不出痛苦和迷茫,但日夜成熟和坚定的是我的思想和信念,无形消瘦和腐朽的是我的肉体和躯干。我不会也不愿再把自己机械地定形,我祈盼着一个永远自由的灵魂去超越生和死的界限。

美文感悟

也许我永远也走不出痛苦和迷茫,但日夜成熟和坚定的是我的思想和信念,无形消瘦和腐朽的是我的肉体和躯干。我不会也不愿再把自己机械地定形,我祈盼着一个永远自由的灵魂去超越生和死的界限。

好习惯是日积月累来的

◆文/佚　名

我的一个朋友,大学毕业后背井离乡去了深圳,他给自己定下了一个约定,不闯荡出点名堂来誓不返乡。但激烈的竞争让到达深圳后的他屡屡碰壁,直到有一天,他在层层筛选后和另外两人同时进入同一家公司试用。试用期间,他尽显自己的聪慧、勤奋、热情、友好,但他的另外两名竞争对手做得和他一样出色。一天夜里,我已经睡着了,突然被他的电话吵醒,能听得出来,他喝醉了,边哭边告诉我,下班的时候老板告诉他进行工作交接,三天后他将结束试用期,被淘汰出局。他告诉我,那个职位虽然很一般,但他很喜欢,而且他也已经尽了自己最大的努力,他以为他会成为最后的留用者,看来他又要开始新一轮的漂泊了……我语塞,不知道怎么样的安慰才能够给他带去温暖。

接下来的两天,每天傍晚时我都会给他打一个电话,想给他一份安慰和鼓励,当我询问他一天来都做了什么的时候,他告诉我,除了对交接工

作进行准备，还是和以前一样，认真地做好自己的事情，工作之余一如既往的代替不是很尽职的清洁工打扫办公室，和同事们说笑话……我好奇地询问他，另外两名竞争对手谁有可能留用，他告诉我，另外两名竞争对手也在做善后事宜，从他们颓丧的表情和庸懒的态度感觉，似乎谁也没有被留用。我不由得脱口对他说道："都要走了，还这么认真做什么啊！"朋友淡然地说道："习惯了，没办法，做事情总要善始善终吧！"

第三天傍晚，当我再次给朋友打电话的时候，他兴奋地告诉我，他成为最后的留用者了！

原来，他和他的另外两名竞争对手同时接到了"被淘汰"的通知，这是公司对他们进行的最后一次测试。他留用的理由很简单："一种习惯，无论是好的还是坏的，都是日积月累积累的。一个能够一如既往、善始善终的人一定是一个做事情要求结果的人，对事情和自己都有很强责任心的人。"

美文感悟

一种习惯，无论是好的还是坏的，都是日积月累积累的。

教育好自己的孩子

◆文/佚　名

假如说父母是孩子的第一位老师，那么孩子便是映照父母行为的镜子。常言道，父母是孩子的第一任老师，父母的一言一行，包括他们的情感、品德、喜好、志趣、习惯、追求等，都会对孩子产生潜移默化的影响，都是孩子学习效仿的榜样。

孔子说："少年养成的习惯，就像天性如此，那么长期养成的习惯，就

像自然生成的一样。”因此，孩子的早期教育最重要，父母应该从小就有意识地培养孩子的责任心和独立自主的能力。父母威严而慈爱，那么子女就会敬畏而生孝心。可是有很多父母对待子女，都是溺爱和娇宠胜于教育。对孩子的很多方面都是应训诫时反而纵容迁就，长此以往，就养成了孩子骄横无知的习惯，最终成为一个品德败坏的人。

《列夫·托尔斯泰寓言》中有这样一个故事：

爷爷已经老态龙钟了，他迈不动双腿，眼睛看不清，耳朵听不见，牙齿也都掉光了。在他吃饭的时候，饭菜常常从他嘴里掉出来，儿子和儿媳妇便不再让他上桌子，而是让他在火炉边吃饭。

有一次，他们端了一碗饭给老人吃，老人本来是想把碗挪近一点，可没想到碗却掉在了地上，摔碎了。于是儿媳妇就开始张嘴大骂，说他把家里的东西都弄坏了，打了好多碗，她还说以后她要用大木盆给老人盛饭，老人只是叹了口气，没有说一句话。

有一天，儿子和媳妇在家里呆着，看见他们的儿子在地上摆弄一堆小木片。父亲就问道：“米沙，你这是在做什么？”“爸，我正在做木盆呢！等将来你和妈老了的时候，我好用这只木盆给你们盛饭。”米沙回答说。

夫妻俩你看看我，我看看你，哭了起来，他们为自己那样对待老人而羞愧不已。从此以后，他们又重新把老人请上桌吃饭，并且细心地照顾他。

父母是孩子的一面镜子，孩子在父母的影响下，会自然而然地形成像父母的个性。

对于孩子来说最重要的是教育而不是天赋。孩子成为天才还是庸

才，不是决定于天赋的多少，而是决定于父母对孩子的教育。

父母对孩子的影响是深远的，作为父母，给予孩子最良好的教育、最有益的忠告，是培养孩子最好的处世良方。

在西方的一些国家，家长普遍重视从小培养孩子的自理能力和吃苦耐劳精神。在美国的一些州立学校，有这样一项特别的规定："学生必须不带分文，独立谋生一星期，才能获准毕业。"条件似乎有些苛刻，但却能让学生受益匪浅。家长们也对这项活动全力支持，因为他们知道，这不仅是培养孩子独立生存的能力，也是为了让孩子适应社会、了解社会的一种锻炼。

有人曾经说过，西方人以个人为本位，东方人以家族为本位，家是一切中国人安身立命之根本，之根据地，之价值归宿。中国人应付世事，闯荡世界，修身、齐家、治国、平天下，家才是出发之地，没有家，没有良好的家教，就没有这个世界。

美文感悟

父母对孩子的影响是一辈子的，家庭教育的力量是无形的。当今社会的竞争，绝不仅仅是知识和智能的竞争，更重要的是人格、意志和毅力的较量。如果你的孩子，没有自立的能力和吃苦的精神，在激烈的竞争中势必失败。作为父母，要教育好子女，给他们树立正确的学习榜样，适当的给予孩子忠告，才不会让自己的孩子在激烈的社会竞争中被淘汰。

秀才赶考

◆文/佚　名

有位秀才第三次进京赶考，住在一个以前住过的店里。考试前两天

他做了三个梦，第一个梦是梦到自己在墙上种白菜，第二个梦不是下雨天，他却戴了斗笠还打伞，第三个梦是梦到跟心爱的表妹脱光了衣服躺在一起，但是背靠着背。

这三个梦似乎在指引表示什么，秀才第二天就赶紧去找算命的解梦。算命的一听，失望地拍着大腿说："你还是回家吧。你想想，高墙上种菜不是白费劲吗？戴斗笠打雨伞不是多此一举吗？跟表妹都脱光了躺在一张床上了，却背靠背，不是没戏吗？"

秀才一听，万念俱灰，回店收拾包袱打算回家。店老板觉得很奇怪，问："不是明天才考试吗，你怎么今天就回乡了？"

秀才如此这般说了一番，店老板乐了："哟，我也会解梦的。我倒觉得，你这次一定要留下来。你想想，墙上种菜不是高种吗？戴斗笠打伞不是说明你这次有备无患吗？跟你表妹脱光了背靠背躺在床上，不是说明你翻身的时候就要到了吗？"

秀才一听更有道理，于是便精神振奋地参加考试，结果中了个探花。

美文感悟

抱积极心态的人，像太阳，照到哪里哪里就亮；而消极的人，像月亮，初一、十五不一样。我们的心态决定了我们的生活，有什么样的心态，就会有什么样的未来，心态决定一切。

意识改变命运

◆文/佚　名

如果一个人把自己想象成高山，那么他的所作所为就一定不止于平地。

在日本有一位叫大波的相扑高手，他不但体格强壮，而且精于摔跤，在私下较量时他非常厉害，有时候连他的老师都不是他的对手，但是一到正式比赛时，他却腼腆得连新手都打不过，这使他很气馁、很自卑。

有一天他遇见了一位禅师，大波请禅师为他解惑。禅师："你叫大波，那么你就想象自己是巨大的波浪，能横扫一切，能席卷一切，没有任何人、任何东西能阻挡你，你只要每时每刻都这样想，将来你就会成为全国最伟大的相扑手。"于是大波就在寺里打坐，尝试把自己想象成巨浪，开始他杂念纷飞，但不久之后，他慢慢感觉到当他想象自己是巨浪时，就如同自己置身在大海中化成巨浪，他所到之处无论是牢固的房子，还是多么庞大的树木，都被他这股巨浪冲卷得无影无踪。

从此之后，大波比赛时不再腼腆了，他永远把自己当作巨浪，进而再也没有一位是他的对手，从此天下无敌。

美文感悟

意识对物质具有能动作用。它能改变你所处的困境，变被动为主动。主动出击的结果必然强于被动接受。所以，生活中你也一定要特意去培养一种强者意识，只有这样，你才能成为生活中的强者。

爱的真正标志

◆文/佚　名

爱是一切力量的源泉，是一种可畏的力量，它比一切都更为强大，没有任何东西可以和它抗衡。

爱，这个令人心动的字眼创造出了五光十色、绚丽斑斓的生活。爱是生命的专家，它带给人们以智慧的火花、希望的彩霞。

“人人都献出一点爱，世界将变成美好的人间。”这句歌词一语道破了爱的关键性。是的，爱不仅可以拯救自己，也可以帮助别人。爱的力量是伟大的，有了爱就有了世界，它能让我们发挥潜在的能力，把不可能的东西变成可能。

听朋友说过一则佛经上的故事，说的是有一天天陀山起了大火，许多鹦鹉一起汇集于天陀山大火之中，原来这些鸟们是“入水濡羽，飞而洒之”，它们将身上的羽毛沾上水，然后把水洒向天陀山，期望能熄灭这场大火。

天神见了说：“鹦鹉们呀，你们虽想救火，但这点微薄的水，有什么用呢？”鹦鹉们说：“我们常年住天陀山之中，和天陀山朝夕相伴，情深似海，怎忍心让天陀山被火烧掉呢？烧光了树，我们住在哪里呢？”

天神很受感动，弹指间就灭了山火。这样一种“入水濡羽，飞而洒之”的鸟儿对山的情怀，是世间大爱。

由此，令人由衷地怀想起这样一个沉甸甸，一个标志真正的爱的词，一个让生命变得厚重的词——相濡以沫。

美文感悟

世间的爱分很多种，鹦鹉对山的爱是世间的大爱，有了这种大爱，才有了鹦鹉无畏的勇敢，这种爱让人敬佩，让人感动。

在这个世界上我们没有权利让任何一个人去爱我们，但是我们有足够的能力去付出我们的爱，我们能够用我们的灵魂、我们的精神去爱这个世界。

爱到深处

◆文/佚　名

爱情，缝缝补补一年又一年，就到了永远，能走到永远，就算跌跌撞撞，也是弥足珍贵的了。

十全十美顺风顺水的爱情，相信每个人都很向往。但现实生活中常常不尽如人意，一马平川的生活你永远也踏不上去，或琐碎或严重的争执和裂痕，却总是如影随形地紧随其后。毕竟，食着人间烟火的凡夫俗子，就肯定逃不出柴米油盐的掺和以及锅碗瓢盆的碰触奏出的旋律，爱情是要融入生活的，与生活格格不入的爱情是虚无缥缈的，终有一天会无疾而终。

在爱情上，犯错总是难免的，只有在宽容下存活的爱情，才会有一种历练之后的沧桑美，厚重且香醇。

以下是一位女作家的生活感言：

我很敬佩父母这一辈人，他们大多能相濡以沫、白头偕老。当母亲对父亲有诸多不满时，我打趣说让母亲再找一个，母亲冲我一瞪眼说："看你说的什么话，你爸也就这些缺点，能让的就让呗，要不然日子怎么还过得下去。"多年后的今天，我才真正懂得母亲这句话的深刻内涵。

如果你真的爱一个人，就要永远忍耐他的一切；反过来，如果你能恒久忍耐一个人，那么你一定是非常爱他。

这样的理解或许有失偏颇，但我真的认为在诸多对爱的定义之中，这是最为贴切的。现代人根本没有资格轻视传统的爱情。于是我也设想当我老了，容貌破损不堪时，仍然希望能有一个声音诚挚地对我说，一直爱我到死。

我的感情受到了波动，得到了震撼，原来爱到深处才明白：虽然生活

将我们的爱情一点点改变，但它能够改变的只是爱的形式，而爱的初衷并没有改变。

有一首歌的歌词是这样写的：

我能想到最浪漫的事，
就是和你一起慢慢变老，
一路上收集点点滴滴的欢笑，
等到以后坐着摇椅慢慢聊。

初次听来，我觉得很幼稚，很想笑；第二次听的时候，我很安静；第三次听的时候，我的泪水夺眶而出。直到现在为止，我也没有听到过比这更浪漫的词句了。

不知在未来那遥远的时光里，是否还会有人记得“执子之手，与子偕老”这句最古老最浪漫最美丽的幸福的誓言。

美文感悟

爱情的天敌，是时间跟岁月。爱情如果要战胜时间和岁月，靠的是温情而不是激情，是宽容而不是占有，是忍让而不是要求。否则，岁月无情，怎么可能相信白头偕老呢？所以《圣经》里给爱的诠释是——恒久忍耐。

幸福何来

◆文/佚　名

从前有一个人，因为生前善良且乐于助人，因此在他死后，上天堂，做了天使。他当了天使后，时常到凡间帮助人，希望能够感受到幸福的味道。

一天，遇见一个农夫，农夫的样子非常苦恼，他对天使诉说："我家的水牛刚死了，没它犁田怎么办呢，那我怎能下田作业呢？"

于是天使赐予他一只健壮的水牛，农夫很是高兴，天使在他身上感受到了幸福的味道。

又一日，他遇见一个男人，这个男人非常沮丧，他对天使诉说："我的钱被骗光了，没盘缠回乡。"

于是天使给他银两作路费，男人非常高兴，天使在他身上感受到了幸福的味道。

又一日，他遇见一个诗人，他年青、英俊，有才华且富有，妻子貌美如花而温柔善良，但他却过得不快乐。

天使问他："你不快乐吗？需要我帮忙吗？"

诗人对天使说："我什么都有，就欠一样东西，你能够给我吗？"

天使回答说："可以。我尽可能给你你想要的一切。"

诗人直直地望着天使："我要幸福。"

这下子把天使难倒了，想了想后说："哦，我明白了。"

然后把诗人所拥有的都拿走了。

天使剥夺了诗人的才华，毁了他的容貌，夺去了他的财产和他妻子的性命。

天使办完这些事后离开了。

一个月后，天使再度回到诗人的身边，他已经饿得半死，衣衫褴褛地躺在地上挣扎。

这时，天使把他的一切又都还给他。

然后离开了。

半个月后，天使又去看诗人。

很多东西总是在失去了之后才真正知道珍惜。

这次，诗人拥着妻子，不停地向天使道谢。

因为，他知道什么是真正的幸福了。

美文感悟

其实幸福常常就在你身边，不是因为它不存在，而是因为你没有去发现它。

人只有在需要的时候得到满足，才体会得到真正的幸福。

重修旧好

◆文/爱德华·奇格勒

在与旧友交谈之后猛然发觉。本来大家来往密切，却因为一场误会而心存芥蒂，由于自尊心作祟，我终究没有打电话给他。

多年来，我目睹过不少友谊褪色——有些是出于误会，有些是因为志趣各异，还有些是关山阻隔。随着人的逐渐成长，这一切都是无可避免的。

常言说：你把旧衣服扔掉，把旧家具丢掉，也与旧朋友疏远。话虽如此，我这段友谊似乎不应该就此不了了之的。

有一天，我去拜访另一个老朋友，他是牧师，长期为人解决疑难问题。我们坐在他那间足有上千本藏书的书房里，海阔天空地从小型电脑谈到贝多芬饱受折磨的一生。

最后，我们谈到友谊，谈到今天的友谊是那么的不堪一击。

“人与人之间的关系十分奥妙，”他说着两眼凝视窗外青葱的山岭，“有些历久不衰，有些缘尽而散。”

他指着临近的农场慢慢说道："那里原来是个大谷仓，就在那座红色木框的房子旁边，原本是一座相当大的建筑物的地基。

"那座建筑物本来很坚固，好像是1870年建造的。但是人们都去了中西部，这里就荒芜了。没有固定的人定期整理谷仓，屋顶要修补，雨水沿着屋檐，滴进柱和梁内。

"有一天，刮起了大风，整座谷仓都被吹得颤动起来了。开始时嘎嘎作响，像艘旧帆船的船骨似的，然后是一阵爆裂的声音，最后是一声震天的轰隆巨响，一时间，它变成了一堆废墟。

"疾风暴雨过后，我走下去一看，那些美丽的旧椽木仍然非常坚固。我问那里的人是怎么一回事。他说可能是因为是雨水渗进连接榫头的木钉孔里。木钉腐烂了，就没法把巨梁连起来。"

我们凝望山下，谷仓只剩下原本地窖的洞和围着它的紫丁香花丛。

我的朋友说他一直对此事念念不忘，终于悟出了一个道理：不论你多强，多有成就，仍然要靠你和别人的关系，才能保持你的重要性。

"拥有健全的生命，既能为别人服务，又能发挥你的潜力，"他说，"要记着，不管你的力量有多大，都要靠与别人互相扶持，才能持久，自行其道最终只会倒下来。"

"友情是需要相互照顾的"他又说，"像谷仓的顶一样。想写而没有写的信，想说而没有说出的感谢，背弃别人的信任，没有和解的争执……凡此种种都似渗进木钉里的雨水，削弱了木梁之间的联系。"

我朋友摇摇头不无深情地说："这座谷仓，原本只需花很少功夫就能修好，现在也许永远不会重建了。"

黄昏的时分，我准备告辞。

"你不是要借我电话的吗？"他问。"是啊，"我说，"我正想开口。"

美文感悟

把握时机，便是拯救你自己，在一切还来得及的时候，尽力去达成自己心中所想吧。如果一旦时机错过，再多的付出也是徒劳。

不要让篮子空着

◆文/佚　名

金灿灿的沙滩上撒满了闪闪发光的贝壳，像是掉了一地的繁星为这个世界增添几分光亮。

那孩子捡起一个贝壳看看，随手又把它丢弃了。虽然他已经寻找了一个下午，始终没有找到他心目中那最美丽、最稀罕的贝壳。

夕阳把海天渲染成一片深紫色。他的友伴们快乐地哼着歌儿，提着满满一篮子贝壳。只有他仍孤单地拖着长长的影子，在海滩上茫茫然地找寻。海浪喧哗着卷上来，抹去了他们留下的足迹，他手中的篮子仍然空空如也。

这是小时候听过的故事，已不记得孩子们捡拾的到底是贝壳还是别的。但这故事蕴含的哲理却常常使我深思，那孩子心目中最美丽、最稀罕的贝壳象征着人们心中美好的、理想的目标。在人生的海滩上，我们常被晶莹璀璨的贝壳所迷惑，如那孩子一样，对海滩上闪亮如繁星的贝壳视而不见，也失去了捡拾贝壳过程中的乐趣。

当别人欢乐地哼着生命之歌，提着充实的篮子走向归途时，那一心向往着要找到最完美贝壳的人，将惆怅地提着空的篮子，拖着长长的身影，在夕阳中孤独地寻找着。

心理学家埃里克松在他的人格发展学说中阐述，人们在50岁左右将会回首已走过的人生，如果在以往的岁月中得不到满足，他将对这一生感到失望，往前看去，已经时不我与，颇有不堪回首的韵味了。从其他方面来看亦是如此，散布在我们四周的贝壳也许不是最完美、最珍贵的，但它们是最真实的存在着的。经过细细的挑选，捡起来，在海水中把它洗得闪闪发亮，然后轻轻地放进篮子，一点一点地装满，内心的愉悦和成就感也

会一点点地提升。

如果一心一意只想着要找到“最完美”的贝壳，等到夕阳西下，海浪冲去了印在沙滩上的足迹，再回首看手中的篮子，可能会失望地发现，篮子仍然空着。

美文感悟

“最完美”的贝壳尽管璀璨靓丽，但对于我们来说往往是遥不可及；散布在我们四周的贝壳也许不是最完美、最珍贵的，但它们是最真实的。

让日子发亮

◆文/吴秀丽

美丽的东西似乎要让它尽其能，方能更见其光华。

我一直都很喜欢陶瓷的瓶瓶罐罐，以及一些透明的玻璃器皿，看到就忍不住想拥有。直到近几年才惊觉到自己的物欲泛滥，真是可怕，而开始止于欣赏，如果回家后还念念不忘，才会再折回头重新考虑是否真的要拥有。不过，更重要的是，有一天，检视自己曾经拥有的那些美丽的器皿，竟然很少用它，任其蒙尘，才更惊异于自己的浪费是如此不可原谅。

严格地说，不是因为自己只想要去拥有而把它们买回来搁置不用，而是因为这些美丽的东西天性脆弱，不但不堪一击，似乎也经不起磨损，担心伤了它，折损它的光彩，于是束之高阁，止于欣赏而已。可事实证明，我是错的，我忽略了它的存在本身所具有的价值。

那天，到一个学设计的朋友家中小坐，看到她正在清洗她的瓶瓶罐罐，将汤匙、咖啡杯盘整整齐齐码在橱柜里，以为她跟自己一样。等两人坐定，她从冰箱捧出一壶自己榨的橙汁，鲜黄色的汁液在透明的玻璃壶内

闪着清凉的光。接着,她找了两套透明的玻璃杯盘,将果汁倒入杯内后说:“请吧!”两杯果汁旁还有一只也是透明的玻璃盘,放了一些干果,我仔细地看了这两套玻璃杯,发现有些擦痕,便知是经常使用的模样。当时做客的心情是感觉自己至高无上,有洁净的餐桌,泛光的杯盘,朋友唠唠叨叨地说些家常,发发牢骚,总之感觉好极了!

其实生活并不一定要如此讲究才满意,其实朋友的房子是租来的,所用的杯盘也不怎么高贵,但是,她把自己喜欢的东西用在生活中的看似琐碎情节中,却使她的日子显得明亮起来;而我,也拥有同样的美丽器皿,却老是把它们冷落一旁,营造创造不出同样的美丽心情,真的不是骂一句“浪费”就可以脱罪的,朋友用了心,生活露出光华,而自己忙忙碌碌,竟腾不出一点心情把自己喜欢的东西与家人、朋友共享,生活犹如糟粕。

不舍的心情,应该会留下许多珍贵的宝贝,现在的我竟然发现因为不舍而造成更多的浪费。美丽的东西搁置不用,平白冷落,便是糟蹋。美丽的衣服不穿它,多搁几年,身材变形走样,即使再美丽也是枉然,只能徒增叹息而已。

没念过书的母亲认为女儿能念大学是件大事,每逢寒暑假,总是十分舍得买些好衣料做给我穿,因为心疼母亲的钞票,心疼这些美丽的衣裳会被穿旧了,而把它放在衣柜里。大学毕业后,浪漫、孩子气的衣服不能再穿,这些美丽只能留在衣橱里,留在记忆里了,飞逝的青春反而没能因此更添光彩。

现在决定,要把光鲜穿在身上,写在脸上,用在琐碎的生活中,让日子发亮。

美文感悟

美丽的东西不用,平白冷落,便是糟蹋。

把光鲜穿在身上,写在脸上,用在生活的琐琐碎碎中,让日子发亮吧!

观 音

◆文/佚 名

某次有个人在屋檐下躲雨，发现观音菩萨正撑伞走过。这人便说："观音菩萨，普度一下我吧，带我一段如何?"观音说："我在雨里，你在檐下，而檐下无雨，所以你不需要我度。"听完这话这人立刻跳出檐下，站在雨中："现在我在雨中了，该度我了吧?"观音说："你在雨中，我也在雨中，我没被淋，因为有伞；你被雨淋，是因为无伞。因此不是我度自己，而是伞度我。你要想被度，不必找我，请自找伞去!"说完扬长而去。

第二天，这人遇到了难事，就去寺庙里求观音。走进庙里，才发现观音的像前也有一个人在拜，那个人长得和观音一模一样，事实上，便是观音本人。

这人疑惑地问："你是观音吗?"

那人答道："是，我正是观音。"

这人很纳闷，又问："那你为何还拜自己?"

观音笑道："因为我也遇到了难事，但我知道，求人不如求己。"

美文感悟

求人不如求己，因此遇到困难时要善于自救。

集中营里的日记本

◆文/佚　名

只有活着生命才有希望,哪怕是苟且活着。

这是二战时从亚代克集中营带出来的日记本。我花了足足40年时间为它找到阿德勒安先生。再见时他已经是一个坐在轮椅上的古稀老人,用干枯的手接过泛黄的日记本时,早已泪流满面。这次会面让我的思绪再次回到了在亚代克集中营度过的两年非人生活。

日记本的主人是墨妮卡。墨妮卡比我早到集中营,表面上她和日本兵打得火热,我们每天必须去种植园干活的时候,她只要待在集中营里给人看病。或者帮日本人缝缝补补,读读报纸什么的。

墨妮卡看似无所不能,能通过日本人买到药品、酒,甚至是面包和香烟。然而在我们眼中她就是条地地道道的狗。但是因为她可以弄到药品。我们谁也不敢得罪她,只是她的药价贵得离谱,几片退烧药就需要一块瑞士手表交换,她便拿我们的钱或东西去换取日本兵昂贵的伏特加,每天晚上她都要喝上一杯。我们责怪她,她总是不理不睬:“生存就有希望,有希望便是光明的。”在这貌似黑暗帝国的集中营里,我们不知道她所谓的希望是什么,实际上,我们依然过着暗无天日的生活。

就在我进集中营半年后的那个冬天,费雷太太的女儿杰茜卡因为淋

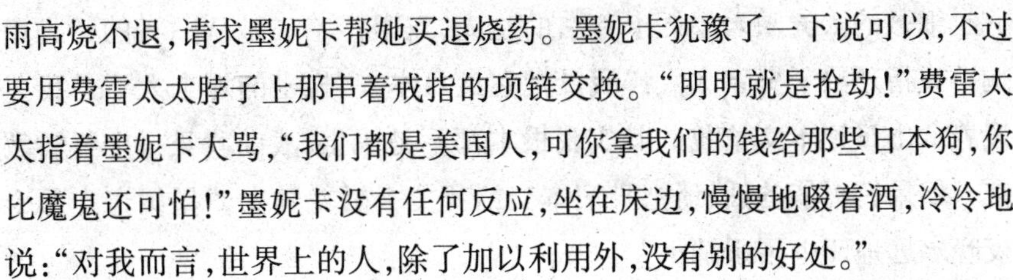

雨高烧不退,请求墨妮卡帮她买退烧药。墨妮卡犹豫了一下说可以,不过要用费雷太太脖子上那串着戒指的项链交换。“明明就是抢劫!”费雷太太指着墨妮卡大骂,“我们都是美国人,可你拿我们的钱给那些日本狗,你比魔鬼还可怕!”墨妮卡没有任何反应,坐在床边,慢慢地啜着酒,冷冷地说:“对我而言,世界上的人,除了加以利用外,没有别的好处。”

费雷太太无奈之下只好请求当地人帮忙从黑市弄药,价钱自然要便宜很多,不过风险很大,一旦被日本兵发现,就可能没命。他们约好在种植园旁边的原始森林里交易,在回去的路上,费雷太太被日本兵抓了个正着。第二天一大早,我们看到她已经被拉到太阳底下跪着,四周插满尖尖的竹片,稍微一动身,竹片就会把她扎死。所有人都认为是墨妮卡告的密,杰茜卡疯狂地找墨妮卡:“你为什么要出卖我妈妈,那枚戒指是我爸爸上战场前遗留给她唯一的物品!”墨妮卡没有反驳,冷漠地推开杰茜卡。她的态度更让我们认定告密的那人就是她。晚上,她领回本要被处死的费雷太太,费雷太太静静地把戒指摘下来给了墨妮卡。

浑然不觉中雨季已经到来,集中营的厕所坏了,日本兵挑选我们这帮身强力壮的年轻女孩去干活。连着好几个月,火辣辣的阳光烤得我们全身脱水。汗水、指甲缝的血水和脚上的水泡被磨破的脓水一起淌下。而远远地,墨妮卡也在和树荫下死盯着我们的警卫调情。

因为实在支持不下去了,我突然倒在了沟渠上,醒来的时候,发现已经躺在住的地方。墨妮卡说:“你因为中暑昏倒,最好吃点中暑药。”我见识过你这个魔鬼的厉害,使出全身力气爬起来对她吼:“我哪有钱给你!我不活了,在这个地狱里死了算了!”墨妮卡甩了我两个耳光:“你这个胆小鬼,无论怎样,都要活着出去!”晚上,她给我喂了几片药,又给我一个涂着黄油的面包,我做梦都不敢相信这是真的,而且这个人竟然就是莫妮卡。吃过药我沉沉睡去,整晚我感觉有人摸着我的头,伴着浓浓的酒味。

很快传来了日本兵投降的消息,我们要离开集中营,但没人愿意带墨妮卡一起走,最后我和费雷太太决定带她一起走。在经过丛林的沼泽时,墨妮卡不小心掉了进去,泥浆淹到她腰部,我们拼命用树枝拉住她。费了好大力气终于把她弄出来,我们背她到一个废弃的房子里。

细微的火光映着墨妮卡苍白的脸庞，双眼深陷。她从贴身的口袋里掏出戒指还给了费雷太太："我没把它给日本人，告密的那个人不是我。"接着拿出日记本交给我："其实我根本都不是医生，战前我只是个哲学教授。如果有可能的话，请把日记本交给我丈夫阿德勒安。"墨妮卡在那个夜晚永远地闭上了眼睛。

40年来我一直在苦心寻找阿德勒安。通过一个老兵终于得知阿德勒安的下落，战争结束后，阿德勒安到了佛罗里达州。因为这本日记我才知道，墨妮卡和日本兵拉关系是为了帮我们找到药，让我们尽可能活着出去。而她的药价那么昂贵是因为她早已罹患胃癌，为了活下去必须依靠烈酒来缓解病痛，给我们带来希望。

美文感悟

其实世上本来没有绝望的处境，只有对处境绝望的人。但是绝望是无用的，是解决不了问题的。伸出你的手，摸摸自己的心，感受心跳的律动。那是一种韵律，一种激情，是活生生的希望在搏动。绝望只是对心跳的亵渎，对生命的轻蔑。别忘了告诉自己还有希望，因为自己还活着。

固执的神父

◆文/佚　名

有一天，某个小村下了一场瓢泼大雨。洪水开始淹没整个村子，一位神父还在教堂里祈祷，就在洪水已经淹到他跪着的膝盖时，一个救生员驾着舢板来到教堂，跟神父说："神父，赶紧上来吧！否则洪水会把你淹死的！"神父说："不行！我深信上帝会来拯救我的，你还是先去救别人好了。"

很快，洪水已经没过神父的胸口了，神父只好勉强站在祭坛上。这时，又有一个警察开着快艇过来，跟神父说："神父，快上来，否则的话你真的会被淹死的！"神父说："不行，我要守住我的教堂，我深信上帝一定会来拯救我的。你先去救别人好了。"

又过了一段时间之后，洪水已经把整个教堂淹没了，神父只有紧紧抓住教堂顶端的十字架。一架直升飞机缓缓飞过来，飞行员丢下了绳梯之后大喊："神父，快上来，这是最后的机会了，我们可不愿意见到你真的被洪水淹死！"神父还是意志坚定地说："不行，我要守住我的教堂！我相信上帝一定会来救我的，你还是快去救别人好了，上帝与我共在！"

最后，洪水滚滚而来，固执的神父终于一命呜呼……

神父上了天堂，见到上帝后很生气地发问："主啊，我终生奉献自己，战战兢兢侍奉您，为什么你不肯救我！"上帝诚恳地说："我怎么能不肯救你呢？第一次，我派了舢板来救你，你拒绝了，我以为你担心舢板危险；第二次，我又派一只快艇去，你还是拒绝了；第三次，我以国宾的礼仪待你，再派一架直升飞机去救你，结果你还是不愿意接受。最后我还以为你是因为急着想要回到我的身边来呢。"

美文感悟

在现实生活中会拯救我们的上帝，其实就是我们身边无数的机会。错失机会的人会被上帝抛弃，抓住机会的人会拯救自己。

大雨与小雨

◆文/刘　墉

某天我乘计程车去办事，一路上目睹了三起车祸，当时外面正下着淅

淅沥沥的小雨,我就自顾自地说:“下这样小的雨,还要出事,如果大雨滂沱还了得吗?”

没想到司机不置可否地回头莞乐一笑:

“就因为是下小雨,才容易出事啊!”

“难道大雨反倒好些吗?这又是什么道理?”

“那时当然,这是因为下小雨时,街上的人警惕性差都冒着雨乱冲,加上路面的尘土跟雨水混在一块儿,地面会变得特别滑而不易刹车,所以才容易出事。如果是下大雨的话,行人大多躲在屋檐下,一定会撑伞在街上走,不可能顶着一张报纸乱跑,路上的尘土又被大雨冲得干干净净,路面与轮胎的摩擦力加强,心理的警觉性更因为大雨而提高,所以不易出车祸。”

“太对了!”我心悦诚服地说,“就身体而言,秋天比冬天更容易受寒;就时局而言,风雨飘摇,有可能比波涛汹涌还来得危险。大概也是相同的道理吧!”

美文感悟

就身体而言,秋天比冬天更容易受寒;就时局而言,风雨飘摇,有可能比波涛汹涌还来得危险。其中的深意可与就因为是下小雨,才容易出事啊,相比拟!

心灵的镜子

◆文/佚　名

美国某大学的科研人员做过一有趣的心理学研究,名曰“伤痕实验”。他们向参与其中的志愿者宣称,该实验意在观察人们对身体有缺陷

的陌生人有什么反应,尤其是面部有伤痕的人。

每位志愿者都被单独安排在没有镜子的小房间里,由好莱坞的专业化妆师在其左脸做出一道血肉模糊的伤痕。志愿者被许可用一面小镜子照照化妆的效果后,镜子便被拿走了。

最为关键的是最后一个步骤,化妆师表面上表示需要在伤痕表面再涂一层粉末,以防止它被误擦掉。实际上,化妆师用纸巾偷偷擦掉了化妆的痕迹。

对于这些毫不知情的志愿者们被送至各医院的候诊室,他们的任务就是观察人们对其面部伤痕的反应。

规定的时间很快便到了,返回的志愿者们竟无一例外地叙述了相同的感受——人们对他们比以往更加粗鲁无理、不友好,最讨厌的是总是盯着他们的脸看!

毋庸置疑,他们的脸上什么也没有,只是不健康的自我认知影响了他们的判断。

相比于脸上的伤痕,一个人心灵的伤痕虽然隐蔽得多,但同样会通过自己的言行显现出来。如果我们自认为自己有缺陷、不可爱、没有价值,也往往会以同样的怀疑、缺乏爱心、令人气馁的态度去待人处事,从而也就很难建立起互信互利的人际关系。

美文感悟

人的心灵就像一面镜子,不是取决于你感知到的是什么样的世界,取决于你如何看待自己。请给自己多一点点信心吧!积极地面对生活你会发现原来世界如此美妙!

你生来就是冠军

◆文/佚　名

大学毕业已经有很久了，许多事情被岁月风干了，隐匿了，唯有一位专家到学校的演讲至今令我记忆犹新。为了对大学生进行性教育，学校的心理咨询中心特地请来一位性病防治中心的专家给我们授课。

这位专家是一位非常幽默风趣的老先生，他打开演讲稿，然后拿出三幅图解挂在讲台前：一幅是男性生殖器图，一幅女性生殖器图，还有一幅是受精卵形成图。同学们顿时鸦雀无声，这是我们第一次这么直白地面对这些东西，每个人都严阵以待。

老先生并没有在意同学们的惊讶表情，而是提了一个问题作为他演讲的开场白："大家知道吗？你生来就是要做冠军的。"接着，老先生指着挂图道："今天主要讲第三个图解，这是这堂课的重点，要知道你们来到人世间是一件多么不容易的事。

"你存在的本身就是，为了生下你，许多场战斗发生了，这些战斗又必须以成功告终。想象一下吧，成千上万甚至上亿的精子参加了那次战斗，然而其中只有一个赢得了胜利，就是构成你的那一个。这么做是为了达到一个目标而进行的大规模的战斗，这个目标就是为你结合一个宝贵的卵，你的生命决定性的战斗就是在这种微型战场上进行的。"

这时，很多羞涩的低着头的女生抬起了头，对老先生的讲解十分地认可。老先生接着说，"因此你能来到这个世界，你就

已经是一名冠军了。”台下的同学以热烈的掌声回应了老先生的讲话。

老先生而后讲道：“……你们现在已经进入大学，也就相当于半只脚已经跨进社会的大门，你会遇到很多障碍和困难，但是你要记住你生来就是一名冠军了，现在不管有什么障碍和困难挡在你成长的道路上，它们都不及你在成胎时所战胜的那些障碍和困难的十分之一……”

这不是一场普普通通的演讲，这简直是一场激励人生的精彩演说。专家的演讲让我们懂得了人生的不易。是啊，我们生来就是要做冠军的。那些能够产生强烈的欲望，以达到崇高目标的人，最终才能走向伟大。

因此，在我们的人生旅途中，要用积极的心态去不断努力，因为你是冠军。对于要成为成功者的人来说，什么样的逆境就会造就一粒等大的，能战胜任何挫折的种子。

美文感悟

那些之所以与普通人不同的英雄豪杰，是因为他们有超人的志向，远大的抱负，高尚的目标，坚强的意志，坚定的信心。所以，在我们的人生旅途中，要用积极的心态去不断努力，因为你是冠军。

没有痛苦哪来自由

◆文/佚　名

印度有一名叫萨丹的年轻人，在他很小时就染上了麻风病。值得庆幸的是他无意中结识了一位来自家乡马德拉斯传教行医的传教士医名叫保罗・布兰迪，两人成了忘年交。从此好心的布兰迪医生便把萨丹带在身边，体贴入微地照顾他。若干年后的一个夏天，萨丹想回家过个周末，一是探望家人，二是想看看自己独立生活的可能性有多大。

因为患有麻风病的缘故，因为萨丹的神经末梢对外界的刺激没有感觉，因此无法感觉到疼痛。走之前，布兰迪医生告诫他对陌生环境中的危险要处处小心。一切准备就绪，萨丹便启程前往马德拉斯。

星期六晚上，参加完宴会的萨丹，回到自己曾住过的房间，一头倒在床上，沉沉地睡着了。翌日早晨一觉醒来，萨丹要做的第一件事就是仔细检查全身。因为永远无法感知痛苦，这随时随地检查自己，是他唯一可以判断危险、保护自己的办法，多年来萨丹已经养成了这个习惯。然而，检查的结果让他大吃一惊，萨丹发现自己左手的食指血肉模糊。原来是因为这个房间年久失修，趁着他熟睡时，有只老鼠从墙洞里钻进来，竟然把萨丹的手指当成了夜宵。但因为感觉不到疼痛，萨丹就连一只小老鼠都抵挡不了。

周日晚上，萨丹再也不敢粗心大意。他整夜盘坐在草铺上，背靠着墙，借着油灯的光读书。拂晓时分，他的眼皮越来越沉重，再也抵挡不住疲倦，萨丹头一歪睡着了。几小时后，萨丹被家人的叫声惊醒，原来萨丹的右手因为不小心滑到了盛灯油的碗里，手背上的皮肉都被烧焦了。幸亏油灯的油所剩不多，又被家人及时发现，否则恐怕连他本人也会葬身火海。面对这一切，萨丹失意地告别了亲人，双手缠着绷带连病带伤地离开了马德拉斯。

布兰迪医生在他的回忆录中写道："萨丹回来后，我为他清理伤口时，我们都忍不住失声痛哭。因为他没有感知痛苦的能力，萨丹最渴望的自由也被剥夺了。"

布兰迪医生在文章的结尾说，"当你在痛苦中挣扎，抱怨上苍不公时，我希望你会想起萨丹的故事。你没有痛苦，你就无法知道危险的存在，没有进退的尺度，就无法判断你做的是对还是错，也就无法保护自己，就永远都会担惊受怕，没有自由。萨丹的故事告诉了我们一个人生真谛：没有痛苦也就无所谓自由！"

美文感悟

太多时候，失去一些美好的东西未必不是件好事，它会带来另外一些美好的东西。上帝在为你关上一扇门的同时会为你打开一扇窗，而且正因为体会了失去的痛苦的滋味，我们才懂得了应该如何珍惜手头所拥有的。

借　钱

◆文/佚　名

一次我去一位教授那去拜访，正碰上他的一位朋友去还钱。待那人离开后，教授不由自主感叹地说："失而复得的钱！失而复得的朋友啊！"

"失而复得？朋友？"我感到困惑不已。

教授笑着说："我把钱借给朋友，从来不指望他们还。因为我心想，如果他没钱还我，一定不好意思再来，那么我吃亏也只是一次；如果他有钱而想赖账，一定不敢再来了，那么我等于花一点钱，去看清一个人。关于朋友借钱的问题，只要数目不太大，我总会答应，因为这是通财之义；至于钱借出之后，我从不催讨，因为我怕伤了和气。正是因为如此，每当我把钱借出去，总有既借出了钱，又借出了朋友的感觉。而他们就如约将钱还来，我则有失而复得了钱，且失而复得了朋友的快乐。"

美文感悟

每当我把钱借出去，总有既借出了钱，又借出了朋友的感觉。而当他们如约将钱还来时，我便有种失而复得了钱，且失而复得了朋友的快乐

书房与卧室

◆文/佚　名

最近朋友定了一幢新房，因为室内隔音的布置，夫妻二人一直争论不休。妻子主张卧室要大，书房小些无所谓；丈夫则坚持书房要宽敞，卧室可以马虎些。于是请我去调解。

我说："你们与其这样争论不休，倒不如用自己的道理去说服对方呢？"

夫妻二人都很愿意，于是妻子理直气壮地讲：

"人生于床上，死于床上，如果一天睡八个小时，总有三分之一的生命是在卧室度过的，所以我觉得卧室要大。"

丈夫则异常平静地说：

"有道理，人确实能有三分之一的时间在卧室度过，只因为睡眠。但是只要床榻舒服，空气流通，睡得着，又有谁在乎卧室的大小呢？同时睡眠是人间最平常的事，英雄、懦夫、圣贤愚劣都要睡眠，人类真正不同的地方不是睡眠，而是醒时所做的一切啊！我是个文人，我希望有出色的表现，而不愿庸庸碌碌，昼寝夜眠过一辈子，因此对我来说卧室小些也无所谓，但是书房一定要讲究。"

妻子点头，表示赞同。

美文感悟

人确实可能有三分之一的时间在卧室度过。

睡眠是人间最平常的事，而人类真正不同的地方不是睡眠，而是醒时所做的一切啊！

最好的消息

◆文/佚　名

孟子道:“爱人者人恒爱之,敬人者人恒敬之。”

世上的每个人,无一不渴望生活在一个友好相处、互助友爱的环境里,谁都想得到别人的爱,爱能够使人愉快、给人幸福,而想要得到别人的爱,首先自己要去爱护和关爱他人。

一个人无论处于什么样的环境中都应时刻保持一种博爱之心,只要你拥有了爱心,不管是给予还是接受,都是一种心灵上的享受。人,可以一无所有,但是不能没有爱心。爱心,意味着付出,有爱心的人付出的是真挚的感情,拥有爱心,能使人善良、宽容,爱心或许不一定会收获回报,却会获得崇高的尊敬与爱戴。

阿根廷一位闻名遐尔的高尔夫球手罗伯特·德·温森多是一位心地非常善良的人。一次,他刚刚在一场锦标赛中夺得了冠军。当他来到停车场的时候,一个年轻女子迎面走来。她向温森多表示祝贺后,便向温森多可怜巴巴地诉说她的孩子病得快要死去了,而她却对高昂的医疗费无可奈何。温森多被她的故事所打动,毫不犹豫掏出笔在刚赢得的支票上签了名,然后递给了那个女子。“这是我这次比赛的奖金,祝愿可怜的孩子早日康复。”他说。

一周后,温森多正在一家乡村俱乐部用餐时,一位职业高尔夫联合会的官员走过来,问他一周前是不是有遇到一位自称孩子病得很重的年轻女子。温森多点头称是。官员说:“那个女人是个骗子,她在撒谎,她根本就没有什么病得很重的孩子,她甚至还没有结婚哩!我的朋友,别人把你骗了!”“你是说事实上根本就没有一个小孩子病得快死了?”“我确实,根本就没有。”官员肯定地答道。温森多长吁了一口气说:“这真是太

好了。”

面对丑陋的东西，不是不去面对，而是要用一颗博爱的心去包容它，化解它。

美文感悟

在你付出爱心时，可能会被欺骗和恶意所蒙蔽，但是一个轻松快乐的灵魂是恶意和欺骗永远遮盖不了的。

请用自己诚挚的爱和宽容为他人开拓出一片灿烂的心地，增加一份温馨，同时也是在净化自己的心灵，证明自己存在的价值。

写下你的梦想

◆文/佚　名

1940年11月，出生于美国三藩市，英文名叫布鲁斯·李。因为父亲是演员，他从小受父亲的影响，于是产生了想当一名演员的梦想。可因为身体一向都很虚弱，父亲便让他拜师习武来强身。1961年，他考入华盛顿州立大学主修哲学。后来，他像所有人一样结婚生子。但在他内心深处，成为一名演员的梦想始终萦绕心头。

一天，他与一位朋友偶尔谈到梦想时，他随手在一张便笺上写下了自己的人生目标：

“我，布鲁斯·李，将会成为全美国薪酬最高的超级巨星。作为回报，我将奉献出史无前例的演出。自1970年开始，我将会赢得世界性声誉；到1980年，我将会拥有1000万美元的财富，那时我和我的家人将过着愉快又幸福的生活。”

写下这张便笺时，他的生活正穷困潦倒，可以想象，如果这张便笺被

别人看到，引起的嘲笑可想而知。

然而，他却把这些话深深刻在了自己的心里。为了梦想能够早日实现，他克服了无数次常人难以想象的困难。比如，他曾因脊背神经受伤，在床上躺了4个月，但后来他却奇迹般地站起来了。

1971年，命运女神终于投向他的怀抱。他主演的《猛龙过江》等几部电影都连续刷新香港票房纪录。1972年，他参与并主演了香港嘉禾公司与美国华纳公司合作的《龙争虎斗》，这部电影使他一跃成为一名国际巨星——被誉为"功夫之王"。1998年，美国的《时代》周刊将其评为"20世纪英雄偶像"之一，他是唯一入选的华人。

他就是功夫巨星李小龙——一个"最被西方人认识的亚洲人"，一个迄今为止在世界上拥有最高荣誉的华人明星。

1973年7月，是他的事业刚步入巅峰的时期，而他却因病身亡。在美国加州举行的"李小龙遗物拍卖会"上，这张便笺在当时被一位收藏家以2.9万美元的高价买走，同时，2000份获准合法复印的副本也立刻被抢购一空。

美文感悟

快快写下你的梦想吧，它能够激励你不断前进，你一定会让你做出吃惊的成绩的。这种激励会让你在攀登人生金字塔的过程中不断进取，勇往直前到达成功的顶峰。

快乐其实如此简单

◆文/孟　琳

拎着几瓶汽水回去，走到楼道口时，脚下一滑，一个趔趄，只听噼啪声

响,人没摔倒,汽水瓶却被摔成了碎片。一边上楼一边懊恼,开门的刹那心已释然:幸好手没扎破,也没摔伤。

只穿了一个多月的鞋就断底了,找到商家前已做好与之理论的准备,没曾想到,店主二话没说就立即给换双新的,心中郁积的怒火当时消失的无影无踪,谁说干个体的只知道赚钱?

快乐本来就是这么简单,关键看你如何去体会和品味。

快乐是身为母亲看着宝贝甜甜地入梦;是少男少女心中模糊的憧憬;是恋人间亲密的呢喃;是老伴间相依相偎的牵手;是与亲人、朋友们没有距离、无需言语的默契。

快乐是下岗后重新地审视人生、正视自我,既而寻找新的人生目标;是跌倒爬起后拍拍灰尘的越挫越勇;是失败了依然不放弃最初梦想的那份执著;是直面坎坷仍能挺起坚硬的腰杆。

快乐是收到远方的朋友邮寄来的一张贺卡;是初次见面时听到一句发自内心的"你好";是小聚时谈天说地的畅快淋漓;是一抹会心的微笑;是一个会意的眼神。快乐是"衣带渐宽终不悔,为伊消得人憔悴";是"众里寻他千百度,蓦然回首,那人却在灯火阑珊处";是"风萧萧兮易水寒,壮士一去兮不复返"的雄浑与大气。

快乐可以蕴藏于一首诗、一幅画、一本书,可以融于一盅淡酒、一杯香茗、一捧清泉,或是忙里偷闲的小憩,或是静听广播中的娓娓诉说。当你刻意追逐快乐这个精灵时,常常是芳踪难觅,可当你刚停下寻找的脚步,她却悄悄地围绕在你周围。

人生短暂犹如俯仰之间,为何不选择一段快乐的人生?如果是这样的话,不妨学学孩子,用澄澈的眼睛、纯真的心灵去看事待人,善于忘记那些不快;不妨把"我是我自己痛苦的主人"演绎成"我是我自己快乐的主宰”,学会不因物质的匮乏忘记快乐,不因事务的繁忙丧失快乐。快乐其实如此简单!不论得意还是消沉、健康还是残弱、年少或者年老、繁华或者萧条,都应把快乐当作旅程中优美的风景,当作贯穿自己生命的主旋律!

记住,快乐其实就在你身边。只要你愿意,你的人生会因此充实和精彩。对每个人而言,不是缺少快乐,而是缺少善于发现快乐以及享受的意味。

美文感悟

其实快乐就是如此简单,她就在你身边,不管年少或是年老,繁华或是萧条,健康或是残弱,得意或是失意。都应把快乐当作旅程中优美的风景,当作贯穿自己生命的主旋律!

感人以情,服人以理

◆文/佚　名

知名女作家谢冰莹曾经对我说,一次她在图书馆看书,书中内容竟然勾起她对孩子的思念,于是提起笔写下来。但是愈写愈难压抑思子的情怀,竟然泪如泉涌,就这样一字一泪地将作品完成,然后随手装入信封寄给报馆。但是回到家她又后悔了,心想自己冲动之下完成的作品,一定十分肉麻,会引人笑话。未曾想到作品发表之后,竟然收到许多读者来信,激动不已。

写文章的人都有经验,当文思泉涌的时候,常下笔万言不能自已。但是恢复平静之后,再看写好的作品,又觉得当时太冲动。情感奔放时如果压住不写,过后再提笔,则可能已经失去了当时的灵感。

如何掌握自己的情绪,适时而发,适时而写,实非易事。我认为写抒情文时，必须将感情充分发挥；作论说文，就要加以制约。因为情感奔放时，能使我们将心中的一切，尽情地倾吐出来，文辞不见得华美，文法也不一定周到，写出来的作品却是最诚挚感人的。

对于论说文，如果一时冲动，如果只求畅快地发挥而忽略了细细的推敲，又容易失之偏颇。必须冷静思考之后构思精巧，才能写出最优秀的作品。

呕心沥血的作品是真挚，强说愁的作品是造作；客观的论理常公正，主观的论理常独断。我个人认为属于至情的文章可以立即发表，关乎论理的文章，一定要三思而后行。

美文感悟

古人云：文章合为时而著，歌合为事而作。发乎至诚的作品是诚挚，强说愁的作品是造作；客观的论理常兼以公正，主观的论理常易于独断。

种下一棵心灵树

◆文/佚　名

2004年，诺贝尔和平奖被揭晓后，获得者万加丽·马阿萨伊的名字立刻成为世界瞩目的焦点，她何以获此殊荣呢？

马阿萨伊当时是肯尼亚环境部副部长。挪威诺贝尔委员会赞扬她为“可持续性发展、民主与和平所立下的丰功伟绩”。

同其他发展中国家一样，贫困与人口膨胀是肯尼亚自然环境的两大困扰。穷苦的人们肆意砍伐树林来索取燃料，开垦农田。随着树木的消失，动物与其他植物逐渐消失。更可怕的是，地面表土遭雨水侵蚀，土中养分全被冲走。自然环境的退化更加深了贫困的恶性循环，带来营养不

良、食水短缺、传染病蔓延等一系列问题。

1977年，在当时身为生物学家的马阿萨伊亲眼目睹肯尼亚的森林肆意被砍伐而深感忧心。她成立了一个民间团体“肯尼亚全国妇女理事会”，教妇女如何培植树苗。可以从中赚取酬劳，用以满足当前的急需、供孩子上学、做有利可谋的投资。之后，这一活动扩展成为一个队伍庞大的草根运动——“绿带运动”。“绿带运动”不但缓和了森林遭砍伐的问题，还为妇女带来收入，使他们能够在自己的社区挺身扮演领导的角色。因为越来越多的国家的效仿，“绿带运动”已变成一股全球性洪流，为世界性的环保增添更多绿色的光芒。

面对荣誉，马阿萨伊曾经说过这样一句话：“我们每一个人都渴望有所贡献，我们往往放眼庞大的目标，却忘记无论身在何处，都能出自己的一份微薄之力……”

每个人都渴望成功，渴望拥有鲜花与掌声，渴望成就一番丰功伟绩，成为万众瞩目的焦点，但常常殚精竭虑、煞费心机的结果并不都能够花香满怀。其实马阿萨伊什么也没做，只是在自己的院落里教人们怎样种树，没想到结果种出了诺贝尔和平奖。她用爱心，将浓荫一点点传遍肯尼亚荒蛮的大漠，撒遍非洲，撒遍世界。只要心中有树，有浓荫，有爱，然后将爱的叶片一片片地伸展，浓荫就会征服荒蛮，平凡中也可以出现意想不到的结果。

人生重要的不是你的目标有多远大，而是要你自己动手去做。种下一棵心灵树，才可能走进绿色海洋，走进波澜跌宕。由心灵开始，先种下一棵淡泊的、挚爱的树，成功便不会遥遥无期。

美文感悟

实际生活中我们常常放眼庞大的目标，却忘记无论身在何处，都可尽一份心力……重要的不是目标多么远大，而是动手去做。

九弯十八拐

◆文/佚　名

某天我经过北宜公路，一路上看见许多车子沿路在撒冥纸，路边的纸钱更是堆积盈寸，就非常疑惑地问司机："他们为什么要一路丢冥纸呀，这边又没有坟墓？"

司机笑笑："这是因为北宜公路环山而筑，有'九弯十八拐'，因此经常发生车祸，许多人认为是冤魂野鬼作祟，经过这儿一定要撒纸钱祭鬼，用来祈求一切平安。"

这时我们的车子正经过一处长达几百米的平直道路，我发现路边堆积的纸钱特别厚，甚至还插着成把的香，又迷惑地问："为什么这一段平直的路旁，反而撒的纸钱是前面险处的几倍呢？"

司机一边小心地驾驶，一面耐心地回答说："因为这里出的车祸特别多。"

"这里又平又直，怎么会反而容易出车祸呢？"

"就因为它又平又直，许多驾驶人在经过前面几十公里的险路时，到这儿不免心情太轻松，反而容易疏忽。更有许多人在前面险路不敢开快车，到这儿就猛踩油门，或者趁机超车，结果就出现了坠落山下的事故。"

俗话说：身经百战的勇士，常死于飞来的流弹；攀登绝顶的壮者，常伤于路边的沟渠。这一时的疏忽，是多么"不容忽视"啊！

美文感悟

披肝沥胆的勇士，常死于飞来的流弹；挑战极限的壮者，常伤于路旁的沟渠。由此可见，这一时的疏忽，是多么"要命"啊！

给父母多一些关爱

◆文/佚　名

没有人可以有阻止时光飞逝，岁月流转，我们能做的就是在父母的有生之年，多陪陪他们，用我们的孝心，我们的真情去关爱和呵护父母孤单落寞的心。

在我们的狭隘意识里，往往觉得对于父母来说，物质是最重要的，似乎为父母提供了舒适的物质生活条件，就是尽到了做儿女的一片"孝"心。其实，这是错误的。我们除了注重给父母提供物质外，尤为重要的是要体会父母在情感、心理等方面的需要。

人到了一定阶段，因为兴趣、活动等方面的原因，和子女们的距离就会逐渐拉开，很容易产生一种孤独冷落感。这个时候的老年人，不会太过注重物质生活条件，而是情感方面的生活。老年人是一个容易被忽视而又极需要关爱的群体。

我们常常因为工作、生活的烦恼忽视了父母的心理、感情以及他们真正的需求，每次受了委屈或者挫折，就想起了父母，似乎父母永远是庇护我们的那棵大树，却没想过大树也有老的那天，也有需要儿女们的关爱来温暖心田的一天。也许在你的不经意间，父母已经渐渐年迈，发白齿缺。也许你不曾发觉，至亲至爱的父母在一天天远去；父母与我们相聚的时光却在一天天减少；待你察觉时，可能已是

阴阳永隔的悲伤。

有这样一个寓言故事：

在遥远的从前，有一棵很高大的苹果树。一个小男孩每天都喜欢来这儿玩。他有时爬到苹果树上吃苹果，有时躲在树阴里打盹儿……

时光匆匆走过，小男孩渐渐长大。一天，小男孩回到树旁，满脸忧愁。树说："和我一起玩吧！"男孩回答："可是现在我已经不是小孩子了，我想要玩具，我想有钱来买东西。"

树说："抱歉，我想有钱来买东西……但你可以摘下我的果实拿去卖。"男孩把苹果摘了个精光，开开心心地离去了。

一天，男孩回来了，树欣喜万分。树说："跟我一起玩吧！""我没有时间玩。我既要做工又要养家，还要盖房子。你可能帮我吗？""不过，你可以砍下我的树枝来盖房子。"男孩就把树枝砍了个精光。树再次感到寂寞和伤心。

盛夏的一天，男孩回来了，树万分雀跃。男孩说："我越来越老了，我想去划船，娱乐一下，你可能给我一条船吗？"

"用我的树干去造吧。你可以快快乐乐地想划多远就划多远。"男孩锯下树干，打造了一只船。

多年以后，男孩终于回来了。树说："真的很抱歉，我的孩子，可惜我现在什么也不能给你了……我惟一留下的就是枯老的根了。"树伤感地流着泪说。

"我现在只想有个地方歇歇脚就好了。经过这么多年，我太累了。"男孩说，"老树根是最好的歇脚的地方了。"

男孩坐了下来，树高兴得热泪盈眶……这是我们每个人的故事。你知道吗？其实故事中的树就是我们的父母。

待我们长大后，便离开他们，只有当我们有求于他们或遇到麻烦的时候，方想到回家。你可能觉得男孩对树太无情，然而我们又何尝不是那般对待我们父母的呢？

也许正当你风华正茂时，但你的父母已垂垂老矣，当有一天，父母走了，庇护你的大树倒了，带你来这世上的人没了，这世上曾经最疼你的人

再也不能疼你了,那是何等的悲哀啊?

美文感悟

如果你的父母健在的话,那就赶快行动去尽自己的孝心吧,找点空闲常回家看看,抽点时间多陪陪他们。作为子女的我们应该要多与他们沟通,多抽时间陪陪父母,在工作闲暇之余,回家看看父母,陪他们说说话、唠唠家常;在五·一、十·一长假期间,陪父母旅游一次,让怡人的景色陶冶他们的情操,让儿女的陪伴令他们不再孤单,因为孝心无所不在。

永恒地存在

◆文/刘　墉

叶绿叶黄,花开花落。春去秋来,周而复始。看到那许多枯叶残花,依依不舍地告别枝头,叹息一声而归于尘土,你会不会联想到:过去的都不会再来了。

然而春去春回,花落花开,光秃的枝条又将抽出耀眼的新绿,寂寥的小径又繁花似锦,往日的失去又都恢复了往日的色彩,看到这些,你便不会感觉世界少了什么吧?

因为落叶归要,才能滋润为沃壤,积蓄为力量;正因为它们的凋零萧索,才会有第二年的春光满园;正因为老一辈安排之后的退隐,才会有新一代秩序的登场。在那成千上万的新芽上,在那如焰如火的蓓蕾上,在那些孩子的笑脸上,不是印着逝者的名字吗?

既然这样,你何需为葬花而落泪,为扫叶而伤情,感时光之消逝,叹年华之流逝呢?旧的不走新的不来?生原是走向死,死可以推动生。在这

万古不变、轮转不止、消长更替的宇宙中，我们虽然不会无限地生，但我们的精神却能永恒地“存在”啊！

美文感悟

生原是走向死，死可以推动生。在这万古不变，轮转不止、消长更替的宇宙中，我们不会无限地生，却能永恒地“存在”啊！